U0621794

寻找 幸福的 方向

TO AND THE HAPPINESS

◎ 向春林 著

辽宁大学出版社
LiaoNingDaXueChuBanShe

图书在版编目（CIP）数据

寻找幸福的方向/向春林著. 一沈阳：辽宁大学
出版社，2018.12
ISBN 978-7-5610-9195-1

Ⅰ.①寻…　Ⅱ.①向…　Ⅲ.①报告文学－中国－当代
Ⅳ.①I25

中国版本图书馆 CIP 数据核字（2018）第 088364 号

寻找幸福的方向
XUNZHAO XINGFU DE FANGXIANG

出　版　者：辽宁大学出版社有限责任公司
　　　　　　（地址：沈阳市皇姑区崇山中路 66 号　　邮政编码：110036）
印　刷　者：沈阳文彩印务有限公司
发　行　者：辽宁大学出版社有限责任公司
幅面尺寸：170mm×240mm
印　　张：23
插　　页：4
字　　数：280 千字
出版时间：2018 年 12 月第 1 版
印刷时间：2018 年 12 月第 1 次印刷
责任编辑：刘东杰
封面设计：李亚军
责任校对：姜文元　齐　笑

书　　号：ISBN 978-7-5610-9195-1
定　　价：58.00 元

联系电话：024-86864613
邮购热线：024-86830665
网　　址：http://press.lnu.edu.cn
电子邮件：lnupress@vip.163.com

本书故事主人公高玉泽

本书传主高玉泽和母亲扈文芳

人生的长歌　生命的礼赞

——序向春林长篇传记文学《寻找幸福的方向》

徐光荣

十年前，向春林完成了长篇传记文学《趟过大凌河的人》，传主是在辽西煤都北票享有盛名的著名医生郑力国，他几十年扎根矿山为煤矿职工与城市医疗服务的业绩，在作者笔下再现得生动活现，曾感动了很多读者，也荣获了辽宁省第四届传记文学奖。

而今，向春林又完成了近30万字的长篇传记文学《寻找幸福的方向》，只是这本传记文学的传主，作者没有选择名人，而是一位几十年来生活在社会最底层的普通人，呈现他在半个世纪以来社会剧烈变革中人生的起伏，不倦追求的历程以及在这个历程中所展现的个性风采、心灵亮色。富于地域文化特色的叙述，亲切朴实的语言风格，脉络清晰的生命履痕，跌宕起伏的情感波澜，活灵活现的人物面貌，使主人公高玉泽的形象跃然纸上。从中我们感受到经过十几年的探索耕耘，已过知天命年龄的向春林文笔更加成熟老练了，他用深入的采访，精心的建构，为读者捧现出一部值得一读的长篇传记文学新作。

我的朋友，著名传记文学理论家杨正润教授在《现代传记学》中认为："传主的生平、个性和对传主的解释，是传记构成的三个要素。""传主的生平是传记的基础，是传记构成元素中最重要的一种。"而"传记文本不满足于仅仅叙述传主一生事迹，还描述了传主的个性，随着传记的发展，个性描绘成为传记鲜明的特征。""对传主人格的重视，还包含了对传主的某些解释，到了 20 世纪以后解释成为传记的一种潮流。"我很认同他的这一概括。

传记叙述传主的生平应该是真实的，也应当是完整的，但是任何传记都不可能把传主一生中所经历的一切都记录下来，总要有所选择。好的传记的完整是通过作者独具慧眼的取舍获得的。《寻找幸福的方向》的主人公高玉泽，生于 1957 年的春天，迄今已年近花甲。六十年的人生履迹，向春林用十八章文字对其生平进行了叙述，他的童年和学生时代走过了十七年，但作者仅用了五章的篇幅来记叙，较多的篇幅用来记叙高玉泽从初中毕业以后走向社会的曲折人生。作者抓住高玉泽学生时代去过一次县城，非常羡慕城里人的生活这个契机，扣住"寻找幸福的方向"展开了描述。

1975 年 9 月，17 岁的高玉泽从甄庄中学毕业了，在校园门口与同学们挥手告别后，他没有立即抹身踏上回甄庄的那条乡村土路，而是怀揣着一腔寻找幸福的愿望，骑着一台叮当烂响的自行车，直接奔向安次县城。高玉泽多么想融入这个天堂般的地方，每天准时和太阳相约，用脚步踏响满地的霞光……

但高玉泽寻找幸福之路并不平坦，理想与现实的落差，使他大半年里在城里没有找到稳定的工作，在 1996 年春寒料峭的日子不得不重新回甄庄务农。

身高只有 1 米 61，长得瘦弱的高玉泽下地干活并不占优。于是，他干了一年农活后，第二年阳春在亲戚帮助下进入到大队的地毯厂学习编织地毯技艺。从学艺到成为车间里挑"大梁"的生产骨干，从应聘到辽宁北票矿务局地毯厂打工到被选拔为厂长，高玉泽与地毯打了 25 年交道，从青年到成年、壮年，期间融汇了他的事业上的挫折与成功，生活上的苦辣酸甜与喜乐忧伤。娶妻生子，闯关历险，对高玉泽这 25 年生平的叙述，是全书的重头戏，作者由于对传主进行了深入访谈，作品在建构、情节选择与铺排、人物行为与内心的律动都交待得脉络清晰，环环相扣，显得驾轻就熟，所呈现出的人物命运也散射出许多亮点，高玉泽在北票不但当上了厂长，而且还成为劳动模范。

传主高玉泽找到幸福了吗？作品第十二章中一个小节的标题是："苦涩的幸福感。"是的，蒸蒸日上的事业曾使他有几分陶醉，但随着超生的"女儿高盼的降生，高玉泽对于幸福的感觉越来越淡化了"，超生的女儿一直不敢在北票露面，户口问题也一直解决不了。这个计划生育带来的难题当年曾困扰过许多家庭，也使高玉泽有翅难展，最后他选择了回避。新世纪伊始，他从北票又回到故乡廊坊依靠自己的力量重新创业，他经营地毯与毛线，与友人合办印刷企业搞印刷……创业维艰，却富于挑战性，每一笔生意的完成，每一次财富的积累，都带给在生命拼搏中的高玉泽几许幸福感，也搅合进几许苦涩与无奈。正是在这苦乐交织的旋律中，命运没有将他推上幸福的巅峰，因于他常年在外打拼，几十年相濡以沫的妻子在操持家务时却不幸染上重病，撒手人寰，"悲莫悲兮，中年失偶"。经历了年仅 46 岁妻子过早亡故的"黄昏失血的残阳"，面对这人世中最大的打击，高玉泽的心灵几欲坍塌，但他不能倒下，膝下还有两双久久凝望着他的儿女的亮眸，眸子里贮满希冀。好在"一个篱笆三个桩，一个好汉三个帮"，他身边的至亲良朋向他伸出了温暖的手，面对这真诚的，他依如故我地又挺起身板，开始又一次对幸福的寻找……可以说，向春林笔下的传主虽非名人明星，但传主在人生旅程上经受的坎坎坷坷、起伏波澜，所唤起的苦乐忧思，所激起的情感惊涛，同样令读者牵情动魄，荡气回肠。作者做到了用他如椽的大笔勾勒出的一个普通人的生命历程具有了非凡的意义，产生了巨大的审美与启迪价值。

德国著名诗人歌德说："我们生活中的事实，不是当它是真实的，而是当它有意义的时候，它才是重要的。"向春林恰恰是能够而且善于发现高玉泽生平业绩中有意义的事实，加以串接建构，勾描出一个活灵活现的当代普通人的典型。而尤为可贵的，作者笔下的人物不仅貌似形酷，更是神魂毕显，个性突出。现代中国最早的传记作家梁启超说："凡记人的文字，唯一职务在描写出那个人的个性。"传记中描写传主的个性及个性中所体现的人性是传记更高的追求。人性，是人的本性，他在每个人身上的表现又完全不一样，这就形成了每个人的个性与人格发展。高玉泽自幼聪颖过人，家里的甜枣树他能区分哪些枝杈的枣更甜，与堂兄玩鸟，他总能占点便宜。中学毕业走向社会，学织地毯，旁人需要三年多历练时间，高玉泽却不到三年就成了，在车间里挑起了大梁。正是这聪颖灵动使他在追寻幸福的人生途程中，总是有所发现，不倦有新的目标。与此同时，向春林又挖掘到高玉泽身上逐渐成熟的另一个显著个性：奋发与坚韧。他确定了愿景就有一种为之奋斗不已的韧性，无所畏惧，勇往直前。第三十二节山路弯弯写高玉泽1981年从廊坊往北票运30包粉丝，130小货车进入朝阳县界遇到了一伙手拿镐把拦路抢劫的人，他当机立断握紧汽车摇把子配合司机冲过了堵截，惊险一幕呈现出他不信邪敢拼敢闯的一面；1985年，高玉泽在北票矿务局地毯厂被升任为厂长，从管技术到管理全厂，困难不小，但他"知难而进"，"伤透了脑筋"，对加工后道工序进行了改革，排除万难引进了关键设备平斛机，使工厂很快由单纯来料加工发展成为对外批量订做地毯，工厂的效益大幅提高，他也连续被推上局劳动模范行列。在企业管理岗位上，他同样显示出敢想敢为敢于夺金的魄力；进入21世纪，高玉泽甩开"铁饭碗"，开始自主创业后，艰辛倍增。第六十六节的"午夜惊魂"，写他从呼和浩特回到廊坊时，正值凌晨，从高速公路大巴车上下来时，挎包里还装着 5 万元货款，却又一次遇到了四五个劫匪，"精明鬼道"的高玉泽在三面受敌的情况下没有颓索，而是立即命令自己"快蹽"！他以百米冲刺的速度一口气跑进高速公路的收费口，化险为夷……向春林笔下这一个个惊心动魄的故事中的高玉泽形象，令我油然想起美国著名作家海明威中篇小说《老人与海》中的桑提亚哥，面对鲨鱼的袭击，他桀骜不驯，视死如归的"硬汉性格"，既使在最严峻时刻，也坚信并高喊："人不是生来就给打败的，你可以把它消灭，但就是打不败的！"这种永不泯灭的意志不是与高玉泽在追寻幸福的拼搏中不屈不挠、奋勇直前的精神异曲同工、甚至是一脉相承吗？从这一点看，向春林塑造出的普通人高玉泽的形象，具有了当代中国人面对命运的跌宕时所展现出的异乎寻常的"意志力"，散发出振聋发聩的正能量，闪烁出可贵的时代精神和非同凡响的审美力量。

正因如此，使本书具有了启迪人们心智的意义与阅读价值。

还应该一提的是，作者在叙述传主生平时，对高家家族历史的回述，对传主生命成长环节的勾描，对人物关系细致的交待等，其描述语言都是可圈可点的，作者为我们呈现了近百年高玉泽的故乡冀中大平原、大浑河两岸诱人的风物，醇厚的民俗，丰富多彩的人文景观等，朴实而厚重，亲切而生动，都为作品添色生姿，显示了作家艺术功底的成熟。限于篇幅，这里就不再赘述，读者自会在阅读时感受到一份舒爽，一份愉悦。

祝贺作者在创作上又攀上一层山阶，更祈望他不断有新的成果接踵而至。

2016 年中秋于致远斋

（徐光荣：国家一级作家，书法家，文化学者，辽宁文学院原副院长。现为中国传记文学学会副会长，中国青少年美育协会顾问，中国名人名家书画院艺术顾问，辽宁省传记文学学会名誉会长，《辽宁传记文学》主编，辽宁张三丰历史文化研究会会长，辽宁省社会科学院特聘研究员，沈阳文史研究馆馆员。1963 年毕业于沈阳教育学院中文系，从事文学创作近 55 年来，出版《徐光荣诗选》、长篇报告文学《九一八事变纪实》、《关东笑星》、《硬汉马俊仁》等 46 部一千万字著作。以《烹饪大师》、《国宝鉴定大师杨仁凯》两获中国传记文学奖，以《科技帅才蒋新松》等三获辽宁文学奖，《赵一曼》获全国优秀畅销书奖，《王军霞》获冰心文学奖，电视连续剧《大江东去》获最佳编剧奖。学术著作有《辽宁文学概述》、《辽宁文学史》、《文苑指萃》、《致远斋文学论稿》等。有作品被译成英文、俄文、日文、维吾尔文、盲文，并在中国香港和台湾出版。2006 年荣获中国当代优秀传记文学作家奖。）

C 目 录
ontent

寻找幸福的方向

第十七章 刻骨铭心的 2003 年

第十八章 地平线上的沈阳

第一章

秋天里飞扬的笑声

一、幸福的曙光

这是五十年代中期冀中大平原深秋时节的一个宁静夜晚。虽然秋风的翅膀上粘满了浓浓香味，但刚刚忙过秋收正躺在土炕上歇着乏的人们，已经明显地感觉到了窗外那由秋风裹挟而来的阵阵凉意。夜深了，此时的一轮皓月，正好悬挂在天际之上，透明清亮的月亮地，透明清亮的绿树旷野，透明清亮的达王庄……

这个时候，除了村中时不时响起一阵阵犬吠声外，沉寂夜色里的达王庄，早已经进入了鼾声四起的梦乡……

又是一阵柔情的秋风轻轻在敲打着窗棂，也摇晃着黄土墙头外的那两棵钻天的白杨，伴随秋风白杨树的叶子"沙沙"作响……

达王庄在仇庄人民公社的西北边，距离公社所在地仇庄约有五华里，这里是一个不足百户人家的自然村落，这样的村落在河北省的农村再普通不过了。别看达王庄的人家不足百户，但村中的姓氏却是很杂，杂归杂但姓王的人家居多，而且却是村中的第一大姓氏，因此，这个村子便得名大王庄，后来也不知怎么被人叫成了达王庄。是当地人语音发音不准确，误将大说成了达的误读，还是由于其他的原因所致？这就不得而知了，时间一长人们就顺其自然把这个达王庄叫开了。就在这个达王庄的村子里，还有一扈姓的人家，可别小看这扈氏家族，在村上扈姓的姓氏中属于小户的姓氏，但扈姓却在整个村子里头算得上是一个有头有脸的大户人家。这为嘛呢？追根溯源还得从这户姓扈人家的祖上说起。

据说，这扈氏人家打从祖上开始，就是一户有文化的书香人家。远的不说，单说民国初期的老祖扈成儒，就是当地一个有名私塾的教书先生，到了下一代的时候，在他的三个儿子中，大儿子扈广宇又是子承父业教起了书；

三儿子扈广德虽说不教书但却在天津卫经管铺子，他做的买卖商号很有名；唯独二儿子扈广庭没有按照父亲的意愿去发展，由于受到五四爱国运动思潮的影响，他在学校里一马当先成了一个热血的爱国青年，在外敌入侵、山河破碎、国难当头的危机时刻，他毅然决然地投笔从戎参加了抗日打鬼子的区队，成了英勇善战抗日队伍中的成员。当父亲扈成儒知道了二儿子扈广庭的选择以后，就再没有说些什么，更没有去阻拦，他的心里头有着一杆秤，孩子们都大了，他是不会再过多地去干涉孩子自己所做出的选择，何况这打小鬼子抗日的选择也没有错呀？就连他自己不也曾经说过那句"山河破碎，救国救民，匹夫有责"的话吗？后来，这达王庄的老扈家一家人都心向着抗日，老扈家自然而然也就成了区队的一个秘密联络点了。当时的河西营子是区队的大本营，老二扈广庭经常悄默声地领着队伍上的人回家里来，那个时候老二扈广庭和区队上的人白天不敢公开在村子里抛头露面，差不多都是借着夜色掩护摸着黑回来的，而每一次回达王庄时都是走的地道。虽说老扈家的院套大院脖子长，到了夜静更深的时候，只要院套外的大门上稍微有一丁点的敲门动静，屋子里的人立马就能够听得到，特别是大姑娘扈文芳一准儿就能猜得到，肯定是她爸爸领着队伍上的人回来了。区队上的人有时候能来三四个，有时候还能够再多几个，于是，全家人赶紧忙活烧火做饭，做好了饭让他们赶紧吃，吃完了饭他们就又都悄默声地从地道里走了，生怕叫人瞅着了，传扬出去招惹来日本鬼子和汉奸。就这样，区队上的人从河西营子到达王庄，几乎来来回回都是钻地道走的，这个秘密地道他们一直走了四年多的光景。儿子扈广庭参加了八路，老爷子后来也成了八路军的一个秘密联络员，他是个双重身份的人，表面上是在帮着鬼子做维持会的事，暗地里却是为共产党做地下工作，传递情报。

在老祖扈成儒和父亲扈广庭的影响下，别看扈文芳人不大点儿，有时也偷偷到安次县去给八路军送情报。达王庄离安次县八里地，走个来回要十六里地，每次在去安次县送信的时候，扈文芳都很兴奋，因为一到那她就可以看到父亲了。直到日本鬼子败了，"八一五光复"后，达王庄的人才知道了老扈家人私通八路的内情，由此老扈家人就成为了让人竖大拇指的抗日家庭，他们在村子里头更加被乡亲们刮目相看了。从此以后，扈氏家族不但成了达王庄响当当的大户氏，说了算的人家，而且在当地方圆十里八村，也是窗户眼吹喇叭——名声在外。刚解放的时候，谁都知道老扈家里有近一顷多地，若是按照当时的计算方法换算，这一顷地换算成亩的话也得有个一百多亩了。由于老爷子扈成儒和大儿子扈广宇都是教书匠，唯有三小子扈广德在天津卫开铺子做买卖，当时老扈家的经济条件还算不错，活儿忙活不开人手不够用的时候，家里人就雇佣了两个伙计，一个是长工，另一个是短工，全部的农活儿也都由帮工们来料理。土改那一年划成分的时候，工作队与贫协会给老扈家划了个中农的成分，全村的人对此都没什么异议。有这么多的土地还有雇工，咋就没有给老扈家划上个地主或是富农的成分呢？当然，这里头指定是有说头的。谁都知道扈老先生和大儿子扈广宇是靠着教书来养家糊口的，老三扈广德虽说做买卖，可那也是个小本经营，老二扈广庭和老四扈广信念书的费用全都指望着由家中来供。谁都是不容易，村子里头的人也都是心里头跟个明镜似的，人家老扈家置地和供养孩子们念书的钱，那可都是扈老先生一家子人硬从牙缝里头一点一点地节省出来的。那个年月里的人都穷怕了，但凡是家境稍微好一点的人家，如果有一些余剩的钱后，自然会去置办一些房子和土地，老扈家就属于这一类人家。但是，老扈家又与别的人家有所不同，这家子的人不抠搜，乐施好善，他们更爱去扶助帮衬别人，在达王庄得到过老扈家人帮扶接济的人家，那可是老鼻子了，许多人对老扈家人的感激之情都深深地烙刻在了心里，庄稼院里的人永远都在念记着老扈家人对待自己的好处，知恩图报，人总得要有个良心呀！再有一个原因便是大家伙心知肚明不言而喻的了，老扈家的老二扈广庭不但参加区队抗日打鬼子，而且还拿着枪跟着队伍打过天津卫。后来当了八路的他，跟着队伍又南下到了山东烟台。要不是家里头突然间出了老大扈广宇、老三扈广德脚跟脚地因病相继过世的突然变故，要不是老四扈广信因年龄太小，在家里头还不能够独立顶门户挑大梁的话，他指不定一准儿会跟随上队伍接着往南走，指不定会一直打到海南岛去……

这天夜里，最确切的时间，应该是 1956 年的农历九月十三。

已是夜深人静的时候了，达王庄老扈家西间屋里头那盏从掌灯时分就点燃的麻油灯，一直都在亮着。在这通亮通亮的灯光中，家里头主事的奶奶，她驼背靠着炕头的墙，双腿盘着，坐在炕头的灯影里边，时不时地还拿着自己用来别头发的银簪子，挑着窗台上那盏麻油灯的灯捻子，这个时候在屋子里头的炕上还坐着好几个人，清一色的都是老扈家的女人，在她们之中除了即将出嫁的大孙女扈文芳，再有的就是二孙女扈文红和三孙女扈文姝，这三个一奶同胞的姐妹，都围拢着奶奶，静静地盘着腿坐着，后来扈文姝有些困倦了，她索性躺在二姐扈文红的腿上。

大孙女扈文芳要出阁子了，这个时候奶奶想要嘱咐给孩子的话很多，赶明儿个扈文芳就要离开自己，成为老高家屋里头的媳妇了，孩子也终归有了自己的家，按理说这是一个好事喜事，可眼下她的心里头却很不是个滋味儿，谁都知道老扈家的五个孩子命苦呀！就在大孙女扈文芳 10 岁的时候，孩子们就突然间一下子没有了娘，扈文芳在家排行老五，在她的身下边还有两个弟弟和两个妹妹，这五个没有娘的孩子都是经由她这个奶奶一手拉扯大的，在五个孩子当中她最心疼的就是这个老大扈文芳了。也不是她这个当奶奶的偏心眼，说白了倒是大孙女的命不济，她真的不容易呀！论说扈文芳的聪慧劲儿，在这五个孩子当中算是冒尖的，左邻右舍她也是首屈一指，这孩子在达王庄小学校里念书的时候，在学习上老是排名第一，挪到了去张家堡子念中学的时候，她不但早早地就入了共青团，还当上了班级干部。由于新中国成立初期根治海河需要移民，达王庄、张家堡子两个村子整体被搬迁到了桥河头，扈文芳又楼着茬念了一年多的书，后来，由于家里头突然变故的原因，老扈家不如以往了，奶奶也都是 80 多岁的人了而且身体每况愈下，在这种情况之下扈文芳就不念书了，她替代奶奶挑起了家里头这副担子。也是打那个时候开始，除了烧火做饭，养猪，侍弄鸡、鸭、鹅外，不但全家人一年里身上所穿的褂子和裤子，是靠她一针一线缝制的，就连全家人脚上所要穿的鞋子也根本不用再去花钱买，也都是由扈文芳在面板子上打袼布，然后再纳鞋底一针一线做成的。忙活完了一天的家务后，到了晚上扈文芳就会上炕在灯光下，一双楼着一双地给全家的人做鞋子，由于长期使用锥子纳鞋底，扈文芳右手的二拇指都弯曲得变了形。看着全家人身上所穿着的衣服被大孙女洗得干干净净，收拾得利利索索，看着全家人一年四季脚上暖暖和和的鞋子，她这个当奶奶的高兴之余，更多的则是心疼呀！在这个家里头，她觉得最对不住的人，恐怕就是大孙女扈文芳了……

说起了大孙女扈文芳，还有让她这个奶奶为之自豪的地方，她不但心眼好使，而且人更善良。达王庄归安次县管，从达王庄去安次县来回都要经过一条河，虽然这条河属于季节河，但到了夏天每次涨水的时候，这条河的水都能有齐腰深。一次，扈文芳在去安次县的时候，在河边遇到了一个老太太，此时此刻的老太太正站在河边上犯愁呢。由于昨天晚上下了一场雨，河水立马见涨了，起早想到安次县里去看望闺女的老太太，一下子过不去河了，因为河水能有齐腰深，老太太又是一个小脚，胳膊上还挎了一筐特为给女儿生小孩下奶用的鸡蛋。扈文芳当时才是一个 14 岁的孩子，她见到小脚老太太有困难了，就上前说："奶奶，我背你过河去吧！"

小脚老太太见面前这个一脸稚气的孩子，她将信将疑，"呀！你这么大个孩子，能背得动我过河去？"

"我能背你过去。这样，我先把你筐里的鸡蛋送过对岸，再回来背你过河。"

　　说完了话，扈文芳先将一筐鸡蛋趟着水送到了河的北岸，又磨身回来背着小脚老太太过河。过了河后，小脚老太太被感动得不知说啥是好，她想了想就从怀里掏出了一个手绢包，打开后拿出来 5 毛钱，非得给眼前的这个小姑娘作为报酬，争执了好一会扈文芳也没要她的 5 毛钱。小脚老太太不乐意了，为哄她高兴扈文芳从鸡蛋筐里拿了一个鸡蛋。小脚老太太见状又赶忙拿了两个鸡蛋，待她抬起头的时候才发现背自己过河的小姑娘，早已蹦蹦跳跳地跑开了。

　　冀中平原人有一个赶集的习惯，这里的每个大集都很热闹。安次县仇庄的大集就很有名，每隔 10 天就是一次大集日。到了赶集的这天，方圆十几里的人们都会来赶集凑热闹，大集上人来人往，人头攒动。这天，扈文芳带着妹妹扈文红、扈文殊还有小弟扈文虎一起去码头赶集。

　　忽然，听到前边响起了一阵吵吵嚷嚷的声音，几个人钻进人群凑到了跟前。见到两个膀大腰圆的爷们儿正为了几毛钱在打嘴仗，而且双方已经吵得面红耳赤。听明白了事情的根由后，扈文芳走到了两个人中间来劝架。

　　"你们就别打了，好意思吗？差多少钱，我给你们。"

　　平地里响起了雷声，扈文芳这一嗓子调门虽然不高，但却是能量十足，一下子让两个汉子哑口无声。面面相觑过后，在大家伙哄然的笑声里，他们相继低着头钻过人缝走了。

　　老扈家由于家里的几个顶梁柱相继倒下，原本很不错的家境日渐没落，日子远不如从前了。那年的春节前，家门口又来了一个老太太还带着两个孩子来讨饭，以往遇到了这样的人后，父母都会把家里准备好过年用的东西，般般样样地给他们一些。正在做午饭的扈文芳，将他们让进了屋，招待他们吃了饭后，也学着父母的样子捡了 10 多个豆包，装到了他们讨饭的筐里……

　　站在一旁没有吱声的奶奶，把扈文芳的一举一动都看在了眼里，她对这个大孙女更加喜欢了，她也从扈文芳的身上看到了希望……

五十年代里的河北乡下农村早婚早恋的现象极为普遍，按照当地人的风俗，女孩子在六七岁时定下娃娃亲后，十五六岁的时候就都结婚嫁人家了，到了二十多岁的时候，她们身边的孩子都有好几个了。老扈家是个大户人家，虽说二儿媳妇撇下一大帮孩子走了，但是扈老爷子和老伴扈刘氏并不想早早地就把孙女们都打发出门子，老两口也不愿意让孩子们离开自己远走嫁人。不是有那么样的一句话吗："好使的婆家不如娘家。"乡下农村里的女孩子一旦出门子嫁了人，可就要从此受苦遭罪了，老扈家里的闺女们可不能过早地去吃苦遭罪，让孩子们在家里头多享享清福是扈家老人的愿望，基于这一愿望，老扈家的闺女们个个都是过了 20 岁以后才陆续结婚出嫁的，大姑娘扈文芳出阁子嫁人的这一年，她的岁数刚好是 21 岁，而这般岁数的女孩子，在当时那个年代里已经是名副其实的大姑娘了。说来也巧，达王庄村子里的人都爱管老扈家的老大扈文芳叫大姑娘。

大姑娘扈文芳要出阁子嫁人了，可是偏偏到了这种时候，扈文芳却反到有些个舍不得离开奶奶了。她又往奶奶的跟前凑了凑，后来就干脆依偎在了奶奶的怀里，情不自禁地又一次像儿时那样跟奶奶撒起了娇。两个妹妹文红和文殊见状，用手指头在脸蛋上不停地羞她。顿时，扈家女人们的笑声连成了一片，这笑声一下子穿过窗棂，在达王庄的上空飞翔荡漾……

东间屋子里的男人们都被笑声唤醒了，他们只能够隔着门缝竖起耳朵，听着从那西间屋里传出来的笑声。她们都在说些个啥？啥让她们笑成了这样？女人们的秘密那可就不知详了，总而言之那西间屋子里头的人，几乎是唠了一个晚上的嗑，女人们的嗑太多，唠扯起嗑来，话长得扯都扯不断。也是，老话里不都讲，若是三个女人凑合在了一起，那可就是有好看的了，三个女人就是一台戏呀！

就这样，西间屋子里头的灯光依旧还是那么明亮，扈家女人们的话题，依然还在延续着……

就在这不知不觉之中，院子东房山墙鸡架里头的那只芦花大公鸡打鸣了，它用响亮的鸣啼声在向人们报告，此时此刻的时辰，已是五更天的时候了，约莫再过一会儿，天就要放亮了。

天，真的快要亮了，此时的月亮不知道躲到哪里去了。在一片鸡鸣声中，东方的天际里微露出了一丝淡淡的绯红色曙光，那曙光越来越清晰，也越来越明亮……

"吱嘎——"随着一扇房门的打开，奶奶拉起了孙女扈文芳的手，迈步跨过门槛来到了院子里。她用手指着东方的那一抹曙光对孙女说："这可是个好兆头哇！大姑娘你就瞧好吧！那曙光就是你的幸福希望，它一定会给你带来好运的。"

听了奶奶的话，扈文芳真的举目凝神眺望了一下远方，远方那一抹曙光在朦胧的地平线上，真的好美呀！

"大姐，你快许个愿吧。"小妹扈文姝用小手扯扯了姐姐的衣襟，连声地催促道。

扈文芳笑了，她心领神会双手合掌，双眼紧闭，向着远方的那一抹微启的曙光，在心里暗暗地为自己许下了一个愿望。

大妹妹扈文红问："大姐，你许下的愿望是啥呀？"

姐姐扈文芳笑而不答。

"你不说，俺也知道。"

"你知道个啥？"

扈文红把嘴唇凑近了姐姐的耳朵，然后悄悄地耳语了几句。

顿时，扈文芳的脸"唰"地一下子红了。很快红晕就从她的腮边红到了脖颈子上。

"小红子你真坏，看俺不撕烂你的嘴，再叫你的嘴贫。"

"你敢，谁嘴贫了？"大妹妹躲到了奶奶的身后，姐妹俩围着奶奶嬉闹着，打逗着。

又是一阵甜蜜爽快的笑声，借着秋风的翅膀，在扈家大院的上空传扬飘荡。

笑声也再一次把扈家的男人们吵醒了。循着笑声他们鱼贯地走出了房门，站在院子里大家一起抬头眺望着东方，等待看那东方一抹由暗变明、再由浅红变成深红的曙光。

谁都知道，当那一抹绯红曙光变成了一片金色祥云的时候，天就该大亮了，太阳也很快就会从地平线上露出笑脸来。

由此，新的一天开始了……

二、沐浴霞光的新娘

月亮悄默声地躲藏起来了，黎明前的天还是黑咕隆咚的。这时候，打北边过来的接亲车就到了。大老远地就能听得见村头上骤然响起的一串又一串"啪！啪！啪！"鞭花声，还有那马脖子上和车辕子上拴挂着的铃铛声……

来达王庄接亲的是由两挂马车六匹枣红马组成的车队，枣红马身上鬃毛被梳理得铮明瓦亮。五十年代河北乡下农村，如若论起结婚娶媳妇也是挺讲究排场的，虽说那个年代的人们结婚迎娶不能够与现如今来相比，可当时的乡下人也追求过时髦，越是条件好上一点的人家讲究也就多一些，按照乡下庄户人家的风俗习惯，谁家不想在那一天图个大吉大利？在当时按老理，抬着大红的轿子吹吹打打地去迎娶新娘子，算得上是一种讲究了。后来解放了，乡下人婚事新办不时兴轿子了，最时尚迎亲方式是赶着枣红马的车去接新娘，因为道远马车照比轿子要快得多，而且枣红马车也照比轿子还要风光气派得多。哪家的新媳妇坐着枣红马车进了婆家门，"哪家的媳妇过了门，

11

哪家的日子就像炭火盆"。在扈文芳头里，前老高家大伯的闺女出门子时候，是坐着轿子被抬走的。为此，老高家人也还想再用轿子把新媳妇迎娶进门。当媒人和扈文芳商量起这事的时候，扈文芳不干坚持要坐马车。扈文芳是个青年团员，那时她可积极上进了，样样事都想往头里去，也争着往头里抢，这回响应政府号召坚持喜事新办不坐轿子，她坚持坐马车。扈文芳是在学校里入的团，毕业回到了家后她事事还是按照团员要求去做，村子里也有几个团员，回到家后团费就不愿意再交了，扈文芳可不是这样，不但是自己主动去缴纳团费，但凡是村子里有活动找到了她，她就立马去参加，从不讲究这个那个的，这回轮到自己出嫁了，她也要给别人做个榜样。在出嫁的方式上，两家的长辈们都依了她。

老高家自个家拴了挂马车，也有两匹枣红色的马，可去接亲一挂马车也不够使的呀！后来，高家人又跟人串换着借来了四匹枣红马和一挂车，这样两挂车六匹马一抹水都是枣红色的了。去接亲的时候，六匹马马头上都被高家人系上了大红花，这还不算啥呢，接着高家人又在两挂马车上铺上了红布，拉末了就连赶车用的鞭缨子上，也被高家人系上了红绸带子。是呀！高家人就是要用这红红火火的喜庆劲儿，来迎接他们家的新媳妇过门，这像火一样的红色，更寄托了高家人美好的愿望。

转眼工夫，接亲的人马就到了扈家大门口。老扈家的兄弟俩在大门口外赶紧拿起早就准备好的竹竿子，挑起了两挂大地红点着了，"劈啦啪啦——咚！"

清脆的鞭炮声搅动着达王庄，一会的工夫老扈家的门前就聚满了里三层外三层的人，人群里最高兴的就是孩子们，瞧他们的高兴劲儿，就好似过年一样。

老高家跟着来接亲的长辈，在东屋里头陪着高清如见过了爷丈人和岳父大人之后，胸前佩戴着大红花的新郎高清如，穿过外屋地，想到西间屋里见见自己的新娘扈文芳，可门帘前却被两个调皮的小姨子别住不让进了。

"你是谁呀？请报上名字来。"小姨子故意在问。

"俺是高清如呀！"

"噢，是姐夫。你干什么来啦？"

"俺是来娶媳妇的。"

"你的媳妇是谁？"

"俺的媳妇叫扈文芳，她是你们的姐呀！"高清如隔着门帘能够听得见，屋子里头的笑声响成了一片。

"姐夫，你想进这屋有啥些个准备没有哇？你也得总有点什么表示表示的吧！"

看来小姨子们这一关是不好过的，该需要打点一下了。高清如赶紧从怀里头掏出了两包用红纸包着的糖块，伸手递了过去。

这回他被放行了，高清如踩着一片笑声，走进了屋。

屋子里已经聚集了好多的人，新娘扈文芳盘着腿坐在炕上，奶奶正坐在她的身后为她梳理着头发。打小开始，扈文芳的头发都是由奶奶来给她梳理的，辫子也都是由奶奶来给她编的。这一回孙女要出阁子嫁人了，离家前孙女的头发奶奶还是要给她梳，辫子奶奶也还是要再给她编一回。按照奶奶的话说，奶奶之所以这样来做是让大孙女别一下子忘了家，一个没有娘家妈的孩子，快要是离家在外的人了！奶奶的心可放不下，她说："这头发丝子长长的，连着一个牵挂；这辫子长长的，编好了就能为大孙女编织成一个幸福的家"……

西间屋子里的人都在看着奶奶，看着奶奶亲手给她孙女扈文芳梳着头发，看着奶奶一下一下编成的大辫子。此时此刻的扈文芳，她右手拿着梳妆的镜子，从镜子里在看奶奶那张慈祥的脸，看那双已经褶皱了的手，她在用心数着奶奶头上的根根银发，一股暖流霎时流遍了全身……

她望着奶奶在甜甜地笑着……

多么慈祥的奶奶呀！她真的不想，也不愿意就这样离开奶奶，离开家去到一个陌生的环境之中。她不知道自己未来的婆婆，能不能也像奶奶一样的好？婆婆家里头的人，又会是个啥样的呢？

扈文芳望着镜子里头的自己，陷入一种沉思遐想之中……

扈文芳的婆婆家姓高，在仇庄南边拉的码头乡的甄庄，距离达王庄十八里地。那么，这老高家与老扈家，这两家人又是怎样牛古上亲家的呢？

要唠扯起这嗑，那还得从达王庄说起来。在达王庄村的南街，有一个村里人都叫她老太太的媒婆，她娘家就是甄庄的。老太太平日里她喜欢给人保媒拉个对象，她也是依靠着这个弄些个"好处费"，时间一长她就成了十里八村公认有名的"陈快腿"。老太太的家离着老扈家相距不算太远，老扈家的门风好人也挺实诚，特别是她一见到老扈家大姑娘的时候，更是打心里往外地喜欢，这样，她就一直张罗着要给老扈家的大姑娘介绍个好人家。当时在河北乡下农村中正时兴"娃娃亲"，"娃娃亲"就是早早地把两家的儿女亲事商定妥了，这种"娃娃亲"一旦定下来了是必须算数的，中间是不能够翻悔的。大概还是在扈文芳 10 岁那年，再准确一点的时间就是日本鬼子战败后八一五光复那年秋天，父亲扈广庭从区队上请假回来帮家里人忙秋的时候。有一天，早上父亲扈广庭突然地对女儿扈文芳说："要骑洋车带着她，去趟姥姥家。"扈文芳的姥姥家也是在北边，离着达王庄老远了，去姥姥家还要再过一条大河，河面很宽要坐船才能过去。到了姥姥家扈文芳就和小朋友们在一起玩了，直到吃完了晌午饭，她才坐着父亲扈广庭的洋车返身回到了达王庄。

回到了家后，弟弟扈文虎拉着姐姐的手到了大门口，然后很神秘地问姐姐："姐，是给你说婆婆了么？"

"谁说的，啥个婆婆？"

"你还瞒谁呢？这是真的。"

"瞎说，你听谁说的？谁说的？"

"得嘞！谁不知道呀！你有婆婆了，有婆婆了咋还瞒人做啥？"

扈文芳听了弟弟的话，一脸的茫然，她赶紧跑去问母亲。

正在炕上纳着鞋底子的母亲，听到了扈文芳急切地追问声后，却不紧不慢笑呵呵地对她说："闺女，别听你弟弟乱讲，根本没有影的事。啥婆婆呀？我咋不知道？他是在跟着你闹着玩呢。"其实母亲只不过不想过早地告诉女儿实情，她知道女儿还太小。

后来，女儿扈文芳还是从父母们的举止言谈中，弄明白了事情的根由。然而，婆婆家在哪块儿？自己未来的先生又是谁？这些个疑惑，对于她这个少女来说都是没有答案的。然而就在一种冥冥之中，扈文芳隐隐约约可以感觉到自己未来家的方向，那个方向是在北边，她知道越往北边方向，就离着北京城越来越近了，北京城里过去那可是住皇上的地方呀！

多梦是每一个少女所要经历的过程。多梦的少女时代，梦里有着多彩的憧憬。扈文芳在梦里也曾不止一次地在为自己的家遐想过，为自己的未来遐想过，她懂得只有家的方向，才是幸福的方向，幸福就是家。

现实对于扈文芳来说，有的时候也是很不尽人意的，有的时候又是残酷无情。让她做梦也没有想得到的事情发生了，就在四月里父母刚刚给她定了"娃娃亲"之后，当年的腊月母亲就因病撒手人寰。一个沉重的打击突然降临在身边……

在奶奶的怀里擦干眼泪，当时还只有 7 岁的扈文芳，就顶替母亲承担起了照顾四个年幼无知弟弟妹妹的责任来。也是打从那时候起，扈文芳脸上的笑容一下子没有了，仅仅是一夜之间她就变得成熟了很多，虽然她的个子不高，年龄也只有 7 岁，但在大人们的目光里，她一下子就长高了，长大了。

一晃的光景，眼瞅着扈文芳就要到 21 岁了，她已出落成亭亭玉立的大姑娘。那天，南街的老太太又来了，她来家的目的很清楚，甄庄的婆家捎来了话，想商量商量娶大姑娘过门成亲，人家老高家就俩个孩子，除了儿子高清如外还有个闺女，叫高清霞小名叫大改，也定亲有了婆家。亲家想忙过了秋后就把儿子高清如的婚事给操办了，娶了儿媳妇以后，他们家再好择定个日子嫁闺女。

1956 年的时候，无论是老高家还是老扈家，这两家的俩孩子都到了该谈婚论嫁的年纪，扈文芳的年龄照比高清如还要大了一岁，而在这个时候给他们操办喜事，也都是两家的老人在一起事先商量定妥的事。当初在定"娃娃亲"的时候，是老扈家的人先说出了不想叫孩子过早出阁子嫁人的想法，当时老高家的家里头也不缺人手。所以，这两家的人一直都是按照双方当时商定好的约定去做。虽然两家相距才 18 里地，不远也不近，自打定下了"娃娃亲"以后，除了两家的大人见了两次面外，两家的孩子还从来都没有见过面。那时候的人特别是乡下的人，讲究个老理风俗，媒妁之言父母之命，都得信服更不能够违背，若是谁违背了承诺，甚至还会遭到谴责的。据说，当时戏匣子里头常常唱的那出评剧《小女婿》，就是发生在河北农村里的事儿，因为在河北的农村里小女婿现象是司空见惯的。有的时候媳妇是越大越好，不是还有那样的一句话吗："女大三抱金砖，女大一抱金鸡。"两家大人都看好了这桩婚事，可俩孩子平时里却不怎么来往，他们彼此之间对于对方，也没有太深的印象，由此，日子也就这样一天天地过去了。

两家的大人们在一起见了面，很快就商定好婚事，也择定好了日子。当时新《婚姻法》刚刚颁布实行，要领取结婚证先得从大队上开介绍信，然后才能到码头乡公社登记结婚。去领结婚证的那天，扈文芳这才平生第一次见到了自己未来的丈夫，他是赶着个毛驴车到达王庄来的，来达王庄接扈文芳一起去码头公社领结婚证。丈夫高清如是个大个子，人长得五大三粗，浓眉大眼，一看就是一个本本分分的老实人。丈夫的文化不高，嘴挺锈的。一见面后扈文芳老是拿眼睛上上下下地打量着他，这样一来，高清如就更窘没有个话了，他杵在那里只能一个劲地低着头，用眼睛瞅自己的脚尖，额头上挂满了豆粒大的汗珠子。

心直口快的扈文芳压根就没有想到，自己的丈夫竟会是这样一个性格内向，不太招人待见的人，心里头虽是这么想，碍于面子也就再没有说些个啥。等过了门之后，两个人生活在一起，扈文芳这才慢慢地发现自己的丈夫除了人老实厚道外，他的心眼其实挺好的。当然，这都是些后话了。

操办婚事前，老高家过礼的礼品是几匹布。公公说："你们老扈家的大姑娘来俺们家做媳妇，俺们是绝对屈不着她的，一定要叫她风风光光地过门。"原本高家人想在办喜事的当天，请一个戏班子在村子里头好生地唱出大戏，当时河北农村办喜事也很时兴这个。高家来人商量唱哪出戏？不成想扈文芳说话了，她一张口就让人不知所措。

"俺不想要这个，都新社会了俺又是个团员，俺要带头婚事新办，就不要讲啥排场乱花钱了。"听着扈文芳说的话在理，长辈们都依了她。

…………

"文芳！你准备得咋样了？这个时候可是不早了，到你婆家的道可远着呢！"爷爷推开了西间屋的门，探头进来，他嘴上叼着个旱烟袋，脸上的皱纹都堆成了花。

按照当地人的风俗，闺女出阁子嫁人，去婆家走得越早越好，要是赶在太阳刚刚出来的时候走那才好呢！"太阳坐着车，日子没有说。孩子花着生，幸福伴一生。"

奶奶举头往天空瞥了一眼后，她叫二孙女扈文红到外屋地端来了一碗面条，这碗面条是她亲自擀的，论吃这碗面条那可老有讲究头了。奶奶说："闺女临出家门口，吃碗面条连着心。"她又递给了在屋地当央站着的高清如一双筷子，叫孙女婿也吃上一口面条。接着她又说："两个人同吃一碗面，

17

好日子长长久久扯不断。"

　　晨曦就要从东方地平线上露出笑脸来了，扈文芳出阁子离家的时辰也到了。在大家伙的簇拥下，扈文芳怀里头抱着个用红布包裹着的烤瓷红脸盆，她轻轻地推开了家门。

　　按照季节的掐算，阴历九月十三还是个暖阳的日子。但今年河北的天气已进开始煞冷了，特别是早上出门的时候，穿薄了冷气就会往怀里头钻，手也会被冻得冰凉冰凉的，当太阳一出来后，这种寒意立马就会被驱散得无影无踪。

　　同大姑娘扈文芳一起从屋里走到院子里头的人，在吸了一口凉气之后，都不由自主地打了个寒颤，虽然是一个不约而同的细微动作，或许这里头或多或少也有一种心理的作用吧！

　　此时此刻的扈文芳，全然没有感受到一丝的凉意。今天，她打扮得光彩照人，她的脸上不但擦了粉，腮两边还涂了层红，嘴唇也涂抹了红唇膏。扈文芳贴身穿着粉红色的薄棉袄和薄棉裤，棉袄和棉裤的外头是一身用学生蓝布做成的褂子和裤子，而且上身穿的褂子还是掐摺两面能穿的，当时最时兴的就是这种学生蓝，学生蓝的布料子是在码头供销社买的，再拿到缝衣铺子加工。她的褂子外边还罩了件红色毛衣，红毛衣用的红毛线是托人在天津买的，羊毛的纯度很高，毛线买到手后她自己借着灯光下亲手织就而成，她觉得经过自己一手织成的毛衣，穿在身上才舒坦踏实。今天，扈文芳的头发是奶奶亲手给她梳的，两条大辫子，辫子的稍都耷拉到了腰间，辫子上梳了五个花瓣，两个辫子稍上还各扎了红头绳。

　　送亲的人一起和扈文芳上了车，去送她的有本家的两个叔叔，还有一个大伯，本来西头那院里大娘说好了要去送大姑娘的，可偏巧赶上了媳妇做月子抽不开身，这样就改由村子里的一个干娘去送亲陪姑娘。那个干娘的头上戴了顶黑大绒帽子，帽子上还别了朵小红花。她穿了一身灯芯绒布的袄子和裤子，裤子外头还罩了个裙子，裤角上系着绷带。干娘是一个三寸金莲的小脚，她走起路来屁股还一扭达一扭达的，自打上了车，扈文芳一见到干娘的小脚就捂着嘴笑。干娘知道她笑个啥，就数落起扈文芳："还笑呢。这要是不赶上新社会了，就你的这两片大脚巴丫子，谁还敢要哇！啧啧，你还能够找到婆婆家呀？"

"嘿嘿……"扈文芳还是在笑，她把脸都笑红了。

老扈家的闺女们打从扈文芳起，就个顶个的是大脚了，关于裹脚这事，也是打从扈文芳这里起给破的。奶奶和母亲都是小脚，旧社会给女孩子裹脚，是祖上沿袭下来的规矩。小的时候母亲想给扈文芳裹脚，她又哭又闹拧着劲不从。奶奶说话了，"女孩子打小就得裹脚，若是脚大了，可就找不到婆家，也没有人敢要你"。

"嫁不出去没有人要拉到，我就是不裹脚。能怎地？大不了留在家里，我就当老扈家的姑奶奶。"扈文芳这一吵吵嚷嚷不裹脚可不要紧，她带头不裹脚，大娘家的姐姐见了也跟着学，坚决地进行反抗。后来大家都胜利了，老扈家女人的这个规矩，就这样生愣在她们这一辈人的面前给破了……

太阳冒出头来了，不一会儿一张圆圆的涨得通红的脸，就"唰地"钻出了地平线。瞬间太阳播撒的霞光，在秋风梳理下就驱散了煞冷的寒意……

"啪！"一声清脆的响鞭，在霞光浸染的秋韵中传荡……

"啪！"又是一声清脆的响鞭，在冀中大平原上回响……

这个时候，由六匹枣红马拉着的两挂大车，在暖意洋洋的乡间路上向着甄庄的方向行进着。而这时，车上最高兴的人莫过于扈文芳了，她知道顺着这条路往前走就是甄庄了，那个甄庄就是她的家，在这通往家的方向里，紧紧连接着"幸福"两个字！

干娘这个时候又说话了："大姑娘呀！你这回苦尽甘来算是出头了，打今晚上起，被窝里也该是热热乎乎的了。"

"瞧您说的，谁的被窝里不热乎？"

"就您的呗！这回呀俩人一被窝了，那个热乎劲儿，可就没法说喽。"

"你……"弄明白了干娘话外的炫音，臊得扈文芳整个一个大红脸，她赶紧用手把脸捂上，一边把头埋在了干娘的怀里撒起娇来，还一边还赌着气说："您坏，您坏，您真坏！"

"好，干娘坏，那你就找不坏的人去吧！"

搂着怀里撒着娇的大姑娘扈文芳，干娘清了清嗓子，她字正腔圆地唱起了评剧《小女婿》的选段，"小河流水呀！哗啦啦，哗啦啦地响……"

依偎在干娘温暖的怀中，望着正在冉冉升腾起来的太阳，望着满是秋韵的原野，扈文芳的心里头格外地舒畅。她一下子忘了自己是新娘子了，禁不住随口跟着干娘唱了起来："小河流水呀！哗啦啦，哗啦啦地响……"

很快，马车上的人都随和着一起唱了起来，因为五十年代的这出评剧《小女婿》，在冀中大平原上家喻户晓，无论是在何种场合，只要是欢愉的人们兴头一起，也无论是谁起的头，大家伙都会一起跟着附和唱起来……

"哈哈哈……"

又是一阵爽朗的笑声，在冀中的大平原上飞荡……

"啪——"又是一声清脆的响鞭，枣红马撒开了蹄子……

三、喜鹊登枝的时刻

就在太阳升起约有一竿子高的时候，接亲的两挂马车来到了一个岔路口，向左拐下道就是萦绕着袅袅炊烟的甄庄了。然而，赶头车的老板子却甩了一个响鞭把马车拐向了右边的大郑庄，扈文芳和送亲娘家人都感到一头雾水，这时，有人喊："不对了，下道拐错了！"

跟着车一同来接亲的长辈婶婆说话了："您瞧好，咱们这是先要到大郑庄的南门牌楼下去沾沾喜。为嘛沾沾喜，咱们大郑庄子过去皇上在那里选过娘娘，从打这里出过娘娘后，这个牌楼子可就金贵了，在咱这无论是谁家娶媳妇送闺女的，都是要到南门的牌楼下来沾沾喜气，这个牌楼子灵验着呢！"

马车拐弯下道后不远就是大郑庄南门的牌楼，整个牌楼都是上等的好木料做成的，牌楼当央的地方还刻写了匾额，"大郑庄"三个大字放着金光。

车到了牌楼下后，婶子婆牵着扈文芳的手下了车，她把事先准备好的两个红绸布条，分别交给了扈文芳和高清如，扈文芳与高清如再把红绸子的布条，一起系到牌楼紫红色的柱子上。

这个时候婶子婆又说话了："红布系得紧，幸福进家门。红布连着心，幸福伴婚姻。红布拴得牢，日子没有挑。"

在码头这个地方，当地人都很信奉大郑庄南门的这个牌楼子，多少年来这个牌楼在人们的眼中，它能够给人带来幸福和吉祥。而这个人们心头上的美好希望，也正是来自一个"骑着土墙抱凤凰"的美丽传说。

相传在老早年间，在大郑庄子的南门边上住着一户很穷的人家，这户人家里除了一个父亲外，再有的就是他的两个儿子和一个老闺女，据说孩子的娘是因为产后风死的，闺女打小生下来就是个秃子，她的头顶上秃得连根头发都没有。父亲会使唤船平常里的营生靠打鱼来维持一家人的生活，日子也过得紧巴巴的。每一次打鱼回来后，凡是大一点的鱼他就挑拣出来，到集市上卖了换点银两贴补家里用，剩下些小一点的鱼，他就都留给孩子们炖了吃，打鱼人家的孩子们吃个鱼那是常有的事。风里来雨里走，一条渔船承载了全家人的希望，孩子们也伴随父亲摇动的木桨声一天天地在长大。然而细心的父亲却发现，他的两个儿子不但心眼多，还很贪心，每次在吃鱼的时候，他们哥俩争抢着专拣鱼当间的肉吃，把剩下的鱼头和鱼尾都留给妹妹吃。一次，父亲发现俩个儿子又再次故伎重演，就故意在吃饭的时候问："我晌午头打回来的那条鲤子，你们俩吃了没有？"

"啊，那鱼呀！俺们哥儿俩吃了。秃瓢妹妹的那份，都给她留着呢！她下地里剜野菜，不是还没有回来吗！"老二说罢，端过来盛鱼的盘子。

父亲往盘子里一瞅就气不打一处来，青花瓷的盘子里哪还有什么鱼呀？有的只是鱼头和鱼尾巴了，鱼的其他部分都让这哥俩给吃了个精光。

"太混账了，你们每次在吃鱼的时候，都是这样对待妹妹的吗？"

哥儿俩低着头不敢吱声了。

"咳！你们俩未免做得也太过分了吧？做人咋能够是这样的呢？还是俺的闺女有口福哇，论理说这鱼头和鱼尾那才好着呢！这上边都是些活肉。"

父亲往炕沿上磕烟袋锅，不住嘴地数落着儿子后；又往烟袋锅里装满了叶子烟，再划根火柴把烟点燃。他猛吸了一口后，又把一大团的烟雾，"扑"地全都吐了出来……

在父亲的责骂声中，老大和老二的头都快垂到腰间了。他们不敢再抬头偷看一眼父亲，也知道自己做得太过分了，平日里他们俩联手欺负秃头的妹妹，不但嫌乎她的脑袋秃，更嫌乎她的身上脏。每当父亲不在跟前的时候，他们就变着法地欺负她。这一回，在父亲的跟前，他们的良心受到了谴责……

这一天，北京皇城里头选娘娘的大队人马，鸣锣开道旌旗招展正好从村子里经过，村子里头的人都挤在了街道的两旁，哥儿俩也赶忙挤进人群来看热闹。很快，选娘娘的队伍就打南边过来了，浩浩荡荡的。走着走着，队伍忽然间一下子停住了脚步，这可让在前边鸣锣开路的钦差大臣们不知所措。一个御前大臣赶忙来到了皇上的近前，想叩问啥个缘由？

只听皇上说了声："朕的娘娘选到了，就是她。"

大家伙的眼睛齐刷刷地顺着皇上手指方向看去，只见在路旁一户人家的黄土墙头上，一个头顶上光秃秃的，穿着花格子衣服的闺女，此时正骑坐在墙头上，她的怀里头还抱着只红冠子、红羽毛的大公鸡。她见了皇上后非但没有一丁点的惧色，相反却是咧着嘴，一个劲儿地冲着皇上"嘿嘿"地傻笑。

皇上走到了秃闺女的跟前，伸手把她从墙头上扶了下来后，又牵着她的手一起走进了院子，顷刻间选娘娘的队伍，就把这户人家的房前屋后围了一个严严实实。刚刚打渔回来的秃闺女父亲见到皇上，赶忙从屋里迎出来，他双膝跪下低头迎接圣驾。

皇上说："朕，刚刚选中了你家闺女为娘娘。"

爷儿俩赶紧磕头，"谢皇上隆恩"！

于是，秃闺女就这样被接走了，坐在凤辇里的秃闺女，她的怀里一直都在抱着那只大公鸡，伸长脖子的大公鸡可好看了，它一身紫红色的羽毛，血红的鸡冠子，在秃闺女的怀中好似一只火红的凤凰。

当回京城的队伍走到了一个叫落发坡的地方时，皇上又一次叫停了队伍。他来到了凤辇前，伸手把秃闺女从凤辇里扶下来，并伸手揭下了她的秃头顶。呀！原来哪里是什么秃头顶，分明是一个银碗扣在了她的头顶上。当银碗被皇上用手揭下来后，大家这才惊喜地发现秃闺女其实不秃，她的头发浓黑发亮好着呢，全都扣在了银碗里。于是，有人赶紧给她换衣服、换鞋，经过了一番打扮过后，她真的与众不同，美如天仙。

皇上随即赐名她为凤凰娘娘。

见到娘娘如此的美貌，随行的众臣赶紧一起叩首拜见凤凰娘娘。后来，紫禁城里的凤凰娘娘派人把父亲和两个哥哥都接进了紫禁城，两个哥哥还在朝廷上做了大官。他们借了妹妹的光后，每次再见到凤凰娘娘的时候，哥儿俩的脸总是涨得通红，他们的心里头总是有种愧对妹妹的感觉……

娇子婆绘声绘色地把故事讲到这就戛然停住了，正听得入了迷的扈文芳不由脱口而问："那到后来呢？"

"到后来呀！怎么说呢？"她瞥了一眼扈文芳，"扑哧"地笑出了声。

扈文芳还是没有听出来她的弦外之音。

"咳，孩子，这到后来的事，可就要问问你喽！"

"问我干嘛呀？"

"问你干嘛，后来咱这不也有一个闺女坐着铺红毯的枣红马车，手里抱着个红布包裹着的盆子，嫁到了甄庄的老高家呀！那个气派的劲儿，可不照比凤凰娘娘差个啥，对吗？"

"哈！哈！哈……"听了这话，车上的人都忍不住地笑了。

扈文芳也"扑哧"地笑了，她赶紧用手捂住了脸颊。"婶子，您净捉弄俺。俺可不理睬你了。"

"哈！哈！哈……"又是一阵笑声伴着一串串清脆的鞭花，在马蹄子踏响的车辙里流淌……

打清早上起，甄庄也不知道从哪里飞来了两只花喜鹊，落在村当央的老槐树上一个劲"喳喳"地叫个不停。喜鹊登枝这在河北庄户人家眼里，那可是老有讲究了，不是有那么一句话"喜鹊喳喳叫，喜事跟脚到"。今天的甄庄，老高家院里娶媳妇的喜事，整个庄上的人都是知道的，看来花喜鹊们也特为来凑热闹的。

18里地的路程，在人们翘首期待中缩短着距离，当两挂接亲的马车回到甄庄的时候，太阳已升起老高了。老高家指派望风的人，此时正在村口等着呢。见到去达王庄接亲的马车回来了，有人立马一溜烟地回村子里通风报信。

新娘子扈文芳和娘家人刚刚在村头上下了车，在高家大伯的指挥下，迎亲的鞭炮即刻就被点燃了。放鞭炮的人都是用竿子挑着大地红放的，一茬接一茬地沿着街道两旁往村子里排着放的，鞭炮声震耳欲聋那叫个响啊！

"劈啦啪啦——咚！劈啦啪啦——咚！……"

不一会儿的工夫，村子的上空就弥漫了一片浓烈呛人的火药味，还有爆炸燃烧过后聚合起来的一大片烟雾……

扈文芳怀中抱着盆在头里走，娘家的来人在后头跟着往村里走，撒花瓣的闺女们跟着撒花瓣，几个淘气包挤在新娘子的前边，弯腰拣着没有点燃的小鞭儿，街道两旁来看新娘的人很多，扈文芳偷着眼瞅了瞅，一路上里三层外三层的好个热闹。

被人们簇拥着的扈文芳到了老高家的时候，她先没有被直接迎进新房，而是被迎进了东院邻居家。按照当时河北农村风俗，坐轿的媳妇即便是到了婆家的大门口，也不会马上让她掀开轿帘子下轿的，非得在轿子里头呆上一会，这就叫做"憋憋性"，意思是关一关新媳妇的脾气秉性，消磨一下她的火气，待过了门后好服管。在东院大伯家里，有人陪着歇歇脚，唠唠嗑，正好借这个工夫扈文芳又从头到脚拾掇拾掇，她又重新擦了擦粉……

歇过了一会儿后，老高家就来人接亲了，来接亲的人有主婚人，有介绍人，一块来的还有挺多的人，呼呼啦啦地挤满了一院子，大家伙一起把扈文芳和娘家的人，一起都接进了高家大院。

按照时辰，婚礼的仪式开始了。长辈们在院子前头一溜的板凳上坐下了，有高老祖、有奶奶婆、有大伯公、有大娘婆、有自己家的公公和婆婆、还有叔公与婶婆……

在正间堂屋里挨着北山墙的大堂桌子上，摆放着两柱碗口粗的红蜡烛，蜡烛点燃的火苗子很旺。山墙上贴着一个大喜字，喜字的上头还投射着闪闪的金光。

这天的公公和婆婆，都是上身蓝斜纹布的褂子，下身都是古铜色斜纹布的裤子，所不同的是公公的头上戴了顶蓝哔叽尼的帽子，在婆婆头顶上黑大绒的帽子上，还特为别了一朵红色的小花。

在主婚人讲完了话后，扈文芳就由丈夫高清如陪着走进了他们的新房，她上炕盘起腿坐起了福。打从这一刻时起，扈文芳和高清如就正式结拜成为了夫妻，他们的两颗心由此被紧紧地拴在了一起。也是从这一刻起，在中国社会大家庭的肌体上，又多了一个家的细胞。

那两只花喜鹊，依旧在老槐树的枝杈上"喳喳"地叫唤着，它们也在用自己的特有方式，向高家大院里的两位新人道喜祝福……

换了换衣服，扈文芳和高清如两个人，就在当院里忙活着招待客人了。虽说甄庄不大，这一天全甄庄的老少乡亲们都来了，老高家大办了 50 多桌的酒席，除了图个喜庆吉利，图个乐呵外，高家人也要借着这个机会好好款待一下乡里乡亲。在甄庄，老高家人拿乡亲们很是为重，高家人的口碑在甄庄也是很好的，这口碑自打从太老祖起就一直延续到今天，老高家人很讲究个做人的规矩和准则，也很珍惜与乡里乡亲们相处的缘分。也是的，人嘛除了要有自己的根，更要有颗感恩的心，打古人流传下来的那句"上善若水，厚德载物"老话，老高家的人祖祖辈辈就都铭记在心头，践行在行动上。

宴席从晌午头开始，一直持续到了晚上。等到村子里的年轻人闹完了洞房后，都已经是快大半夜的时候了。在万籁俱静的夜色里，天幕中的每一个星星都在眨着诡秘的眼睛……

第二天的一大早，扈文芳刚刚梳洗完毕，婆婆申宝玉就端着一碗热汽腾腾的手擀面进屋来了，面里还放了俩鸡蛋。

婆婆说："这碗里的面条你可要都吃了，是不能够剩的。"

扈文芳用筷子夹起面条，面条长着呢，几乎是一整根。

婆婆说："这长面条，可大有着讲究。"

"娘！那是啥样的讲究？"

"吃得面条越长，日子不但兴旺，幸福会更长久！"

"娘，那您往被里放的栗子和大红枣，该不是又有啥个讲究头了吧？"扈文芳又问婆婆。

"当然也是有讲究了，这就叫一把栗子一把枣子，又生闺女又生小，花着生的孩子好养活。不是还有那话吗，枣和栗子到了一起，取其之意就是一定要早立子喽！"

　　婆婆的一句话，臊得扈文芳的脸"刷"地红了。

　　"哈哈哈……"

　　又是一阵笑声，再次充盈了整个房间……

四、招人疼的媳妇

　　在由老祖高振荣繁衍下来的这支大家庭里，尽管岁月中相继赶上了连连的灾年，也遇到了兵荒马乱，但这支高家人活得还算是很安稳。等接续到了高继山、高继坤、高继伦这辈人的时候，高家依旧是人丁兴旺，生活较为安稳富裕。在没有啥事的时候，高家的哥仁凑在一起掰着指头算一算，总是觉得还有一样不太尽人意的地方，他们哥仁只有老二高继坤的膝下是一儿一女品种全和，剩下两家屋里头所缺少的都是没个闺女，特别是老三家里脚跟脚地来了三个小子。也不是老大高继山的家里头没有来过闺女，那年老大的家里也曾来过个闺女，孩子生下来以后老祖高振荣按照家谱给这孩子起了一个名字叫高清凤，小名唤作她为大凤，大凤很是招人喜爱，皮肤白白净净的，哭起来的声音很响亮。可天有不测风云，大凤生下来后的第七天就夭折了，大凤这一死着实让高家人伤心至极，就为这孩子妈还一股火病倒在炕上了……当高继坤娶了申宝玉有了儿子高清如，接下来一个女儿扑奔他也来了，按照家谱排序便应该为她取名叫高清霞，小名唤作二凤，婆婆想得多怕再叫高清霞为二凤，能就势勾引起老大屋里思念夭折孩子的伤心劲儿，于是就特为把二凤叫成了大该，也为的是回避了一个"凤"字，这样高玉霞的小名就这样地被叫作"大改"了。在老高家下一辈人中，唯有老二高继坤的儿子高清如一改家里的常规，按照年龄是头一个在老高家娶妻成家的，这样本来男人多于女人的高家大院，自打扈文芳过门进了高家大院后，高家人的欢声笑语立刻喷多了起来，特别是女人们的笑声每天从早到晚从未间断过。小姑子大改倍喜欢她的嫂子扈文芳，整天摽着嫂子，喜欢和她在一起打连连……

在老高家的大院里，要说扈文芳她可是最招惹奶婆婆疼爱的人，奶婆婆对她的那个劲儿可好着呢。奶婆婆在这个家里是当家主事的人，打从扈文芳迈进了老高家门的那天起，奶婆婆就当着大伙的面说话了："文芳这孩子的命苦哇！她在家做姑娘的时候可吃了不少的苦头，来了咱的家，在这儿谁也不能屈着她。"

这天，奶婆婆把扈文芳叫到了她的屋子里，奶婆婆问她："文芳，你的针线活行吗？"

"还行，做得上来。"

"那你做个褂子给我看看咋样？"

"行！您就拿块布料来，俺给您做做看看吧，做坏了您可别说俺呀！"

"瞧你说的，你这孩子多心了不是！"

扈文芳的针线活好，她的针线活是打小在家里跟着奶奶学的，奶奶的针线活就好，奶奶告诉过扈文芳，她娘家是书香门第的大户人家，在清朝时家里头曾出了一个秀才和一个举人，做针线活在他们的家里头那可是闺女们都必须要学会的，谁不会也不行，不但是要会针线活还要精细喽！扈文芳学会了针线活以后，那年当母亲突然间地没了以后，这全家人的针线活可就由扈文芳与奶奶一起来做了，就为做针线活她的右手二拇指都变了形，奶奶一见了孙女变形的手指，就心疼得不得了……

奶婆婆给扈文芳一块布料子，扈文芳很快就给她做好了件带大襟锁钮襻的褂子，穿着扈文芳做的褂子，奶婆婆喜欢着呢，她逢人便夸奖孙子媳妇手巧针线活儿好："知道吗，俺身上穿的这件褂子就是孙子媳妇做的，瞧这针码密密实实的多好看，这孩子的手巧着嘞，一般孩子是比不上她的……"

见扈文芳的针线活儿这样好，打这但凡是自己的褂子和裤子，奶婆婆便指定叫扈文芳来给她做。除了相中扈文芳的针线活儿好外，她更是打心里往外稀罕着这个孙子媳妇，瞅着她就是个乐。要说这个奶婆婆也够偏心的，不但时不时地偷偷多给扈文芳几块布料子，让她自己再做些衣服和裤子，还暗地里头总往孙子媳妇的手里塞些个钱，让她留着做零花用，每次扈文芳都是拗不过她，扈文芳知道这是奶婆婆对自己的好。

这天吃早饭的时候，太老祖高振荣没有上桌吃饭，扈文芳便问奶婆婆："奶奶，爷爷咋不来吃饭呢？"

奶婆婆说话了："不用等他吃饭了，早上起来他有些个不自在，让他歇歇就好了。"接着，她又用眼睛扫了一下正低头吃饭的几个人，"今个老爷子的羊是放不了了，吃过了饭后你们谁去替换个手，把羊放了？"

"大伙都忙，这羊俺去放。"扈文芳当即表示要去放羊。

"那可不中！哪有新媳妇刚刚过了门就去放羊的，这样成啥事了？"奶婆婆摇着头否定了扈文芳的想法。

"没事的，这羊俺能放，您就瞧好放心吧！"说着话的工夫，扈文芳放下了手中的碗筷，到东山墙拿下来挂在墙上的羊鞭子，她又到自己的屋里找了块红方巾系在头上，抬脚奔着羊圈去了，打开了羊圈的门后，20多只羊和羔"咪唵——，咪唵——"地撒着欢，把扈文芳围拢在了中间，簇拥着她一起往外头走去。白色的羊群、红色的头巾和一身学生蓝的扈文芳，这三种颜色融合在一起，霎时成为一道迷人的风景。

婆婆申宝玉见到媳妇扈文芳赶着羊群顺着街筒子走了，立刻催促闺女大改快去追她嫂子，陪着她一块去放羊，可别介有个啥闪失喽！

没容得母亲话音落地，大改早就快步地追了出去，晨光里的姑嫂二人，一起嬉笑着赶羊群奔向了南大甸子……

赶晌午头的时候，扈文芳和小姑子大改放羊回到了家，这个时候家里的女人们正在忙活着做饭呢，扈文芳见状伸手就要跟着一起做饭。又是奶婆婆隔着窗户喊住了她。"文芳，这做饭的活儿你就别再插手了，你和大改麻溜地到我的房里来，我这儿有话对你们说。"

大改冲着嫂子挤弄了一下眼，姑嫂俩拉着手到了上屋奶婆婆的房间里。见到她们两个人来了，奶婆婆赶忙下地掀开地柜子的柜盖，伸手从里面拿出一包槽子糕和一包沾果糖来，她抓了一大把沾果糖塞到扈文芳和大改的手里，嘴里还在催促道："快吃吧，好吃着呢，这都是他们孝敬我和你爷爷的。"说着话，奶奶还把一块槽子糕，轻轻放到了扈文芳嘴里……

一回身，奶婆婆见到孙女大改也张开嘴在等她，奶婆婆却撇撇嘴说："想吃了自个儿拿，没人喂你。一个姑娘家的，咋就那么手懒呢？"

"那你咋对我嫂子那样呢？明显就是你偏心眼。"大改不服气，她在故意地跟着奶奶掰扯着。

"就偏心来着，你个小人能咋地？"奶奶也在故意地气着孙女。

说归说，闹归闹，稍微停顿了一会后，三个人都同时"扑哧"地笑出声来，这祖孙三个人合在了一起的笑声，很快就顺着敞开的窗户，飞了出去……

就这样，在扈文芳幸福的感觉里，时光也在飞快地流淌着。转眼的工夫，就到了农历腊月十五，每年到了这一天的时候，按照老高家祖上沿袭下来的规矩，一大家子的人可就要归伙在一起吃了，大伙吃饭一直要吃到正月的十五。今年，分开户的三家十五、六口人又归拢到了一起，这种一锅搅马勺场面是扈文芳从来没有经历过的，那场面甭提该有多热闹了。老高家添人进口，老祖高振荣可乐了，他还特为宰杀了两只肥羊给大家吃。打从归伙这天起，吃饭的人一下子多了，当家主事的奶婆婆就给全家人细分了各自要干的活儿，拉末了就没有扈文芳要做的事儿，扈文芳憋不住了她就去问奶婆婆："奶奶，俺都干些个啥呀？"

"没有你的事儿，你个新媳妇刚刚过门，就啥也不用干了。咱家里的人手够用了，你就待着吧！"

"可别介，俺乐意干活儿。"

见到奶婆婆只是笑没有吱声表态，扈文芳就自己找事情干。这个时候她见到婆婆和婶婆婆正要牵着骡子去石碾子碾麦子，就接过她们手中的簸其和箩筐，跟着她们一起去了……

望着孙子媳妇的背影，奶婆婆抿着嘴笑，她是打心眼里喜欢着扈文芳。

过完春节出了正月，在总路线、"大跃进"、人民公社三面旗帜的指引下，码头乡人民公社属下各个大队的人，一起都入了社。入社后的人们，按照公社的要求家家户户就不再开火了，要一起到社里的大食堂里吃大伙食，一起过共产主义的生活。原本老高家人的生活是不错的，为了积极响应政府的号召，老祖高振荣带头把家里的一匹马和一头骡子，连同一挂车还有几十亩的地，一起都交给了社里，剩下的几十只羊也都处理卖掉了，那个时候不卖也不行，上边有规定公社里的社员是不允许自家养羊的，共产主义嘛就是要共产平均，人人都要一样。

每天早上，只要村当央老槐树上挂着的磬声响起来，大家伙就会直奔大食堂去吃大锅饭。社里头的大锅饭就不好吃了，照家里的饭是两个样，每顿饭都是清汤寡水的，根本就吃不饱肚子。在吃每顿饭的时候，专门负责盛饭人的饭勺子是有撇的。凡是下地里头去干活的人，他盛饭的饭勺子就一准儿会沉一点；不下地去干活的人，他盛饭的勺子就轻多了，而且队长要求每顿饭都先要可下地干活的人先吃，不下地的人只能站在一旁干瞅着，等到下地的人吃过饭都走了后，才允许不下地的人上桌捡吧点东西吃了，赶上了啥就吃点啥，不会再提另给你再做的，有时候锅里头的饭早就见底没有了，没有办法吃不着饭的人，也就只能勒紧裤腰带挨饿干挺着。因为生产队里头有规定：人民公社里是不会白养活闲人的，不干活的人队里头是不管饭的，要想吃饭想不饿肚子，你就得下地里头去干活，一天不干活也不行。那年月在吃大锅饭的时候，因为吃不饱饭饿死了挺多的人，光是扈文芳娘家那边达王庄里头就饿死了十多口子。挨饿饿得实在挺不住了，为能填饱个肚子，许多人就结帮成队的不是去荒草甸子里挖甜梗，再不就是去剥树皮，拣山芋的叶梗子吃，再没有啥可吃的东西了，有些人干脆就把棒子骨里头的瓢子用电磨磨碎，再掺合点棒子面做成饼子，搅合成了糊糊粥吃。很多的人也吃过用毛姜切开晒成干后的丝子条掺合橡子面做的窝窝头；还有人吃过用山芋干磨碎再掺合些山芋叶子与山芋根子做成的饼子；那些个没有一丁点营养成分的东西吃下了肚后不消化，拉不出屎来憋得人难受，"嗷嗷"地直劲叫唤；还有许多大便干燥的人，只能把手指头伸进肛门里硬往外一点点地扣屎。那个时候的公社大锅饭好喽坏喽，谁还敢吭声说啥呀？若是谁说了不好听的话，那可了不得的，一准儿是要挨批判斗争的；再往严重里头说，要是被戴上一顶反革命分子帽子，全家人一起跟着遭殃……

　　入社后，扈文芳就跟着大伙下地干活，家里只留下来婆婆和奶婆婆照应着。虽说打小就从没有下过庄稼地，没有多大力气的扈文芳干起活来很是吃劲，但她要强在生产队里啥样的活都能够干。开春，入社刚下地里干活的时候正好赶上种大田，扈文芳和婶婆婆俩跟着马拉犁杖后头踩格子、点种子，大长的垅走上个来回尽管是很吃力，但谁也甭想拉下她一步。后来，队长又叫扈文芳去了生产队里的被服厂，这下子她针线活好的优势可就在妇女们堆儿里显现出来，干起活来也就得心应手，无论是纳鞋底，织布还是缝补，每一回的劳动竞赛评比，扈文芳都是力拔头筹稳拿第一。当扈文芳有了身孕以后，每次从生产队回到家后，婆婆和奶婆婆啥活也不准许扈文芳再插手帮衬着做了。而在劳动组里许多拉扯孩子或有身孕的媳妇，她们的境遇可就远不如扈文芳了。有个妇女入社后孩子没有人给管护，就只能每天背着嗷嗷待乳的孩子去生产队里干活。由于家里头没有人帮衬，很多人回到家后许多活还得自己来干，扈文芳就不是这样的了，因为她可有人在疼着自己。也正是有人疼，自打扈文芳入社下到地里头干活，她的劳动热情高着呢，无论是刮风下雨她一天也没有搁家里歇息过，出勤率也一天没有叫别人给拉下过，虽然没有多大的力气但她人要强不娇气，在生产队里啥样的活都能干。由此，老高家二儿子媳妇特能干的好名声，也在甄庄被人们给传扬开来了……

其实，扈文芳心里有数，她之所这样做一是因为自己有婆婆和奶婆婆疼着，家里头不用她惦记挂在心上；二也是为了能够挣得那一个人一年三尺八的布票和二百多斤的口粮份。那个时候队里头有规定，不参加劳动布票指定是不会给的，没有了布票身上穿啥呀？不参加劳动就没有口粮的份，没有了口粮又吃啥呢？谁不怕挨饿呀！挨饿的滋味真不好受。整个生产队里能吃得稍微好一点的人，那自然是出河工修水库的人，凡是到海河去修大堤、到密云水库出民工，才能吃到杂和面的饽饽，喝到糊糊面的粥。那个时候在总路线、"大跃进"、人民公社三面红旗下，就是这么样的一个现实，要求人人都要参加劳动，干部们都说了，"人民公社里是不养活懒人，也不养活闲人的，入了社的目的归其了是要叫大伙过上好日子。从初级社，到高级社，再到人民公社一步一个台阶，也就是说幸福的生活就好比芝麻开花节节（阶阶）高"。也正是这一张被描绘好了的社会主义宏图，为扈文芳的眼前描绘出了一片美好的前景。眼下的日子虽说苦了些、累了些，但咬咬牙会挺过去的，在多少次的梦境里她都梦到了自己和家里头的人，离幸福生活的距离越来越近。也是在一种对幸福的憧憬之下，扈文芳自打入社下到地里干活后，一天也没有歇过，无论是铲大地、掰棒子、摘棉花……哪宗哪样也都没有难倒过她，她的劳动积极性可高着呢，到年底一算计扈文芳挣的工分，在妇女堆里是最多的……

这天傍晚，一大片的火烧云铺满了天际。收工回到家的扈文芳刚刚前脚迈进了大门，奶婆婆就在当院里招呼她："文芳，洗过脸收拾停当后喽，你到俺的屋子里头来一下。"

耳朵尖的大改凑到奶奶的跟前，她趴到奶奶背上把嘴贴近奶奶耳边撒娇地问："奶奶！你要干嘛呀？我嫂子可是干了一天活的人了，她累着呢，是不是又有啥好吃的东西啦？"

"傻丫头，你没有看到哇，这几天你嫂子吐得厉害呀！都折腾成个啥个样子了，怀了孩子的人得给她补补身子。"奶婆婆疼着扈文芳，她下半晌叫媳妇申宝玉把那只芦花大公鸡抓住杀了，特地为给孙子媳妇炖着吃。

扈文芳没有独个人吃这鸡肉，她说服了奶婆婆把鸡肉都分给了大家吃。因为好长时间全家的人，谁也没有尝到过丁点的荤腥儿。

掌灯的时候，扈文芳拉着小姑子大改的手又进到奶婆婆的房间里，都说好了今天晚上奶奶要给她们俩讲古，这不她们俩耐不住性子，早早地就来了。

扈文芳接过奶婆婆的长杆烟袋，往烟袋锅里装满了烟叶，双手递给了奶婆婆，又划了根火柴"嚓"地将烟袋锅点着了，然后就紧挨着奶婆婆的身边坐了下来。

奶婆婆接过烟袋杆后，含住烟嘴深吸了一口。伴着眼前缭绕的烟雾，借着月光她讲起了老高家尘封已久的往事……

寻找幸福的方向

第二章

河水漂载的岁月

五、甄庄钩沉

在老北京城的西南面有条永定河，永定河自西向东流经到廊坊辖域后，便在固安县的梁各庄与永清县的张庄子两县搭界之处，开始分道扬镳岔开了。一条河向北抹了一下身后，再次向东途经永清县的陈辛庄、安次区的桃园奔腾流淌，最后在天津西青区的西洲与另一条河流重新聚首汇合后，一路向前流入海河；而另一条河向东南再经过永清县的曹家务、永清镇和安次县的调水头、码头……最后也在天津的西洲与另一条河汇合，一起牵着手融入海河的怀抱……

先前说的那条河，它在一路流淌过程中，由于不断有多条小河水的加入，其气势也越来越大，最后变成了一条很有气势的大河，特别是到了盛水期的时候，河两岸人员往来就是要依靠渡船的摆渡才能通过。而另一条河呢，虽然夏季里河的水面很宽阔，但气势却不是那么个性张扬了。它在流经到安次区调水头与码头的时候，也劈岔分开成为了两股河水，于是当地人把这条被称为大浑河的河，按照两个河床的流向又细分成了南大河和北大河，这两条河流经到了码头后又再一次将两河的水汇合成为了一河的水，其水势也迅即加强。虽然从北大河的北岸再到南大河的南岸，加到一起两条河的河面宽度足有二十多里地，但在当地人的眼中，南大河和北大河是属于季节性的河。为什么这样说呢？一到了盛水期的时候，打北京方向"哗哗"地一来水，两个河的河床里的水出槽后漫滩，两条河上游窄的河面处很快就会合二为一，于是整个滩头迅即被淹没成为了一片汪洋，可是当大水消退过去之后，还会变为旧貌，南大河和北大河还会按照各自河床流淌……

就在南大河与北大河中间，夹着一块因河水不断冲击而抬高的平原地带，由于河水的滋养，这片平原土质肥沃、林茂草盛，也正是由于水土滋养的缘故，在这里也分布着许多的村落，居住着许多许多的人家。从码头镇向西走五里多地有一个村庄叫甄庄，甄庄就在这片冲积平原的东南端上，向南它距离南大河的北岸有五里多地，向北距离北大河的南岸有八里多地，如果打高处往下看甄庄，整个村庄的布局呈现出一种南北长东西窄的格局，南北的长度足有一里多地，东西的宽度也有半里来地。解放初期的时候，甄庄在码头这个地方是一个能够数得上的大庄子了，全村大约有二千多户人家，共有八个生产队。甄庄的姓氏很杂乱，甄氏姓也算不上是大姓氏，那甄氏姓为什么被以其姓氏冠以村名呢？对此众说纷纭，究其为何缘故，人们也一时无法捋出个头绪来。但多少年来，甄庄人常常以甄庄为其骄傲，据说，有人请风水先生看过这里的风水，那个风水先生撂下过话，他说这里是"两河夹一地，辈辈沾福气"。于是借着风水先生的这句话，甄庄的人口越来越多，姓氏也越来越复杂。但不管怎么说，人靠水养这个理儿，谁都信服。至于甄庄这块地界在甄庄人心里头的情结到底有多厚实？那得要去问问甄庄人自己了。

　　说起甄庄，喜欢讲古的人可有话说了。据传说在老早年间，在甄庄这里是有两个庄子膀挨膀在一起的，靠北边的庄子叫甄庄，靠南边的庄子叫槐桩子。据说槐桩子里边住着个姓孙的大户人家，孙家有人在清王朝大将军琦善的手下当过差。那一年，咸丰皇帝在圆明园突然接到了八百里加急的镋报后，就立即赶回宫中与满堂文武大臣商量速解太平军围困保定危及京城南大门之安全的应敌之策。为了解保定之围，守护京城南大门的安全，皇上下旨，命由御前大将军肃顺领军，再由蒙古僧格林沁率铁骑相助，一起南下去讨伐太平军。顺亲王遵旨与琦善领兵奔赴沧州，蒙古王僧格林沁率铁骑秘密在后，一起讨伐东路的太平军，破与南路太平军的合围之势，以解保定的受困之危。肃顺所率领的大军旌旗招展，浩浩荡荡的队伍就是经廊坊去讨伐围困保定的太平军。打败了太平军后，咸丰皇帝龙颜大悦，他亲自封赏顺亲王、琦善和

寻找幸福的方向

僧格林沁，当然琦善手下那些骁勇善战的将士们也都得到了不同的赏赐。那一天，朝廷派人给了老孙家人一匹枣红色的马和一个大红色的袍子，允许他们家人骑着枣红马，披着大红袍子在大浑河的滩头之上跑马圈地，直到枣红马跑不动了为止，凡是枣红马的马蹄踏过的地方就都归属他们家了。那天，老孙家人把枣红马的毛鬃用铁刷子刷得铮亮，马的脖颈上还用红布栓了个大红花，那个气派劲老壮观了，来看热闹的人围得里三层外三层的。只见骑着枣红马的人手里的马鞭向后一甩，枣红马便撒开了四蹄狂奔起来，马的身后霎时卷腾起来一溜尘烟。当枣红马跑到了一片槐树林子的时候，拴马鞍子的肚带突然松了，骑马的人一个趔趄差点从马的背上摔下来，无奈之下，他只好下马来拴紧马鞍子的肚带，这个时候枣红马也累得气喘吁吁。于是，监审官则立即宣布皇上赏赐老孙家人跑马圈地的过程到此为止。据说，当时拴马用的桩子是一棵老槐树，由此槐桩子村也就由树而得其名。后来，随着时间慢慢的消磨，槐桩子老孙家人骑红马披大红袍跑马占圈的故事，也就成为了一个遥远的传说。再到后来，由于两个庄子之间相互挨得太近，解放后，码头公社为了便于管理，干脆就把这两个相邻很近的庄子合二为一，最后定名为甄庄。这样，甄庄在整个码头公社是最大的大队，全村人口在全公社也是最多的……

六、老高家的"金棒子"

在甄庄村子当央有一条南北的大街，顺着这条街由北向南走，在西南边快要到村子口的地方有一户人家。这户人家是一个由五间青砖房组成的坐北朝南、长方形的大跨院，整个院落的三面墙都是用青砖垒砌成的，院墙大门楼盖也是青瓦起脊的，推开了大门后，迎面就是影壁墙，绕过影壁墙往里头走，院脖子很长，脚下的甬路一律是用青砖铺就而成，举目望，整个院落收拾得干净利落。

　　在河北冀中大平原上，像这样的农舍人家，那在当地可都是条件蛮不错的人家了。甄庄这户人家姓高，老高家在甄庄虽不是什么大户人家，但老高家的人却在村里头很吃得开，也很叫得响。若是按着当地人的话来说，他们家人不但和善、人缘好，而且门风也好着呢。

　　那还是在老早年间，黄河又一次决口发了大水，不但是淹了河南省的许多地方，也牵连了山东的多个州县。大水过后的河南、山东饿殍遍地，苦不堪言的灾民挑着担子，扶老携幼举家向北，踏上了颠沛流离的逃难、闯关东之路。也是那一年，山东两位姓高的汉子一个人用手推着独轮车，一个人肩上挑着担子带着全家人，一路上靠要饭去闯关东，一路上光纳着底子的布鞋就磨漏了好几双，全家人遭受了挺多的罪。这一天，哥俩在码头西南面河套中央的一片荒甸子上停下脚来，见到有许多的人都在这里开荒，于是哥俩一合计也就不再往前走了，干脆也加入到了开荒者的行列。就从那年的秋天开始，心齐的哥俩硬是靠着一把子的力气劲儿，在这一片杂草丛生的荒甸子上开垦出了几亩地来，有了自己的几亩地，也就有了全家人幸福的希望……

　　光阴似箭，日月如梭。经过一辈又一辈人不懈地打拼、奋斗，随着基业慢慢增厚和家境渐渐好转，老高家人终于得以在甄庄这个地方稳稳地扎下根来。当时光到了民国初期的时候，特别是繁衍分枝到了太老祖高振荣这辈子人的时候，太老祖高振荣家的家境条件虽说在当地还不是十分充裕叫得响，但起码在整个甄庄算是还可以的人家了。经过祖上几辈人的家底积攒，当时家里头不但岁了好几囤子的粮食，而且还有骡子和马，还拴了一挂大车。每每到了农闲的时候，太老祖高振荣就会赶着马车，从码头走旱路奔天津卫，做点来回倒腾的小本生意，后来他又在天津卫开了商铺，由于做生意讲诚信，因此在天津卫都有号，就这样，家里头的日子也越来越红火……

　　在甄庄的村子正南面不远处，有一个被称作为小土包的地方，远远看小土包东西呈狭长状的走向，小土包的面积只有两个篮球场接起来那么大，但却高出了地平面三米多。小土包上长满了柳树、刺槐树和榆树，许多柳树和榆树都长得矮墩墩的，唯独刺槐树生长的高大茂盛，每到了春天槐树开花的时候，经南风一吹，槐花的清香就会飘散到村子里，槐花香的味道弥漫了整个村子。小土包上林子里的鸟儿很多，一到了谷雨的时节，林子里的鸟就来齐全了，啥样的鸟儿都有，鸟儿们整天唱个不停……

这片郁郁葱葱的林子，甄庄人都叫它柳树行子，在这片柳树行子里头就有高家人的祖坟。从柳树行子再向西，紧挨着的是一片大树林子，那片大树林子方园有三、四里地。站在土包上往下看，前后左右几十亩的地都是老高家的，每年老高家人都会在自己的地里头种上麦子、棒子、黄豆和花生，地倒茬的时候也会栽种些地瓜和棉花。

这一年的光景不错，风调雨顺，没什么大灾，到了秋天该收割的时候，地里头一片丰收在望的喜人景象，特别是玉米棒子，长的特别的大。当粮食全都收到家后，凡是家里头的大小粮食囤子都一下子装得满满的，粮食多的足足装满了七、八个囤子，几乎家里头所有的大囤子和小囤子都派上了用场。再欠巴一点的粮食，就都用来做喂猪、喂鸡和鸭的饲料了。在收割棒子的时候，有一堆落秋的青棒子，太老祖高振荣也领着人把这些个青棒子都给收拾回来了，按照以往的规矩，这些个青棒子就只能是留作用来喂牲口的了，若要干其它的也再派不上什么新用场。青棒子收回家来后都堆放在跨院西围墙的角落里，也再没有人去理会这一堆青棒子了，秋天里没有雨，任由这一堆青棒子慢慢由青变黄。

有天晚上，天色漆黑漆黑的。9岁多的高继坤在到西山墙茅房去撒尿的时候，猛然间发现在那一堆的青棒子里边，有一个亮光在一闪一闪的，远远望去，即刻会让人心头顿生一种怪怪的感觉。高继坤打了个激灵，他害怕了，一寻思那亮光肯定是只黑皮大耗子的眼睛，他听说，有的黑皮大耗子个头大的有一斤多重，牙齿很锋利，再硬实的木头"咔咔"几下就能嗑穿。想到这，高继坤再也顾不得撒尿了，他赶紧提留儿着裤子跑回了家。

回到家，当他向父亲说起自己刚才所见到的那道怪怪的光亮后，父亲却不以为然地"哈哈"笑了，正在炕上坐着的人也都不约而同地"扑哧"笑了，笑过之后，大家谁也没有再去理会他所说的话。看到全家人对自己话的反应态度，反倒叫高继坤的脸一下子涨得通红。

第二天晚上，当高继坤在上茅房的时候，他又一次见到那道从青棒子堆里头发出来的怪怪的光亮。高继坤壮着胆儿大声喊了一嗓子，可那一道光亮依旧没有什么变化。于是，高继坤又哈腰从地上抓起了一块石头，"嗖地"向着光亮投掷过去，再看那道亮光还是在青棒子堆里头一闪一闪的，这回高继坤可真纳起闷了。回到家后他就缠磨着哥哥高继山，想让他陪着自己到青棒子堆里去探求个究竟。哥哥高继山满足了二弟弟的要求，赶紧抹身穿鞋下地，三弟高继伦听了也吵吵要跟着去看看。于是，哥仨一起蹑手蹑脚地摸黑到了棒子堆旁，扒拉着青棒子堆寻找那道怪怪的光亮。还别说，就在青棒子堆里头，他们还真一下子找到了一穗还在闪烁着金黄光亮的青棒子。这穗青棒子不大，也只有大人们的一拃那么长，其它的与这堆青棒子就再也没有什么两样了。高继坤赶紧小心翼翼地把青棒子拿了起来，顺手就把这穗青棒子放到了窗户台上。哥仨回到屋子里后赶紧趴到窗户上，大家伙隔着窗户玻璃目不转睛地瞅着这穗闪烁着亮光的青棒子，都觉得这穗青棒子挺好玩的，一时又不知道这其中的奥秘，究竟是怎么一回事？

带着一个大大的问号，高继坤挨着个地问过了爷爷和父亲，大人们在看过了青棒子后，不免在心中也都生起了疑惑，究竟又是何种原因所致？对此，谁也说不出个子午卯酉来。于是，关于对这穗青棒子的疑问，也让高继坤老是在心里反复地琢磨着。

高继坤特稀罕这个宝贝，生怕青棒子搁放在窗户根底下会叫馋嘴的猫

寻找幸福的方向

偷偷地给啃吧吃了。半夜起来撒尿的时候，他又把窗台上的青棒子拿回了屋里，蹬着凳子伸手把青棒子放置在了房梁上，这样他的心就踏实多了，既可以躺在炕上趴在被窝里看着青棒子，更不会叫馋嘴的猫给啃吧吃了。这个时候，哥哥和弟弟们也醒了，他们看着青棒子，困意也都跟着一下子没有了。夜深人静的屋子里头，从房梁坨子上发出来的光亮，像个红火苗似的一闪一闪可好看了。就这样，老高家的哥仨一直瞅着青棒子，他们一直瞅到天放亮。

很快，老高家的青棒子能够闪闪发光的消息，迅即就在甄庄被传扬开来。到后来，这件新鲜事也被人们越传扬越悬乎，好奇所致每天到老高家来看青棒子的人是一拨接一拨的，一到了晚上，老高家的院子里头几乎是热闹的都快要开锅了。但看归看，对于这穗青棒子里头为什么会闪闪发光？大家伙都是一头的雾水，谁也都说不出个所以然，反正都觉得这个事挺出奇的。

这一天，从葛渔城子来了位白头发的留着白胡子的老者，他也是在听说了甄庄老高家青棒子的事后专程寻访而来的。他叫太老祖高振荣赶忙把青棒子从房梁的坨子上拿了下来，白胡子老者把青棒子接在手里，他上一眼下一眼地仔细看了几眼后，一边捋着胡子一边笑呵呵地说："恭喜你们家了，知道这穗青棒子是什么吗？这就是传说中的金棒子，可神着呢！看来你们家非同寻常是有福气的人家喽！这叫作贵人自有天相。至于金棒子到底是咋一回事？那我可就说不清楚了，反正一般的人家没有。"

听了这一番话，所有在场的人都是激动不已。于是，老高家金棒子的消息，又一次像长了双翅膀一样飞得更远……

这个金棒子，在甄庄可就成为了个稀罕物。每天来看它的人也是不断。这个稀罕物在房梁的坨子上，一放就是半个多月的时间，而它每天照样从里头往外散发着光亮。

有一天，哥哥高继山领着隔壁邻居家的几个大孩子到家来看金棒子，趁着高继坤不在跟前的时候，他们就把金棒子从房梁的坨子上面拿了下来。

也是出于一种好奇心，在大家的撺弄下，一个手快的孩子把金棒子的皮一层一层地剥开了，就想看看金棒子里头的棒子粒是不是都是金光灿灿的。等到一层层剥开了金棒子的皮后，几个孩子顿时傻眼了，到末了，大家伙所见到的棒子的穗上，除了生长了些还未成熟的玉米粒子外，再也没有什么犹如夜明珠般的金粒子可言。扫兴的孩子们怕高继坤回来跟他们急，麻溜地将金棒子的皮再重新包裹好，又重新放回到了原处后，就呼啦地撒丫子溜了。

晚上，高继坤在睡觉的时候，突然发现房梁坨子上金棒子的光亮没有了，他这才从弟弟高继伦的口中知道，是大哥高继山白天领着人干的好事。高继坤伤心地哭了，他哭诉着第一次向父亲告了哥哥的状，为此，哥哥还挨了父亲一顿的臭骂……

后来，据老辈的人讲，如果谁家的地里头能够生长出了金棒子来，那么就足可以证明是那块地的风水好，那户人家的人气就会旺盛，福气也会充盈满门，细细来掂量掂量这些个话儿，似乎还真的有那么一些先见之明。

在甄庄，老高家有地、有马、有车，日子过得是蛮不错的。解放后，打土豪斗地主的运动一个接着一个，若是按照当时划定成分时的条件来讲，就凭老高家土地的数量及家境充裕的条件，完全是可以给他们家划定成一个小地主的成分。由于老高家人在甄庄里人缘好，特别是高振荣爱帮衬人，但凡是谁家有个大事小情的，他都会到场；如果谁家赶上要用大车的话，他更是二话不说随便让人去使唤用；除此之外，高老爷子爱施舍行善，在甄庄里也是人人皆知的，就为这，村贫协会也没有好意思再给老高家人往高里划成分，只是给他们家划定了一个中农的成分。这样，高家人在解放后的一系列政治运动中，压根就没有受到过牵连，人也更没有挨过批斗、挨过整治，这也使得高家后辈的人，少经历了诸多的痛苦与磨难……

如果按照这样的说法，老高家地里生长出了金棒子，还真给他们一家人带来过福分。不过，兴许有更多的人还不知道吧。也正是这个被人们越传乎越神奇的金棒子，恰恰差一丁点要了高振荣二儿子高继坤的一条命。

不是有那么一句老话嘛，"是福不用忙，是祸躲不过"。

七、"老抢"来过了

在河北省的地界里，特别是在河西营子附近，二十世纪初的时候，这里闹腾过一阵子的"胡子"，当地人都管这些个胡子叫"老抢"，由于老抢经常出没，一时间弄得人心惶惶、鸡犬不宁。码头甄庄老高家地里头长出金棒子的消息不胫而走，也由于老高家相对而言家境还算是不错，这样不免可就有些个招风了。于是，有人接下来便要开始算计老高家的人了，这算计他们家的人就是老抢。

那一年深冬的时候，太老祖高振荣老么早地就起来了，他套好马车后扒拉了口饭，就赶着马车奔天津卫去卖劈柴。那天，一车劈柴卖得不太好，太阳西下的时候车上还有挺多的劈柴没卖出去，这样到了晚上，他也就没有急着往回赶，索性在天津城里找家小客栈住下了，打算第二天再接着把劈柴都给卖完了后再回家。见太老祖高振荣从天津卫没有回来，全家人吃过了晚饭之后，哥仨闩好了大门回到了自己的屋子里，在炕上焐好被窝只等着吹灯睡觉了。可就在这个当口上，窗外头的大黄狗突然狂叫起来，它只叫唤了几声过后，就忽然再不叫唤了。

这是咋回事呢？正在炕头上倚着墙坐着的老二高继坤，赶紧穿鞋子下地推开了房门，想到外边的院子去探个究竟。也就在他打开了房门的一刹那，随着一股让人打着寒战的凉气袭来，冷不丁地一下子从屋子外头冲进来了七八个人，个顶个的脸上都是用黑色的布蒙罩着。被一下子全都堵在屋里头的哥仨，哪里见到过这种阵势，一下子全都蒙了，小弟弟高继伦被眼前的情景吓得"哇哇"地大哭起来。很快，母亲赵氏和老太太在那屋里也被人给控制住了，直到了这个份上全家人才明白，面前的这些人指不定就是大家伙所说的老抢。在兵荒马乱的旧社会里，左右十里八村有人家遭打劫的事，老高家的人也时常听人们说起过，真的没有成想这种事今天居然会突然出现在自己的家里。不光是孩子们不知所措，东屋里的几个女人们更是吓得魂不守舍，心都哆嗦到了一起。

两个老抢一把抓住了老二高继坤的衣领子，他们三下五除二就将高继坤捆绑了个结结实实。一个领头的老抢凶神恶煞般地说："都给我放明白一点，哥几个来是冲你们家借几个钱花花，就赶紧把钱拿出来吧！"

全家人谁也没有敢说话搭茬，这个时候一家人都被吓傻了。

"嘿嘿……都不说是不是？"一个老抢的头，冲着那屋子里的女人们走了过去。他来到赵氏的面前，用刀子指着早已经被吓得缩成了一团的赵氏问："死老婆子，到底家里有没有钱啊？"

赵氏哆哆嗦嗦地回答："俺们家里头，这会儿真的没有钱。"

"没有钱？那你们家里头的车和马呢？"

"俺们家里是有一挂车来着的，可是那挂车被俺当家的赶大早去天津卫了，这不直到现在也还没有回来呢。若是你们想要粮食的话，那囤子里还有些个棒子，随便你们拿好了，只是可别吓坏了俺的孩子就行。"赵氏带着哭腔说。

"谁稀罕你们那点粮食，咱们就认得钱别的不要。看来你们是舍命不舍财呀？非得叫大爷再给你们点颜色看看喽！"说着，他命令手下的几个老抢把外屋地一口做饭的大铁锅，用劈柴柈子烧得通红通红，然后再把被捆绑好的高继坤用一根绳子穿到房梁上吊起来，他的身子下面就是热浪灼人的大铁锅。

"嘿嘿……还不说？再不说，爷可就要把这小子给活煲了，这多惨啊，快说吧！"

　　老抢的脸上露出了一副阴险奸诈的相，他一边说着，一边又往灶坑里头加了一把劈柴。

　　这个时候，被老抢吊起来的高继坤豁出去不要命了，尽管此时此刻他被烘烤得大汗淋漓，但就是一口咬定家里没有钱。到了这个时候为了能保住这个家，他的骨头一下子坚硬了，趁着老抢们没有看见，他扭过身隔着门还向母亲使了个眼色。

　　躲在炕稍吓得尿都撒到了裤子里的小弟弟高继伦，见到老抢们不但打人，还把二哥吊在了房梁子上，再拿不出钱来可就要把二哥给煲了，听到只要能够拿出钱来"老抢"就不会再煲人后，为了能够救二哥，他哽咽着对老抢们说："你们可别煲我二哥，我这里有钱，全都给你们好了。"

　　听说高继伦忽然有钱了，满屋子的人一下子都愣住了，凶神恶煞的老抢们立马也停住了手。

　　"快说，钱在哪儿呢？"

　　"在那里搁着呢。"高继伦说着，用手指了指北山墙上的房梁坨子。

　　"去，你去把钱拿下来。"老抢的头信以为真，他催促着高继伦赶紧去拿钱。

　　只见高继伦战战兢兢地下地到地柜子跟前后，再搬过来个凳子，踩着凳子到了地柜子上，然后他再蹬凳子从北山墙与房梁坨子上的角落里，伸手从里头勾出来了一个小布袋，然后哆哆嗦嗦地把布袋子递到了老抢的眼前。老抢的头赶紧打开布袋子一看，鼻子都快要给气歪了。布袋里头所装着的除了一块洋大头外其余的根本就不是什么钱，是十几个生了锈的大铜钱，这些个玩意儿根本就不值钱。原来，这些个大铜钱都是高继伦平时里攒着玩的，那一块洋大头是爸爸过年的时候给他的压岁钱，这压岁钱他是留着开春后买羊的。到了这个时候，他以为自己的这些钱只要给了老抢后，他们就可以再不煲他的二哥了。

"妈的！小兔崽子你这是在耍乎爷爷呢，这是啥个钱？"

老抢的头骂骂咧咧地把那一块洋大头揣进怀里后，再将布袋的口子冲下，把里面的铜大钱"哗啦，哗啦"地都倒在了地上，接着又抬起脚狠狠地踹了高继伦一脚，这一脚把高继伦一下子踹到了北山墙的跟前。

老三高继伦哭着从地上爬了起来，他一边抹着眼泪，一边哽咽地说："干嘛还打人？这就是我的钱么，再也没有了，不信你问我娘。"

这一句话反倒是提醒了老抢。老抢的头又骂骂咧咧地凑到了躲在炕角里头早已经被吓得哆嗦成了一个团的赵氏跟前。

"快说吧，你们家的钱都藏在哪？要不说可就别怪爷的手狠了，爷这就把你儿子给煲了。"说完，他吩咐手下的老抢往下放绳子，老二高继坤一点一点地被从房梁子上放了下来，眼看着他整个平放着的身子快挨到已被烧得通红的大铁锅沿了，也就相差只有一米来远了。在灼人的热浪烘烤之下，高继坤浑身上下大汗淋漓，就像是用水洗过的一样，他一下子人事不知昏厥了过去。

见到老抢们这回真的下了狠手，全家的人即刻又哭成了一个团。

"娘！咱们家还有没有钱啦？快点救二哥呀！"老三高继伦又一次用手抹着眼泪，催促着母亲。

一句话倒是提醒了吓得呆若木鸡似的赵氏，她赶忙说："大爷，容俺再找一找，俺再找一找。"她伸手拉开了炕柜子上头的两扇小门，把里面的东西都翻腾出来后，接着又掀开炕柜下面的隔子，伸手从里头哆哆嗦嗦地摸出来了 10 块现大洋，她把现大洋递给了老抢的头。

"这 10 块现大洋可都是当家的给俺留着做为全家人过生活用的钱，这里面还有准备开春再买几只羊的钱，都给你们吧！"此时为了救儿子的命，她把钱全都给了眼么前的这帮老抢。

老抢的头接过了现大洋，他把两块现大洋的边对敲了一下，再用嘴吹了吹，再放到耳朵边听了一听后，就把 10 块现大洋揣到了怀里。他环视了一下四周，看到家里头再也没有什么油水可以榨的了，于是他一摆手，老抢们"哐当"地摔门走了。老抢们都走了以后，从惊恐之中回过神来的一家人赶紧把已经奄奄一息的高继坤从房梁上放了下来，全家人围着高继坤哭成了一个团。

由于太老祖高振荣赶着车去天津卫里卖劈柴，由此他连人带车算是侥幸躲过了一次劫难。当太老祖高振荣从天津卫回来后，听说了家里头来了帮老抢，他一把把儿子高继坤搂在了怀里，长长地叹了一声："咳！快都别再哭了，咱们家这是破财免灾了，只要人没有受损比啥都好。"

在一个兵荒马乱的年月里，一想起那天晚上来胡子遭打劫的事，即刻就会让人觉得后脖颈子上"嗖嗖"地直冒凉气，也真是叫人后怕呀！打那以后，在很长的一段时间里，老高家的人几乎是在一种惶恐不安的状态之下，战战兢兢地过日子……

八、命大的"枪漏子"

老抢们来老高家打劫后，也就再也没有来过甄庄。但老高家人还是整天提心吊胆地加着万分的小心，一到了晚上，但凡听到了屋子外头有狗"汪汪"地叫唤声后，便免不了会在心里头打着激灵，生怕家的门再次被胡子们给踢开。也是后来听人说，甄庄南边有两伙土匪胡子，一伙胡子的头叫娄杨忠，一伙胡子的头叫姜子华，这两伙胡子加到一起人能有一千多人，到老高家里来打劫的就不知道是其中的哪一伙胡子？那天晚上，兴许胡子们事先早就踩好了点，也是奔着要绑架太老祖高振荣来的，不想那天太老祖高振荣恰好是赶着马车去天津卫卖劈柴晚上没有回来，他要是回来那可就糟了，说不定人命都难保。后来在抗日打小鬼子的时候，仗着从娘肚子里头钻出来的时候还有的那一点良心，他们在被八路军武工队收编了以后，也都随后调转起了枪口和八路军武工队们一起，跟日本鬼子干上了……

日子就这样一天一天地过去了，转眼之间就到了一九三五年的秋天。忙过了秋以后的太老祖高振荣便张罗着给已经17岁的二儿子高继坤成家，甄庄的老高家也又一次要添人进口了。新进门的儿媳妇叫申宝玉，人模样长得挺俊的，身腰也很细流招人喜欢，姑娘的娘家是离码头才八里地的范庄子的老申家老申家人在安次这个地界里很是有名，也算得上是大户人家，申家人祖辈相传下来的手艺是烧窑，由申家人烧制的大瓷黑色釉子泥盆因质量好很上讲究，当时，谁家的姑娘出阁子嫁人所陪送的嫁妆里，一定是要有个大瓷黑色釉子泥盆的，传说老申家烧制的大瓷黑色釉子盆就是聚宝盆，一直都很抢手。那天，秋阳高照，15岁的申宝玉笑盈盈地带着嫁妆——老申家的聚宝盆，迈进了甄庄老高家的门，她与老高家的老二高继坤结拜了天地成了亲。对于老高家与老申家结成的这门亲戚，整个的甄庄人都很羡慕，谁不张口闭口地夸人家老高家这回真是"芝麻开花——节节的高！你们就等着瞧好吧，人家老高家人一准儿幸福着那！"

在甄庄村子西南的高家大院里，又有了久违了的笑声，这笑声是一天比一天的甜……

然而，人们所期待中的幸福年景却没有出现，接下来，老高家人却又一次在战火硝烟之中经历了一次更大的痛苦与磨难。一九三一年九月十八日那天晚上，打从日本人炮轰东北军沈阳北大营的那一刻起，一场血腥的大灾难就从此降临在了中国人的头上。日本侵略者野兽般的铁蹄，迅速由东北跨过山海关，肆无忌惮疯狂地践踏华北平原、华中平原……到了一九三七年七七卢沟桥事变后，日本侵略者又很快侵占了中国的许多大好河山……

申宝玉进了老高家的门后，刚刚过了一年多的安稳日子世道上就不太平了。那年开春的时候，她生下了自己的儿子取名叫高清如，不久，小日本鬼子也侵略到了华北。小日本鬼子来了后，所到之处烧杀奸淫掠夺无恶不作，一时间就把个华北平原整得鸡犬不宁、惨不忍睹。最恨人的不光是小日本鬼子，还有那些个帮狗吃食的黄皮子伪军，老百姓们都管他们叫白脖子，一提起了"白脖子"和小鬼子，老百姓们个顶个的恨得牙根都直痒痒。好在中国人也都不是软柿子情愿受人捏古，任人宰割，打从小日本鬼子进关来的那天开始，反抗侵略者、整治白脖子的人民战争，也在晋冀鲁大地上打响了。在河北廊坊安次这个地方就有一支八路军的区队，区队的人活跃在葛渔城、调河头、码头、仇庄、落岱、杨税务这一带，他们以青纱帐、以树林子、以沟壑、以村屯为掩护，时不时地就会抽冷子狠狠地打击一下日伪军，灭灭他们的嚣张气焰，也扰得小鬼子和白脖子魂飞胆颤……

自打小日本鬼子来了以后，最苦的可就是手无寸铁的老百姓了，特别是那些个柱着拐棍的老人、手里牵扯着孩子的妇女和被惊吓得"哇哇"叫的孩子，更糟心的是那些个挺着大肚子的孕妇们，整天要提防着鬼子来扫荡祸祸人。在那些个日子里，只要村头上有人敲响那口用来报信的铜钟后，伴着"当当"响的钟声和"鬼子来了"的喊声，申宝玉就会赶紧跟着婶婶和婆婆们抱起孩子，东跑西颠地到处躲藏，生怕叫鬼子们给抓着了。也就是在这种整天提心吊胆、颠沛流离的生活状态下，她怀里的孩子也一天天地在长大，眼瞅着怀里头抱着个孩子越来越不方便了。在这种情况之下，太老祖高振荣和几个孩子趁着夜色，悄悄地在房山墙西边的空地上挖了个地洞，地洞挖得很深，一下子能够躲藏好几个人，这样再赶上来了鬼子一下子又躲不及的时候，家里的大人和孩子就可以赶忙钻到地洞里头，猫一猫暂时避避险。当时在华北大平原，以挖地洞的方式来躲避鬼子和白脖子的骚扰，已经不是什么新鲜的事情了。在藁城和保定等许多地方，还有许多村庄的人们正是用挖地道的方法实现了户户相通、村村相连，八路军和武工队也利用地道的优势在和穷凶极恶的日本侵略者周旋，开展了一场旷日持久的战争，让敌人魂飞胆战，并一步步地最终让他们走向灭亡……

　　这一天，在紧挨甄庄与大郑庄两个村子的大道上，打北边奔南边正过着一大队的日伪兵，"白脖子"能有一个团，小鬼子也有一个营，看样子是冲着保定方向去的，说不准又是要去增援打白洋淀。就在这个当口上，甄庄里正好藏着八路军区队的两个探子，为了牵制住去增援的敌人，一个人立马赶回区队里去报信，一个人悄悄地凑上前躲在青纱帐里瞅准了几个撒尿后掉队的鬼子开了两枪，别说还真一下子撂倒了两个鬼子。正走着的日伪军听到了枪声，发现有两个鬼子兵被人打死了，就顺着枪声赶忙抹身"呼啦啦"地往回里卷，很快地就包围了甄庄，在村子里大搜捕。

　　见到气势汹汹的鬼子和"白脖子"调过头追赶过来，猝不及防的人们一下子慌乱起来，腿脚快的男人们都跑到青纱帐和林子里头躲藏了起来，腿脚慢的老人与妇女及孩子但凡是家里头有地洞的人家，都赶紧钻到地洞里猫着。鬼子兵和白脖子进了村追赶到了村里的一所小学校，学校里有两个刚刚吃过饭的教书先生被鬼子们给抓住了，气急败坏的鬼子兵二话不说照着两个教书先生的肚子，用刺刀"扑哧、扑哧"地把他们先后都给挑了，顿时血就流了一地，连肠子都冒出来，两个被鬼子挑开了肚子的先生死得忒惨了，在被刺刀挑开的肚子里头所积存的东西，正是他们刚刚吃进去还没有开始消化的炒鸡蛋和棒子面饼子。这个时候，杀人都杀得红了眼的小鬼子逮着谁就杀谁，为了抓住八路军区队的探子，他们一边挨家逐户地搜查，一边还不停手地疯抢着东西，不但撵得鸡飞狗跳，就连圈里的猪崽子也都不肯停手轻易放过，一阵抢劫之后，许多鬼子的刺刀上都挂着扑棱着翅膀的战利品……

　　枪声骤起，小鬼子和"白脖子"来了，村子里的男人们都赶紧地向村外头跑，躲进了青纱帐，申宝玉也麻溜地抱着儿子高清如和大伯家里一个婶子婆还有她的闺女，再加上这院和那院里的两个女人及两个孩子，共计八个人一起都躲藏到了自己家的地洞里，申宝玉抱着儿子高清如躲在了紧靠里边的地方。地洞里的空间是长脖子形状的，里头漆黑一片，伸手不见五指，当八个人屏住呼吸摸黑挤在一起的时候，阴森恐怖的感觉也迅速地增长。几个大人还好说，可几个孩子哪里经历过这种场面，个个都吓坏了，大一点的孩子直劲儿往大人的怀里钻，最小的高清如不住嘴地"哇哇"哭，也正是高清如的哭声招来了鬼子，地洞的口也很快就被小鬼子们发现了。

小鬼子们发现了地洞口后就呼啦地围了上来，他们把地洞口挖开后就派一个白脖子往里头喊话，叫里头的人赶紧都上来见皇军。这个时候谁敢信小鬼子的话上去呢，谁上去了那就是一个死，为了不叫儿子再哭，申宝玉赶紧地撩开了自己的衣服襟，她把奶头一下子塞到了儿子的嘴里。孩子的哭声一下子没有了，小鬼子派人往里喊话，地洞里头也没有人应答，由于不知道地洞里头藏有多少八路，他们也更不敢轻易地下到地洞里。于是，一个鬼子官挥舞着战刀命令几个鬼子往地洞里"啪、啪、啪"地放了一通乱枪，又派人弯下腰趴在洞口细耳听了听里头再也没有什么动静，鬼子认为里面的人必死无疑。

也就在鬼子刚要再派"白脖子"下到地洞里去察看一下的时候，村子的东边又响起了枪声，于是一大群的鬼子立马"呼啦啦"地奔着枪声响起的地方扑过去，去找八路了……

当一阵乱枪的子弹从地洞口扫射过来时，地洞里头猫着的人根本就没法躲，乱枪的子弹一下子把地洞里的八个人打死了六个。在死的六个人中，要数西院老刘家的小子死得最惨，他的肚子都被子弹打烂了，胸腔里的肠子都被打得流了出来，其他几个人的死相也是惨不忍睹，地洞里血水流了很多，空气中弥漫着一股血腥的味道。由于申宝玉是紧靠里边，正好被外层的六个人挡着，虽然没有被乱枪的子弹打死，但就在她的左胳膊肘往上和肩胛骨往下的地方也连挨了两枪，还有致命的一枪虽然是奔着她来的，却偏了一点紧贴着申宝玉的太阳穴擦边打过去了，太玄乎了，差一丁点要了她的命。然而，整个地洞里最万幸的人那可就是她怀里头的儿子高清如了，他眨巴着大眼睛愣是逃过了乱枪的子弹毫发未损，不过这回他可再不"哇哇"地哭闹了。由于幼小的心灵受到了惊吓，日后人们发现高清如简直是像变了一个人似的，高家人知道这是由于他的大脑受到刺激所致。

小鬼子和"白脖子"们都走了，见老半天村子里也再没有啥动静了，去躲避鬼子的男人们才陆陆续续地壮着胆子回到家。听到了丈夫高继坤在洞口的喊话声，申宝玉才战战兢兢地从地洞里头钻出来，从地洞里钻出来的时候她那抱着孩子的左胳膊早已经不好使了，整个袖筒都被血水染红了。申宝玉上来后顾不上自己，她赶忙看了看怀里头的孩子，只见儿子高清如的脸上净是血，她不由自主地"吗呀"一声，还以为儿子也被枪子给打着了。

家里的人见孩子还能动弹，赶紧烧开了一锅的热水，等把高清如的头和脸用清水洗干净了以后发现，孩子根本就没有被枪子打着受伤，他脑袋上和脸上的血都是母亲申宝玉的。当申宝玉的左胳膊和肩胛骨被乱枪的子弹打着后，血水就顺着她的胳膊慢慢地流了下来，流到了孩子的脑袋上、脸上和身上……

不知是谁说了句："这小子真是个枪漏子呀，他的命也忒大了！"

爷爷高振荣一边端详着孙子高清如，一边不由地为孙子倒吸了一口凉气，性子很烈的他跺着脚骂了一句："小日本，我操你个奶奶的呀！"

打这以后，老高家的人更是把高清如看作为掌上明珠，大家如此的珍爱于他，就是因为他是一个从枪子下捡回了一条命的人，枪漏子，枪漏子，谁还能有这个孩子的命大吗？命大，福大，造化大，谁能不信这个理呢？

时光在飞快地流逝着，转眼工夫，高清如一天天地长大。自打那一次从小鬼子的枪子之下捡回了一条命后，也许由于受到惊吓，高清如的性格就变了，他变得不怎么爱知声了，也变得不愿意跟大帮的孩子们一起玩耍了。为了就乎这个孩子，加上那个年代高家的老辈人也不是太重视孩子的读书问题，认为只要家境好不亏待他就行了，这样，一家人干脆都随高清如所愿不再强求于他了。后来到了该上学的时候，高家人就花钱送高清如去上了几年的私塾，余下有空的时候就任由着他的性子去放羊。由于受到过惊吓，过后脑子不太好使，念私塾的时候，高清如的学习成绩也不算好，后来他干脆就不念书了，这样高清如也一直在家里头侍弄地，干些个粗活儿什么的。那个时候老高家的条件好，谁也不指望高清如日后能够出人头地，全家人就图个太太平平的，过个安安稳稳的日子。在老高家人的眼中，只要能够安安稳稳就是幸福，或许这种对于太平与安稳的守望，就是一家人烧高香所要祈求得到的幸福吧！

高清如就要娶媳妇了，媳妇是达王庄老扈家的大闺女扈文芳，新媳妇就要进门了，也正是在要办喜事的前夕，太老祖高振荣才把院子西空地的那个地洞给填埋上，太老祖高振荣除了嫌乎这个地洞里不干净曾经死过人，他更是担心新媳妇过了门后知道了地洞里的事会害怕，毕竟那一段叫人刻骨铭心的日子已经过去了，既然事都过去了，这个地洞还留着它来干什么？

老高家还有一个秘密，在兵荒马乱的年景，为了躲避"老抢"和小鬼子，爷爷高振荣曾把家里头的值钱的东西都藏了起来，那这些东西到底都藏在哪里了呢？谁也说不清楚，兴许在这个被填埋的地道里还有一个秘密……

第三章
大浑河的述说

九、那个夜晚

　　1957 年的春天也不知道是怎么了，真像个闷葫芦一样很叫人纳闷。以往年景里一到了农历四月中旬就缺少雨水滋润的华北大平原，偏偏却在 1957 年这个时候一反常态。伴随着由远而近的低沉轰鸣雷声，很少有的大雨"哗哗"地打从前天早上开始就一连下了两天两夜，好像整个天空不知是被谁用手捅破了似的。直到了四月十七这天蒙蒙亮的时候，雨水才总算是停了下来。当雨停歇了后不大会的工夫，太阳就从地平线上慢慢冒出了头。

　　这几天，扈文芳明显感觉到自己的身子越来越沉了，婆婆掐着手指头算了算日子，预计她的临产期可能也就在这几天。

　　农历四月十七的早上，经过雨水洗礼后的天空，片片云朵已被霞光染红了。吃过了早饭后，婆婆差咐儿子高清如套上家里的毛驴车，拉着媳妇扈文芳再到码头去看一下接生婆董大姐，让她再给好好地检查一下，顺便先跟她打声招呼，若是一觉病了就会去码头接她到家里来。那个时候，河北农村的妇女们都是在家里头生孩子，估摸快临产的时候再去接接生婆到家来，接生婆在农村里很吃香。

　　高清如应允过后就套好了车，他拉着自己的媳妇扈文芳直奔码头……

　　傍晚的时候，如果再说得细致一点，也就是天刚刚擦黑儿掌灯的工夫，老高家一大家子人谁也没有回各自的屋里，大家伙还都站在院子里说着话呢。这个时候的扈文芳刚好也由丈夫高清如陪着，正在院子的枣树下站着。也许是雨水充沛的缘故，这棵枣树今年照以往新生长出来的叶子格外葱绿，自打枣树吐叶以后，几乎天天晚上扈文芳都要让丈夫陪着来到树下呆上一会儿，她就觉得一到了这棵枣树下，自己的心情就忒好。

　　就在这时，突然有人在"啪！啪！啪！"地敲院门。

"是谁呀？"高清如赶忙走过去，伸手"哗啦"把大门的门闩子拉开了。

当院门打开后，从门外头急匆匆地走进来一个人，他的手还推着一台洋车。扈文芳定睛见到了这个人后不由地愣了一下，因为这个人是娘家达王庄老马家的，她不光喽是认识，还有着很近的一层亲戚关系，按照辈份来排，扈文芳还得管他叫大伯呢！

扈文芳赶紧迎上前问道："马大伯，这么晚了您老咋来了呢？您这是打哪儿来的呀？"

瞧着大伯一脸汗津津的样子，不用再问一准儿这是赶路走得急了。马家大伯用手抹了一把脸上的汗珠子，应声答道："啊，我是搁家来的。"

扈文芳见状，赶紧差咐丈夫高清如回屋里去端盆水，拿条毛巾，好叫大伯赶快洗洗脸，散散汗。

马大伯见到院子里头的扈文芳挺着个大肚子，估摸是快要生产的样子，心里不免犯起了难。他喝了一口大改递上来的水，紧接着上前试探地问了扈文芳一句："大姑娘，这晚上你这身子板还行吗？还能够跟着我往家里走么？"

扈文芳的心一沉，她隐隐约约地感觉到了这么晚大伯突然到家里来，这一准儿的是有事呀！

"大伯，您有什么事呀？"

"咳！大姑娘我跟你说点事，你可别别扭喽！"

"您就说吧，大伯。"

"你爸爸不是到海河的工地上去出民工嘛，他在那儿突然有病了，赶忙喽就被弄到天津卫去了，再搁那黑影天就能往家里走，我估计这会儿该是在路上了。"大伯生怕大姑娘着急喽，几乎是慢声慢语地说。

"哎呀！这一准儿的是坏喽！我爸爸坏了是不是？要不咋能这么晚了来给我送信？"

听了扈文芳的话，大伯杵在了院子里，他不吱声了。

"都急死我了，大伯你快喽说，是不是我爸爸坏了？"

"唉！反正是不太好，家里头的白布都买好了，我这是听你奶奶差咐，特地是来甄庄接你回去的。"

一听到了这话，扈文芳的眼泪立马就唰地流了出来。还有啥说的，这不都已经挑明喽是个死信吗？

见到扈文芳哭了，婆婆申宝玉赶忙说："你都是这样了，还能够回达王庄了吗？"

"妈！没有事的，我能回去。真的，我一点事都没有。"扈文芳的语气很坚决。恰恰是在这个时候，焦急万分的扈文芳隐隐约约地感到下腹部有些个疼痛，似乎这是女人临盆生产前的征兆，可她硬是挺着不往外说。

由于天黑光线暗，谁也没有发现扈文芳当时脸上表情的变化。

婆婆见状，也就不好再阻拦了。她安慰着媳妇："这么着吧，你就别跟着你大伯他走了，咱们家里不是还有挂毛驴车嘛，赶快喽套车让清如和你一道回去，也好来回有个照应，可别介出个啥岔头！"

在丈夫高清如的心里头，他是不太乐意这个时候叫扈文芳回娘家去的，眼睁前都是这个身子板的人了，这来来回回的一路折腾，闹不好再出了啥事咋办？当他看到媳妇扈文芳早把自己的新衣服和新鞋子都换巴穿上了，也就再不吱声了。

"马大伯，咱这就走吧，我跟着你回达王庄。"扈文芳催促道。

高清如套好了毛驴车，赶紧又在车上铺了一床被子，他是生怕车走快了颠簸得慌。没有办法，这个时候他也只能听从媳妇扈文芳的安排了。

顶着夜色，大伯在前头骑着洋车，高清如赶着毛驴车跟在后头，三个人顺着大道就直奔着北边下去了，搁甄庄到达王庄的十八里路，三个人蹬着月亮走得很急……

　　在河北的冀中大平原上，有一条河叫海河，海河是一条大河，流经的地域很广，最后在天津注入到大海。在旧社会里，由于海河的不通畅，几乎是年年都要发大水、闹灾情，在海河河水肆虐下的沿岸人们苦不堪言。解放后，在毛主席一声"一定要把海河治理好"的伟大号召下，河北人民开始了一场声势浩大、有千军万马参与的治理海河的水利工程会战。修海河的时候，根据政府的要求，家家户户都要出一个民工上河段参与工程建设。在达王庄，老扈家人自打入了社以后，都成为社里的主要劳动力，还不足18岁的老四扈广信也去海河上河段挖土方。由于工程的土方量大，身单力薄的他因干不动活累得直劲地哭。在没有一丁点办法的情况之下，扈广庭也来到了海河的工地上，他用自己这才把幼小的四弟替换回了家，也就是在他去海河工地的第五天，早上起来在上茅房的时候因脑出血一个跟头攥在地上，人立马神智不清，呼哧呼哧地从嘴里头往外一个劲儿地冒着沫子，那场面简直能够吓死个人。村里一块去的人赶紧急哧呼啦地把他送到了当地的一家诊所，那个诊所的郎中先生正好还是安次县码头公社的人。郎中先生俯下身看了看后就直劲摇着头说："这人恐怕是不行了，他得的病是脑溢血，在我这是一丁点的办法都没有，你们麻溜地赶快上天津卫吧，或许到了那还能有个救。"于是，人们又急急忙忙地去了天津，到了天津后也没有把人抢救过来，扈广庭就死在了天津的医院里。这样，队长赶紧差咐着人前脚超近道赶快回达王庄给老扈家人送信，后脚再用马车走大道绕远拉着棺椁往回赶。由于当时扈家的两个兄弟都在家里头，只有大娘家里的一个二十来岁的叔伯兄弟还在修海河的工程段上，他一看到本家里的叔叔都这样了，也顾不得啥了，就一路哭着赶回到家里来通风报信，据他估摸着，拉棺椁的大车可能赶在天亮的时候就能到家……

　　农历四月十七的晚上，月亮的光线还很足，沿着溜光的大道走了一段时间后，扈文芳和高清如还有马大伯，三个人前后脚地上大堤来到了一条大河前，再过了这条大浑河就离达王庄不远了。而让三个人没有想到的是，平时里河水不算凶猛的大浑河，此刻河床子里都是水，而且水势还在哗哗地往上涨着。不用再寻思了，指定是这几天连续下大雨，一准儿是上游的水大，要不这条大浑河咋就突然间地涨水了呢？抬眼望去，这条足有一里多地宽度的大浑河，水是打西北边的永定河流过来的。由于那个时候没有桥，河两岸的人往来靠得就是渡船来回地摆渡载人。也不知道是咋个原因，在同一条河水的滋养下，这条大浑河两岸的年光景却不是一样的，多半是堤南边的收成照比堤北边的收成要好些个，赶上大浑河消停顺当的时候，堤北边紧挨河床地里头只能够收些麦子和棒子之类的农作物，一旦大浑河涨水，河水漫过了堤，就会是颗粒无收了……

见到了眼眸前突然这么大的水，扈文芳一下子着急了，急的她直劲儿地跺着脚，"哎呀！这可咋个过河呢？"

"大姑娘，你可别着急喽，瞧准喽，那里不是有船吗！或许是在等着咱们的。"顺着他手指的方向看去，大浑河南岸码头渡口上正好有一条船。走近了渡船，扈文芳才看清楚，摆渡船的是老扈家的一个大爷和一个四叔，原来他们真是在这里等着他们的，想必这都是事前有人安排好了的，扈文芳的心里一热，眼泪又唰地下来了。

走到跟前，大爷见扈文芳还挺着一个大肚子，于是便说："大姑娘，你都是这样身子板的人了，你就快别过河去了，刚才来人送信说你爸爸的灵车还没有影呢，听说还得等到天亮喽才能够到。"

"俺不，这河俺一准喽是要过的。"扈文芳的态度很坚决。

"不是不让你过，你瞧瞧，眼下这河床里正在涨着水，水势又是这样大，你要是过河去危险着呢？"大爷很是担心扈文芳的安全。

"没事的，俺在船里头坐着，咱们赶快喽走吧！"

眼见实在拗不过扈文芳，大家也就只好依了她。几个人小心翼翼地护着大姑娘上了渡船，待到扈文芳上船坐稳当了，高清如才卸了车，几个人赶紧把驴车抬到船上，然后高清如再把驴子牵到了船上。他迎着风在船头上站着，双手紧紧抱住驴子的头，再用脱下来的褂子遮挡住驴子的眼睛，好叫驴子能老实一些，别侧歪了把船给弄翻了。别看月亮地很足，而这个时候在大浑河上摆船就不顺当了，原本平日里三、四里地宽的河床子满了槽后，整个河面一眼望不到边，由于水流湍急，很难像以往那样稳稳当当地摆渡行船，好在摆渡的爷俩常年在这条河上使唤船，能够应付得了这种突然涨大水行船困难的场面。若是换上了个新手来摆船，就这样大的水，船帮如果赶上被急涌的浪头打一下，船顺势稍微的一侧歪就得失去平衡倾翻，整个船上的人立马就得落水被淹死在河里，实在危险着呢。

从大浑河的南岸到北岸摆船真的不好走，要说不害怕那是瞎说。自打上了船，坐在船里的扈文芳就低着头闭上眼睛，她不敢向船帮外的河面上偷偷地看一眼，心里头七上八下的，一会儿的工夫紧攥着的手心里就攥出来了一把汗水。这个时候靠划桨不好使了，站在船头上的四叔只能拿着一根长长的篙竿，在水中左一下右一下地划拉，撑着船破浪向前走。月光下的渡船在湍急的河面上摇摇摆摆的，犹如一块随波逐流漂浮着的舢板，随时都会因涌浪的掀动失去平衡而倾翻，好在船艄公爷儿俩在这条河上使唤船已经好多年了，他们风里来雨里走的已无数次地经历过了这种场面，两个人不急不慌地在激流中稳稳地摆弄着渡船，过了好长的时间，渡船终于停靠到了岸边。几个刚刚经历风险一幕的人下了船后，不约而同地回过身再看了看激流中的水面，也就在这个时候，河上游又下来了一股洪峰，一尺来高的水头裹携夹带着"轰隆隆"的声响，从船经过的地方扑了过来，随即几个人在心里不约而同地激灵了一下，面面相视过后都惊出了一身的冷汗。

"我的妈呀，这也太玄乎了。"

"真是太玄乎了，如果再稍微晚一会儿，渡船就很可能会在顷刻间被这股来势汹猛的洪峰一下子给打翻喽！"

过了大浑河，上岸后的高清如又重新套好了车，扈文芳抬头看了看星空，她在心里估摸着这会儿的时间大概是在半夜的十一二点钟。谁也没有再吱声，大家继续赶路，从这儿再往前走三四里的路程，就是娘家达王庄了……

十、渡口上的船

下半夜的时候，扈文芳风尘仆仆地回到了达王庄的娘家，她进了院子后第一眼就看到了自己的奶奶扈刘氏，她此时正站在院当心等着自己呢。80多岁已经年迈的奶奶，一见到了大孙女扈文芳后掩面就哭了。"孩子你来了，这回来家里再也看不到你的爸爸喽！你爸爸他已经没有了。"

扈文芳一下子扑到奶奶的怀里，放声痛哭起来。

奶奶扈刘氏又打了一个"唉"声说："这下子我的三个儿子可都没有了，这白发人送黑发人的悲剧愣是叫我给摊上了。瞧瞧你奶奶我这个命呀，苦着呢！"

奶奶说完了话，又嚎啕大哭了起来，祖孙俩在院子当央紧紧地抱在了一起，她们一起痛哭。

寻着祖孙俩的哭声，挺多的人也都从屋子里出来了。于是，一当院子的人在夜色中，哭声响成了一片……

借着老二扈广庭得脑溢血的话题，有必要在这里再多交待几句。老祖扈成儒和老伴扈刘氏这一生中共计生养了四个儿子和三个闺女。老大扈广宇是教书的，老二扈广庭先前念书后来参加了八路区队，老三扈广德在天津卫经管商铺子，老四扈广信小，一直都在念书。虽说老扈家人家境条件好，生活较为富裕，但扈家哥四个的寿命却都很短。那年来鬼子的时候，小日本在天津卫把铺子里的东西给抢了个净光，老三扈广德心疼铺子里的东西，气

65

的急火攻心死在了天津，老三扈广德的媳妇随后也死了……老大扈广宇得了一种怪病死的也早，他从得病到咽气一直是从嘴里往外不停地吐沫子……18岁就订好了亲事的老四扈广信，后来他和老大几乎得的是一模一样的怪病，在家只有四天的工夫人就说啥都不行了……老二扈广庭正值壮年的时候，偏偏因为这脑血管爆炸也撒手人寰。真是怪了，若是按照迷信的讲法，老扈家人的屋里和院里一准儿是有点啥说头？能有啥个说头呢，后来老扈家人弄明白了，归齐了这哥四个都是因为高血压家族病牵连的。后来，就连小妹扈文红和扈文姝，也一个在老董家撇下了四个孩子董明、董凤、董华和董军，那年董军还正在嗷嗷待乳，她人30多岁时就突然地走了，另一个在65岁的时候因为脑出血的病造成半身不遂，一下子瘫痪在了床上……

在五十年代里，老扈家的哥四个相继走了仨，剩下了两个80多岁风烛残年的耄耋老人，那个凄凉劲儿实在是叫人揪心啊……

祖孙俩哭了一阵子后，奶奶扈刘氏嫌屋外头凉，她拉着大孙女的手往屋里走。也就在扈文芳前脚刚刚迈进门槛的时候，她突然觉得自己下身一阵热乎乎的，紧接着肚子就开始疼了，种种迹象表明可能是肚子里的孩子要奔生了。扈文芳一阵紧张，她在心里头说："坏了，这可咋整呢？这不照着婆婆的话来了吗？"停住了脚再看看外头的天，就可以推断出这个时候已是后半夜的两点多钟。

屋子里的一个姑姑说话了："大姑娘甭急，既然是已经觉病了，也回不去了，那就在这达王庄生吧！"

奶奶扈刘氏赶忙点头赞同。

"不中啊！俺哪能够在娘家生孩子呢？这老扈家不是还有个弟弟和下辈的人，如果俺在娘家生了孩子，他们一准儿喽是会不乐意的。"扈文芳说出来自己的想法。

刚解放那阵子，河北乡下农村里的老理多讲究也多，谁家谁家的闺女若是赶好在娘家生了孩子，是不好的，也是不允许的，都说娘家的人会一辈子受穷翻不过身来。

在屋里沉默了好一会儿，高清如轻声地问媳妇扈文芳："咱走嘛？"

扈文芳没有再吱声，虽然自己现在身子见红了，这急急忙忙地来了，却连个父亲的面也都没有见到就要回去，她在心里头实在的不落忍，她还是想坚持坚持等到父亲的灵车到了，自己看上一眼再走。也就在这个时候，扈文芳肚子的疼痛感越来越强烈了，跟着羊水也破了，再看她的额头上挂满了豆粒大的汗珠子。

这时候门外头来人了，是送信的人推门走进来。由于永定河涨大水车只能绕道往回走，这样在道上的时间就长了，按预计的下半夜指定是赶不回来，估计灵车最早明天中午才能到家。

听了这话，扈文芳说话了："既然是这样，那俺就再不能等了，俺得赶紧回甄庄。"她叫丈夫高清如赶紧到屋外头去套车。

奶奶扈刘氏见大孙女扈文芳要走也不再拦她了，就说："这黑灯瞎火地往回里走，家里是要再跟个人的！"她抬眼扫了一下，眼睑前的这几个人该指派谁跟扈文芳他们去呢？她犯了难。眼睑前的这两个妹妹都小去不了，一个兄弟这个时候又走不了，还得靠着他在家接灵车办丧事呢！她掂对来掂对去实在是抽不出个人手来，这可咋办是好呢？

"奶奶，您就别难心了，谁也甭跟着俺走，我和清如自己个回去就中了，没有事的。"说着话的工夫，扈文芳就往屋外头走，一家人把她送了老远。

这个时候的扈家人谁也不知道，大浑河此时正在涨着大水，谁要是知道了河里头的险境，谁还敢让她这样挺着个大肚子走呢？

扈文芳一路哭着从达王庄回到了大浑河北岸的渡口，此时都已经是下半夜两多点钟的时辰了，渡口上静悄悄的一个人影也没有，只有河水"哗哗"地在发出着声响。下了车后，扈文芳顺着大堤到了斜坡上船艄公呆着的一间土草房前，她用手敲了敲门板："大爷，您睡了？起来吧，俺是老扈家的大姑娘呀！俺这身子觉病不行了，还得麻烦你们再送俺过河回去。"

这位跟老扈家沾带着亲戚的大爷，一边起来一边应和说："我在屋里头没有睡沉，这不耳朵可一直都支楞着在听外边的脚步声呢，我估摸着灵车到了家后你见到你爸爸了，一准儿喽就得急急忙忙往回赶，你那身子板都那样了，谁都瞅得见。"一边说着话，大家一起急匆匆地奔着渡口上的渡船走了过去。

这个时候就着月光再看脚下的水，水痕浮溜浮溜的眼瞅着距离堤坝上的小屋已经不远了。四叔见状停住了脚步，他刚要抹身往回里走，大爷喝住了他："你做嘛？"

"我得把屋里头的东西赶紧拾掇拾掇呀！要是等送他们回来再拾掇，保不准屋子早就叫水给泡塌了。"四叔在为自己辩解着。

"还磨蹭个啥呀？顾不了那么多了。瞧瞧这水位长得这么快，再不赶紧喽过河，恐怕是真的过不去了。"大爷厉声地在催促道。

当大家刚把驴子和车在船上安顿好，这个时候着急催促走船的大爷似乎又听到远方有什么动静了。他不但不让儿子解船缆了，相反还苦口婆心地劝起了扈文芳。"大姑娘呀！没听到吗？西边拉的水头声越来越响，恐怕是又下来洪峰了。跟着洪峰后头的水势，指不定要比眼膜前的水还会更大。如果是这样的话，那可就是冒险啦！你们要再顶水过河去能行吗？这可得想好喽！依我看，既然水都这么大了，干脆就别回去了，多危险啊！"

"大爷，水再大俺也得回去呀！爱怎么着就怎么着吧，豁出去了，只能听天由命了！"扈文芳的主意已定。

"孩子，你话可说得轻巧，这实在是太危险了。船在水中，这稍微的一侧歪就得翻，命可就没了！"

"不怕的，俺想老天爷一定会保佑俺的！俺一辈子都不做啥坏事、恶事，肯定不会有事的，大爷您就放宽心吧！"

听扈文芳的话都说到这个份上，大爷也就不好再说些个啥了。他吆喝着儿子赶紧解开船缆，驾着渡船开始过河。渡船越往里越不好走，随着水流的越来越大，越来越湍急，渡船在水中被湍急的水流冲得左摇右摆，晃晃悠悠，一时间船上的人谁也没有再言语了，每个人的心随着摇晃不稳的渡船，都快提溜到了嗓子眼了……

当渡船行至到了河中间时，老远就听到了一阵"轰隆隆"的水响声，水声里还夹杂着牛"哞哞"和羊"咩咩"的叫唤声，就着月亮地老远就能够看到几头牛犄角竖着，血红的眼珠子瞪着，顺着湍急的水流被冲了下来……见到了渡船上的人后，惊恐中的牛一边"哞哞"地哀嚎叫着，一边扒拉着四蹄直奔渡船就过来了……

"我的娘呀！这可坏了。"大爷这一嗓子不打紧，立马就绷紧了所有人的神经，生与死的考验即刻摆在了眼前。

本来水流的冲击力就使得渡船左右摇摆不定，危险系数陡增，如果再被牛群给拦腰撞上了，那可就真的是在劫难逃了。好在掌着船舵的大爷临危不惧、沉着冷静，他一边稳稳地掌着舵，一边用嘴指挥着船头上的四叔，让他用篙竿摆正船头，躲避着不断朝渡船漂浮过来的牛、羊和树枝与杂物……

也正是在大爷沉着的指挥下，激流中破浪前行的渡船一次又一次化险为夷……

目睹了惊险的一幕幕，扈文芳吓得连大气都不敢喘了，她紧紧地抓着丈夫高清如的手，隔着衣服，她自己个都能够听得到胸膛里怦怦的心跳声。

又是一阵疼痛，孩子奔生的症状越发的明显了。扈文芳用手捂着肚子，她在心里悄么声地对孩子说："孩子你再给妈妈点时间，可不能够生在这船上呀！只要是过河咋地都中，咋地俺都依你。"

可能是腹中急于奔生的孩子一下子听懂了母亲的话，他即刻乖巧了许多，也一下子安稳了许多。

渡船在湍急的水流中摇摇晃晃终于靠了岸，拴好了船缆后，大爷这才长长地舒了一口气。他赶忙喽从腰间抽出了旱烟袋往烟袋锅里装满了烟，再划根火柴"嚓"地点着了烟，接连深吸了几口后，才吐着烟雾说："大姑娘呀，刚才可是老悬乎了，我们爷俩都快要吓死了！这要是船生愣被牛给撞上了一准儿就得翻，那咱这几条人命可就全都要搭上，留在这大浑河里喂鱼了。也许照你的话来了，这是老天爷在保佑咱们呢！"

"大爷，好人是有好报的，这话灵验着呢！"

渡船靠了岸，扈文芳在撒开丈夫的手时才发现，不但她的手心是冰冰凉的，就连自己贴身的褂子都被汗水浸湿透了……

高清如重新套好了驴车后，临走的时候扈文芳拉起了丈夫高清如的手，两个人来到大爷和四叔的面前，一起"扑通"屈膝跪下向着他们磕了一个响头，借此来跪拜感谢他们冒死送自己过河的救命之恩。

大爷赶忙把扈文芳扶了起来。"哎呀！可不兴这样，你们快喽走吧！"

"大爷，你们爷儿俩回去的时候可要加万分的小心喽，这水也忒大了，忒危险了！"

"就别惦记我们了，你们赶快喽赶路吧！"大爷向着俩人摆了摆手，不停地催促道。

渡船又一次划向了河心，目送着渡船渐渐远去的方向和渡船上那两道模糊的身影，扈文芳和高清如百感交集，一行行滚烫滚烫的泪水顺着两个人的脸颊流了下来……

此时此刻，他们只能用这双掌合十的虔诚方式，默默地为消失在夜色中的好人祝福，祝好人一生平安！

寻找幸福的方向

寻找幸福的方向

十一、当太阳升起的时候

由于刚才在河中历险时的高度紧张，已经忘记了腹痛的扈文芳，这会儿腹部一阵阵的疼痛感立马增强，她心里跟个明镜似的，知道这个孩子一准儿喽是要奔生了。从这里到码头还有一大截子的路程要走，黑灯瞎火的孩子可别生在了道上，最好能再给自己一段时间。扈文芳一边催促丈夫赶紧地走，一边又在心里向菩萨祷告："您就再保佑保佑俺吧，孩子可不能生在这荒郊野外的道上！"

这个时候，西边天际里的月亮已经沉下去了，在一片漆黑的旷野里，隐隐约约能听得到从远处的地方传来的犬吠声。为了赶路抢时间，高清如不断地用鞭子戳着驴子屁股，嘴里头还在"驾！驾"地吆喝着……

驴子撒开了四蹄，这个时候，坐在车子上的扈文芳早已顾及不得车子剧烈的颠簸了，此时此刻她只有一个愿望，"快喽哇！这个孩子可别生在道上。"

从浑河南岸再到码头还有三里多地的道，当鸡叫三遍的时候，毛驴车也刚好到了码头，码头是公社的所在地，在这里居住着的人家也很多。也用不着跟人打听了，已经是轻车熟路的两个人，直接奔着码头镇子当央的董大姐家就过去了……

在码头这地界里，这位董大姐是当地唯一的接生婆子，别看她人才30多岁的年纪，若要是论起名号来，那在这码头可是个大名鼎鼎的人物，家家的孩子都是由她来给接生的。为此，当地的人都会习惯地称呼她为"董大姐"。

董大姐的家在码头镇当央，自打怀上了孩子后，扈文芳便在丈夫高清如的陪同下，相继去过了几趟董大姐的家，在董大姐的家里让她给自己检查过，所以两个人都对董大姐家的道熟着呢。董大姐的家临街挺好找的，三间光屁股眼的青砖房，四转圈光秃秃的啥也没有。也许是董大姐就为了图个方便吧，她的房子周围转圈不垒墙，谁去了抬脚立马就能到她的家。

毛驴车刚刚到了董大姐的家，坐在车上的扈文芳也不知道是从哪里头来的那一股子急劲儿，她愣是自己个跳下车后，就直奔着董大姐家的窗户跟前去了，留下丈夫高清如在街上看车等着她。到了窗户跟前，扈文芳连忙抬手敲窗户。

"董大姐呀！您快喽起来拾掇拾掇跟俺走吧！俺是甄庄老高家的。头晚上俺坐车去了趟达王庄，这不是刚赶回来，俺有些个觉病了，估摸着孩子要奔生了。"

"啧啧！你瞧瞧你，既然都是这个身子板的人了，咋还能够到处走呢？这也忒危险了！"就在董大姐一边数落着的时候，她也一边打开了房门，迈步从屋子里走了出来。

扈文芳赶忙迎了上去，刚从屋子里走了出来的董大姐跟扈文芳打了个照面后，她一边用双手往脑后梳理着头发，一边催促道："你们麻溜地在头里先走吧！我这就撺后脚骑着车跟着你们走。"说着话的工夫，她顺手推起了搁在窗户跟前的一台洋车，和扈文芳两口子一起上道直接奔甄庄。

坐在车上，扈文芳和丈夫高清如才发现，敢情董大姐平时里是早有准备的，就在从屋子里出来的时候，那装着接生包的药箱子，已经斜挎在了她的肩头上了。

从码头到甄庄有五里来地的路程，三个人趟着黎明前最漆黑的夜色向西走，一路上董大姐还一直跟扈文芳拉着话，若是不了解董大姐的人还以为她是个话痨呢。这个时候坐在毛驴车上的两口子，心都透明透明的，敢情这是人家董大姐在故意分散着扈文芳的注意力，也为得是松弛缓解她的紧张情绪。也许，这种场面董大姐经历多了，在这个当口有董大姐在身旁，他们就有了一种依靠，心里头自然也就踏实多了。

五里多地的路，不知不觉间一出溜就到了。到了甄庄，天也刚好放亮，也就在家里人刚好要打开院套大门的工夫，毛驴车也刚好到了家门前。

在河北农村里，庄户人家起来的都很早，早起后的第一件事就要伴着晨光打开院套的大门，打开了大门过后，家里头的人就开始各自忙活着各自的事了。

高清如搀扶着扈文芳，俩人抬脚刚好迈进家门的时候，就被小姑子大改第一眼看到了。"哎呀！嫂子你回来了？"小姑子大改这一嗓子不打紧，寻着她的声音，从屋子里"呼啦啦"地走出来好几个人。

"妹子，麻溜地帮俺到屋里去拾掇拾掇，俺快要生了。"

"哎！"大改赶忙伸手搀扶着嫂子进了屋，高家院子里的女人们随着也都跟进了屋。在董大姐的指挥下，为了一个新生命的到来，老高家人里里外外地忙活开了……

一轮殷红的太阳，从东方的地平线上跃然升腾起来，绚丽的霞光穿透厚厚云层，播撒在冀中大平原上，晨风中碧波荡漾的南大河，沐浴着霞光在歌唱……

当太阳升起一竿子高的时候，老高家大院里传出来一阵很嘹亮的婴儿"哇！哇"的啼哭声……

随一个男婴的"呱呱"坠地，此时最高兴的人莫过于老祖高振荣了。他差咐着儿子高继伦骑洋车到码头的商铺子里买来了鞭炮，他亲手在村中的老槐树下把引信点燃，他是要用这种方式把家里的喜事告诉给更多人，俺老高家人的香火兴旺……

"当家的，该给这个孩子起个名字喽！"老伴申宝玉的一句话，给高振荣提了个醒，是该给这孩子起个大名了。他叼着旱烟袋走到了院子当央合计起来。若是按照家谱上的排序，他们这一代人的中间字都该犯个"玉"字，既然玉字有了，那名改叫个什么呢？赶巧这个时候他抬起来头看了看天，天空正好是晨曦光泽最耀眼的当口，他略微想了想后脱口便说："这个孩子的命一准儿错不了，瞧他出生的这个时辰霞光满天，那就叫他为高玉泽吧！玉泽有光，光泽照人，前途无量，他就是咱们老高家人的希望。"

就这样，一个新生婴儿高玉泽的名字，很快便被老高家人叫开了，也很快就被甄庄的人叫开了……

高玉泽生下来后不久的一天，家门口就来了一个银须白发的算命先生，奶奶婆申宝玉便请先生给重孙子算了一卦。先生说："这个孩子要是从生辰八字上来看，命好着呢！他是土埋三层都是金。这个孩子一生是不会缺钱花的，他走到哪里都会有饭吃，饿不着他，您就瞧着好吧！"

那么，高玉泽真是这样富贵的命吗？这话暂且不说，但有一点可以证明，自打高玉泽"嘎啦"一声来到这个人世间后，他的命运过程一直是极富有戏剧性的！这个人一生真的没有缺过钱，到了哪个纷杂的地界里他人都不孤单，越在很多关键的时候，就会有贵人出现并相帮于他。

那天，扈文芳走了以后，第二天赶晌午头灵车就到了家。正是怕孩子生在了娘家，扈文芳与最疼爱自己的父亲扈广庭连个面都没有见到，人生一别的机会就这样地错过去了，这是她一生中最大的遗憾。就为这个，扈文芳一想起来心里就跟百爪挠心般的难受，婆婆直劲儿劝慰她，生怕她把奶水给哭了回去。

扈文芳生了儿子高玉泽后的第二天，大妹妹扈文红领着扈文姝就来家了。见到姐姐在哭，妹妹扈文红劝慰她："姐姐，你也别哭了，别再难受了，爸爸他就是这个命了，我们都看了挺好的。你虽然是没有看到他，可你已经回家了，你的这份心思也尽到了，爸爸他是不会挑拣你的。"

就在妹妹们回去后的第二天，奶奶又紧跟脚地来了。她在甄庄住了十多天，一门心思来伺候大孙女坐月子。到了二十八天的时候，爷爷扈成儒又赶着马车来甄庄，把孙女和孩子一块接回了达王庄，按照当地人的风俗，这叫做坐月子的姑娘回娘家挪腜窝子。

回到了娘家后，扈文芳就到了父亲扈广庭的坟前，她跪着给父亲烧了纸，烧了香，又给父亲磕了三个响头，她哭着请求父亲能在九泉之下原谅她的不孝之举。

一阵风迎面吹了过来，吹得树叶子"哗啦——哗啦——"直劲地响。扈文芳知道这是父亲听到了她的话，冥冥之中父亲似乎在说，他不会责怪她的。

扈文芳在达王庄一住就是三个多月的时间，直到高玉泽眼瞅着要过百天的时候，她才从达王庄回到甄庄的家。

还是在达王庄的时候，奶奶将嘴唇附在自己的耳边说："知道四月十八是个啥日子吗？那一天正好也是耶稣的生日，你儿子的命可金贵着呢，能跟耶稣是一天的生日。"

"真的呀！"扈文芳惊诧地睁大了眼睛。

十二、"派饭"的故事

老高家自打有了一个男孩子后，原本还算安稳消停的日子，一下子就被这个孩子的到来给打乱了，几乎乱成了一锅粥。

"哇，哇，哇……"这个娃特别地爱哭，而且他的哭声也特别的大，每天只要一睁眼他就会哭，一哭起来就不会住嘴，对于这个爱哭的孩子，虽然被他折腾的筋疲力尽，但老高家的人却是满心欢喜，因为这毕竟是老高家人的一条根。

作为母亲的扈文芳自打有了儿子高玉泽后，先前被人疼爱的日子一下子就没影了，代之而来的便是遭罪的日子。在那个特殊的大跃进年代里，对于孩子为什么爱哭，谁都是心知肚明的，贫穷是一个不争的事实。在这个"一大二公"的人民公社里，扈文芳做月子，生产队只分给了她五斤面、五斤小米和一斤白糖，其余的就再也没有了。谁都知道，一个产妇喂养一个孩子需要的是足够的奶水，吃不到一点油腥的东西，哪里还会有足够的奶水喂养孩子。大锅饭的日子苦着呢，大人们都吃不饱肚子饿得直打晃，在家坐月子的产妇也没有什么特殊的待遇，只能和下地干活的人一样饿着肚子干挺着。吃奶的孩子懂得个啥？饿了就会"哇哇"地哭，你不给他吃，他就哭得更厉害，他的唯一语言就是哭声，他是在用这种哭诉的方式告诉母亲，我饿了……

一个需要奶水的孩子，因母亲的奶水不足饿得成了个皮包骨，人几乎成了"小萝卜头"。老祖看着孩子心像被针扎一样的难受。为了让高玉泽有奶吃，老祖高振荣偷偷背着人到杨柳青，用清朝皇宫散落民间的一个值钱的老物件换回来两只奶羊，他把奶羊藏到了房山墙旁的棚子里，每天早出晚归割草喂羊取奶供养孙子。孙子高玉泽自打有了羊奶吃后，再不是扯着嗓子嚎了，小脸蛋一点点地开始有了红晕，身上也一天天地长膘了……

上级为甄庄派来了工作队，工作队的任务就是监督指导人民公社所属各个高级社里的各项工作，工作队的队长叫邵振鹏，是码头公社的副社长。工作队来了，工作队员吃饭就要由大队指派到各家各户，然后大队再给各家各户补助粮食。那个时候乡下农村的人家都很穷，刚入社时到大队去吃大锅饭还看不出啥，后来不吃大锅饭了，各自重新开伙后表现的差异就明显了，稍微好的人家每天勉强还能够吃个八分饱。可更多的人家由于没有粮食吃，大队在为工作队派饭吃时，多数人家对工作队吃派饭是不太乐意的，很有抵触情绪。当然这里头是有许多的原因：一是许多的人家真拿不出啥东西给人吃；二是对工作队员们也不怎么待见，在心里头总有一股怨气，还不敢挑明了往外说；三是有的人家抠搜也舍不得给人吃。粮食不够吃的，有的人家没有办法，在招待工作队的顿顿饭上几乎都是山芋就着糊糊粥，几碗糊糊粥下肚后，个顶个都是肚子鼓鼓的，撒了几泼尿后，立马就会像个泄了气的皮球一样，转瞬间就全瘪茄子了。

能到家里来端碗吃饭的人，那就是客人，尽管家境状况远不如从前了，那也不能亏待了客人。坐月子在家的扈文芳，只要是工作队员来家吃派饭，但凡是家里头有一点好吃的，她都会让公公婆婆拿出来做给工作队员们吃。实在是没有能够拿出手的东西了，扈文芳就会掂对着把粗粮细作。她把棒子磨成了面，再用细萝筛去皮子，然后再掺些麦子粉揉弄和好烙饼子、擀面条给他们吃。再不她不嫌乎麻烦，把萝卜缨子和白菜剁碎了，给他们包馅吃，好着呢！

做完了月子，扈文芳就上队里干活去了。这天，队长刚指派扈文芳和许多妇女去铲头遍地，工作队的邵队长就说话了："扈文芳刚刚做完月子上班，就去那么老远的地方铲地不合适吧！让她到服务队去，她的针线活好这是谁都知道的，这样还可以照顾一下孩子吗！"

正是工作队邵振鹏队长的一句话，使扈文芳免除了风吹日晒之苦，后来由于扈文芳在针线活上拔尖，又是个共青团员，她还当上了妇女服务队的干部。

高振荣家买回来两只奶羊，不知怎么这件事走漏了风声，有人偷偷向大队报告了高家的秘密。入社前，高家的二十多只羊都做了处理，咋又突然冒出了两只羊来，是不是他们家里有什么隐瞒的，这件事可非同小可。按照规定，"一大二公"的人民公社是不允许各家各户再私自养羊的，那都是资本主义的东西。

大队的干部向工作队作了汇报，顺便也想请示一下，对这件事该做如何处理？

工作队的邵振鹏队长听了后嘿嘿一笑，"做嘛呀？这事是我批准的，人家买了两只奶羊是给孩子补充奶水的，大人没有了奶，也不能叫孩子挨饿，啥事也不能做过了头，是不是这个理呀！"

“可能是俺们对上级精神理解有偏差，做的太左了。”大队干部赶忙做自我检讨。

邵队长拍了拍他的肩头，再啥话也没有说，抹身推开了大队部的门。

在路上，邵振鹏队长正好与回家给孩子喂奶的扈文芳打了个照面，于是他就冲着扈文芳说：“小扈，下班回家告诉你婆婆，赶明儿个派饭，俺们还到你们家去吃。”

“好，您就来吧！”扈文芳答应的很爽快。

第二天一大早，扈文芳就帮着奶婆婆和婆婆忙活起来。不一会的工夫，外屋地里就雾气缭绕，香味扑鼻了。

这天早上，高玉泽照比以往醒得早，他起来了不哭也不闹，只身躺在炕上忽闪着一双大眼睛……

第四章

甜枣树下的时光

十三、甜枣树

过了谷雨的节气，冀中大地上的枣树就开始发芽了。当枣树发芽的时候，也验证那句老话"枣树发芽种棉花"。

在老高家的院子里有两棵枣树，一棵像大号海青碗口般粗壮的枣树，还有一棵像二号海清碗口粗的枣树。大枣树还是当年老祖高继坤和小舅子在柳树行子里打鸟时发现的，枣树在几棵柳树毛子的衬托下很抢眼，于是他们小心翼翼地把齐腰高小拇指粗的枣树挖回来栽种在院子里。老祖高继坤侍弄起这棵枣树格外上心，他在枣树四周挖了个圆圆的坑，时不时地就往坑里浇些水。也不知这棵枣树是由于高继坤侍弄得精心，还是沾了老高家祖坟风水的光，在几十年的光阴岁月里，每年枣树从开花到结果就没有生过虫子，年年都是枝叶繁茂、硕果累累。这棵枣树还有与其它枣树不同的地方，那就是它的果实除了个大肉多外，果实的水分也很多，摘一个咬一口脆脆的，倍甜！

每年到了八月十五的前后，枣树上就挂满了果子，这个时候老祖高继坤就会拿着长长的竹竿来扑枣，一竿子下去，树上的大枣就会噼啦啪啦地往下掉，一会就密密麻麻地掉了一地，大家伙一边蹲下身来往筐里、盆里、簸其里捡着大枣，同时还不停地往嘴里塞着大枣，咀嚼着大枣甜美的味道。那棵小一点的枣树是后栽的，每年这两棵枣树结的枣很多，足能有三百多斤，枣熟了，老祖奶申宝玉就把刚刚摘下的甜枣一瓢又一瓢地挨家送给邻居们尝鲜，剩下来的枣一家人吃不了，老祖奶申宝玉就会把枣筛选分类，她将一部分大枣装进地缸里然后封上口，保存起来阴干留给孩子们过年的时候吃。还有一部分大枣，她用个小筐拎到码头的集市上去卖，老高家的大枣好吃倍甜，每次在集市上都卖得很抢手。老高家房跟前是一条东西的道，每天从这条道上来来往往的人挺多，枣子熟了，凡是打此处经过的人谁爱吃就吃，老高家人对此从不吝啬。这附近除了老高家的枣树外，再有就是老晃悠家也有两棵枣树，他家的枣树没有老高家枣树产的枣多，枣也没有老高家的枣甜好吃。老晃悠因没结过婚就光棍一个人，特咯色难处，大家伙就送他一个外号叫黄仙，小孩儿们都不敢上他家去吃枣，邻居们也都不怎么和他家来往相处。

老高家院子里的这两棵枣树，到了 20 世纪 60 年代的时候，又派生出了它的新用途，它既是高家大孙子高玉泽童年的玩伴，又是高玉泽的幸福乐园。为啥这样说呢？高玉泽打从 6 岁时候起，就对这两棵树情有独钟，每天上树爬树是他最为惬意的事情，他人小体轻，坐在树枝杈上腿再一蹬很是神气。老祖奶申宝玉见到大孙子整天在树上玩，生怕他一不小心从树上掉下来摔坏喽，不是吓唬他这就是吓唬他那。可太老祖高继坤却跟老祖奶申宝玉不是一个想法，每次高玉泽要上树去玩的时候，他都会宠着大孙子，还会用手把他举到树杈上。除了叮嘱高玉泽小心别掉下来摔着外，他还在树的下面用草绳子编织了一个网，以防备高玉泽突然从树上掉下来。到了八九岁的时候，老祖高继坤在树下瞅着像个小猴子似的孙子高玉泽爬树的本领越爬越高，他的脸上堆满了笑纹。一次，高玉泽在树上玩耍时忽然有泼尿憋不住了，他就掏出来小鸡鸡撒尿，谁曾想这个时候爷爷高继坤正好打从树下经过要去茅楼，高玉泽的这泼尿恰好撒到了老祖高继坤的身上。老祖高继坤用手抹了把脸上的尿水一丁点都没有生气，他仰着脸冲树上的高玉泽说："嘿嘿，行啊！臭小子，你都会玩天女散花了。"

一家人见状都笑了。再看树上的高玉泽，他把脸贴在树干上，有些不好意思了。

再过些日子快要到八月十五了，枣树上已经结满了枣子，有许多的枣已经陆续的熟了，等不及的妹妹们嘴馋了，她们仰着脖子想要吃大枣。

母亲扈文芳拿了根竹竿为孩子们打枣，枣被打下来许多，妹妹们赶紧捡起枣塞进嘴里，吃了几个后就对母亲说："这枣涩，不好吃。"

高玉泽咯咯一笑说："我知道哪里的枣好吃。"说着话的工夫，他噌噌地上了树，很快就爬到了树的最高处。高玉泽从树尖的枝头上撸了一大把枣扔下来，这回妹妹们吃了后都说枣好吃了。

同是一棵树上结的枣，咋就不一样呢？

不常在树上玩，当然就不知道树上的秘密了。同是一棵树上结的枣，枣的口味自然会有不同的差异，高玉泽人小的精明之处也就在这里，他知道太阳枣与荫阳枣的区别。

在太阳的光合作用下，枣树上的枣由于接受光照时间的不同，因而其成熟的速度也会不同，其果实肉感的口味也就不同了。越往上受到的光照时间就会越长，越是叶子稀疏的地方，所受到的阳光照射也就会越强。

老祖高继坤赶忙也从地上捡起一个大枣塞进嘴里，一边吧嗒着嘴，一边眯着眼看了看正在枣树上吃着青枣的高玉泽，他自然自语地说："这小子的聪明劲儿，像谁呢？"

别看高玉泽人小，在与其他般般大孩子相比较起来，他的聪明过人之处令许多孩子叹服，如若按照大人们的话来讲："这小子猴精八怪的，鬼道。"

十四、玩鸟的乐趣

秋天的时候，老祖高继坤到码头去赶集时顺手给孙子高玉泽买回来了一只鸟，还有一个用糜子秆和竹签制作的大滚笼。老祖指着滚笼里浑身发黄的鸟告诉高玉泽："这是一只黄鸟油子，你可以用它来捕鸟。"说着话的工夫，老祖又为孙子高玉泽摆弄起了滚笼，滚笼中间上层的房子，是用来装鸟油子的地方，两旁边是两个用竹签做的可以上下翻动的机关，机关上面放着黄鸟最喜欢的苏子，只要黄鸟一往上跳吃苏子，滚笼的踏板就会翻了，鸟也会掉进笼子里就出不来了，往下再经过笼子里的一道滚板后，就掉到最下层装鸟的空间，空间里很大，能装好多的鸟。

7 岁的高玉泽，很快就爱上了这只黄鸟油子和这个大滚笼，玩鸟也给他带来了新的快乐。

老高家的后院有一棵大槐树，这棵槐树在甄庄南面是最高的树，它枝叶茂盛像一把巨型的伞。每天早上从被窝里爬起来后，高玉泽就会用长长的竹竿把滚笼挂在槐树枝杈上，在清新的空气里黄鸟油子唧唧啾啾地唱起了歌，歌声传扬的很远。秋天是候鸟们南飞的季节，黄鸟成帮结群的往南飞，只要滚笼里的黄鸟油子一唱，许多的黄鸟就会被招来，呼啦啦地落满了一树。工夫不大，馋嘴的鸟发现了苏子，就会蹦蹦跳跳地到装有机关的竹签上去吃苏子，竹签翻转了，高玉泽的滚笼里就滚到了好几只黄鸟，滚笼越滚越多都快装不下了。被滚进笼子里的鸟有公子，也有母子，它们扑棱着翅膀想飞也飞不出去，都成为了高玉泽的"战利品"，其它的鸟害怕了，呼啦啦一下都惊得飞走了。这个时候，高玉泽赶忙跑到树下用竹竿挑下来滚笼，打开滚笼的小门伸手把下面的黄鸟都掏出来，再一个个放到专门用来盛鸟的笼子里，要不鸟一多就会扑腾炸笼子，吓得其它的鸟就不来了。

高玉泽的滚笼滚的鸟多，这让挺多人心生妒忌，高玉勤就是其中之人。高玉勤是二大爷高庆文的儿子，他照比高玉泽大了两岁。高玉勤的家距离高玉泽的家不过 200 米，两家中间只隔了一条道，高玉勤家的门前是一棵榆树，他家的榆树长得没有高玉泽家的槐树高。高玉勤也特喜欢用滚笼滚鸟，高玉泽的黄鸟油子是公子，而高玉勤的黄鸟油子也是个公子，俩黄鸟油子叫唤起来的声音却是不一样，只要高玉泽这边的黄鸟油子一叫唤起来，高玉勤那边的黄鸟油子立马就哑巴没有了声。高玉泽这边的黄鸟油子好，槐树也长得高，相比较起来高玉勤那边就不行了，他每天滚得鸟只能是星崩的几个，跟高玉泽干脆就没法个比。另外，聪明的高玉泽还有自己的妙招，他不会轻易告诉任何人。高玉泽的兜里还揣着个弹弓，子弹一码是用泥巴搓成并晒干的球，他躲在离家不远的墙角里，见到有黄鸟落在高玉勤家的榆树上，高玉泽就会用口哨溜自己家的黄鸟油子，只要黄鸟油子一叫唤起来，他们家树上落的鸟就会呼啦地再飞到高玉泽家的槐树上。有时候黄鸟们不想飞，高玉泽就掏出弹弓装上子弹打榆树上的黄鸟，受到了惊吓的黄鸟们刚一飞起来，就会听到了槐树那边油子的叫唤声，刚好受到黄鸟油子叫声的吸引，它们就会再次落到老高家的槐树上。由此，有的黄鸟自然也就成为了高玉泽笼子里的鸟，高玉泽心里偷偷在乐，那个美呀……

高玉勤傻拉吧唧的，始终没有发现高玉泽背后搞的小动作，还自认为是自己的黄鸟油子不好，就跟高玉泽套近乎商量想用三个黄鸟母子换他的一个黄鸟公子。高玉泽死活就是不干。高玉泽大笼子里的鸟多了，多得快装不下了，他就会拿到码头集市上去卖，一毛钱一个公子，五分钱一个母子，有时笼子里的鸟多了卖不了，高玉泽宁肯把蔫巴的鸟放飞了，也不会给高玉勤做油子。

高玉泽玩鸟玩上了瘾，后来他又用滚笼滚虎皮子鸟，虎皮子鸟的公子不光脑门是红色的，肚子也是红色的，叫唤起来的声音也很好听。虎皮子鸟的母子傻，公油子一叫唤它们就成群往公子跟前凑，好几个同时会被滚到滚笼里，虎皮子鸟滚多了没人买，高玉泽就会把不好看的虎皮子鸟摔死，然后再用黄泥巴包裹起来，在地上挖个坑，放到干柴火里烧，等到泥巴烧干后，再扒开黄泥巴就可以吃到吱吱冒油的鸟肉了。

高玉泽还到南大河的甸子上用夹子打过鸥鸰，他猫在柳树行子里远远瞄着鸥鸰飞起和落下的地方，再根据鸥鸰飞起和落下的方位寻找，很快就能找得到鸥鸰在草棵子里的窝，扒开窝就会找到鸥鸰的蛋和鸥鸰孵化的崽。冬天的时候，下过雪后雪鸟很多，在大野地里找一块平流的背风地，用条帚扫去雪，然后在中间再放一个雪鸟油子的笼子，四周放几把装有谷穗的夹子后，人就躲到远处等待雪鸟们的到来了，不一会儿一群雪鸟就会飞来落到自己的地盘里。看到雪鸟们呼啦一下子又飞起来的时候，就是大功告成的时候，待跑到跟前就会发现，丝网状的夹子里已经夹住了挺多的鸟，它们正扑楞着翅膀挣扎想逃脱。谁都知道高玉泽的鸟多，房檐前的绳子上挂满了鸟笼，笼子里有各式各样的鸟，五颜六色的鸟儿们在一起相互比试着，鸟儿们委婉的鸣啾声连成了片……

高玉勤每次来家看到高玉泽有这么多的鸟，心里头就很不是个滋味儿，他开始嫉妒起高玉泽了。其实，在甄庄忌妒高玉泽的人，还真有那么几个。

十五、打不散的玩伴

由于自己家离二大爷的家相距得很近，二大爷家里的哥们四个，就自然成了高玉泽光屁眼的玩伴。高玉勤在家是老大，他的下边还有三个弟弟，二弟叫高玉斌，和高玉泽是同岁，三弟叫高玉生，四弟叫高玉建，平时里高玉泽跟高玉勤与高玉斌在一起的时候多，他们在一起玩有时也会因为些个鸡毛蒜皮的小事打架，甚至还会打得不可开交。但打架归打架，叽咕归叽咕，转过头来眼泪窝子还没有干就又都好了，为此大人们也都整不明白这里面的奥秘。

这一天，高玉勤和弟弟高玉斌来会高玉泽，要到南大河的草甸子去玩，高玉泽屁颠屁颠地就跟着他们走了，三个人在一起玩得很开心。

三个人玩累了，高玉勤就提议烧点山芋吃，高玉泽和高玉斌表示赞同。于是，三个人便做了分工：由高玉勤负责到地里头去挖山芋，高玉斌负责挖窑坑，高玉泽负责拾柴火。

在河北乡下农村，烧山芋就是从地里把山芋抠出来后，再用湿土把山芋糊巴上，再借背风的土坡挖一个小土窑，从下面用旺火烧，待把湿土烧干了，再焖上半个小时后，包裹在湿土里面的山芋就熟了，热乎乎的，黄央央的，可好吃了。

　　高玉斌挖了两个窑坑，第一个窑坑烧好了后，在烧第二个窑坑的时侯柴火就不够了，高玉勤就让高玉泽赶快再去拾点柴火来，高玉泽起身就去捡柴火了。不一会，高玉勤见到山芋烧好了，就将窑坑里热得烫手的泥巴团掏出来，扒开泥巴用嘴吹了吹山芋，就将一个山芋递给了弟弟高玉斌催促着说："快吃，多吃点。"

　　弟弟高玉斌问哥哥；"那咱不等高玉泽啦，他回来咋办？"

　　"没事的，这不还有吗？"

　　高玉勤指指还没有烧好的窑坑，意思是那个窑坑里的山芋给他留着。其实，高玉勤不给高玉泽留份还有另外一层意思，这个小子太抠门，管他要个好油子都不给，这回也气气他。

　　当高玉泽拾柴火回来，见到他们哥俩把已经烧好的窑坑里的山芋扒出来美滋滋地在吃着呢，而且哥俩已经吃了好几个。高玉泽见到他们哥俩背着自己把焖好的山芋扒出来吃了，也没有给自己留几个就急眼了，"你们这是干嘛，咋不等我回来再吃呢？"

　　高玉勤一边吃一边说："谁让你不在这了，这个窑里的山芋给你留着呢。"

　　三说二说的，高玉泽就跟高玉勤打起来了。高玉勤拿根棒子就削了高玉泽一下，高玉泽用手一挡手背就被棒子打破了，血顿时流了出来。高玉泽一看就急眼了，他顺手从地上抓起了一个大四齿耙子，搂头就往高玉勤的身上一下接一下地掏，也不管乎是脑袋还是屁股的，反正逮着哪儿算哪儿。高玉泽玩了命的举动，吓得高玉勤连闪带躲的不知所措，后来他干脆撒开丫子就蹽了，他知道不蹽不行了，高玉泽真的跟自己急眼了。

　　高玉勤在前头蹭蹭地猛劲蹽，跑得呼哧呼哧地上气不接下气。高玉泽在后边嗖嗖地穷追不舍，非得要掏上他不可，就要解气报仇。

　　两个人几乎都玩了命似的，前后脚奔着村子的方向蹽了下去，把高玉斌一个人撇在南大河的草甸子里，吓得他哇哇地直劲儿哭。

别看高玉勤比高玉泽大了两岁，可论起跑的速度就远不如高玉泽了，高玉泽在甄庄般时般大的孩子当中，别看他人瘦，腿却很长，论跑得快他是出了名的。高玉勤在前边蹽得喝哧喝哧直劲地喘，眼瞅着就快要被高玉泽追上了，毕竟他比高玉泽大了两岁心眼多，高玉勤直接蹽回了家，回家后他赶紧躲到了母亲的身后。

还没容母亲细问这是咋回事？高玉泽也脚跟脚地追进了屋。二娘见到手上流着血的高玉泽，心里顿时明白了八九不离十，她赶忙一把抱住了高玉泽，回头赶紧追问高玉勤："二华快说，你们哥俩这是咋个回事呀？看把个弟弟气成啥样啦？"

高玉泽气呼呼地说："二娘，他打我，瞧把我的手都打出了血。"

"玉泽，别生气了，呆会儿我削他一顿，给你解解气。"二娘用商量的口吻说。

"不行。他把我的手打破了，我也要把他的手打破了。"这个时候的高玉泽拧着呢，他跟高玉勤没完没了。

"玉泽，我这就给你出气。"说着话的工夫，二娘转过身来照着高玉勤的屁股踢了两脚，接着给高玉泽手上的血迹擦洗干净后，才好说歹说地将高玉泽劝回了家。

高玉泽回到了家后，还别不过来这个劲就跟母亲说："二华把我削了，手都削出了血，你到他们家去找二娘。"

母亲扈文芳问高玉泽："这都是为个啥呀？"

"他们哥俩儿欺负我，烧好的山芋他们俩偷偷摸摸都给吃了，也没有我的份，不给我吃。"

"这是真的？"母亲扈文芳来气了，她领着高玉泽又来了二大伯的家。

二娘见到高玉泽又回来了就说："玉泽，刚才我不是把二华削了，也给你报仇了，这回你咋又回来啦，还把你妈也领来了？"

高玉泽气鼓鼓地说："不行，谁让二华欺负我了。"

母亲扈文芳说话了："你们家的二华是哥哥，这哥哥咋还能打弟弟呢，太不像话了。"

高玉泽见到有母亲撑着腰，一下子也来了劲，他对高玉勤不依不饶，非得要上前去打高玉勤出口气不可。

二娘赶紧好言来相劝："玉泽，你看我刚才当着你的面不是都已经削他了，待会儿等你二伯回来，我让你二伯再收拾收拾他，好不？"

"你刚才护犊子，没有真打他。"高玉泽捡起母亲的手，让母亲上前去削高玉勤。

母亲扈文芳对二娘说起了埋怨的话："你们家四个小子，我才一个，两个欺负一个这可有点说不过去了。等他二伯回来了，真该好好收拾一下二华，我看你可有点护犊子了。"

二娘见高玉泽娘俩推门走了，背过身扑哧地笑着随口说："这也真不知道，是谁在护犊子？"

第二天，两个母亲同时发现，昨天还在打架的高玉泽和高玉勤，又凑合在一起玩了。远远望着孩子们的背影，两个母亲又能再说些个啥呢？

在高玉泽的玩伴中，还有一个叫高清欢的，他与父亲高清如属于是一个辈份的叔伯兄弟，也同属于一个爷爷。高清欢与高玉泽俩人一般大，论生日高玉泽是四月十八，高清欢则是五月十六，高玉泽还要比高清欢大上一个月。欢叔的家在前院，高玉泽他们家在中间，后院是大爷的家。若是高玉泽与欢叔两个人相比较起来，高玉泽的心眼就要比欢叔多，他的嘴也比欢叔溜求的多，欢叔有些口吃说话不太利索。由于高玉泽是高家的第四辈人，作为重孙子的他在整个家里是最吃香的，也最受太祖奶的疼爱，相比较起来欢叔可就不行了，他特不招太祖奶的待见。

在太祖奶的腰带子上挂着一个荷包，里面装着很多的零钱，有一毛的，有五毛的，有一元的，有两元的，最多的是五元的，这些钱都是老高家哥仨给她压腰作为零花用的钱。那个时候这些零钱可是钱了，一分，二分，五分的都能当作钱花。太祖奶还时不时地会将整钱破成了零钱装在荷包里，专门用来给重孙子高玉泽买这买那，别人想花她的钱，那肯定是不好使的。

在河北的冀中平原上，过去经常会有货郎摇着货郎鼓，挑着货郎担子走街串巷。每每货郎进村的时候，后边就会跟了很多的孩子，都是被货郎挑子上那些个五颜六色的东西物件所吸引……

听到了货郎拨浪鼓"嘣楞、嘣楞"的响声，高玉泽的嘴就馋了，他就会悄么声地走到太祖奶的身边，不须说啥话，只要用二拇指在太祖奶的腰上一杵，太祖奶就明白了他的意图。太祖奶乐了也不说话，从腰间上拿出来荷包，从里面掏出几毛钱给高玉泽，高玉泽拿到钱后立马走人。每次在跟太祖奶要钱的时候他都是一个人，从不在高清欢的面前跟太祖奶要钱，他知道有高清欢在跟前的时候，太祖奶会难心的，这就是高玉泽照比高清欢的鬼道之处。太祖奶最为喜欢的就是她的这个重孙子的精明劲儿，由此自己的钱也舍得给他花。高玉泽每次跟太祖奶要来了钱就会买好吃的，他再分给高清欢吃，但他从来不告诉高清欢这钱是管太祖奶要的，高玉泽跟高清欢留了一手，高清欢也没有高玉泽的心眼多，至于钱是咋来的他从来也不问。

别看他们都是般时般大的孩子，辈份在他们之间并不是一道隔阂，淘气的高玉泽有时喜欢调离这个傻乎乎的欢叔，为啥呢？事出有因，高玉泽爱记仇。秋天的时候，辣椒地里长满了辣椒，欢叔喜欢吃辣椒，高玉泽也爱吃辣椒，但每次高玉泽跟欢叔在一起吃辣椒的时候都吃不过他，为此欢叔不止一次地羞辱过高玉泽是个菜货。这天，高玉泽偶然间看了一本小人书，小人书上的故事是一群猴子偷酒喝，各个都喝得酩酊大醉……看到了这个故事后高玉泽乐了，他眼睛一眨么鬼点子就来了。下午，欢叔又来找高玉泽玩，高

寻找幸福的方向

玉泽就领着欢叔来到了大爷家的辣椒地里，他已经侦查好了这片园子里栽种的大红尖的辣椒是新品种，不但皮红个头大，而且椒肉倍辣，人吃一口就会辣得嘴唇子麻酥酥地受不了。

一到了辣椒地里，欢叔就嘿嘿地傻笑，他不知道高玉泽心里的鬼点子，还以为这里的辣椒跟以往辣椒是一样的，他还想跟高玉泽再比试吃辣椒，反正他也吃不过自己，是自己手下的败将，每次他输了就会用好东西来补偿自己。

"咋样，还比不？菜货。"欢叔又跟高玉泽较起劲儿来。

高玉泽装作不爱听的样子，"你别跟我较劲，干啥我都不服你。"

"那咱们就比试吃辣椒，看谁吃得多，不怕辣！"

"行啊，谁怕谁？"

"那咱俩拉钩。"欢伯大大咧咧的，一副胜券在握、胸有成竹的样子。

"拉钩上吊，一百年不许变。"

于是，两人脚跟脚地进了园子，高玉泽来到辣椒地里专拣倍红大尖的辣椒摘，然后往地上一放说："咱们一个人吃六个，看谁是熊蛋包。"

欢叔也摘了六个辣椒，大小不一。

高玉泽用手指着地上的辣椒问欢叔："咱们咋个吃法，谁先吃？"

欢叔说："谁先吃都行，你吃多少我就吃多少。"

从心里讲，高玉泽知道凭吃辣椒的实力，是根本拼不过欢叔的，但在他面前不能显示出服软的样子来。于是，高玉泽装了装样子，"这么着吧！你先吃，你能吃多少，我就吃多少。"

"吃就吃，谁怕谁，那你要是不吃了咋办？"

高玉泽反唇相讥："你怎么知道我不会吃，你是不是拉松了？"

高玉泽知道欢叔好糊弄，只要用激将法激他一下，他立马就会上套，这招准灵。

欢叔被高玉泽激将一下后上套了，他拿起一个辣椒刚要咬，高玉泽赶忙说话了："你可别玩赖呀！你干嘛专拣小个头的辣椒？不行，吃我的。"

欢叔赶紧分辨说："谁捡小的吃了。"他又重新拿起高玉泽摘的大个辣椒咬了一口，刚用嘴咬了一口后，就辣得咧着嘴唏嘘了一声，他赶紧憋了一口气后接着往下吃。在吃第二个的时候，脑门上就渗出了汗洙子。吃完了两个辣椒后，再看欢叔的脸上已经都是汗了，他一边吐着舌头，一边用手擦拭着汗水。

"咋地，不行啦？"高玉泽又用上了激将法。

欢叔犹豫了一下，他又开始吃第三个辣椒，他一边用手擦拭着脸上的汗水，一边还忘不了对高玉泽说："我要吃了六个辣椒，你也得吃六个辣椒。"

"咳，你就瞧好吧！我指定吃，准比你多，不会比你少。"

"那说话算数呀！"欢叔似乎对高玉泽不放心，他害怕高玉泽调离自己。

高玉泽挺起胸脯十分自信地说："差不了你的，我能吃下去的，你未必都能吃下去。"

听了高玉泽的话，欢叔强忍着又把第四个辣椒吃下去，吃到了第四个辣椒的时候，肯定是不舒服，眼泪都跟着流出来。接着他又拿起了第五个辣椒，一边摇晃着脑袋，一边用眼睛斜瞅着高玉泽。此时的他虽然嘴都被辣得麻酥酥的，可在高玉泽面前尽量还要表现出一副无所谓的样子来，意思是在告诉高玉泽，怎么样，这些辣椒我都能吃了，你一准儿承受不了，待会儿会让你难堪不好受的。

这个时候的高玉泽早已经盘算好了，你难受你知道，别看你等着看我的笑话，但我肯定是不会吃的。

欢叔又咬了一口辣椒，看到他硬挺着还没有服软的意思，高玉泽心虚了，他趁着欢叔擦汗的空档撒丫子开溜，因为他知道欢叔平时里论蹽绝对是蹽不过自己的。这个时候自己不蹽不行呀！原本和欢叔只不过是动动嘴，想调离调离他，想必他对这种辣椒的辣劲儿指定是受不了，没有想到他又犯傻乎劲儿了，这个时候再不蹽等待何时，要是欢叔逼着自己和他一样吃六个辣椒，那还不把自己辣迷糊了，不玩了，干脆蹽吧！

欢叔一看高玉泽耍心眼说话不算数，赶忙抓起地上的六个辣椒就追高玉泽，他一边追还一边嚷："好小子，你敢耍我，你等着看我怎么收拾你。"

欢叔追赶得快，高玉泽蹽得更快，他们两个人冲着一个烧砖的窑坑就蹽了过去，围着窑转开了圈，一圈又一圈转了好一阵子，见欢叔还没有停下脚步的意思，高玉泽就往村子里边蹽，他一口气就蹽到了老奶家，这个时候也只有让老奶来给自己解围打援才好使。

高玉泽气喘嘘嘘地刚跑进老奶家，还没等他来得及回答老奶的问话，欢叔也跟着攥进了院子，他的一只手拿着六个辣椒，一只手还紧紧攥着半块板砖。见此情景，高玉泽来了个先发制人告起状来："老奶，你看欢叔要拿板砖糊我。"

老奶赶紧用自己的身体护住了高玉泽。"小欢，你这是做嘛，咋要用板砖乎玉泽？"

"他唬弄我，吃辣椒他不吃。"欢叔一着急，口吃的毛病更邪乎了。

"吃什么辣椒？"老奶一下子有些丈二的和尚摸不着头脑了。

欢叔抢着说："说好了的话，一个人吃六个辣椒，我吃了五个，他就不吃了，骗我。"

老奶说话了："玉泽，你咋能唬弄你欢叔呢？"

高玉泽赶忙分辨道："不是的。我看他吃辣椒都辣成那样了，我就不敢吃了，他不干，非得逼着我吃。"

气呼呼的欢叔用手指着高玉泽说："他骗人，他净琢磨我。"

高玉泽赶紧说："不是这样的，我没骗他。"

老奶说话了："你还强词夺理，唬弄你欢叔。好了，都别吵吵了，以后你们别在玩这种吃辣椒的游戏了。"

"不行！让他把这些辣椒都吃了。"欢叔还是不依不饶的。

老奶笑着说："小欢，算了，让玉泽给你赔个不是就拉倒吧！"

在老奶的说和下，高玉泽与欢叔两个人又重归于好，握手言和了。

十六、淘气的孩子们

春天的时候，在老祖高继坤的决定下，高家重新盖了一溜五间的青砖瓦房，房子宽敞了，屋子多了，二伯家的四个堂兄弟高玉勤、高玉生、高玉斌和高玉建就整天形影不离的与高玉泽黏糊在了一起。因为还有两间空房子，二伯家的哥仁儿高玉勤、高玉生、高玉斌干脆就与高玉泽住在了一铺炕上，也只有高玉建小，晚上回家里跟母亲睡。几个十多岁的臭小子凑合在了一起，那还会有什么好，几个淘气包啥样，招猫惹狗的事情都能干得出来，反正他们几个人淘得没了边。

火辣辣的太阳终于懒洋洋地落下去了，天渐渐地黑了下来。吃过了晚饭后，几个孩子趴在炕上大眼瞪着小眼。这个时候，高玉泽一骨碌地从炕上坐起来，他神秘地说："许豁子他们家的李子树结了好多的李子，可水灵儿了，今晚上咱们就去他家摘李子吃，怎么样？"

许豁子叫徐志明，因他老婆的嘴唇豁裂，大家伙就送给他一个外号叫许豁子。许豁子的老婆是个有名的泼妇，贼拉地厉害不好惹乎。许豁子家的院子里有几棵李子树，现在的李子都熟了，几个孩子都想摘他们家的李子吃，可大白天怕被许豁子家的人看见了会挨骂，就选定到晚上再去偷着摘。为此，下午高玉泽和二华两个人都已经侦查好了。坏蛋儿一听也乐了，他立马吧嗒起小嘴，几乎馋得口水都快流下来。

待会儿咋分工呢？高玉泽说："许豁子家的门是个老虎门，院墙高，院脖子长，只能走门，今天晚上咱们去他家的时候用锯条刀划拉开门栓后，二华负责侦查许豁子家里的动静，我和新兵俩到树上去摘李子，撤退的道就由坏蛋儿看着。"

阴历八月初的晚上没有月亮，天幕上只有星星在眨着眼睛，天闷热闷热的。怕行动被发现了，小哥四个悄悄地掀开了后窗户一个接一个地跳了出去，再顺着门前的小道直接奔向西边，因为许豁子的家就住在离高玉泽他们家不远的西大坑边上。到了许豁子家的门前，等高玉勤用锯条刀轻轻划开了大门后，哥四个便蹑手蹑脚地推开门进院到了树下。这个时候许豁子家屋子里边还亮着灯呢，怕被许豁子家人从屋里发现，哥四个赶紧躲进了黑影里，静等了一会后见没有什么动静，二华便猫着腰顺着墙根凑到窗户前，他往里头瞅了瞅，由于天气燥热，许豁子这个时候正光巴出溜的仰面朝天在炕上呼呼睡大觉呢，他老婆泼妇也光着个大屁股。二华回过头来对高玉泽做了一个手势，意思是说："没有事了，可以行动了。"

看到了高玉勤的手势，高玉泽和新兵就悄么地上树了，当伸手刚刚摘了几个李子的时候，猛然间就有一块大砖头嗖地砸了过来，咚的一声砸到了树干上。接着就是一句怒骂声："兔崽子，是谁？我炸死你们。"吓得高玉泽和新兵跳下树就往外头跑，还把正跑到门口的二华撞了个趔趄，哥四个顾不得再说啥了撒开丫子就蹽，论蹽高玉泽可比他们哥仁儿快得多了，嗖嗖几步就把他们都甩在了身后。哥四个不敢再往回里跑，要是再往回里跑的话，那不明摆着是在告诉许豁子这几个孩子是谁家的孩子吗！哥四个顺着墙外的小道向西边跑了下去，很快几个人就跑得上气不接下气。

坏蛋儿跑得最慢，当他气喘嘘嘘地找到了二华、高玉泽和新兵的时候，十分不满地埋怨道："自过哥，你咋蹽得比个兔子还快呢？我都猫不着你的影了。"

"废话，要是蹽慢了，就得让大砖头给糊上了。"高玉泽很庆幸自己跑得快。

哥四个绕了个大弯翻窗回到了屋里后，坏蛋儿还在懊恼。高玉泽赶忙从裤兜儿里掏出来几个李子，随手递给了他。

坏蛋儿很是惊喜："呀！你摘了几个？"

"刚摘了几个不多，刚才这一跑也都给跑丢了。"高玉泽又掏了几个李子，随手递给了二华和新兵。

"许豁子家的李子，咋这么酸呢？"坏蛋儿和新兵咂着舌头问。

"咋能不酸，这是刚上树顺手摘的，要吃甜的得再往树尖的地方去才行！"

高玉泽回过头又问二华："你不是说好了吗，咋又被许豁子发现了？"

二华捂着嘴嘿嘿地只顾乐，好一会儿他才说："是好了呀！可我抹身想离开的时候，谁曾想这时候许豁子放了个大响屁，我实在憋不住乐出了声，就被他发现了，他出门一见好几个孩子在偷他家的李子，就顺手抓起窗台上的一块砖烀了过来……"

"哈，哈，哈……"哥四个一起笑出了声，那屋的母亲听到这屋里头的笑声，就咳嗽了一声，吓得哥四个赶紧都用手捂住了嘴。

"二华，你在许豁子他家还看到了啥？"高玉泽趴在炕上，嘴凑在二华的耳边问他。

二华还是抿着嘴在笑。

"快说呀！"高玉泽催促着，新兵和坏蛋儿也都赶忙把脑袋瓜凑了过来。

二华笑了一会接着说："我还看到了许豁子的大鸡巴，能有那么长。"说着，二华还用手指比量了一下。

"哈，哈，哈……"孩子们这回再不敢大声地笑了，都把头埋进了被窝里……

闷热的季节终于过去了，天气也凉快多了。这天高玉泽放学刚回到了家，

寻找幸福的方向

新兵就过来喊他："自过，俺家里没有菜了，咱到五伯家里去偷点儿菜吧！五伯家的西间屋里有 20 多个大倭瓜，一个都能有 10 多斤重，倭瓜的味道好吃着呢！"新兵越说越起劲，看样子他对五伯家的倭瓜早就侦查好了。

说到了五伯，高玉泽还真有点对他打怵。那一回，高玉泽会了几个小朋友到他家的园子里摘了几个旱黄瓜吃，叫五伯给逮住了，他提溜着高玉泽的耳朵告状告到了家，把母亲扈文芳给心疼的了不得。五伯说高家人护犊子，孩子没有教育好，母亲扈文芳不认同这个说法，两个人饿饿来饿饿去差点没干起来。临了还是太祖奶说话了，母亲扈文芳这才不吱声，要不准跟他还没个完。这回还要再去五伯的家里去偷倭瓜，高玉泽听了后直劲地摇晃着头，高玉泽打怵他，这个老倔头不好惹乎。

新兵接着话茬又说："五伯的耳朵背，咱们晚上摸黑过去，他听不见动静。"

高玉泽禁不住新兵的撺掇就同意了。晚上月上柳梢头的时候，两个人摸黑去了五伯的家，他们顺着樟子缝钻了进去，悄悄地来到了靠近西大墙的厢房，屋子里还有一群羊挤满了一屋子。他们俩蹑手蹑脚地顺着羊群的缝隙到炕上，一个人抱起了两个大倭瓜，倭瓜个大挺沉的，他们出了五伯的家后一气把倭瓜抱回了家。回到家后恰巧被母亲扈文芳碰了个正着，母亲问两个孩子："这倭瓜是在哪整的？"

这个时候两个孩子只能如实地交待了："倭瓜是在五伯家西厢房里抱的。"

"啊呀，我的妈呦！这要是叫你五伯给逮着了，还不揍死你们俩？你们的胆子也忒大了！"母亲一时气得浑身发抖，她拿过来笤帚把两个孩子摁在炕上，"啪啪"地就是一顿胖揍，疼得两个孩子"哇哇"地嚎。

14 岁的高玉泽，可别看他个子矮小，人长得精瘦的，他却在甄庄淘气淘得出了名。从南头到北头，甄庄的人只要一提起谁家的孩子最淘气，首选的人便是高玉泽，在甄庄也没有人不知道他的。可话又说过来了，在甄庄般时般大的孩子堆儿里，高玉泽又是大家很佩服的一个人，他心眼多、人聪明，但凡是出个谋拿个主意的事，当然也非他莫属。由此，来找他和他一起玩耍的人也越来越多。

这天，甄庄的村子里有一件喜事，生产队长汪凤桥又后续了个老婆，这不他家今天娶媳妇摆桌子招待宾朋。汪凤桥的老婆是头年春上得病死的，看他拖儿带女怪可怜的，大家伙就四处张罗着想帮他后续个老婆，捉摸来捉摸去人找到了，女的也是本队的郝家姑娘。虽说男方家的条件不怎么好，又是拖儿带女的，大姑娘过门嫁了人就给人家填房，但郝家人却不管乎这些，他们看好的是汪凤桥手中的权力，手里捏着权力还愁吗，不是有那么一句老话："一人得道鸡犬升天"。于是，郝家的大姑娘就心甘情愿去给汪凤桥的家填房，做了后娘。

河北乡下农村的风俗多，如若谁家娶媳妇办喜事，除了要摆桌设宴款待亲朋好友外，闹洞房、听墙根的过程也不能少，听墙根就是偷听两个人睡觉时所说的悄悄话。

孙玉庭和小蛋儿来找高玉泽，想会他晚上去汪凤桥的家听墙根，听墙根的事高玉泽还从来没有经历过，他感到很是新奇，就点头应允跟着他们走了。几个人在老汪家的墙外转悠了大半天，等到半夜12点钟过后，看闹洞房的人陆陆续续地都走了，估摸汪凤桥和小老婆也要铺被褥上炕睡觉了，几个人就悄悄地跳过了墙头，然后蹑手蹑脚地摸到了窗户的跟前。

汪凤桥的家是个三间老房，窗户台离地很高，一层雕花的大窗户，上边的窗棂子是木头的，糊着纸可以往上翻，下边的窗户镶着一层玻璃是固定的。在靠近里边墙的窗户框右下方，还给猫特意留了一个猫道，猫道上还有个小帘子，是留着让猫用脸挑门帘来回走时方便。

刚刚入秋的夜色万籁俱静，远处时不时地传出阵阵犬吠的声音。送走了闹洞房的人们后，汪凤桥随手拉上了窗帘打算脱衣解裤上炕睡觉了。房梁上垂挂下来的大灯泡通明瓦亮，这个时候是不能够关掉灯的，大灯泡要亮一宿，洞房里的灯如果灭了，是不吉利的。

几个人悄悄地凑到了窗户前，小蛋儿发现了猫道，他就用个小棍轻轻挑开猫道的门帘往里面窥视，想看看里头的人这个时候在干啥呢？可能是白天炕烧得太热了，根本就盖不住被子，透过猫洞可以看到此时的汪凤桥光得一丝不挂，正趴在郝家姑娘的身上呼哧呼哧地咕拥着呢，他身下的郝家姑娘也光着个大屁股，正叉着个腿来回扭曲身子，喘着气已经叫唤的不是动静了。

小蛋儿怕笑出了声赶紧用手捂住嘴，他示意让孙玉庭和高玉泽也过来看看。

高玉泽从来没有见过这种害羞的场面，他赶紧用手捂住嘴，惊诧得睁大了眼睛，可到末了还是不由自主地脱口而出"啊"的一声。

屋子里正玩在兴头上的汪凤桥猛地听到了窗户外边的动静，气得他大骂了一声："操你妈的，兔崽子，看我不收拾你们！"说着话的工夫，他吵吵八火地就下地推门出来了，扬起手就把一块砖头"哼嚓"地糊了过去。几个人见这阵势吓得赶紧翻墙头，脚底下抹油——溜了。

第五章

中学时代的记忆

十七、朦胧的感觉

14 岁的时候，高玉泽同大爷李庆枢家的儿子李东林一起，从甄庄小学毕业后到了甄庄中学。别看他比李东林要大上一岁，但在辈分上高玉泽却比李东林小一辈分，从大爷李庆枢那里论起，李东林还是高玉泽的叔，由于两个人般时般大又整天腻在一起，高玉泽嘴硬就不管李东林叫叔，人家李东林也是个含糊的人，也从不跟高玉泽计较这些。

也巧的很，他们两人上了中学后居然还被分配在同一个班级里，不过人家李东林的命运好，他被老师一眼相中任命为班长，这样以来，在班级里高玉泽还是要绝对服从李东林的"领导"，人家是班长就得服管。他们这个班在甄庄中学同年级的三个班里是一个大班级，计算起来有 60 多人都是附近几个村的，而在这个班级里还有一个更明显的特征，全班男生多女生少，女生的数量掰着手指头计算加到一起，拢共才不到 20 个人。

班级里有一个叫关庆珍的女生挺好的，她不但人长得俊，好看，就连说话时的动静也很好听，总是细语柔声的，还有她那一双水汪汪的大眼睛忽闪忽闪的，在瞧你说话的时候就能感受到她的大眼睛，也跟能说话似的。关庆珍有一副鸭蛋儿型的脸庞，脸庞上总是透射着一种不俗的气质，也正是这种不俗的气质很能吸引人的注意力。她家是大甄庄的，高玉泽家是甄庄的，大甄庄与甄庄两个村子中间只隔了一条南北走向的道，道的东侧就是甄庄，而道的西侧就是大甄庄，人们为了好区别叫就以这道的两侧为界，外人就不知道这里的秘密都管其叫甄庄，其实关于甄庄大小的区分是有说头的。

在班级里关庆珍的人缘忒好招人待见，特别是男生们都爱去接近她，往她的眼眸前凑合，乐意跟她搭讪唠个嗑儿，再不就愿意隔着老远处偷偷地多瞅上她几眼。如此这样，关庆珍在班级里就成了一个香饽饽。

高玉泽对关庆珍的印象当然也不错，但他的脸皮薄，可不敢像其他人那样，无事生嗑地愣往人家的眼睛前去凑合，如果那样的话，该多丢份栽面，让人讲究。

　　高玉泽越是不敢接近关庆珍，关庆珍却越走近了高玉泽的身边。那天，老师在课堂上分配每周放学后打扫教室卫生的小组，关庆珍和高玉泽两个人竟然被安排到了一个卫生小组，高玉泽期望之中的机会终于来了。当高玉泽听到老师公布的名单后，心里头那个乐呀！乐得他心里直劲地打着小鼓。乐归乐，但在面儿上高玉泽却装出了一副若无其事的样子，可在心里头却在盼望着放学的铃声早点响起来，也不知道是咋的了，那天放学的铃声却响得特别晚。

　　放学了，关庆珍走过来喊高玉泽，让他把教室里的凳子挨个地都码到桌子上，她负责从后面往前面打扫。高玉泽码凳子码得快，码完了凳子后也拿起笤梳和关庆珍一块儿扫地，一边扫地还一边和关庆珍搭话唠嗑儿，啥好听的就说啥，反正是净逗她乐。跟关庆珍在一起值周打扫卫生的时间，转眼间过得特别地快，还没几天就轮到其他小组的人了。反正高玉泽就愿意跟关庆珍在一起，跟她在一起的时候，心里头总是有一种说不出来的怪异感觉，每次关庆珍用大眼睛在瞅自己的时候，自己的脸热得就像发烧似的，连说话的声音都跟先前不一样了，反正自己就愿意跟她在一起。咳！而唯一让高玉泽有些沮丧的是，他和关庆珍在一起的时间有点太快了。

　　高玉泽不懂这是男孩对女孩在心里升腾的爱慕之情，他就知道每天愿意多瞅几眼关庆珍，瞅她心里就舒服，特别是每次关庆珍对自己嫣然一笑的样子，老是在眼睛前浮现。记得有两次，关庆珍因病没有来上学，高玉泽上课时总是心神不安的，他老是注意着教室的门口，盼望着那个熟悉的身影，能忽地从门口飘进来。

　　家里的枣树结果子了，高玉泽挑了许多倍儿甜的大的枣装进书包里，到学校后趁着下课的时候，偷偷塞进了关庆珍的课桌里，关庆珍上课的时候发现了还以为是谁搁错了，就大声问："俺书桌里的这些枣，是谁搁的呀？"

"是——高——玉——泽——搁——的！"一个男生故意拉着长音，顿时，课堂里笑成了一锅粥。在同学们的笑声里，高玉泽的脸腾地又红了。

班长李东林站起身来，他制止了同学们起哄的笑声。

高玉泽对关庆珍好，这却惹得班级里两个男生不乐意了，他们老想找个茬口好好地教训一下小个子的高玉泽。有一次，因为一件事高玉泽和这两个男同学口角起来，那两个男同学好打仗，他们放学后在学校外一个僻静的地方堵住了高玉泽，就想趁着没人好生教训一下他。就在这个时候，关庆珍出现了，她伸开双臂挡在了高玉泽的面前，一阵厉声地斥责后，那两个男生瘪茄子不吱声了。对于关庆珍的仗义举动，高玉泽很感激她。

高玉泽心粗，其实自打到甄庄中学念书的那一天起，班级里真有一个女生相中上了他，这个女生叫赵淑兰，她跟关庆珍是本家，论年龄她和关庆珍一般大，如若论起辈分来可就不一样了，赵淑兰得管关庆珍叫姑姑，赵淑兰人长得也挺好看的，但她不知道高玉泽对她姑姑关庆珍，已经有了好感。

放暑假了，学校利用这个时间组织学生勤工俭学，赵淑兰与高玉泽被分配到了一个小组，他们的任务是一起喂学校里的猪。喂猪是两个人的活儿，因此两个人就要天天在一起，时间最长的时候一连十多天他们都是形影不离，时间一长，高玉泽就明显看出来赵淑兰对自己很有好感。高玉泽的脸皮薄，有时候他的脸皮比姑娘的脸皮还要薄，相比较而言，赵淑兰可就比高玉泽直率的多了。有时候晚上回家，赵淑兰就跟高玉泽叨咕，说自己天黑了就不敢走黑道，意思是叫高玉泽把自己送回家，高玉泽听了，连锛儿都没打就同意了。

飘泼月光的夜晚，在阵阵微风的吹拂下，天气照比白天要凉快多了。伴着皎洁的月色，高玉泽送赵淑兰走在回家的路上。

从学校到赵淑兰家约有一里多地的路程，以往在人多时候话挺多的高玉泽，却在这个时候不知是怎么的了，愣是冰箱里的冰果没化（话）了，他跟在赵淑兰的身后边也不言语，从心里不知道该怎样和赵淑兰说说话，瞅着高玉泽这副傻呆呆的样子，赵淑兰在心里憋不住地笑。

一会儿就到了赵淑兰家的家门口，高玉泽停住了脚步。赵淑兰终于笑出了声："我到家了，你回去吧，傻样儿！"

在回家的路上，高玉泽还在回味着刚才赵淑兰临别说得那句没头没脑的话，啥叫"傻样儿"呢？

在甄庄中学念书的时候，同学与同学有很多对儿后来成为了对象。高玉泽对关庆珍有好感但却没成为对象，赵淑兰对自己有好感也没成为对象。他知道这些都怨自己没有把握好机会，但处对象咋个把握尺度，论这高玉泽就不明白了。看他人猴精猴精的，其实笨着呢！

十八、美好的愿望

大爷李庆枢是安次县的县长，这在甄庄谁都知道，廊坊的安次县距离甄庄有六十里地，大爷李庆枢的家在甄庄，在县里办公也有地方住，因为工作忙，他平时不跟儿子李东林他们在一起住，每过个十天半个月的才能回来一次。别看大爷李庆枢的官儿大，每次回甄庄的时候，他都不是耀武扬威地摆官架子，每次吉普车到了村子口后，他都会从车上下来，一边走一边和道两旁的乡亲们搭话拉家常，吉普车在村子里也从不鸣喇叭，只是慢慢地跟在他的身后边，村里的孩子们见到了吉普车，就会一窝蜂似地跟在吉普车后面跑。

自打上了中学后，高玉泽的心也开始变得野了，那天，他对李东林说出了自己的愿望，就为了这个愿望他也第一次管李东林叫了声叔。

寻找幸福的方向

"叔，除了码头，安次县里我还没有去过呢！大爷当县长的，多让他带咱俩到县里头去玩玩呗！"

"那等放暑假吧！"

李东林答应了高玉泽，高玉泽照比李东林大一岁，李东林逢事都听高玉泽的，更是高玉泽屁股后头的尾巴。

放暑假了，这会儿勤工俭学不是高玉泽和赵淑兰值班，闲着没事的他，就又和李东林提起了想去安次县的事。

见李东林不吭声趴在桌子上闷着头写作业，高玉泽就凑到了他的跟前。"现在都放假了，咱俩啥时候去安次县大爷那里去玩？"

"行，找个机会。"

"那去廊坊的时候，咱咋去呢？"高玉泽接着又问李东林。

"那么老远的，谁能走得动，当然是坐我爸的车去呀！我估摸着，我爸就这一两天该回来了，等他回来，回去的时候，咱们俩就坐他的车去廊坊玩。"

李东林说这话，正合乎高玉泽的心意。他一直都在惦记着要坐坐大爷的吉普车，神气一把。

这天晚上，大爷从安次县里回来了，儿子李东林就跟他说，想跟他坐着车去廊坊玩玩，还有高玉泽。县长李庆枢很爽快地就答应了儿子的请求，李东林连向就将这个消息告诉给了高玉泽，让他准备一下明天一早去廊坊的安次县里玩。

高玉泽听了后这个乐呀！他特地让母亲给自己找了件干净的褂子，留着进城时穿。

这天一大清早，两个孩子就坐着吉普车去了廊坊。上车的时候，村子里许多小伙伴围着吉普车投过来羡慕的眼神，高玉泽在他们的面前特意把自己的胸脯挺得老高，显出了一副很得意的样子。

　　一路上高玉泽美滋滋的甭提该有多高兴了，特别是坐着吉普车进了廊坊县城里，他的两只眼睛都不够使不知该往哪边看了。要知道当时在整个廊坊的街面上，北京牌的吉普车总共也没有几辆，能够坐吉普车的也没有几个人，况且县长的吉普车，谁又能轻易地沾上边，就更不用说是坐了。

　　吉普车一路颠簸很快就到了县大院，大院门口还有背着大杆枪站岗把守的兵，再往里头走就是一溜七八排的大房子，大爷李庆枢的办公室在后边倒数第三排的一间屋子里，县会议室在前边第三排的房子里，中间隔了两间房子。

　　坐着吉普车进了大院后，大爷李庆枢就被秘书叫走了，扔下了两个与他同车来的孩子，大爷临走撂下一句话，让他们自己个儿去后院的家。

　　见到大爷李庆枢走了，高玉泽就提议："趁这空当咱们先不去后院，先到大院里四处里转悠转悠，看看有啥好玩的没有？"

　　这回李东林又依了他，两个人便在大院里转悠开了，这里瞅瞅那里瞧瞧，反正是看哪儿，哪儿都好，特别是每扇门上都涂着油漆，每块玻璃都铮明瓦亮，这些在甄庄他们俩压根儿就没有见到过。

　　两个人一趟房一趟房地溜达着，当转悠到了前院大会议室的时候，隔着玻璃见到这个宽敞的大房间里摆放了许多怪怪的椅子，他俩不知道这怪怪的椅子叫沙发，推了推门，见门是虚掩着的，里面没有人，于是，两个人就推开了门径直地走了进去。

　　嘿，这个屋子好大呀！在每个大沙发前都摆放着一个小桌子，桌子很矮比学校里的课桌还要矮、还要小，当时他们俩也根本就不知道这桌子叫茶几，是跟沙发一起配套用的。至于这桌子能干啥用，他们压根儿也不感兴趣，而沙发却引起了两个人浓厚的兴趣，坐在沙发的上面屁股底下很暄乎，原来沙发的皮子里藏有很多的海绵和弹簧弓子。

　　这玩艺儿真好玩！两个人坐了几下后索性脱了鞋，干脆就在沙发上蹦悠起来。

两个人乐了，在沙发上相互比试着谁蹦的高，一蹦蹦得老高，你高我比你还高，随着他们蹦高速度的加快，沙发里的弹簧弓子也随着嘎吱嘎吱地响个不停。

高玉泽和李东林玩得满头大汗，就在他们兴趣正浓的时候，姓葛的办公室主任来了，他是过来打扫会议室里的卫生的，准备下午开会用，见到县政府的大院里冷不丁地冒出来两个孩子，而且还敢在会议室里如此的淘气很是纳闷，就打听这俩孩子是谁家的？当他得知这两个孩子是跟着县长李庆枢从甄庄坐车来的后，就赶忙去后院找来了县长的老伴儿。

高玉泽见到大奶来了，就赶忙和李东林下地穿鞋，不在沙发上玩了。

大奶进了屋后，伸出手在李东林的屁股上拍了一巴掌，生气地说："瞧你们淘得没边了不是，还敢在这里玩？走，都跟我回家去。"她厉声责怪过后，就一手扯着一个孩子，把高玉泽和李东林领回自己的屋，再不让他们在大院里四处乱跑了。

在廊坊的县大院住了两天后，大爷又让司机开着吉普车，将两个人送回了甄庄。

在回甄庄的路上，美滋滋的高玉泽坐在吉普车里浮想联翩。还是坐在县长的吉普车里舒服，当县长的感觉忒好了。当了县长就会有车坐，如果将来我能够当县长，那也一准儿会天天有车坐了……

"嘀，嘀，嘀……"吉普车拉着两个孩子回到了甄庄。

吉普车来甄庄，甄庄人并不陌生，每次吉普车只要一进甄庄，甄庄人就知道是县长李庆枢回来了，可这次却有些反常，吉普车到了村口没停也没见李庆枢下来呀！而是嗖地一下子就开过去了，还是眼尖的人发现了端倪，这吉普车里压根儿就没有县长李庆枢，而是坐着两个孩子，坐在前边的孩子是高清如的儿子高玉泽，坐在后面的是县长李庆枢的儿子李东林……

高玉泽去廊坊回来后，他又惦记起了另一件事。就在那天早上大奶叫他们起来吃饭时，高玉泽发现大爷李庆枢的腰间还有把撸子手枪，刚想伸手去触摸一下，大爷吓唬他这枪可不是你个小孩摸的，小心走火伤着人。尽管大爷是吓唬自己，但高玉泽还是对大爷的那把撸子手枪产生了好奇，老是琢磨着要能够啪啪地开几枪，那该有多过瘾！

这天在李东林家里玩的时候，高玉泽又对李东林说出了自己的想法："伯，大爷有一把枪你知道不？"

"知道啊！"李东林回答得很干脆。

"他再回来的时候，你跟他商量商量呗，叫他带着咱俩玩一玩他的手枪，过过瘾。"

"成，没问题。"

大爷这天又回来了。高玉泽见大爷回来就猫在李东林的身后，用手指捅咕李东林的腰，意思是让李东林说话。高玉泽为啥自己不说，偏让李东林说呢？由于高玉泽平时跟大爷接触的不多，因此他有点打怵大爷，别看他平地里鬼点子挺多的，可见了大爷李庆枢却连话都不敢说了。

李东林瞅着高玉泽又冲自己咬了咬嘴，知道他是啥意思，就凑到父亲的跟前央求道："爸，你领我们去打打枪呗！叫我们也听听声，过过瘾"。

县长李庆枢今天的心情不错，见儿子提出了要求便爽快地答应了。于是，他便领着儿子和高玉泽到了村东头的大窑地。

夏天里的大窑地有座烧砖用的空窑，砖窑里没有人，只有许多的鸟，人一来鸟儿们呼啦地都飞走了。大爷把枪拿出来，打开了保险，将子弹上了膛，随手就将枪递给了儿子李东林，李东林双手端起枪对着大窑，右手扣动了扳机，"砰"地开了一枪，声音好大把耳朵都震得嗡嗡响。大爷又将枪递给了高玉泽，高玉泽屏住呼吸也对着大窑也"砰"地开了一枪，子弹壳冲着自己就飞了过来，把他吓了一跳。

见到两个孩子各放了一枪后高兴的样子，大爷笑呵呵地问："怎么样，这回你们该过瘾了吧？"

高玉泽恋恋不舍地把枪还给了大爷，两个孩子同时点点头。

西边的天空里又是一片火烧云，大爷李庆枢抬眼望了望天空后，说了一声："撤退，咱们回家喽！"

两个孩子美滋滋地跟在李庆枢的身后，在回到村子里的时候，他们都将小胸脯挺得老高，神气得很。

也是的，他们两个人都亲手打过枪，还是手枪，就凭借着这一点在甄庄就够牛逼的，爱谁谁。

十九、为荣誉的付出

这几天在甄庄中学校园里疯传着这样的一个消息，学校每年一度的秋季运动会就要开了。

听到学校要开运动会的消息后，高玉泽的心甭提该有多乐了，因为自己打小就很善跑，而且在小朋友们堆里他奔跑的速度没有人能够相比，由此在全校人面前露一手显摆显摆的想法也开始在心中悄然而生。

在填报项目的时候，高玉泽美滋滋地为自己填报了一个 100 米短跑的项目，听高玉泽报了这个项目后，班级里还有一个叫冯恩涛的也填报了这个项目。

听说冯恩涛也报了 100 米的短跑，高玉泽一脸不屑一顾的神色，他在心里暗暗地说："就你还能跑过我，咋想的？"

刚刚入校的初一学年组共计有三个班级，他们这个班是学年组里最大的班，有 60 多人，都是附近几个庄的，相比较而言全班的男生居多，女生少，拢共才有 20 多人，由于过去同学之间缺少往来，彼此相互之间的底细谁也不是很了解，高玉泽凭借着自己的主观臆断，根本就没把冯恩涛放在眼里。

李东林是班长，在老师的授意之下他要组织好同学，认真备战这次学校的运动会。放学的时候，在李东林的带领下，参加赛事的同学都到了操场，为了检验一下每个人所报项目的真正实力，高玉泽与冯恩涛两个人首先站在了起跑线上。

较量实力的时候到了，高玉泽挽了挽裤腿，又系紧了裤腰带，他深吸了一口气，显得信心十足。

冯恩涛是一个不太爱讲话的人，他瞅了一眼高玉泽，也在起跑线上摆好了姿势。

比赛开始了，两个人同时冲出了起跑线，疾步如飞，20 米、30 米、50 米、70 米，他们嗖嗖地并驾齐驱，谁也没有被谁落下半步。

就在距离终点还剩下不到 30 米的时候，冯恩涛突然嗖地一声加速，他一下子就超过了高玉泽一个身位的距离。此时的高玉泽尽管是拼尽了全力也没能够再撵上冯恩涛，还是被冯恩涛甩在了身后，最终只能落败于这第一次的较量。

高玉泽在心里是不怵冯恩涛的，接下来他们私下里又相继较量了好几次，但每次较量的结果都是高玉泽眼巴巴地屈居第二，从没有比过他，更没有尝到过第一的滋味。

对于冯恩涛而言就不同了，这第一的名次也让他在全校 100 米的短跑项目上始终力拔头筹，并且一直保持着一个不败的纪录。中学三年，冯恩涛每次在全校的运动会上都出尽了风头，凭借着个人不败的 100 米短跑速度，冯恩涛从市里跑到了省里，最后入选了河北省的田径队，后来在河北省的各类竞技比赛中，他的成绩依然也是不错的。

每次在全学年组由三个班级 6 个人参加的 100 米短跑项目比赛中，尽管高玉泽拼尽了全力，他的成绩也总是排在了第二名的位置上，学校对于这个

寻找幸福的方向

成绩的奖赏，是一个加盖着学校红印章的演算本，就这个演算本还把许多的同学羡慕得了不得呢，高玉泽能跑的事实谁也没有贬低过，但毕竟冯恩涛比他还能跑这也是事实。再有让高玉泽感到兴奋的就是，他与冯恩涛用短跑的速度，一起联手参加的 4×100 米接力跑比赛，每次都为班级争得了荣誉。

谁都说在高玉泽身上有一股争强好胜的天性，也不知道他这股子天性究竟像谁？"第一"是他苦苦追寻的，"第一"更是他想得到的荣誉。

说到"第一"的成绩他也有，那是从中学二年级开始，在由学校所组织的勤工俭学劳动中，高玉泽每次都夺得全学年组的第一名。

放暑假的时候，学校组织学生割草，割下来的青草晒干后再卖给生产队用来喂牲口，生产队则要付给学校一部分钱，学校用这部分钱来改善学校的教学环境，添置一些教学用具。按着学校的规定，各个班级要利用好这一个多月的时间段开展勤工俭学活动，学校同时也为各个班级下达了勤工俭学的具体指标。

周亚军的个子高，高玉泽的个子矮，老师就将他们俩个人编为了一个小组，其目的也是不言而喻的。对于周亚军，高玉泽不怵他，你有劲，我也不孬，爱谁谁！

按照学校勤工俭学割草的具体责任分工，每个人一天要完成一筐草的任务，周亚军的个子高、力气大，一天割一筐草的任务量对于他来说是手拿把掐、不在话下的。高玉泽就和周亚军暗中较量开了，你一天割一筐草，我就一天割两筐草；你一天割两筐草，我就一天割三筐草，反正是不能让你给落下，只能比你多，不能比你少。当然了，每次周亚军在问起自己所完成的数量时，高玉泽也没有跟他一五一十地全说真话。

开学了，最后的统计结果出来了，高玉泽割草数量是全学年组里最多的，周亚军已经被甩得老远，根本就没法与自己相比，在同学们羡慕的眼神里，周亚军也彻底地服气了。

　　这回，高玉泽夺得了全学年组勤工俭学活动的第一名，他美滋滋地走上讲台，从老师的手里接过了学校颁发给自己的奖品，一本两角钱 16 开加盖着学校大红印章的演算本。

　　放学回到家里的时候，高玉泽赶忙从书包里掏出来自己的奖品，故意在两个妹妹的面前显摆，生怕她们不知道自己得了第一名。

　　赶巧儿，母亲扈文芳正好打外头回来，高玉泽便又在母亲的面前显摆起来，母亲由于忙着干活没有注意到儿子表情。见到母亲没有搭理自己，高玉泽就撺着母亲，非得让她看自己的奖品。

　　见到哥哥这个显摆劲儿，妹妹们都扑哧地笑了。

　　高玉泽见妹妹们在笑话自己，真有点不好意思了，他挠着头皮，冲着妹妹们做了个鬼脸。

　　母亲扈文芳接过了儿子递过来的奖品，她戴上老花镜，反复地端详起演算本上加盖的红戳，和那行写着"勤工俭学优胜者"的文字。

　　许久，母亲抬起了头，那发自心底里的一丝笑容，终于在她的脸上定格。

第六章

十八岁灰色的天空

二十、春天里的脚步

自打那次跟李东林坐他爸的吉普车去了一趟安次县后，高玉泽的心里就开始长草，人也变得不安稳了。他非常羡慕城里人的生活，羡慕大街上奔跑的汽车，羡慕县长的办公室里的大沙发，羡慕他桌子上那部摇把子的电话机，羡慕大奶给他做的炸油条……

1975 年 7 月末，17 岁的高玉泽从甄庄中学毕业了，在校园门口与同学挥手告别过后，他没有立即抹身踏上回甄庄的那条乡村土路，而是怀揣着一腔寻找幸福的愿望，骑着一台叮当烂响的自行车，直接奔向安次县城，高玉泽多么想融入到这个天堂般的地方，每天准时和太阳相约，用脚步踏亮满地的霞光。

中学毕业后，他没有去甄庄的大队部报道，而是直接去了廊坊的短工市场，每天与很多的人一样，期盼着那一张出现在眼前的雇主脸庞。他也到县化工厂打过短工，一有时间就乐意去听车间里机器运转的隆隆鸣响……

晃晃悠悠的大半年时间过去了，高玉泽在城里也没有找到一份稳定可心的工作，快要到过年的时候，无奈的他拖着沉重的脚步，心情沮丧地回到了甄庄……

1976 年的春天来了，这年河北农村的春天冷得邪乎，雪片子从没有过的多，风刮得从没有过的大，后来知道了这叫"倒春寒"。按照以往的节气，一过了立春，生产队就开始往地里送粪了，虽说天冷寒气袭人，但却也挡不住庄稼人备耕忙春的脚步。

高玉泽回乡务农所干的第一件活儿，就是每天跟着大车往地里头一趟趟地送粪。从粪堆到地里头，近的时候一上午要送三趟，远的时候一上午要送两趟，歇过了晌午后，下午再接着送，一直要送到太阳落山天擦黑了才能够收工回到家，每天所要经历的就是装粪，跟车，卸粪，这样一个乏味无耐的过程。

装车送粪这种活儿看似简单，其实这里头可大有学问。会装车的人，是会借着劲儿使的还不累。高玉泽哪里懂得这些个门道，他在铁锹头上使的都是些个蛮劲儿，并不是巧劲儿，两只紧紧攥着铁锹把的手，总是血印子中掺杂着水泡，疼痛的钻心。

晚上回到家，母亲扈文芳看见儿子的手掌心里磨出了许多的水泡，疼得直劲地呲牙咧嘴，就赶紧到外边抱了捆柴火回来，烧了一锅热水，逼迫着儿子用热水洗了洗手后，就把儿子叫到自己跟前，她将针尖放在煤油灯的火苗上燎了燎后，从自己的头上揪根头发穿在针眼里，然后再用针为儿子挑开手掌上的血泡，每挑一个水泡后就立马用剪子剪断头发，将头发留在水泡里，让水泡里的血水顺着头发丝流出来，最后再变成一层白色的干瘪的皮。到了晚上，高玉泽由于疲乏睡着了，母亲扈文芳就坐在儿子的身边，用剪刀轻轻地剪着他手上水泡的浮皮，再涂上一层柔软的药膏。第二天早上，在母亲昨晚上用剪刀修剪过的地方，又结痂长出了一层新皮。经过又一天的磨砺后，这层嫩皮开始变硬了，再后来又变成手掌上的一层铁皮老茧，磨出了铁皮老茧就不出水泡了，但是铁皮老茧硬，母亲见了就一次次地再为儿子修剪这些铁皮老茧。

从来没有干过农村活的高玉泽，由于疲乏过度回到家后，只要脑袋挨着枕头后就会呼呼大睡，有时会睡得一宿到天亮。母亲知道儿子的身子板单薄，心疼着呢。每天早上出工前，扈文芳都会给儿子面前放上一碗刚熬好的棒子面糊糊粥，还有棒子面的菜团子，外加一盘萝卜丝的咸菜。她会一直坐在儿子的对面瞅着他吃，母亲说："早上这顿饭一定要吃好，吃了你的身体才会有劲，我才会放心。"

由于营养不良，瘦小枯干的高玉泽只有八九十斤的体重。母亲扈文芳心疼儿子，她把家里小母鸡头次生下来，皮带有血迹的蛋，一个个积攒起来留着给儿子吃，母亲觉得儿子吃了这样的鸡蛋后，身子骨也许就会硬朗。每次瞅着母亲不注意的时候，高玉泽就会把母亲装进自己兜里的熟鸡蛋掏出来，偷偷塞进妹妹们的衣兜里。

开春了，生产队开始平整土地了，经过一个月跟车送粪的锻炼，高玉泽胳膊上的肌肉块越来越硬，身上也照比过去觉得有劲多了。平整土地的时候，高玉泽就跟大家伙儿在一起打茬子，每次到了地头，许多村子里的棒劳动力总爱拿高玉泽逗乐寻开心，因为他在大人们的眼睛里也就是一个孩子。

在干活的一堆人里，有个外号叫"糊涂"的大个子，他不光比高玉泽在年龄上相差了好几岁，论个头与膀实劲儿，高玉泽跟他也是不能相比。由于他的心眼儿不全，整天迷迷糊糊的，说傻不傻，说荼不荼，就这么一个人。虽说他这个人干起活来不怎么利索，但他膀大腰圆，体格壮、力不亏，要不是傻傻糊糊的脑子一根筋，谁也不能跟他相比。

队长见高玉泽打茬子跟不上趟，就逗弄着高玉泽说："自过，敢不敢跟糊涂打赌摔个跤，若是你能把他摔倒了，摔过了他，你就不用再跟趟子走了。"

原本是一句开玩笑的话，高玉泽听了后却真的动了心。他赶忙又追问了一句："你这话，当真？"

"当真，我说了就算数。"队长眯缝起眼睛瞅着高玉泽。

高玉泽也很认真，随口说了声："那行！"

按理说，高玉泽压根儿就不是糊涂的个儿，糊涂的身高 1．72 米；高玉泽的身高只是 1．61 米；糊涂的年龄 21 岁，而高玉泽的年龄才 18 岁，他们之间在年岁上相差了 3 岁；还有一点，高玉泽的体重不足百斤，而糊涂的体重却几乎是他的两倍，这样无论是身高与体重，还是年龄与力气，他们俩根本就不在一个档次之上，彼此之间也相差得太悬殊了。高玉泽要想把糊涂摔倒了，那几乎是不可能的事。

高玉泽与糊涂相比较起来，也不是没有什么优势可言，他的腿脚照比糊涂就灵分多了，糊涂太笨，使蛮劲儿行，如若论动心劲儿，可就不如高玉泽了，高玉泽在这个时候想要把糊涂摔倒，也只有动心眼儿，用巧劲儿来取胜制服他。

双方的比赛开始了，糊涂晃了晃腰，又甩了甩胳膊，然后拉开了架势。高玉泽四下萨摩了一下，刚平整过的地方是一个小慢坡，慢坡下面的地方土质很松软，不仔细地看也看不出还有个小浅沟。高玉泽在与糊涂摆开了架势的同时，小眼睛一眨巴的，他计上心来。

他开始和糊涂转悠起了圈，一圈又一圈，就是不让糊涂靠近自己的跟前。高玉泽向着慢坡的地方挪动着脚步，他也有意要将糊涂引向自己看好的慢坡处。忽然，糊涂的一只脚踩在慢坡下浅坑沟松软的土里，瞅准了这个机会，高玉泽立马照着糊涂的脚踝骨踢了一脚，紧接着又抽出另一只脚给他下了个绊子。糊涂冷不防地身子一侧歪，高玉泽双手赶紧顺势使劲一推他，借着劲一下子就把大个子的糊涂给撂倒了。

坐在地头看摔跤的人，几乎笑得前仰后合，有的人把眼泪都笑出来了。

糊涂从地上爬起来不干了，他指着高玉泽的鼻子说："自过，你小子咋玩赖？"

高玉泽反唇相讥："谁玩赖啦？你管乎我使唤什么招法，把你摔倒了没有？摔倒了你，就得算我赢。"

"不行，这次不算，咱们重新来。"糊涂不服输地扯着嗓子喊。

"谁跟你重来呀！反正是我赢了。"高玉泽嘴上硬，心里却是在偷着乐。

又是一阵笑声过后，队长赶紧站起身，用手拍打拍打屁股下的泥土，打着圆场，他兑现了自己刚才说过的话。这样，下趟的活儿，高玉泽也就不用再跟着大帮人一块儿拿垄去干了。

望着糊涂满脸不太情愿的样子，高玉泽走过去拍了一下他的屁股蛋，又冲着他做了个鬼脸，然后赶紧找了个凉快的地方，双手枕着头打起盹儿。

二十一、麦田地里的身影

糊涂是一个凿实卯一根筋的主，他被高玉泽撂倒了以后，心里老是憋屈，过不来这个劲。第二天干活的时候，他又和高玉泽叫起了劲，"自过，你小子还有没有胆量，咱们俩今儿个重来！"

"重来就重来，谁怕谁？"高玉泽也不示弱。

看热闹的人可不怕事大，队长更是有点添油加醋的意思。"自过，咱还是昨天的规矩，你把他再撂倒了，这趟活儿你还不用跟着干，咋样？"

这回高玉泽用手挠着头皮，心里却没有底了。

地头上的一群人，一起跟着起哄，没有办法，在这种情况下也只有手插磨眼子——跟着捱了。

两个人又拉开了架势。高玉泽想故伎重演，他往高坡的地方逗弄着糊涂，糊涂也看出了高玉泽心里的小九九，无论高玉泽怎样地逗引他，他就是不上高玉泽的圈套，老是在原地里不动窝、打磨磨，给人一种"你有千条妙计我有一定之规"的感觉。

高玉泽一看这招不好使了，也就围着糊涂在一个地方转悠起圈来。高玉泽人小体轻、腿脚灵分，糊涂人高马大、腿脚不是太灵活，俩人转悠的时间稍微的一长，差距立刻就显现出来了，眼瞅着糊涂被高玉泽转悠得有些个发蒙。高玉泽心里又乐了，他要趁着这个劲儿再把糊涂绕腾迷糊。

糊涂还有个外号儿叫"大飞机"。高玉泽为了逗弄他，就一边与他转圈绕腾，还一边叫他的外号儿"大飞机"，并时不时地直冲他"哏，哏，哏"

地叫唤，这样就惹弄得糊涂的心烦劲儿上来了，人变得直急歪，由于分心也分散了糊涂的注意力，气得他再顾不得自己的脚下，一门心思只顾追逐高玉泽，这样他就不知不觉地又上了高玉泽的当。见到糊涂又有些个腿脚不利落了，高玉泽猴儿快地绕到了糊涂的背后，伸出腿又给他下了个绊子，再双手一伸一用力，又把糊涂给撂倒了，摔了个仰面朝天。

一阵开怀的笑声，伴着杏花香的春风，在南大河畔飞荡……

下午，不服输的糊涂，大嗓门嚷嚷着还要和高玉泽再比试一回，他说啥也要找回自己的面子，高玉泽只能再次陪他过招。糊涂不是那种傻傻乎乎、茶得透了腔的人，他只不过就是大脑的反应迟钝了点，再有就是说起话来不太利索罢了，其余的是啥也不差。

当双方再度拉开了架势以后，吸取了前两次败给高玉泽的教训，糊涂这回可是长了心眼儿，无论高玉泽怎么逗弄，他就是不上当，想方设法慢慢靠近高玉泽。

几招都使过了，始终也不见啥效果，高玉泽的心里不免有些个着急，见到糊涂想直直腰的空档，猴儿精的高玉泽突然凑到了他的跟前，想趁糊涂冷不防给他再下个绊子，可没有想到却被糊涂就势抓住了胳膊，他的另一只手赶忙搂住了高玉泽的腰，接着再用力大抡，随着糊涂憨憨地一声喊："嘿，小子，叫你摔我，这回你玩去吧！"

力气上与糊涂相差悬殊的高玉泽，就这样哼嚓地被糊涂顺势摔了个仰面朝天。

在大家伙一阵哄然的笑声中，高玉泽闹了个大红脸。

糊涂抖抖肩膀，他凑到了高玉泽的跟前，扯着衣服领子把高玉泽从地上提溜起来。"小子，别耍赖了，这回该好好干活了吧！"

"你等着，咱们哪天再比。"高玉泽的嘴上还在拉着硬，他也和糊涂较着劲。

"不服是不是？行，哪天咱俩再比。"

这回输了，高玉泽也没有了偷闲的理由了，他只好跟着大帮拿垄干活了，刚干了不长的时间，他就垫底撒后，无奈的高玉泽被拉得越来越远。

就在高玉泽直起了腰想喘口气的时候，他看见远处有一个人影，正站在自己的地垄沟里帮着自己干活呢，而自己前面的茬子已经被他打了很多，到了跟前高玉泽见这个人正是糊涂。

糊涂冲着高玉泽嘿嘿地傻笑："自过，快点干活吧，你还跟我动心眼儿不？"

"谁跟你动心眼儿啦？"

"还嘴硬，再嘴硬，我揍你。"

高玉泽瞅准糊涂没注意，突然把手指头伸到他的胳肢窝下，痒得糊涂咯咯直劲地笑，很快两个人就扭打在一起。

后来，糊涂跟高玉泽成为了最要好的朋友，但凡是一有工夫，他就在高玉泽的面前撸起胳膊显摆肌肉块，他说自己有的是劲儿。的确，糊涂也真是身大力不亏，每次和高玉泽在一起干活儿的时候，他干完了自己的活儿，就会接茬再帮着高玉泽干，他们俩在哪，哪里就笑声不断。

一转眼的工夫，时间就到了农历五月的中旬，每每进入到这个时节，河北冀中大地里的麦子便陆续地成熟了，收麦子也是人们期待已久的事情。

回乡务农，高玉泽长这么大还是第一次拿起镰刀，加入到收割麦子大军的行列。习惯了农活儿的人，镰刀在手中被运用得得心应手，麦子也在锋刃的镰刀下，刷刷地一片接一片应声倒下，并由近向远整齐地成一字型排列开来。

18岁的高玉泽他哪里会割麦子呀！头一天割麦子，镰刀在他的手里就不听使唤。别人割麦子镰刀一搂一大片，而他却是一缕一缕地往手里挽，然后再用刀一把一把地割。河北农村麦子地的每个垄都很长，有时从这头到那头的距离一眼望不到边，少得有一里地长，有的还会更长。还有一点，华北农村的气候一进入到了麦收季节之后，就会非常的干热，整个麦田里没有一丝凉风，由于酷暑难耐，在麦田里收割的人个顶个的都是大汗淋漓。天气炎热，这个时候割麦子的人不但不能光着膀子干活，相反却还要穿上一件较厚的褂子，为啥呢？因为麦子的毛尖只要一扎到身上，人的皮肤立马就会奇痒难耐，厚一点的褂子能够抵挡得住麦尖的刺痛，而对于被厚衣服捂出来的汗水，就没有啥样的好办法了，在麦田里刚刚割了一会儿，整个褂子就会被汗水浸得拉拉湿，汗出多了，除了用毛巾不停地擦着脸上的汗珠子外，再就是时不时地要把厚褂子脱下来，一拧就是一把汗水，然后再将褂子重新穿在身上。

第一天拿垄割麦子，除了镰刀使唤不好外，闷热的天气也为高玉泽制造了许多麻烦。没多大的工夫，他就被大帮的人拉得老远，而且越拉越远，怎么撵都撵不上。好在有糊涂的帮忙，高玉泽终于捱到晚上收工的时间。回到家的时候，筋疲力尽的高玉泽连衣服都没有脱，就一头扎在炕上连晚饭都不想吃了。

第二天早上，踩着"当！当！当！"的敲磬声，高玉泽强打精神往生产队里挪动着沉重的脚步。母亲一边望着儿子疲倦的背影，一边不停地用手抹着眼泪。

一连几天都是这样，眼瞅高玉泽就快要挺不住的时候，这天生产队长开口说话了："小子，我看你身单力薄的，要干这套农活儿是真的不行。这样吧，你别割麦子了，就去跟着装车吧！"

是生产队长的一句话，把高玉泽给救了。毕竟装车这活儿，可要比跟大帮人一起挥刀割麦子的活儿，轻松多了。

母亲扈文芳对高玉泽说过："生产队长是个活菩萨，可别忘了人家好，滴水之恩当涌泉相报！"

"滴水之恩当涌泉相报！"这句话，高玉泽一直都铭记在心里。

二十二、苦涩的泪水

从春天开始，繁重的体力劳动让高玉泽越来越吃不消了，身体每天都处于一个筋疲力尽的状态。他想哭，当着母亲的面却不能哭，其实哭又有什么用呢？

收完了麦子，紧跟着就是夏锄了，头遍地铲完了后，就开始铲二遍地，从铲二遍地开始活儿就不好干了，棒子地里的庄稼越长越高，从腰慢慢地没过了头顶。在密不透风的地里耪地，那种滋味真的不好受，一会儿通身就是大汗淋淋，但衣服却没法往下脱，脱了衣服身上就会被棒子叶划出一道道血口子，伤口一会儿就会被汗水蜇得刺痒钻心……

咬着牙，流着汗，忍着痛，在这个时候高玉泽唯一的期盼就是快一点到地头，到了地头他就会扔下锄头疾步奔向南大河河边，三下五除二将身上的衣服脱得溜光，然后一个猛子扎进水里……

每到了夏锄的时节，也是乡下家家户户青黄不接的时候，粮食接不上溜了咋办？为了让全家人能够填饱肚子，父亲高清如就起大早，骑着自行车到天津的望庆坨子去买海粮，望庆坨那里是专门买卖海粮的黑市，在这个黑市上不但可以用生产队分配的棒子来兑换，还可以拿粮票或布票来交换，再有可以用钱来购买。海粮是啥？海粮是在盐碱地上种植的小棒子粮，棒子的穗头不大，结出的粒子个顶个都是细小且瘪瘪瞎瞎的，根本就不出面子，沾水和了以后蓬松得不成个团，倍儿黄倍儿黄的，难吃死了。这次父亲买海粮的钱，可都是母亲用鸡屁股下生得蛋积攒的。

由于肚子里缺少油水，眼见营养不良的高玉泽越来越瘦弱，瘦弱的他来股风若是不赶紧抱住大树，嗖地就能被风给刮跑了。

秋天到了，大田里的农作物陆续成熟，开镰的第一天，高玉泽就被分配去割豆子。割豆子的活儿可不好干，他左手掌心生楞被豆角尖上的毛刺，扎得血肉模糊、疼痛难忍。

收工以后，高玉泽没有跟着大家伙往家走，他一个人煞后留了下来。望着疼痛钻心、血肉模糊的手，一行苦涩的泪水，从眼眶里溢了出来……

南大河的水，在脚下哗哗地流向了远方。高玉泽从地上捡起了一个大石头用力掷向了河面，随即把河面砸起了一团水花。也许，这就是此时此刻高玉泽愤愤不平的心声，他憎恨老天爷对自己的不公，他憎恨岁月对自己的无情，他想问问天上的星星，该如何才能改变自己的命运？

由于高玉泽身单力薄不适应农村繁重的体力劳动，母亲每次看到儿子疲倦不堪的样子，心就像被刀剜心似的难受。父亲高如青见到妻子整天为儿子偷偷抹着眼泪，心里头更是不落忍，就打着咳声硬着头皮去了李庆枢的家，他想求这位在安次县当县长的表亲戚，能给自己的儿子在县里头找个工作，也免得儿子在农村吃苦、挨大累窝囊一辈子，让他给孩子找一条生路。

大爷为这件事很上心，不几天他就为高玉泽安排好了一份工作，叫高玉泽到县化肥厂里去上班，工作就是每天用手推车从车间往仓库里头倒运化肥。这样，高玉泽再也不用起早贪晚下大地出大累了，相比较起来劳动强度也不算太大，毕竟照比农村强得多。与此同时，高玉泽每个月还有 17.8 块钱的工资。

第二天一大早，高玉泽就骑着一台破旧的自行车，屁颠屁颠地去上班了。刚刚在县化肥厂的工资科报了道，就赶上化肥厂车间里一个储存氨气的大罐发生了爆炸，还炸死了俩人。晚上回到家后，高玉泽就把化肥厂氨气罐爆炸的事情跟母亲讲了，那么危险的工作，母亲说啥就不叫高玉泽再到化肥厂里去上班了。她说："这不中，我就这么一个儿子，那里头太危险，说死人就死人，俺们可不去了，等以后有了好的单位再说，你先搁家里呆着吧！农活干不动就甭干，反正家里头也不指望你挣的那几个工分。"

当时，在安次县城里两家县办的企业，一家是县化肥厂，还有一家是县地毯厂。

县化肥厂的工作没有干成，高玉泽为这件事挺沮丧的，可没几天，又沸沸扬扬地传来了村里地毯厂要招工的消息。嘿，这也行！能到大队的地毯厂里去上班，指定要照比在队里下地干活强，既能挣到工分，又能挣到现钱，可谓是一举两得。平常一个劳动力在生产队里一天才能挣到八个工分，而在地毯厂上班据说一天是十个工分，而且每天还会给点现钱，听说那叫补助。为此，高玉泽动了心。

话又说过来，地毯厂虽是大队的，但那可不是谁想去就能去的地方，想去地毯厂老有说头了。

大队地毯厂的厂长叫高清贺，如果要从亲戚的关系上论，高清贺还是高玉泽的大伯呢，两家的关系并不远。这天晚上，奶奶申宝玉吃过了晚饭就起身去了高清贺的家，高清贺一看二娘来了，赶忙露笑脸相迎："二娘，您咋到家来啦？"

奶奶申宝玉盘腿坐到了炕上后说："俺来求你了，不是听说地毯厂要招工吗，能不能给你侄子自过安排到地毯厂里去上班？这孩子人长得瘦小，真干不了农村里的活呀！就借你点光，给我孙子安排安排，中吗？"

听明了二娘的来意，高清波沉思了一下然后说："我心里有数，赶机会再说吧！到时候我一定想着。"

没出俩月，大队地毯厂招工的事就有了眉目。按照大队的要求，凡是到地毯厂的人，一律要根红苗正、没有包包喳喳，说头可不老少。

在甄庄有个叫周建华的人，周建华父亲参加过抗美援朝，在打仗的时候他的腿被炮弹给炸折了，成了一个瘸子，这样周建华就成了荣誉军人的后代，大队必须要给予照顾，上地毯厂的名额高玉泽要跟周建华来争，他们两个人中只能够去一个人。论条件来讲，高玉泽是争不过周建华的，人家的爹资历厚实，跟他来争指定争不过他，高玉泽肯定去不了，而且高玉泽他们家论成分还是个中农，中农与贫农就不一样了，那个时候是特别讲究成分的。

眼瞅着高玉泽去地毯厂是指定没有戏了，高玉泽也一盆凉水浇头不抱多大的希望。可奶奶申宝玉还是不甘心，她又登门去找高清贺。

高清贺很有把握地说："这件事您老就别管了，我指定会叫我侄子去的。"后来高玉泽才听说，这位大伯愣是鸡蛋里挑骨头，把个周建华给压下去了，也好不容易才把这个名额给了侄子高玉泽。有了贵人的鼎力相助，高玉泽终于如愿以偿。

周建华他们家的人不服气，就找到了大队干部来理论，大队的干部也没有太好的办法，后来为了息事宁人，村子里正好开办了个小卖部，大队的几个头头一合计，就叫老周家的大儿子周建华，在大队的小卖部里做了掌柜。这样，才算平息了风波，也给了周建华家一个满意的交待。

要问当时的高清贺为啥铲得硬呢？当时他是大队的公安员，兼任大队地毯厂的厂长，咋说也是"是亲三分向"嘛！人家老周家当时在大队里也不孬，比较起来周建华他姐在大队还是团支部书记呢！但要论起在整个村子里的实力，老周家人可就远不如老高家人了，老高家在甄庄是个大户的姓氏，一千多口人的村子，光姓高的人就占了七八百口之多。论理说，越是大户的姓氏，就应该越有凝聚力，人心齐；但偏偏却不是这样，在甄庄越是大户的姓氏，人的心劲就该越实诚，而大户的高氏却散沙成一片。好在老祖高继坤在甄庄的人缘好，他一辈子也没有和谁闹过叽咯，到了儿子高清如这辈的时候，高清如老实厚道的也出了名，他从不和任何人急头掰脸地争尖找香香。由此在甄庄高继坤一家人的口碑，与高氏的其他人也就有所不同了。

第七章

阳光总在风雨后

二十三、放飞的鸟儿

阳春三月，本来风干物燥的季节却一反常态，打从后半夜起突然下起了一场淅淅沥沥的小雨。早晨，经过了雨水滋润的阳光，穿过薄薄的云层，泼洒在空气清新的冀中大平原上。

"玉泽，你该起来了，可别耽误了到地毯厂去上班的时间。"在母亲扈文芳的一阵催促声中，高玉泽揉搓着惺忪的眼睛从炕上坐了起来。

不知不觉地在生产队里干了一年多的活儿，打从今天起，高玉泽就再也不用下大地挨大累了，一想到自己曾经有过的痛苦经历，他立刻感到身上的每个骨头节都在酸痛，毕竟这一年多时间熬煎的经历太刻骨铭心了，由此也让高玉泽对于人生有了更多的感悟。还是在中学念书的时候，就听语文老师常常说过这样一句话："苦难是打造人才的胚胎。"那时，自己根本就不理解这句话的含义，反倒觉得老师总是文绉绉地净扯，苦难与胚胎有联系吗？现在他知道苦难的滋味，该是啥样的了。

第一天到地毯厂去上班的高玉泽，心情相当不错。吃过了早饭后，他急急忙忙地就要往外头走，刚来到了院子里，就听到鸟笼子里黄鸟委婉的叫声。高玉泽停下脚步凑到鸟笼子前，打着口哨和笼子里的黄鸟交流起来。一看到高玉泽到了跟前，笼子里的黄鸟扑棱着翅膀，不停地上蹿下跳撞着笼子。高玉泽以为是缺水和谷子了，就赶忙给鸟笼子的小碗里加满了水和谷子，可黄鸟还是依旧。沉思片刻过后，高玉泽用一根竹竿把笼子挑下来，在地上打开了笼子的门，伸进手抓住了黄鸟油子，捧在手中然后松开了手，他把自己心爱的黄鸟给放飞了。

黄鸟张开翅膀飞到了枣树上。高玉泽吹着口哨，冲它摆了摆手说："快飞吧！我给你自由了。"

重获自由的黄鸟，好像一下子听懂了高玉泽的话，它扑棱着翅膀从枣树上飞身跃起，鸣唱着纵身飞向湛蓝色的天空，飞向了远方……

码头公社的甄庄，是一个南北长、东西窄的村子，大队的地毯厂就建在村子的当央。从家到地毯厂也就 10 来分钟的路程，每天上班溜溜达达不几步就到了。

到大队地毯厂上班，实事求是地讲，要照比在生产队里头可强多了。在生产队的时候，高玉泽一天到晚累死累活才能挣八个工分，而到了地毯厂一天就能挣十个工分。除了挣工分外，在地毯厂上班如果不迟到、早退干得好，每个月还要有 5 块钱的奖金。另外，在生产加工地毯的环节中，为了鼓励职工积极性，厂里还规定：谁的质量好，产量多，还会另外按每平方米再给提 0.5 元钱，每个月这些都加到了一起，可就是不老少的钱。

大队地毯厂编织的是纯毛地毯，原料都是由天津地毯厂直接给提供的。为了保证生产，天津地毯厂还派来了师傅，手把手指导地毯的生产加工。与此同时，天津的十来个技术人员还要手把手地教工人，为大队地毯厂代培徒弟。刚一上班，高玉泽就在师傅代培的行列中，别看他干活挺"菜"的，可学起编织地毯就如鱼得水，灵分多了。一年的时间过去了，高玉泽在师傅的代培之下，就可以自己独立进行顶岗操作了。但有一样就是在关键的工艺处理上，他还不行，还是离不开师傅这根拐棍。

编织地毯时需要一个大木架子，木架子的上头是一个大梁坨，一边一个木头支架，是专门来顶着大梁坨用的。下边离地两尺还有根碗口粗的横木，是来用作绷紧经线用的，这些也是在编织地毯时不可缺少的东西，比如要在织一米见方的地毯时，就需要用86道的经线，大梁坨是专门用来挂经线的。上完了经线，平完了尺后，技工就会用剪子和铁耙子来穿细毛札成的毛线，然后再用砍刀来砸毛线，俗称砸毛线砍地毯，一根一根线地穿，一下一下子地砸，在穿毛线砸地毯的过程中，还要再根据图纸上的尺寸与配色，用刀一下一下地割毛线。整个一块地毯的手工编织过程，就是在经线中穿毛线、砸毛线、砍毛线、割毛线这样一个重复劳作下完成的。

一名地毯厂的技工，从学徒到出徒，大致需要三年多历练的时间，而编织一块地毯在挂经线时需要的是四个人。一个老师傅带徒弟教手艺，一般都是八个人，两个架子，一边同为四个人，每个架子的宽度是八米，高度就不确定了，主要是根据地毯的长度来确定，梁坨多高，经线多长，是需要根据生产需要不断地调整。

同样是学徒，人与人是不一样的。师傅特喜欢聪明灵分的人，谁学得精学得好，师傅也就偏重谁，手艺也爱传授给谁。在拜师学艺上，姑娘与小伙又不一样了，以往是姑娘学得仔细，而小子贪玩静不下心来。高玉泽精明，学东西头脑活分不笨，这在地毯厂是有目共睹的，还不到三年的工夫，他就成手了，在车间里头挑起了大梁，师傅看他进步快，就不住嘴地夸奖他，更器重于他。大家伙儿越是夸奖自己行，师傅越是看重自己好，高玉泽在人前也开始有些个洋洋自得飘飘然了，他时不时乐意在众人面前显摆自己，更多的是他慢慢地就滋生了一种找不到北的感觉。

正是在这种臭显摆的心里作用之下，那天高玉泽只图数量却忽视了质量，他犯了一个很大的错误，竟然粗心把一块地毯给织坏了。由此，也差一点断送了自己的前程。

二十四、海河工地上的惩罚

那天，车间接了一批外贸出口的加工任务。为此，厂长高清贺专门选派了高玉泽、张伟英、王忠秀、姚天礼，由他们一块来完成这次外贸出口的加工任务。接到了任务单后，四个人立马作了具体的分工。在这批加工任务中，有三个人先要各自干一个 5 x 8 尺寸的活儿，一个人干一个 4 x 6 尺寸的活儿，最后几个人商量决定：由张伟英一个人负责来干 4 x 6 尺寸的活儿，高玉泽、王忠秀、姚天礼三个人负责来干 5 x 8 尺寸的活儿。厂长高清贺说了，若是干好这批来料加工的任务，除了每个人每天十个工分之外，谁干得多干得好，还要另给奖励。

张伟英负责的活儿因尺寸少，他就照比其他三个人干得快，相比之下高玉泽他们仨人因尺寸大费事就慢下来了，还被张伟英落下了很多，仨人当然是不服劲，就急嘁呼啦地往前撵，较起了劲，你张伟英干多快，俺们哥几个就能干多快，一点也不比你差。当时按照图纸上的要求，在一寸上高度的密度间隔是 7 道半。为了追赶进度，高玉泽他们因只图快却在工艺上忽略了质量，慢慢地在一寸上高度的密度就把变成了道了，这样当地毯织完了问题也跟着显现出来了。天津的质检员检查过后质问三人："你们的活都是怎么干的？密度不够了，这不明显着是在偷工减料吗？"

面对天津质检员严厉地责问，三个人当时就都傻眼了。地毯织坏了，一下子变成了等外品，这批活人家天津厂拒收。当时这块出口的地毯贵着呢，怎么地价值也在三千多块钱左右，论赔偿他们无论如何也赔偿不起人家，要知道他们仨一个人一天的工分才是十分，一个工分值也不过是几毛钱。咋办？三个人见状，个顶个的额头上都冒出了汗，几乎是蚂蚱的眼睛——都长长了，杵在那里谁也不敢再吱声了。

当时，甄庄地毯厂加工生产地毯的做工与质量，在天津地毯厂是出了名的。地毯厂 100 多号人，凭其人数到设备再到规模，在天津周边的几个乡镇地毯厂也是上数的，天津地毯厂光往甄庄地毯厂派来的师傅就不下 20 多号人，可见对于甄庄地毯厂的重视程度。这下子活儿干坏了，也就哼嚓一下子把甄庄地毯厂的牌子给砸了。尽管仨人也不是故意要把这块外贸出口的地毯织坏喽，就是年轻人气盛逞能，一门心思只为赶进度忽略了质量，可那不行呀！砸了甄庄地毯厂的牌子，这等同于是在打甄庄人的脸，更是再砸甄庄的钱呀！大队书记为这事可气坏了，气得他暴跳如雷、火冒三丈。为了惩罚三人，也叫他们仨好生长长记性，他下令叫高玉泽、王忠秀、姚天礼背起行李卷，立马到海河工地去干活儿进行劳动改造。

当时正值数九隆冬，响应毛主席"一定要把海河根治好"的号召，冀中大平原靠近海河边上许多村庄的民工，都齐聚在海河工地上，干着捞河底清淤的活儿。

第二天，22岁的高玉泽和王忠秀、姚天礼一起，背上行李卷徒步去了海河边上的大坝屯，因为甄庄大队八个生产队的民工都在那里。

到了海河工地的段上，根据大队领导的指示，仨人被安排住在了一起，他们白天除了要和其他人一样参加现场劳动外，晚上还要在睡觉前进行深刻地反省。

这天晚上，从甄庄到大坝屯走了差不多一整天的道，三个人却无一丁点儿的睡意。躺在炕梢的姚天礼主意正，是一个天生不怕事的人，他一会儿用手指捅捅高玉泽的胳肢窝，一会不住嘴地冲着屋里头的人打诨逗趣，好像那件事他早已经忘却到了脑后头似的。

相比较而言，高玉泽的心思可就重多了，他两只手枕着脑袋，眼睛眨都不眨呆呆地望着屋顶房梁出神，嘴里头还时不时往外一声接一声地打着咳声，生怕为这件事再不叫他回地毯厂上班了，这回真的追悔莫及，连肠子差不多都悔青了；他更恨自己的逞强好胜，都是一个二十好几的人了，干嘛还会犯这种小儿科的错误呢？

老九王忠秀也和高玉泽一样上火了，他的嘴角边还起了一溜的水泡，晚上连饭都没有吃。

第二天，三人就跟着大帮的人上段干起了活，他们要干的活是拉坡，拉坡在海河工地上就是从河底往河堤上拉车。在河底，一架装满了河泥的独轮车，推独轮车的人想要从河底到河堤走过50米的距离是不容易的，难就难在从下往上还要沿着近似 40 度的陡坡排着队走，人挨着人，车跟着车，上坡的人与下坡的人形成了不同的人流，人流相互往来穿梭。拉坡的人在架子车前用绳子拴成了套，套在肩头上，然后躬着腰，撅着屁股，用力拉着拉车。拉坡的人在和推架子车的人一起用力上坡的时候，两个人还要相互配合默契。拉坡虽然是在冬季，但由于这是一项属于重体力的劳动，时间一长绳子的套与肩胛骨皮肤之间虽是隔着衣服，还会被勒得肩头留下一道紫红的血印痕，血印痕被汗水浸过之后就会疼痛得钻心。

对于三个来海河清淤段上接受惩罚锻炼的孩子，段上的人谁也没有难为他们，三人到哪个队的地界，或是在哪个队里头干活，大家伙儿对他们都是挺好的，毕竟都是些个涉世未深的孩子，谁也没有分配给他们具体的任务量，干多干少也没有个衡量的标准，在海河工地也没有人去理会他们。

头一两天还没觉得咋地，可是到了第三天的时候，三人就有点受不了了，这活也忒累了，累得人都快要耷拉膀子了。也就在第三天的工夫，高玉泽和父亲高清如在海河工地上也相遇了。父亲很是吃惊地问："你咋来这里啦？"

高玉泽低着头，怯生生地就把织坏地毯的事一五一十地跟父亲说了。父亲听了后再也没有言语，晚上收工后他不顾一天的疲劳，顶着月亮地连夜赶回了家，又详细地问了一遍妻子扈文芳。

发小李东林当时带队就在海河工地段上，他是大队民兵连的连长。他见到高玉泽因犯错误也来海河了，就对他格外地关照，毕竟都是光着屁股长大的发小。那天中午，他偷偷告诉高玉泽说："他们三队中午要改善伙食，吃白面掺肉的卷子"。

"啥，吃肉卷子？"听到了肉卷子三个字，高玉泽立马眼睛都放亮光，他当时在八队，八队的伙食不好，净吃窝窝头。

"真的，咱三队今儿个中午吃白面肉卷子，你来吃吧！"

高玉泽会心地笑了，嘴快的他，连向又把这事悄悄告诉给了王忠秀和姚天礼，高玉泽心想都是难兄难弟的，既然是这样那就应该有难同当，有福共享。

仨人中午干完了活后，就往三队待的地方跑，去吃白面肉卷子，正好赶上大家在吃饭，三个人也不管乎那个了，抓起了肉卷子就狼吞虎咽地吃。

三队管伙食做饭的问："你们仨咋这样呢？"

三个人异口同声地说："太饿了。"

姚天礼在二队，过了没两天二队中午也改善伙食，要吃豆馅团子，团子是用棒子面包红枣豆沙馅做的，再下锅蒸。姚天礼听说了后，就提前把这事告诉给了高玉泽和王忠秀，他们仨个人又按时到二队去改善伙食了。

搁这往后，但凡是哪个队里头要改善伙食，只要谁得到了信儿，就会告诉给另外的两个人，三个人也就会去饱餐一顿。

在海河工地的河段上，三个人哩哩啦啦干了有20多天活，后来整个工程就结束了。回来后，大队领导也没有让仨人回地毯厂去上班的意思，还是坚持叫他们斗私批修作深刻反省，这样三个人就在家里待了一阵子，这一待真的把三个人待得心发毛。

其实，从大队领导的本意来讲，为这事不是不叫他们三个孩子再在地毯厂干了。因为地毯厂的编织加工活，是需要熟练的技术，从学徒到成手，需要师傅来手把手带教，三年的历练才能顶楞挑大梁。地毯厂是为大队创造效益的，创造效益当然离不开技术工人。这样，大队的干部是根本舍不得他们三个人的，舍不得还要教育你，让你长长记性，由此，这也是在对三个人磨性子的过程。

见到火候差不多了，地毯厂厂长高清贺就做大队书记的工作，他说"这三个孩子都知道自己错了，检讨也都写了，认识得也都很深刻。再叫他们在厂子的大会上表个态度，就给他们一个悔过的机会吧！"

经厂长高清贺这么一说和，大队书记的火也就消了，他寻思了好一会终于点头默许了。这样，结束了惩罚的三个人，又重新回到了地毯厂。

二十五、为争一口气

那天，在全厂的职工大会上，高玉泽是第一个在前边当着那么多人的面，照本宣科地念了一遍自己写的保证书，他念完了后大伯高清贺当着众多人的面，说他检讨的不错、很深刻，有悔改的决心，接下来就要观其言看悔改的表现了。高玉泽心里头明白，这是人家大伯高清贺暗地里在关照自己。

接下来，王忠秀和姚天礼俩人也都各自念了保证书，他们念完了保证书后，大伯高清贺再啥也没有说，就招呼一声散会了。这样，三个人又重新顶岗作业，在地毯厂毕竟他们仨是二齿勾挠痒痒——属于硬手。

这个时候，正好赶上地毯厂接到了天津总厂的一批来料加工急活儿，可以说也是这批急活把他们几个给救了，要不，这件事在大队书记那里不会是那么顺当就完了，地毯厂里能顶楞的人手不多，这批活不容空、要得急，就只为缺人手把厂长高清贺都急完了，他暗地里跟大队书记磨叽了好几回，就为了让三个淘气小子回来，他们都回来了自己也就会轻松多了。

吃一堑长一智。有了记性，这回再干起活来，三个人照比过去那可认真多了，不但是认真，更求真。

以往高玉泽每次干活都要小聪明，从不打印做记号，有了切肤之痛的教训后，这回他上心多了，每次在到了 7 个道的时候，他都会打印做记号，做到胸中有数、万无一失。除此之外，高玉泽还时不时地要用皮尺子来校正，每次校正都是特别仔细，生怕再由于自己一时疏忽出现一丁点的纰漏和事故。

一改常态的高玉泽进步得很快，他很快就成为了厂里技术上的顶梁柱，没有师傅在跟前的时候，他也能够自己独当一面，在厂里慢慢地开始有人管

寻找幸福的方向

他叫做师傅了，每每听到了有人管自己也叫师傅，高玉泽的心里头甭提该有多舒服，他的感觉那就是倍儿好。

转眼间到了1981年的时候，有一个消息让地毯厂里的很多人始料不及，厂里又来了个新厂长，新厂长叫焦广义。老厂长高清贺没走却当了副厂长，这为啥呢？大家伙猜测可能是老厂长高清贺在企业管理的方式方法上落伍了，一时适应不了新的企业管理形式需要，叫他来当副厂长也就是让他来看摊，看摊他可以，守业可就难了，看摊与守业根本就不是一码事，看摊容易守业难。焦广义也是大队的委员，人家年富力强，然而自打焦广义当了地毯厂的一把手后，他这个人与大伯高清贺在管理的方式方法上可就不一样了，特别是他这个人的个人倾向性很强，慢慢地人们就都看出来了，他这个人遇事不能够一碗水平端，总爱偏了向了的，为此厂里人与人之间的矛盾很多。

甄庄地毯厂建在村子的当央，高玉泽的家住在厂子的南边，而焦广义家则在厂子的北头。作为厂长抓考勤无可非议，但焦广义抓考勤却越抓问题越多，矛盾也越抓越大。这都指为个啥？谁都知道，在甄庄高姓氏是村中的大户姓，老厂长高清贺姓高，地毯厂里姓高的人也很多。可自打焦广义当了厂长后，他就对老高家的人很是排斥，一旦遇到了事也总是挤兑着老高家的人，恨不得把个老高家的人挤兑扁了。其实，别看老高家在甄庄里是大户姓氏，可老高家人却没有在甄庄里占什么香香。就拿高清如家来说吧，从老祖高继坤到儿子高清如，老高家人在村中从没有强势过，两代人一直是老实巴交的，任劳任怨的没啥说头。到了孙子高玉泽这辈人，高玉泽也不是太起刺儿的人，只要求对待自己能够平等，大面上过得去就行，但他可不像爷爷和父亲那样老实得过了头，被别人欺负了还能蔫了吧唧地忍，他不会去欺负别人，但也不容许别人来欺负自己，受了欺负还不吱声那不行，别总拿着老眼光来看人，到了他这辈的时候就不干了，高玉泽最大的脾气秉性就是冲，他得理不让人，敢于去跟人据理力争。

焦广义抓考勤是有毛病的，住在北头的人即便是差个几分钟到厂上班，他睁一只眼闭一只眼，也不在乎，可是对待住在南头的人要求得就十分地严格，即使是差了一分钟的时间，他也会算你迟到，按照厂里的规定迟到了就要扣钱，就要受到经济处罚，扣了钱那谁能受得了呢，一个月只要有一次迟到了，5块钱的奖金就没影得不到了。

对于这事，高玉泽当然是不服的，他敢于站起来替在南边住的人抱打不平。"凭什么呀，这也太不公了吧？同是一个厂子里的职工，为何不能够一碗水端平？咋还挟着一边，向着一边，瞅老高家没人咋地！"

在高玉泽的争执之下，焦厂长对于自己的做法有了收敛，但在他的心里已认定了高玉泽是个刺儿头，一直老想找个机会撅撅这个刺儿头。

高玉泽从内心里往外老不宾服这个焦广义了，也是打那个时候起，他就萌生出了一个心愿，骑驴看唱本，咱们走着瞧吧！我早晚有一天要当这个地毯厂的厂长。

高玉泽不傻，他知道自己跟焦广义顶牛干，焦广义一定会找机会报复给自己小鞋穿的。为了不给焦广义找到茬口的把柄，高玉泽在干活上加了万分的小心，愣是叫你挑不出个啥毛病来。可是，当一看到了焦广义那副阴阳怪气不可一世的样子，高玉泽的心里头老是觉得堵得慌，特别地别扭。

高玉泽立志就要干地毯厂的厂长，有时侯他的这个愿望超乎寻常地强烈。但在农村，现实的东西是不以人的意志为转移的，也就是说想随心所欲地当上这个厂的厂长，那可不是容易的事情，谁能来当厂长是要由大队领导来指派，他们让你来干那才行。

"燕雀安知鸿鹄之志哉！"这就是现实。那么，谁是鸿鹄，谁又是燕雀呢？

不管怎么说，在高玉泽的心里第一次萌生出了一个看似很幼稚的愿望。尽管这个愿望很幼稚，但正是这个幼稚的愿望从此催动了一颗不安分的心，更确立了一个不安分的人一生为之奋斗的方向。

那么，这个方向在哪里呢？

二十六、秋天里的笑声

在地毯厂上班，赶上活多、任务紧的时候就要加夜班，上完了夜班再回到家里补觉。年轻人觉轻、精力充沛，高玉泽懒得赖在炕上，于是，他就利用这个时间下地里头去割草，也是在割草的过程中，高玉泽认识了大郑庄的朱大耳朵，两个人的年龄仿佛，他不光是个头高，耳朵也大，因此大家伙都叫他朱大耳朵，还别说这一来二去的，两个割草认识的人，竟然成了朋友。

过了阴历八月十五，大田里的庄稼陆续成熟了。这天，高玉泽割草又与朱大耳朵在南大河的草甸里相遇了。割草割累了，两个人躺在松软的青草甸子上唠闲嗑，唠着唠着高玉泽的嘴馋了，于是就提议烧点毛豆吃。朱大耳朵一听也乐了，但高玉泽接着提出了他的条件来，"到你们大郑庄的地里头去烧毛豆，不能烧我们甄庄地里的毛豆"。

"那为啥呀？"朱大耳朵不明白高玉泽的意思，跟着追问了一句，高玉泽也没有理会他的问话，起身径直走向了大郑庄的毛豆地，哈腰抱起了两捆毛豆秸秆到了沟里。

甄庄与大郑庄两个村子相距得不远，由此，甄庄的地紧挨着大郑庄的村边，大郑庄村子的东边有一条沟，这条沟就是两个村子的地界，沟东是甄庄的棒子地，沟西是大郑庄的豆子地，这个时候两块地里头的庄稼都成熟了。

朱大耳朵连忙也抱了两捆豆秸秆，快步撵上了高玉泽，两个人到沟里找了个背风的地方，用火柴点着豆子烧了，然后坐下来头挨着头用手扒拉着烧过的灰堆找豆子吃。

吃过了豆子，朱大耳朵一抹嘴还有点儿馋，就说："你们甄庄地里的棒子也好了，咱们再掰点棒子烧了吧！"

高玉泽连忙摇了摇头说："外行了不是，烧棒子哪有烧毛豆好吃！"其实，高玉泽在朱大耳朵面前留了个心眼儿，烧自己甄庄地里头的棒子要是被知道了，自己没法交待；烧了大郑庄的豆子，即便是出了事也没有人会知道。

朱大耳朵傻乎乎的，就长了一个吃心眼儿，相比较而言，他哪里会有高玉泽的心眼儿多？

这一天，高玉泽在南大河又与从小在一起的碗泥之交的小伙伴们相遇了，除了二大爷家的哥儿四个外，还有狗蛋、铁子、老虎、瘦猴，几个十七八岁、二十好几的伙伴们在一起，又一次玩起了小时候的勾当。还是高玉泽提议，到北岸的山芋地里弄些个山芋来烧着吃，说好了谁去弄山芋，谁去负责捡柴火，谁去扣来湿泥，都弄好后大家伙儿一起把山芋用湿泥包裹好。烧山芋有两种方法，一种是先就着坡挖好一个洞，洞的上边留出烟道，将山芋都放进洞里头，再用土填上，拍成个小塔形状，然后在下面添柴火烧，湿土烧干了后会很热，扒开洞，掏出来山芋，再用新土闷上半个小时后，好吃着呢。还有一种方法，贴着坑边挖个洞，上边也留出烟道，放好了山芋后，就用土填上，拍成个小塔，接下来在下边用柴火烧，把土烧红了以后再把包裹山芋的硬泥掰开，把山芋放到新土里降一会儿温就可以吃了，黄洋洋的，倍儿香。

闷山芋、烤棒子、烧毛豆，虽然好吃但也有风险，弄不好会叫大队看青的人给抓住，被抓住了就要挨罚写检查，好在高玉泽他们一次也没有被人发现过，每次在高玉泽的缜密安排下，大家都是格外地小心，一边吃一边竖起耳朵，要是一有动静了，几个人立马会"嗖嗖"地四处逃散，转眼间就踪影皆无。

也不是没有遇到过危险，那一次，高玉泽就差丁点儿被看青的给抓住，亏他腿脚利落跑得快，要不好玄乎了，可也是能有几个人跑过他的，谁都知道他跑得比个兔子还要快。

　　这是深秋季节里一个没有月亮的夜晚，下了夜班的七八个人嘻嘻哈哈地从厂里出来后，谁都没有往家走的意思。其实，大家伙儿早就在一起密谋好了，每天下班后趁着夜深人静的时刻，一起再顺道到地里头捎带脚背上几捆棒子秸秆回家烧火。

　　冀中大平原的乡下人家，烧火做饭就是靠柴火，除了棒子秸秆和麦子桔梗外，还要再用耙子去搂草，搂树叶，可别小看了草和树叶，它们暖炕却是最好的。当然，棒子的秸秆整装，烧起来也顺手，每年秋收过后，队里头都要用大车将各家各户分得的秸秆份送到家。过了护秋的时间，各家各户的大人与孩子，就会拿起绳子再下到大地里去捡拾柴火、背柴火，当你手搭凉棚往远看，有的人背上背着的柴火好像个小山包，背柴火的人一个接着一个，就像蚂蚁搬家一样在蠕动。秋天里看谁家的柴火多不多，不用细问只看柴火垛就行了，谁家的柴火多，谁的家里过冬指定不错，很暖和。

　　七八个人趁着这时漆黑的夜色掩护，顺道就去了八队的地里头，因为八队的棒子秸秆还没有全拉走。穿过了一片地来到两条沟的沟边后，一个人一根绳子再没有人说啥，"刷刷刷"转眼间十多捆的绑秸秆往一起一捆，然后背上就立马走人，比个快闪一族还要快速。

　　八队地里头隐隐绰绰的人影，很快就被大队护秋的人看见了，护秋的人悄莫声地摸了过来。就在护秋的人快要到了跟前的时候，背柴火的人也察觉到了，于是大家赶紧撂下棒子秸秆捆。

　　"站住，干什么的？"这一嗓子在漆黑的夜里头令人瘆得慌，几个人的汗毛都竖立起来。妈呀！几个人毛了，撒开了丫子就蹽。

　　谁蹽得快？当然是高玉泽呀！他，如同是个兔子，"嗖嗖"几步就窜出去老远。

　　护秋队里有一个小子外号叫"人参"的瘦猴跑得快，他一眼瞄准了高玉泽就追了过来。"人参"的手里还拿着个长把手电筒晃着，手电筒的光柱子一照挺老远。

高玉泽的心眼儿多，他知道顺着正道跟大帮人跑，指定会被逮个正着，想到了这，他就再没有跟着大帮人跑，而是自己一个人溜边，向东南跑了下去。护秋队的这伙人都瞄准了大帮人去追，就谁也不再去理会高玉泽了。他们宁肯放了一个人，也决不会放过一大帮的人。

高玉泽的手里拿着个筐还有一根绳子，两样东西他都没舍得扔，因为筐和绳子毕竟都是钱。在他的心里有个小九九，就凭这伙人还休想撵上自己，跟他们在一起蹽那是轻飘飘的，小菜一碟。

高玉泽也没有跑得太远，他躲在了柳树行子里旁边的一堆棒子秸秆里，任凭手电筒大光柱子扫来扫去，他趴在里面猫着不动弹，支楞起耳朵听动静。

那几个人被护秋的人给逮着了，他们都被带到大队部，唯有高玉泽属于漏网之鱼没被逮着，李东林是大队的民兵连连长，他还问过那个跑了的小子是谁？谁能跟他说呀，都说不认识，直到今天李东林都不知道，那个跑掉的小子，就是他的侄子高玉泽。

地毯厂的几个人被逮到大队后，因为都是一个村里的人，李东林也没把几个人咋地，叫他们每个人回家写份检讨书。

第二天早上，高玉泽挨个儿去了几个人的家，也没有别的意思，就想摸摸底，看看他们几个人到底把自己供出来没有？

早上，高玉泽还看到了李东林，他就跟李东林说："听说地毯厂有几个人，去地里背棒子秸秆叫你们给抓了？这是个多大的事，就别难为他们啦！"

可李东林却说："这不行，这是啥性质的问题，必须要做深刻的检查，而且是在大喇叭里挨个做检查。"

中午吃晌的时候，大喇叭就响了。几个人在大喇叭里一人一段地向全村人做检讨，说夜里他们几个人偷了八队的棒子秸秆，现在知道错了，认识得很深刻。

那天，高玉泽听到大喇叭里几个人在做检讨，他倒没有一丁点儿幸灾乐祸的感觉，相反，心里头总觉得是很不舒服的。

他在反复地问自己，这件事到底该怨谁？

二十七、爱情的味道

甄庄地毯厂和其他地毯厂有着一个共同属性，那就是厂子里的女孩儿多于男孩儿，这样在一个几乎是"女儿国"的世界里，男孩子们自然就是被女孩子们关注的对象，毕竟在生长爱情的氛围里，有些个东西是无法抗拒的，有时它会悄悄地来，也会悄悄地走。

自打高玉泽到了地毯厂后，他就被一个女孩儿给看上了，这个女孩儿叫尹美华，她不光人长得好，就连脾气秉性也是挺好的，论起她家里头的条件也不错，反正各方面条件也都行。尹美华的家在甄庄北头住，高玉泽的家在甄庄南头住，她照比高玉泽要小一岁。高玉泽也不傻，他很快就看出人家尹美华对自己挺好的，说明人家姑娘对自己是有意思的。说句实在的话，高玉泽也老早相中她了，就是不知道该咋样向她表白，每次面对尹美华对自己的特别关心，平常和李东林在一起时，嘴像个呱嗒板儿似的高玉泽，却不知道是咋弄的，他在尹美华的面前倒是显得拙嘴笨舌的，有时连啥话也不会说了，就会回报于人家嘿嘿地傻笑，好在尹美华也不计较这个。

俩人对彼此的印象都不错，喜欢有事没事的时候爱往一起凑合，打连连，甄庄地毯厂许多人也都看出来了门道，看出尹美华与高玉泽之间微妙的关系变化，其实两个人眼眸前就一层薄薄的窗户纸，但谁也没有勇气伸手去把它捅破。

有一天，有一个本家的妹妹悄悄地告诉高玉泽说："你知道不，咱大队书记的儿子也看上尹美华了，咋整？你可想好了。"

自打听了这话以后，高玉泽走心了。晚上躺在炕上，他用两只手枕着脑袋，眼睛直呆呆地望着天棚，翻来覆去地睡不着觉。自己虽然喜欢尹美华，可自己目前的现状能给尹美华什么呢？人家大队书记的儿子却可以给她很多，这也是她一个女人所想要的东西。再一个方面的问题，人家大队书记在整个甄庄就是熊瞎子打立正——一手遮天，如果自己和大队书记的儿子为一个女人叫板，能够叫得过他吗？如果去争了，对自己也是不会有好果子吃的。

好在跟尹美华之间的这层窗户纸没有被捅破，高玉泽掂兑来掂兑去的，最终他还是理性地做出了一个痛苦地抉择。

打这以后，在尹美华的感觉里高玉泽就像换了一个人似的，他故意在疏远着自己，并与自己保持着一定的距离。殊不知这个时候，高玉泽心里是最痛苦的，自己痛苦地放手，也是为了让尹美华的生活更幸福。

在一个悲哀的时代里，一个爱的苦果，只能浸泡在无语的泪水里，对于它而言没有企盼生长的土壤……

22岁那年，本家大娘婶张景英悄悄跟扈文芳说："葛渔城北行子老杨家有个闺女不错，又和你儿子的年龄相仿很般配，我想给你家玉泽说和说和。"

扈文芳听了后喜上心头，儿子的婚事一直是她最为惦记着的事，这前后脚地都已经看了好几个了，总是没有叫他称心如意的，由此婚事也就没有定下来，一拖再拖。听了张景英的话，扈文芳赶紧说："照你话说那这么好，赶明儿个就叫玉泽跟你过去看看。"

河北乡下农村过去不时兴自由恋爱，评戏《小女婿》尽管唱了好多年，但是老理儿归老理儿，人们的老观念一时半会儿还转变不过来，所以媒婆在乡下农村还很吃香，本家的大娘婶张景英就是一个媒婆，她保媒拉纤儿的能耐可大着呢，成功率也很高。

那天，高玉泽中午回到家吃罢饭后，就骑上自行车驮着大娘婶张景英到葛渔城的北行子去相亲，北行子距离甄庄也就一里来地，不大的工夫就到了老杨家。

北行子是当地人的习惯叫法，其实北行子有大名叫冀民屯，因老早了年间那里有几行树，挨着树住了几户人家，因此人们就管那里叫做北行子，可能是顺嘴叫得习惯了，一时半会儿也改正不过来，冀民屯叫得不响，北行子却被大家伙给叫开了。

要看的对象叫杨文萍，她和高玉泽同岁都是属鸡。老杨家在北行子是哥俩姐妹四个，她在家排行是老四，她的头前有两个哥和一个姐，大哥叫杨文芳，二哥叫杨文英，大姐叫杨文霞，身下边还有两个妹妹，大妹叫杨文玲，小妹叫杨文芝。

高玉泽头一眼见杨文萍的时候，话不多的杨文萍显得挺羞涩拘谨的，她坐在高玉泽对面的凳子上，一个劲儿地用手摆弄着自己的辫稍。话多的倒是她的妹妹杨文芝了，从进屋到末了她的话匣子就没有断过溜儿，东一嘴西一嘴地特能侃，妹妹杨文芝这话一多倒是把个高玉泽给造蒙了，还以为那个话唠妹妹杨文芝就是大娘婶要给自己介绍的对象呢！

在回来的路上，高玉泽就迫不及待地问大娘婶："都给我也造蒙了，她们两个是谁呀？"

"呀！瞅你这孩子，闹了半天还不知道咱今儿个瞧得是哪个姑娘？造蒙圈了不是！"

大娘婶的一席话，整得高玉泽不好意思了，脸"唰"地红了。

"我跟你说，爱说话的是妹妹叫杨文芝，那个个儿头较比高一点的，皮肤较比黑一点的是姐姐叫杨文萍，也是你今个儿要去看的人，人家杨文萍也会砍地毯，正在他们北行子地毯厂上着班呢！"

"啊，是她！"高玉泽听说是那个不太爱吱声的叫杨文萍，就从心里有些个不太乐意了。

改天，大娘婶张景英到家里来听高家人对这档子婚姻的态度，扈文芳就一五一十地说了，"玉泽回来说了，他没看好姐姐杨文萍，倒是看上她妹妹杨文芝了"。

大娘婶张景英一听这话连向说："那可不行，跟姐姐相对象，可不能撇开姐姐相中了人家妹妹，这叫啥事呀！不过我看那个杨文萍挺好的，人长得俊，受端详，关键这孩子本分，操持家是个好手。妹妹能讲不代表姐姐就不能说，杨文萍不跟你多说话是有原因的，那不是人家姑娘矜持嘛！咋一开始见面就挺善讲的姑娘，话唠不稳当，你敢要？"

几句话把高玉泽说得不好意思了，细细品味大娘婶说的话也在理，沉思了一会儿过后，他就对大娘婶表态说："那行吧！"

"玉泽，咱可说好了，这件事我这就给人家北行子回话啦？咱这头算是默认了，事也就暂时定下来了。"大娘婶张景英又当面跟高玉泽叫了一次板，抹过身她就去北行子老杨家回口信了。

还别说，也许是缘分使然，当高玉泽和杨文萍俩人真正相处了以后，彼此之间的好感与印象，也随着接触的频繁日益在加深，两颗心也越贴越近。

杨文萍她们北行子地毯厂不大，就几架梁子，人也拢共才几十个，杨文萍当时在地毯厂里边，也算得上是个二齿勾挠痒痒的硬手。

这天吃过了晌饭后，高玉泽和杨文萍在那片小树林子里，第一次约会了。

高玉泽从家里拿了一包早上自己从树上摘下来的大黄杏，随手递给了杨文萍。杨文萍接过来用手绢擦了一个大黄杏，又塞进了高玉泽的口中，看着高玉泽吃了，她才又擦了一个大黄杏自己吃。

高玉泽一边吃着杏子一边跟杨文萍逗，"你呀！不敢上我们家"。

寻找幸福的方向

148

杨文萍忽闪着大眼睛疑惑地问："谁说的，我怎么不敢上你们家？"

其实，这是高玉泽故意在逗弄着杨文萍，他跟杨文萍使了个计谋，想让她去家里，目的是想让母亲也能看看杨文萍，不知母亲乐意不乐意？

杨文萍没有当时表态。

那天中午，杨文萍在和谁也没有打过招呼的情况下，冷不丁地骑着车子就杵到了老高家。

大热的天，高家人正围坐在枣树底下吃着饭呢，唯有高玉泽一个人躺在西间屋的炕上眯瞪着觉，杨文萍骑着车子就来了。母亲扈文芳眼尖看见打从门外头进来了一个闺女，就问："闺女，你找谁呀？"

"大娘，我找高玉泽。"

听了这话，扈文芳的心里就有了数，她赶紧进屋把高玉泽唤醒。"玉泽，你快瞅瞅，是不是北行子的杨文萍来啦！"

隔着窗户高玉泽说："妈呀，真是她！"对于杨文萍的突然到访，高玉泽感到十分惊讶，他赶忙迎了出去。

满脸汗水的杨文萍，一见到吃惊不已的高玉泽，就嗤嗤地笑了。

高玉泽挠着后脑勺说："妈呀，你的胆子忒大了，咋说来就来啦？你来干啥？"

杨文萍故意地说:"我到这来看看你不行吗？你不说我不敢来你家吗？"

高玉泽一下子想起来，自己曾经在小树林里将过一回她的车，这回人家真地来了，也就说明杨文萍对自己是很乐意的。

搁这往后，高玉泽与杨文萍又哩哩啦啦地相处了一年多的时间，24岁那年过了秋，两人选择了个很吉利日子结了婚，高玉泽也按照当地风俗吹吹打打地将杨文萍娶回了家。

二十八、向往外边的世界

还在没有与杨文萍结婚之前，高玉泽就通过关系，把杨文萍介绍到落发公社一家地毯厂去当师傅了。

落发这个地方是挺有讲究的。据说打小鬼子那些年，这里曾经活跃着一支抗日的红缨队，红缨队员们出手敏捷，特别是红缨队员个顶个都是长长的头发，跑起来长发飘飘，人来无影去无踪的，令小鬼们闻风丧胆。有一次，红缨队在和小鬼子干仗撤退时，一个红缨队员被小鬼子的子弹打中牺牲了，待小鬼子们猫着腰，蹑手蹑脚地凑到跟前后才发现，被他们打死的红缨队员的长发原来是个头套，由此这里就取名叫做落发。

杨文萍在北行子地毯厂时是挣工分的，每天十个工分，一个月下来能挣五六十块钱。到落发去当师傅后就不一样了，每个月可以挣到三百多元。

杨文萍到落发地毯厂当了半年多师傅后，就和高玉泽领证结了婚，这样他们俩一个在甄庄，一个在落发的日子，叫高玉泽感到很不舒服，杨文萍每天起早贪晚要去那么老远的地方挺辛苦的，也着实叫高玉泽很不落忍，于是他就不想再在甄庄干了，也不想让杨文萍在落发干了，他想和杨文萍同去一个地方当师傅。

去哪里好呢？高玉泽首先想到的是去城里，因为这是他从小就有的愿望。在高玉泽的心里一直很向往城里人的生活，但一直就没有这个机会，而这个心思他也从未放弃过，他不想就这么地的在甄庄待一辈子，他要改变自己的命运，他要走进城市，他要过上一个令人羡慕的城里人生活，就凭借自己的手艺，他认为自己的这个想法一定会实现。

为这，高玉泽去求了一个人，是永城县汽车站的站长，他叫崔洪清。到了永城见到崔洪清就说："表姨夫，我不打算在甄庄地毯厂干了，我想到外边去当师傅，我当师傅的条件也够了。"

　　表姨夫崔洪清听了后点点头，就让高玉泽去找他的一个亲戚，他叫吴泽敏，是别古庄乡新务地毯厂的厂长，他们的地毯厂很大，不光可以承接来料加工的地毯，也出成品的地毯。吴厂长通过天津地毯二厂、三厂与天津地毯总厂的这几层合作关系，跟大连负责东北三省地毯外贸出口产品验质员杨泾国熟悉，也能够说上话，高玉泽想出去当师傅，这事就得托付吴厂长给搭桥，别人不好使。

　　新务地毯厂吴厂长立马就给大连的杨泾国打了一个电话："我们这边有两个师傅，想到你们东北那边去当师傅，你们那里缺人不？"

　　电话里的杨泾国说："我们这边正缺的就是师傅。"

　　吴厂长又说："那我们这边就给你派过去两个师傅，他们是两口子，但人家可有一个条件在先，你得给他们办理城里户口，若是办不了城里的户口，那他们是指定不去的。"

　　"行！这事我能办。"杨泾国满口答应。

　　不几天，杨泾国就来信了，去东北当师傅这事成了，而且有两个地方可以供选择？一个是去吉林省的梨树县，再一个就是去辽宁朝阳市的北票。

　　杨泾国开始时的意思，是想让高玉泽他们俩去吉林省的梨树县，过后一打听高玉泽就不太乐意去了，为啥呢？他听人说梨树县这个地方不知怎么的了，当地人爱得一种大骨节的病，特别是女人得这种病的忒多，高玉泽怕把杨文萍交待在那里，从心里往外地不想去。

　　杨泾国听出来高玉泽他们不愿意去吉林梨树，就又说："既然是这样，那你们就去辽宁省的朝阳北票吧，朝阳的北票矿务局也有一个地毯厂，不过规模可没有吉林省梨树县的大，他们那里正好也急缺师傅。"

　　吴厂长又插了一嘴问："那到你们的大连不行吗？"

　　杨泾国连忙说："你们不知道，来大连进城落户口太难，就是去朝阳进城落户口也很难，朝阳的北票是矿区产煤，相对而言在那里落户口的条件就比较宽松多了，好进也好落户。他们矿区也有一个矿办的地毯厂，主要是用来安排矿区职工子女劳动就业，这个地毯厂能有二三百人净是些女孩子，你们过去就是当师傅，待遇嘛准保亏待不了你们。"

　　既然是这样，高玉泽也当即表明了自己的态度，他们最终选择去了辽宁朝阳市的北票。

　　这样，到东北去当师傅的这个事，也就在电话里算是定了下来。

第八章

追逐幸福的付出

二十九、希望的太阳

按照规划好的行程线路，高玉泽和妻子杨文萍先要从北京坐火车到承德，然后再从承德接着坐火车才能到朝阳的北票。朝阳的北票对于从未出过远门的高玉泽两口子而言，是一个既遥远而又陌生的地方；从另一种角度来讲，朝阳的北票对于这一对渴望城里人生活的夫妻，那里又是一个充满希望的地方，那里有一个与廊坊甄庄看到的不同太阳，因为那个地方在距离家东边的地平线上。记得在很小的时候就常听母亲讲过，在那个方向就是天的尽头，在天的尽头每天离着太阳最近，东方地平线是太阳的家园，那里有山，有水，有更加美丽迷人的景象……

东边是童话世界的地方，高玉泽对于这个方向充满迷恋与向往。在甄庄中学上地理课的时候，他从书本里知道了从甄庄往东的方向是天津，从天津再往东的方向是沈阳……

如今，对于高玉泽两口子而言，他们已经决定要一起走出甄庄，一起到关外的努鲁儿虎山山脉，到大凌河河畔的朝阳北票，因为那里是他们所要追求的幸福方向。

1981 年 3 月 8 日的早上，母亲又和以往一样不声不响地将饭菜端到了桌子上，然后她盘腿倚着柜子坐在了儿子的对面，那道母爱慈祥的目光，一刻也没有离开过高玉泽的身上……

第一次要走出家门去远方的高玉泽，不敢在这个时候再看到母亲的目光，尽管心里头有种异样的感觉，但他还是尽量表现出了一副若无其事的样子……

"儿行千里母担忧"这句话的含义，让高玉泽至今刻骨铭心。他忘不了母亲站在村口，手搭凉棚远远送别自己的情景，就在转身回眸那一刻，高玉泽看到了阳光下的母亲与那棵老槐树一起，融为成了一道不老的风景。

风儿的手，摇动着老槐树干枯的枝头，一对花喜鹊喳喳地叫唤着从老槐树上飞起，它们相互追逐着飞向了远方……

"鸣——"下午 3 点钟，伴随着一声清脆的汽笛长鸣，一列从北京火车站开往承德的墨绿色的火车缓缓起动了，就在这趟列车上高玉泽与杨文萍寻找幸福的行程，也伴随着火车的车轮缓缓地启动了。

两双兴奋的眼眸，聚拢在一扇明亮的窗口，就在这扇明亮的窗口里，山在向他们挥舞着手臂，水也朝他们袒露着笑容，就连脚下的车轮与铁轨，也在为他们弹奏着愉快的琴声……

从北京到承德是六个多小时的路程，再由承德到朝阳还要七个小时的时间，在承德换乘后伴随着火车的一路"哐当咣当地"颠簸震动，高玉泽依靠着杨文萍的肩头做了一个梦。

这是一个很大很大的会场，会场上人头攒动，气氛热烈。随着会议主持人的话音刚落，在一片响亮的掌声中，高玉泽肩头斜披着一条紫红色的缎带，胸前佩戴着一朵大红花，健步走上了主席台，灯光之下，他的样子倍儿精神。他，从一位容光焕发的领导手中，接过来一把象征城市新市民的金钥匙后，就快步走到台下一匹准备好的白鬃马跟前。高玉泽跃身上马，他一抖动马的缰绳，白鬃马立刻撒开了四蹄狂奔起来，高玉泽在马上举着金钥匙不停地笑着，喊着……

忽然，高玉泽觉得白鬃马的尾巴不知被谁用手拽住了，马怎么跑也跑不动，接着耳边响起了一阵呼唤声："你，醒醒，醒醒。"

高玉泽睁开了眼睛，他的梦也随着醒了。

杨文萍说："快别睡了，瞧你这一道吵吵巴火的，也不让人安宁。你去跟列车员打听打听，咱们还有多长时间的路程。"

高玉泽赶紧用手抹了一把嘴角上的口吃水，又揉了揉惺忪的眼睛，他抬眼望了一下车窗外，这个时候的天都已经大亮了，如按照时间估算的话，应该距离他们要下车的金岭寺车站不会太远了……

上午的8点半钟，高玉泽和妻子杨文萍在北票金岭寺车站下了火车，然后他们又连向在金岭寺换乘坐上了开往北票矿山的小火车，10点多钟的时候两个人到了北票。小火车到了北票的时候，高玉泽在站台上看了一下东边的天空，这个时候一轮太阳很明亮。

刚刚下火车的高玉泽，从头到脚都是一身军人的装束，草绿色的军帽，草绿色的衣服和裤子，他还特意敞着怀儿，披了一件草绿色的军大衣，乍一看他这个人就够牛逼的。大舅哥杨文芳在部队是个营长，刚好转业到了廊坊，听说小舅子与二妹一道要去东北那疙瘩当师傅挺乐的，于是他就把自己平时舍不得穿的宝贝，一股脑儿都给了妹夫高玉泽，也为得是不能让人小瞧了。

尽管东北三月里的气温寒气还很重，但高玉泽却并没有感到有一丝的凉意，河北与东北节气上的差异，显然在这个时候都被一种无名的冲动与兴奋取代了。

到车站上来接高玉泽夫妻的是北票矿务局地毯厂的厂长杨凤树，还有副厂长郭玉梅和潘淑娟，然后大家就一起去了局里，局长张忠仁接见了高玉泽和杨文萍，中午的时候局长张忠仁又特在矿区一家比较好的饭店里盛情款待了高玉泽夫妻俩，为他们夫妻远道而来接风洗尘。那天中午局长亲自点了八个菜，有鱼有肉，很是丰盛，不光如此，局长还亲自给高玉泽斟满了一杯酒，这让高玉泽一下子似乎有一种到了天堂的感觉……

席间，地毯厂厂长杨凤树悄悄耳语地告诉高玉泽："局长的这种接待已经是高规格了，他们从没有享受过，从中就可以看出来对待你的重视程度。"听了这番话，高玉泽心里头美滋滋的……

北票矿务局的集体企业，主要是以消化安置矿务局内部职工子女为主的。原本是想根据女孩子多的特点办一个地毯厂，这个地毯厂在冠山矿的三井，能有 120 多人。地毯厂成立起来后，朝阳地毯厂还给派过来了几位所谓的师傅，由于他们的技术不行，也教不了徒弟，这样北票矿务局的地毯厂整得不太好，为此局领导才下狠心从外边花高薪请师傅来北票。听说聘请的师傅来了，张局长要亲自见见远道而来的师傅，他设宴盛情款待高玉泽的目的，就是对师傅寄予了厚望。

酒助性情，张局长端起了酒杯说："欢迎你们来北票工作，关于你们来北票的条件都好说，我答应你们，具体的事就由杨厂长来负责。"

一杯酒下肚后，高玉泽当着张局长的面儿表态说："说我的技术高，不见得怎么个高法儿，那得有事实来证明，我先给你们做两块地毯看看，只要是都过关被认可了，才算行。"

高玉泽能当着北票人的面儿拍胸脯说这话，他心里头是有谱的。因为他这个在甄庄地毯厂最受天津地毯厂张师傅待见的大徒弟，精明劲儿是无人能比的。还是在 1975 年夏末秋初交替的时候，天津地毯厂给了甄庄地毯厂一个大活儿，让他们做一块 8.25 英尺 ×8.25 英尺的方形地毯，整个地毯画面是一幅美丽的荷花图，两旁边是荷花与荷叶，中间是一条流动的河流，河流在阳光下闪烁滢滢的波光。接到这个活儿后厂里挑拣了四个顶楞的人，第一个人就是高玉泽，剩下的人是王忠秀、高清环、张卓营，这四个小伙子组成了一盘架。当时甄庄地毯厂有 20 多架机梁，学徒的有百十多号人，天津地毯厂派来了几个师傅带教，后来就剩下了一个张师傅了，张师傅挺喜欢高玉泽的，说这个孩子跟别的孩子不一样，人精明，脑子特灵分。严师出高徒，这样高玉泽就照比其他人成手得早，老早就可以独立操作了。甄庄地毯厂过去根本没有干过这么繁琐的活儿，属于是新产品，高玉泽几个人干这块地毯一共干了 40 天。按照厂家提供的效果图制作，先用尺寸调，再用眼睛酝色，一个荷叶上的用线二寸见方 15 道，高玉泽用经验把握深浅配线找得很准，这里最难的是对于河流波光酝色，因为水在阳光下所折射表现出的层次感是不同的，浪花与浪花条纹以及深浅度也是不一样的。

　　活儿做完了，甄庄地毯厂的四个小伙子，特别是高玉泽一炮打响，从此也奠定了他这个被公认的"师傅"感觉……

　　当时的高玉泽是信心满满的。张局长一听这话乐了，他又端起了酒杯，跟高玉泽单独干了一杯后说："好呀！高师傅，我们的老干部处正好想做两块大地毯，那就由你来做吧！"

　　北票矿务局老干部处要做的地毯是两块，规格是 $3.6m^2 \times 3.6m^2$，题目叫《腾飞》，图案上是龙与凤和彩云，四个边是万字不到头的图形。地毯做好后，一块搁在老干部处的二楼，一块搁在三楼。

　　接手这两块地毯后，这么大的活儿，首先在放线上就遇到了困难，由于机梁在放经时的轴长不够，这对于高玉泽和杨文萍就是一个挑战。于是高玉泽就和杨文萍合计，做这样的地毯必须要把经线放好，不放好经没办法做。于是他们俩先将一根 $3.6m^2$ 的经线放好后，再接着要备出另一根 3.6 英尺的经线，以此类推这样才能最后拼接成一个整体。这样的放经方法，过去不光是没有干过，也没有听说过，在整个的放经过程，有一次的，也有两次的，总而言之，在整个地毯的编织过程中是困难重重……尽管这样，拉末了都让高玉泽俩口子给顺利地解决了……后来，这两块地毯做好了，经过朝阳专业人员的检验都是优质品，他的技术在北票也被认可，由于高玉泽两口子在技术上赢人，经过局里跟他们商定每个人的月工资是 700 元啊，700 元的工资，当时这高薪的工资数，让厂长杨凤树听了后直劲地咂舌，因为那个时候他每个月的工资才是 60 多块钱，这相互之间的差距明显是悬殊的，咂舌归咂舌，人家高玉泽毕竟是局里请来的师傅嘛。

　　那天当晚，高玉泽两口子就被安排住在了矿务局的招待所，高玉泽是和一个刚刚毕业被分配到矿务局职工总医院工作的医生住一个房间，这个医生叫郑力国；妻子杨文萍是同一个姓赵的女生住在了另一个房间，这样他们由于没有现成的房子，便在矿务局招待所里住了半年多的时间，和杨文萍挨着的隔壁房间里，还有一个是学统计刚刚毕业被分配到北票矿务局集体公司的学生，她是营口姑娘叫刘辉。

集体公司地毯厂在冠山矿三井，高玉泽两口子来到后，地毯厂又重新干起来，不过净是些个女孩子，高玉泽和妻子杨文萍就在这些女孩子的堆里当起了师傅，在每天一声声"师傅"的称谓中，他们按照工艺手把手地教她们砍地毯。时间长了，这些孩子们都觉得师傅两人待人特别亲切和善，慢慢地她们也都把他俩当成了自己的哥哥与姐姐。

后来，朝阳市外贸局又给北票矿务局地毯厂一批活儿，这批尼泊尔地毯属于新产品，在朝阳没人敢做，听人说北票的高师傅很厉害，是矿务局花大价码聘请过来的。这样朝阳外贸的赵局长就将这批活儿搁到了北票，他说北票的高师傅应该没问题，这对于他来说就是是小菜一碟，轻飘飘的。

这批尼泊尔的地毯，什么样的尺寸都有，有 4 英尺 ×6 英尺的，有 6 英尺 ×9 英尺的，也有 2 英尺 ×3 英尺的，这批活儿共有 5000 多英尺。这批活儿不好干在都是拉胶的活儿，过去都是抽胶的活儿，这回工艺全改了，不好干。对于拉胶的活儿，高玉泽当时也没有干过，于是他就试着做了 10 多块，朝阳市外贸局就将这些地毯拿到大连外贸局看样子，结果大连外贸局当时就定下来，并且还颁发了试做成功的证书给予肯定。

自打高玉泽来了北票，朝阳也第一次敢做拉胶工艺的地毯活儿了，每次有了拉胶出口的活儿，朝阳外贸局都会交给北票来做，有老高师傅在，他们放心，而这样顺手的合作关系，一干就是四五年的光景，也让朝阳其他几家地毯厂好个羡慕不已。对于北煤花大价码请来的高玉泽，就连乍开始直劲儿咂舌的厂长杨凤树和集体公司的不少人，也都彻底地宾服了。猜猜他们私下里怎么说："这钱北票不白花，这个高师傅真是个高手，这北票自打有了高师傅后，北票地毯厂也跟着窗户眼儿吹喇叭——名声在外了。"

三十、"挑大梁"的师傅

干了两个多月，高玉泽和杨文萍先后做了两批的活，都是优质品，谁都佩服。到了第三个月的时候，关于自己来北票进城户口的这档子事，却一直还没有人给出一个确切的说法，也没有人再跟自己说起来这个事。高玉泽的心里很不托底。自己来北票不是为别的，也更不是冲着钱，就冲着来这里能够解决城里的户口问题，如果城里户口问题解决不了的话，大老远地从廊坊跑到北票来图个啥？说实在的自己不在乎钱，而在乎的是城里的户口。

于是，他就去找厂长杨凤树。

"都来了这么长的时间，咋谁也不提户口这档子的事呢？你们要是不给我们转城里的户口，那我们可就不干了，我们得走。"

厂长杨凤树为难地说："这户口，我可解决不了。"

"你解决不了的话，那我们明天就走。"

第二天一大早，高玉泽和妻子杨文萍拾掇拾掇就坐火车回了老家廊坊。

到家才十多天，杨凤树就坐着单位的车撵到了廊坊，他见到了高玉泽后就说："这回局里下令了，你们回来，就立马给你们转城里的户口。"

"你们的空话，我都不愿意听了。"

"这回是真的，局长亲自表的态。"

听杨凤树这么一说，高玉泽就跟杨文萍商量："文萍，要是这么说的话，那咱就跟杨厂长回去。"

"他们说的话，也没有个准儿。"杨文萍还是迟迟疑疑的不信。

"那这回咱再试一下，不行的话再回来。"

见到丈夫的心又动了，杨文萍也没有再说些个啥，她依从了丈夫。

高玉泽跟厂长杨凤树说："如果这次再办不了，那可对不起，我指定是再一再二不再三了，我们就回来，再回来的话你即便再来请我们，我们也不会再给你面子了，说到做到。"

和厂长杨凤树一起回到北票后，北票矿务局主抓大集体工作的副局长郝金龙与北票县县长赵凤斌一起接见了高玉泽，他们一起答应给高玉泽两口子解决户口问题。

又是从厂长杨凤树那里得到了小道消息，北票县县长赵凤斌的原籍也是河北的，跟高玉泽还是老乡关系，他要答应的事情，肯定没有问题，就瞧好吧！

这回在北票矿务局主要领导的过问下，北票矿务局责成专人来给高玉泽两口子办理户口，局里的人多次与朝阳市劳动局等有关单位与部门一起协商研究解决户口问题。

经过不懈的努力，最终解决了高玉泽他们的户口问题，这让高玉泽悬着的心像一块石头一样落了地。在户口问题解决后，新问题也来了。按照当时国家职工工资政策，每个月聘用高玉泽和杨文萍俩人的工资分别要700元，加在一起就是1400元钱，这当然就不符合国家关于支付职工劳动报酬的工资标准了，按照相关的政策高玉泽的工资就由每月700元，一下子降到了每月108元，就这每个月的108元工资，北票矿务局还是参照企业八级工的标准来执行的，当时就高玉泽这个月108元的工资数额，在全北票也是无人能比的，说句实在的话，他的工资比矿务局的局长还要高呢。杨文萍的工资就跟高玉泽没法比了，她是每个月76元钱，比高玉泽小了两级（六级）。尽管是两个人的工资一下子少了许多，高玉泽也认了，反而觉得挺痛快的。由农村的户口变成了城里的户口，一下子摘掉了农民的帽子，成了真正的城里人，有了城里人的户口，自己就与城里人是一样的了，这不就是自己苦苦所要追求的梦想吗？当这种寻找的幸福真属于自己时，高玉泽就不会再去计较其他的了，有了城里的户口，成了真正的城里人，这些也就够了。

高玉泽在北票所享受到的待遇，实则跟别人还是有不一样的地方的。矿务局每个月还要再多给他们家一袋米和一袋面，为啥这样做呢？因为他们是有技术在手的大师傅，北票矿局集体公司地毯厂还要靠着他们的技术来支撑，厂子如果办不好，孩子们安排不好的话，整个矿区的社会就不稳定，矿区的社会不稳定局领导们就闹心，就指为着这些局里也再时时处处笼络着高玉泽，每个月多出了一点米和面的供应，这是局长特别批准的，是小事。

在北票的冠山矿，矿里的人都对高玉泽两口子好，这也是个不争的事实。每天在食堂里吃饭的时候，食堂的师傅们都在悄悄地照顾着他们俩，每次排队到了窗口，师傅盛饭盛菜的勺子有撇了，他们碗里的饭和菜总是照比别人的多。这又是为啥呢？高玉泽两口子在冠山也成了香饽饽，安排孩子大集体地毯厂的条件是最好的。

那个时候高玉泽在冠山，只不过是一个师傅而已，根本没有啥样的权力。但明眼的人能够看出来技术就是权力，"白帽子"的人是成不了气候的，这个地毯厂早早晚晚是要归人家高玉泽说了算，这个时候先储备点感情也是必需的，等到时候现用人再现交那可就晚了，辽西的人想法就这么实在。

高玉泽两口子奔着一个城里人户口的梦想，心甘情愿地在北票矿务局地毯厂当师傅，他们俩人忘我地工作，把心思都投入到用技术扶植企业上，在一天天时光的流逝中，由于他们的精力投入，可有些个对不住扑奔他们而来的孩子了……

三十一、泪水在流

高玉泽和杨文萍在北票矿务局招待所住了六个月后就搬出来了，冠山矿在冠山分给了他们一个平房，房子距离地毯厂不远，上下班很方便，更重要的是这个时候杨文萍有孕了，估摸再有个把月的时间就要生了。

刚来北票的时候，杨文萍已经是怀孕三个月了，她好强也没因为自己怀孕耽误一天的工作，和丈夫一样，她就想早一天转正，早一天拥有城里人的户口，即使再折腾人的妊娠反应她都能够忍受。每天在机台前站的时间一长了，下身浮肿得就很厉害，脚面子肿胀得老高根本穿不了鞋，于是她就只好穿了一双拖鞋，小腿肚子肿胀得比个二碗口还粗，一按一个坑，就这样她也一刻也没有离开过自己的工作岗位半步。见到师傅的身子越来越重，许多女孩儿的心不落忍了，就找来椅子，让杨姐坐在椅子上再把腿翘起来放在上面，她们有啥需要问的再来找她，她在椅子上坐着光支个嘴指挥指挥就行了。

　　在杨文萍怀孕妊娠期间，最难耐的是热浪袭人的夏天，除了全身的浮肿外，由于天热她的全身还起了许多的疹子，晚上母亲烧好了热水后，高玉泽就兑好水再用毛巾给杨文萍擦拭身子，然后再给她往身上涂抹痱子粉。七八月里的辽西闷热得像个大蒸笼，怀了孕的人不能够睡凉炕，但躺在热炕上人又受不了，高玉泽怕杨文萍热得难受，就靠墙拿着扇子为杨文萍扇着风，由于疲劳几次扇着扇着他自己却低头睡着了，待醒来睁开眼睛的时候发现，杨文萍却正在用扇子给自己扇着风呢。当高玉泽连声责怪自己的时候，杨文萍却噗嗤地笑了。

　　按照时间推算，杨文萍应该是农历八月三十的月子。这天，见到杨文萍老是呕吐不止，婆婆扈文芳心疼儿媳妇就督促两口子："赶快上医院，这样在家里头不行！"

　　到了北票矿务局职工总医院一检查，大夫就没有再叫杨文萍走，留她住院了。

　　扈文芳也去了，听说大夫不让儿媳妇走，根据以往经验立刻意识到了问题的严重性。她就跟大夫商量说："能不能给我们一个屋，这样好照顾。"当时的患者也不多，大夫就满足了扈文芳的要求。

　　这样，杨文萍在医院里打针吃药住了一个半月的时间，大人的病治好了，可杨文萍肚子里的孩子却来了毛病。

刚刚撒冷的时候，杨文萍就快要生了，孩子临盆前杨文萍也被折腾得厉害，扈文芳就让大夫打电话叫儿子高玉泽过来。杨文萍就对婆婆说："妈，这样不中，玉泽那边忙，我又在医院，不但不能帮上忙反而还要拖累他，我这没有啥事，有事的话这还有大夫呢，就别叫他过来了。"

大约有三个时辰的工夫，孩子就顺利地生了下来，六斤八两重，是个男孩，他的脸上还有两个酒窝，人俊着呢！

扈文芳见到孙子挺好的，心里头这个乐呀！她就推开病房的门下楼去买了六斤糖块，满满一大兜子，回来后就分给大家伙吃，让大家伙都来沾沾喜。"我们家得了个孙子，你们都忙活半天挺累的，快来吃点喜糖吧！"

杨文萍生孩子的时候高玉泽虽然没在身边，但当他听说孩子生了，也撂下手里的活儿急三火四地赶了过来。见到孩子的面可乐了，急忙又下楼买了许多的水果，也送给大家伙吃。

按着老话讲："四六天女人生过孩子后，是不能够见风的。"由于杨文萍生完孩子后身体虚弱，产房里的人逐渐增多不得养病，在大夫的建议之下，高玉泽准备用车把杨文萍接回家。

母亲扈文芳没有办法也只能同意出院，她听说儿子找了辆吉普车，就赶紧起身到楼下不远的菜市场买了一捆葱，预备着回到家的时候好用。就在她拎着葱回来的时候，儿子高玉泽已经抱着孩子出来了，孩子的身上让高玉泽裹了件褂子。

"啊呀，我的妈呀！咋就这样就出来啦？"扈文芳的心里咯噔一下。

"没事的。"

"孩子他妈呢？"扈文芳连忙问。

"在后头呢。"再看杨文萍，这个时候是自己走出医院的。

回到家时，班上的人早已经把炕给烧热乎了，她们也正在屋子里等着呢。

也就在回到家的当天晚上，孩子就来了毛病，不光是一宿哭闹不停，还一直在抽搐，后来就发现孩子的哭声越来越微弱，再到后来就只有抽搐而没有了哭声了。

第二天的一大早，正好是七天，母亲扈文芳就给儿媳妇杨文萍包好了饺子，她说："吃这饺子是有讲究的，这是再给女人捏骨缝，女人生孩子时骨头关节的缝都是开着的，按照风俗七天要包饺子，为的是捏骨头的缝。"

这个时候，炕头上的孩子又抽搐起来，这回他的哭声像似小猫在叫唤，有气无力的。

母亲扈文芳说："文萍，你再给孩子吃吃奶吧！是不是这会儿孩子饿了？"

杨文萍赶忙抱起了孩子，撩开衣襟将乳头塞进孩子的嘴里头。突然，她"哎呀，妈呀"的一声叫唤。

"文萍，这是咋的啦？"母亲扈文芳吓了一大跳，她赶忙放下手里头的饺子，在围裙上擦了擦手，过来凑到炕沿前。

"妈，这孩子不知道是咋的了，往死里咬人。"

"咳，别看月子里的孩子没牙，牙床子咬人一下也是很疼的，你就别给他吃奶了，我来吧！"说着话的工夫，母亲扈文芳抱过了孩子，她将自己的衣襟撩了起来，把自己的干瘪乳头塞进了孩子的嘴里。

扈文芳也被孩子咬得"哎呀"一声，她低下了头定睛仔细地又看了看怀抱中的孙子，见到孙子的脸青紫青紫的，他的牙床子紧咬着，小手攥成了小拳头。"这孩子不是抽了，就一准儿是有啥毛病了，赶紧给医院的大夫打个电话，要不咱们直接上医院吧，可别把孩子的病情给耽误了。"

杨文萍点头应允拿起电话，给昨天夜里加班没有回来的高玉泽打了个电话，电话响了一会儿没有人接，过了一会儿她又给他打了一遍电话，这回电话有人接了，接电话的人正是高玉泽。

过了一会儿，高玉泽就急急忙忙地回来了，脚跟脚这个时候救护车也到了。扈文芳赶紧抱起孩子，她怕外头风大气温凉就将孩子往自己的棉裤腰里一揣（当时扈文芳穿的是大裤腰的抿裆棉裤），就跟着大家伙上了医院的救护车，孩子虽然是在自己的裤裆里裹着，可扈文芳就感觉孩子的小手和小脚，冰凉冰凉的，她不由地皱了皱眉头。

只有杨文萍一个人被留在了家里。

救护车到了医院后，接诊的大夫问："孩子在哪呢？"

"在这呢，在我这！"扈文芳说着话的工夫，就从自己的裤腰里头把孩子拿了出来。

把孩子放在检查床上后，大夫俯身检查了一下，就安排护士给孩子输液，不一会儿的工夫两大瓶子的药水就给孩子输上了。

扈文芳心疼孙子，心想这么老多的药水，这么丁点大的孩子哪能受得了呀！她伸手摸了摸孩子的小手和小脚，孩子的小手小脚依旧还是冰凉冰凉的，再后来就见到褥子上湿了一大片，扈文芳在心里嘀咕，莫不是在输液管哪疙瘩有渗水的地方。

打了一天的吊针，孩子的病情也未见有所好转。于是妇产科就请医院里的专家来会诊，会诊的大夫堆里就有外四科的医生郑力国，郑大夫是高玉泽刚来北票时认识的朋友，他和高玉泽在局招待所同住一个屋，两个人彼此之间相处得还不错。

郑力国说："这孩子是您老高家的孩子呀！刚才妇产科让我过来看看，他们怀疑这个孩子得的是肠梗阻。"说着，他俯下身又给孩子检查了一遍，最后他肯定地告诉扈文芳："大姨，这个孩子得的是肠梗阻，就赶快手术吧！手术的时间安排在下午，越快越好。"

一听说要给孩子动手术，这可把扈文芳吓坏了，她心里寻思就这么一个小人，做手术他哪能受得了呀！

看出了大姨的顾虑，郑力国赶忙说："这孩子不手术不行，再耽误孩子可就有生命危险了。"

手术结束已是快半夜了。一会儿工夫，郑力国也从手术室里出来了，他来到了病房，仔细地看了看孩子，又询问了一下手术后的情况，便对扈文芳说："大姨，这孩子的手术很顺利，观察一下如果下半夜里没事，也就没事了。"

这个时候病房里的床位都满了，郑力国见到病房里头人多，就对高玉泽说："高哥，你跟我到值班室的床上眯一会儿吧！咱们俩挤一挤，将就对付一下。"

这样，高玉泽去了郑大夫那里，扈文芳就一个人留在孩子身边守护着。已经是两天两宿没有好生合眼了，当夜深人静时，因困意袭扰难耐，扈文芳好几次迷迷糊糊地低头睡着了，险些个从凳子上摔倒在地上。后来，她干脆就到病房的洗脸间，用凉水洗了一把脸，借此来精神精神自己，防止再睡着了。

在病房里的一张床上，有两口子没睡着觉，女的是首次住院待产的孕妇，男的是来陪护妻子的。见到扈文芳实在是太困倦了，那女的就对自己的丈夫说："你过去帮着大姨看一会儿孩子，大姨您到我的床上来眯一会儿，咱们俩挤一挤，凑合凑合。"

那男的就替扈文芳看护孩子，扈文芳便到了里头的床上与那个女的挤在一起，她倒头就呼呼地睡着了。

大概是后半夜两点半钟的时候，那个男的过来把扈文芳叫醒了："大姨，您老赶快瞅瞅，我怎么觉得这个孩子快不行了呢？"

扈文芳赶紧来到孙子的床前，一看孙子真的快不行了，已经不呼呼达达地喘气了，但他的身上还热乎呢。

扈文芳赶紧找过来值班的大夫和护士，她们过来查看了一下后都摇了摇头，看来孩子这个时候是真的不行了。

孙子没有了，咋办呢？扈文芳呆呆地坐在了床头边，她没有哭出声，也没有起身去叫醒儿子高玉泽。这个时候虽然自己心里难受，但她更心疼的是儿子，也不愿意惊醒更多的人，她知道这个时候是人睡觉正沉的时候。抹了一把眼泪过后，扈文芳用小被把孩子包裹好，她又蘸着温水给孩子洗了洗脸，将自己的脸贴在孩子的脸上，这个时候她再也无法控制住自己的感情，失声地哭了起来。

值班的护士用车将孩子推走了，往太平间送，扈文芳也跟随着护士的车到了太平间。就在太平间那扇门快要关上的时候，她又放声地哭了，白发人送黑发人，长辈人送隔辈人，这就是人间最痛苦的时刻。一个小小的太平间，阴阳两隔，一个稚嫩的生命走了，对于这个稚嫩生命的记忆，就是他在自己干瘪乳头上的咬痕，她知道孙子一定是有话要对她这个奶奶说……

天亮了，扈文芳这才到外四科大夫值班室的门前。

就在伸手刚想敲门的时候，扈文芳突然犹豫了。她想："这个时候我要是说实话了，儿子玉泽难受没有啥，可人家力国也就不能再睡觉了，这个时候事儿还是不能照直了说。"

听到了轻轻的敲门声，高玉泽和郑力国同时都坐了起来。

"妈，孩子怎么样啦？"高玉泽一边揉搓着惺忪的眼睛，一边随口问母亲。郑力国虽然是没有支言片语，但他却在用眼睛一直望着高大娘扈文芳。

"孩子没事，那么你们俩既然起来了，那就起来吧！"

"那高哥你就先去看看孩子吧！我洗把脸随后也过去。"

高玉泽跟随着母亲到了外头后，母亲这才悄么声地对儿子说："那就别惊动郑大夫了，让他再睡一会儿。玉泽，我告诉你咱的孩子没了。"

高玉泽一听心头一惊："妈，怎么回事？"

"你也别急喽，咱的孩子指定是没了。你这就去找一下杨厂长，让他过来帮帮忙，你叫杨厂长再拿个铁锹和镐头，待会儿找个地方把孩子处理埋了。"

听了母亲的话后，高玉泽一下子像个木头杆子一样，直愣愣地杵在了那里，好半天他都没缓过神来。

在母亲的一再催促之下，高玉泽才给杨凤树打了一个电话，厂长杨凤树很快就赶了过来。

"俺们北票这疙瘩若是谁家月科里的孩子死了，就都送到北山上去，叫野兽吃了后，人也就会从此再托生了。"

听了杨厂长的这番话，扈文芳当即表示不同意，她说："不能这样对待孩子，咱河北的风俗可跟你们地界里的风俗不一样。按照咱河北的风俗，得找一片林子在树根底下挖个坑把孩子埋了，树是有根的人也是一样，没有根就会断了根，这个孩子虽然是没了，但老高家的根可不能够断。"

于是，高玉泽和杨凤树就在北票东边的花果山上，找了一棵松树，这一片松树林子里的松树就属这棵大，他们在松树根底刨了个坑，培上土把孩子给埋了。等着高玉泽他们收拾停当后，母亲就跟着高玉泽坐着车回到了家。

进了门后，杨文萍从炕上坐起来问："妈，咱们的孩子呢？"

母亲扈文芳生怕杨文萍冷不丁地接受不了这个现实，受刺激做了病，也没有照直说："孩子还在医院呢，有大夫管护着呢，我们娘俩这不赶回来看看你，好给你弄口吃的，等过了晌午，再坐小火车回去。"

婆婆扈文芳又问儿媳妇："文萍，你还没吃饭吧？"

"还没吃呢！"

"那我这就给你做饭吃，我们也没有吃呢！"说着话的工夫，母亲扈文芳就转身去了外屋。

高玉泽坐在了炕稍再没有了言语，杨文萍的心粗，她愣是没有看出丈夫高玉泽表情上的变化，只顾隔着门缝一个劲儿地与婆婆搭话。

寻找幸福的方向

一会儿的工夫就快到晌午头了，杨文萍抬眼望了一下墙上的挂钟，坐小火车去北票的时间快要到了，她开始催促起来："妈，您老快别忙乎了，赶小火车的时间快要到了，您下午不是还要去北票医院里看孩子吗？"

杨文萍一连催促了好几遍，好半天也不见婆婆吱声回应。

儿媳妇杨文萍的催促声扈文芳听见了，她起身到了外头的院子里，趁这空她在想该怎样把实情告诉她。

杨文萍又在催促了。

母亲扈文芳回到了屋里，她坐在了儿媳妇的对面，瞅着媳妇的脸开口说话了："文萍，我今天就不去北票了，现在有个事想跟你说说，但你可别那么喽……"

见到婆婆说话有些个吞吞吐吐的，杨文萍心里画起了魂儿。"妈，您咋又不去北票啦？"

扈文芳显得很刚强，她接着说："文萍呀！咱的那个孩子确确实实没有了，咱家与那个孩子算是没有缘分。"

杨文萍一愣，连忙又追问了一句："说什么呢妈，孩子没有了？"

"是的，咱们的孩子没有了。"

直到这时，杨文萍才相信了婆婆的话，许久她双手掩面，"哇"地哭出了声。

扈文芳拿了一条毛巾递给了儿媳妇杨文萍。"行了，哭两声就得了，这可是在月子里呀！把身子一下子哭坏了，要落下毛病咋整！"

高玉泽坐在一边也在哭，哭得呜呜的。

母亲扈文芳毕竟见多识广，在这个时候她反倒显得很镇定，知道这个时候自己是不能够哭的，也不能轻易地流泪。这个时候她若要是再哭了，要是跟着孩子们一样流泪，岂不是等于火上浇油？在这个时候自己就是这个家里的主心骨……

自打孩子没了后，杨文萍一直都很苦闷，她常常呆坐在炕上自言自语地叨念着这样一句话："就为了能够进城里头，挂着有个城里人的户口，这大老远地扑奔着到北票来。这人也来了，城也进了，城里人的户口也有了，可这扑奔咱们来的儿子却没有了……"一个多月的时间里，杨文萍老是在叨咕着这样的一句话，停住了嘴她就呜呜地哭，孩子没有了，对她的打击实在是太大了。

每次高玉泽都坐在妻子杨文萍的对面，也一直没有用啥话来安慰她，也不是高玉泽的话少，那个时候年轻，所经历的事不多，也不知道这个时候自己该咋样来安慰她。

实在看杨文萍太伤心了，高玉泽就冒出了一句话，还挺生硬的："就别絮絮叨叨的了，这算个啥呀！孩子没有保住，咱再要一个不就得了，还至于你整天到晚这样。"

男人的心粗，也不会用好话来宽慰自己的女人。在这个痛苦的时刻，男人与女人毕竟不同，要知道受打击最重的是女人，十月怀胎的滋味好受吗？那个孩子可是从她杨文萍身上掉下来的肉呀！

他们带着梦想大老远地从河北廊坊到这里，在北票为了自己的梦想，不约而同地把一腔心血都铺洒在了地毯的事业上。可是老天爷对待自己却是如此不公平，竟然给了他们这样一个沉重的打击。一想起了这些，高玉泽不由地掩面痛哭，他这一哭杨文萍就哭得更厉害了……

母亲扈文芳赶紧用毛巾擦了一把眼眶子里溢出来的泪水，进屋来劝慰儿子和儿媳。"咳！快都别哭了，你们都不到 30 岁，还早着呢。要孩子的机会不是还有嘛！留得青山在就不怕没有柴烧，是人不死，是财不散，我看了这个孩子就不是你们的儿子，这个孩子的嘴太大，人也太刁，临了走的时候不但是咬了你文萍一口，还咬了我一口呢！"

杨文萍还是没有停住哭泣的声音。

"文萍，你听话别哭了，这要是在河北的老家我会把你妈找过来跟你说说话，可这是在东北呀！你要是老这样一个劲儿地哭，再把身子哭坏了，我咋跟你妈交待呢？你也可怜可怜我吧！这个孩子不就是刚刚见个面吗？一晃儿就过去了，别再哭了。"

话是这么说，但杨文萍还是拗不过来这个劲儿，只要是一想起来夭折的孩子，她还是哭，这一哭不打紧，三天就将奶水憋了回去。

为了让杨文萍改变一下环境，刚进了腊月的门，离过年还早着呢，扈文芳就领着儿媳妇杨文萍坐着车，打道回府回到了廊坊的甄庄，北票这里就留下了高玉泽，因地毯厂里的工作太忙，高玉泽也就没有跟着她们娘俩回去。

作为地毯厂的技术师傅，高玉泽和杨文萍在这里倾注了汗水与心血，在赢得掌声与鲜花的同时，积淤他们心中的是更多的自责，要不是在工作上过于全身心地投入了，或许这个孩子就不会夭折。每每想到这些，两口子倒觉得最对不住的是扑奔他们而来的这个孩子。孩子走了，他们觉得自己真不配孩子管自己叫一声"爸爸"和"妈妈"……

三十二、山路弯弯

在快要接近1981年年根底的时候，高玉泽才从北票回到廊坊老家过年。

回到家后，媳妇杨文萍就让他陪自己坐着一三〇小货车回趟娘家葛渔城的北行子。北行子距离甄庄不远，才七里地，北行子那一块前村后堡都盛产淀粉粉丝，家家户户庭院的马架子上都晾晒着粉丝，这种用棒子粉掺山芋粉制作成的粉丝是绿色的，特别细，既筋道又有嚼头，不光是好看还特好吃，用热水过一下捞出来后就能够吃。

高玉泽拿起一根粉丝在嘴里头嚼巴着，就问大舅子杨文芳："你们这粉丝不错，都往哪走？"

"哪儿都走，五湖四海。"

听到了这话，高玉泽活分的心眼动了一下，他一下子就想到了北票。如果这个时候整一车葛渔城的粉丝过去，在春节前捣腾一把准成，他知道矿区的人有钱也买不到好东西，那个时候物质很匮乏，整这个就能挣到钱。

可能是自己骨子里就有的冀商人聪慧基因，冀商人与生俱来的精明劲儿在高玉泽身上得到了体现。也不是冀商人头脑照比其他地方人聪明多少，所不同的是冀商人精明之处在于心眼儿活分，往远的不说就说中国改革开放初期，河北冀商人的脚步只要是踏响了哪里，哪里的物质流通准保是异常活跃，在那个物质还不丰富的年代里冀商人就很会利用地域差异和价格差异，以一种搂柴火打兔子捎带手的方式赚钱，类似像倒腾烟、鸡蛋、酒什么的，都是能够挣到钱，弄个吃喝啥的是一点没有问题。有的冀商人也正是凭借老祖宗传授的活分心眼，一点一点地将事业做大做强，做出了起色。"赚钱靠心眼，做人要实诚"这句话，让冀中大平原的孩子们烂熟于心。

于是高玉泽说："那咱们收点粉丝，往东北发一些，那里没有这东西。对，我想起来了，北票有一个叫龙潭的地方也产粉丝，不过龙潭的粉丝发白，筋道劲儿就没有咱们葛渔城的好了，而且龙潭的粉丝产量也很低，还不够当地头头脑脑们拉关系走后门用的，一般的人根本就吃不到。"

"噢，要是那样可真行！"大舅哥很赞赏高玉泽的这个想法。

俩人说干就干，大舅哥帮着高玉泽收粉丝。这种粉丝在葛渔城当地价每斤才四五毛钱，一大包滚也只不过是百十来元，高玉泽在心里盘算好了，粉丝用车运到东北后价码噌地就会上来了，如果整包滚不零售的话，可以翻十倍一包，能卖到500元，几乎净获利在400元左右。

很快，高玉泽就收了30多包粉丝，一三〇的小货车一下子装满了，一三〇小货车是北票的，那时候高玉泽在厂子里不是有点小权吗，每次在回老家过春节的时候他都从厂里带车回来，这不还没有把放车回去就来葛渔城了。

　　高玉泽跟杨文萍回到家里安置了一下后，他没让杨文萍与自己一起跟车回东北，而是让小妹妹高淑华跟自己一块坐车去了东北，因为小妹妹老想到东北的哥哥家里看看，这回去也让她给自己顺便搭个手帮忙照看一下。

　　那天的车是在下午出发的，大约是在下半夜的时候，一三〇车拐上了从建昌县到朝阳县的山道。

　　不是有那么一句老话："过了山海关，一步两重天。"由于一三〇小货车封闭性不好，到处透风，妹妹高淑华坐在车里冻得直打哆嗦，见到妹妹冷了，高玉泽就把自己的大衣脱下来给妹妹披在身上。

　　山道弯弯，汽车在山路上行走的速度很慢。开车的司机叫王焕志，比高玉泽也小不了几岁，但他的驾驶经验还是蛮不错的，一路上瞪大了眼睛注视着前方，时不时地变换着汽车照明的灯光。

　　汽车再转过一个大弯后，驶出葫芦岛地界进入到朝阳县了，进入了朝阳县后，路也宽敞多了，这条道司机王焕志常走，他不由地加大了油门，用手"嘀地"又按了一下汽车的喇叭。

　　就在这时，眼尖的妹妹高淑华忽然用手指着车的前方说："快看呀，前边有人。"

　　循着妹妹的声音，和小妹坐在后排座位上的高玉泽还有司机王焕志，都同时借着灯光看到了在距离汽车前方不足 100 米的地方，有一伙手里头拿镐头把的人横在路当央，他们比比划划地冲着车就迎了过来。

　　"不好，这下子可坏了，咱们可能遇到拦道打劫的了。"王焕志皱了皱眉头说。

　　高玉泽从没有经历过这种场面，一听这话头发茬子都竖了起来，紧跟着他问王焕志："那该咋办？"

　　"还咋办，我们得有个准备。"

高玉泽一时间没了主意，他只能听从王焕志的指挥。

"别怕，大不了拼了，谁上来就用汽车的摇把子削他。"

"汽车摇把子在哪呢？"

"就在你们屁股底下的箱子里，赶快拿出来给我，谁上来我就用汽车的摇把子削他，爱谁谁。"

高玉泽赶紧把摇把子找出来，递给了王焕志。王焕志接过摇把子后，将摇把子放到了自己右边的座位上。

小妹高淑华在后排座上，早已经吓傻了。

"咱这可一车的货呢，不能叫车扔在这里。高哥，你们都要听我的，必要时刻你得帮我一把。"

"行，我听你的！"

王焕志在离那伙人还有个五六十米的时候，猛地将车的近光灯改换成了远光灯，远光灯一打开，两道雪亮的光柱子刺得那伙人睁不开眼睛，接着王焕志猛踩油门加大了车的速度，真是爱谁谁了，汽车噌地就直冲了过去，吓得那帮人赶紧往两边躲。也不知道是车大灯晃的，还是意识到车的速度太快了，再不就是看到了车的牌子是辽宁的，反正车到了他们跟前，这伙劫道的人谁也没有再敢吱个声，眼睁睁地瞅着车嗖地从眼皮子底下冲了过去……

一三〇汽车开足马力行使了一段路程后，逃过一劫的高玉泽还未从惊恐中缓过神来，他不时地回过头向着车后的方向张望，生怕这帮劫道的人再从后边撵过来。

"高哥，没事了，这伙劫道的人没有这个胆，量他们也不敢再撵过来。"

听到了司机王焕志的话，小妹哇地哭出声来，刚才所发生的惊险一幕，真的把她吓坏了。

王焕志从驾驶室的反光镜里，见到高玉泽用手在擦拭着额头上的汗水，就用话来缓解驾驶室里的紧张气氛。"高哥，有句老话不是说吗，'穷山恶水出刁民'，这'刁民'可就指的是这疙瘩的人。"

高玉泽听了后，老半天才"哦"了一声。

早晨的时候，一车的粉丝运抵了北票。车到了北票后，由于正好赶上了节前人们购买年货的当空，几家商店没容卸车，就将30多包的粉丝全给包销了，一点没费啥力气当场就搞定。

一车粉丝刨除这趟路上人吃马喂的各项费用后，一下子就净赚了三千多块钱，这三千多块钱在那个年代里就是一个很大的数目了，那个时候万元户就已经让人羡慕得不得了了，何况高玉泽只是这么一转手的工夫就净挣了三千多块钱，冀商人的头脑在于聪慧，冀商人的胆识在于心眼的活分。

北票很多人，通过这件事开始重新认识了高玉泽，这个河北侉子可不是一般人，精明鬼道。

第九章

在大凌河的故事里

三十三、他当了技术副厂长

高玉泽这个人有个习惯，凡遇事爱刨根问底。来到了北票后，他便想知道北票地域名字的由来。过了一段时间，他终于了解到了有关这大凌河畔北票的来历。

北票虽是不大个地方，但北票的历史却是很悠久。早在原始社会晚期的新石器时代，先民们就在这里繁衍生息。到了清光绪三十一年（1891年）的时候，有一个杜姓的人相继在小扎兰营子、兴隆沟、木多土鄂赖和大梁岗子这几个地方发现了能够燃烧可以供开采的石头（煤田），于是赶紧把这一发现报告给了地方的官员。清光绪三十三年(1907年)朝廷颁发了四张龙票(即煤炭开采证)，北票地域的名字便由此得来。

应该承认，高玉泽在不知不觉中渐渐地喜欢上了北票这个地方，每次在回到廊坊的时候，他总是将有关这里四张龙票的故事，绘声绘色地讲给许多人听……

有人也问他，既然是这样，那你愿意不愿意留在北票呢？

听到了这话，高玉泽的头马上摇得跟个拨浪鼓一样，他的回答很干脆。"北票是我的第二个故乡，而我的根在甄庄，我的心也在甄庄……"

时间过了一年后，有一天集体公司的副经理商登初来找高玉泽谈话，说公司领导班子已经研究过了，想提他为地毯厂的副厂长。

高玉泽一听没有答应，他从心里不想干什么厂长，那多操心呀！高玉泽还有一个私心就是不想在这里长待，他还挂着要回河北廊坊的老家，只要有了城里的户口，再回到河北廊坊的老家多好。他曾不止一次地想过，大爷李庆枢现在是安次县的县长，李尚友还管着安次县的八大局，大舅哥杨文芳又是廊坊市环卫局的局长，有了这些个条件回廊坊整个好工作是不愁的。到时候自己有城里的户口，再有一个好的工作，这多好，倍儿体面，让谁都得佩服。

商登初见高玉泽不言语，一生气就来硬的了："高师傅，这个副厂长你干也得干，不干也得干，是没有可以商量的余地的，待会儿我就当场宣布公司的这一决定。"

商登初真的立即召开了全厂职工大会，他在会上宣布："经公司领导班子研究决定，任命高玉泽师傅为北票矿务局地毯厂的第一副厂长，主管技术。"

为什么还要特意强调任命高玉泽为地毯厂的第一副厂长呢？

当时地毯厂不是还有两个副厂长嘛！一个厂长是郭玉梅，再一个厂长就是尹绍丽。在关于让高玉泽来当副厂长的这件事上，公司的领导也是用足了心思，他们想把高玉泽扶植一段时间后，就把杨凤树调走。因为高玉泽是技术上的大拿，这个厂长必须要由他来担当，别人干都是"白帽子"，让高玉泽来当这个地毯厂的副厂长，一下子会笼络住他，拴住他的心，其最终的目的就为了不想让他抬屁股走人。

既然是已经宣布了，就再也没有推卸的话了，后来高玉泽回到家里跟杨文萍一合计，这样也行，自己当副厂长也算是给老高家的人光宗耀祖了，掐着指头算一算在甄庄和自己般时般大的人里头，还没一个人能当厂长的，他这个厂长在甄庄人的眼睛里那就是一个官，可照比大队的书记提气多了，大队书记怎么干也不过是在农村土里刨食的芝麻村官，而自己却是在城里挣工资，是集体公司的地毯厂的领导，两者是有着本质上的区别的也好，城里的户口问题解决了，再把钱挣足了，又当厂长整了个官衔，就这些一准儿也会让甄庄的人羡慕不已。

那天晚上，在灯光下高玉泽跟杨文萍打开了话匣子。"文萍，当这个副厂长不是我最终的目标，我的目标在这里是要当厂长的。咱们俩来北票户

寻找幸福的方向

口的问题解决了，城里人的生活咱也有了，还缺啥？就缺个名份，这不名份也给咱了，这些都有了也给老高家人光宗耀祖了，不是有那么一句话吗？有得必有失，我知道你的心里不好受总是觉得对不起那个孩子，我也很是内疚，这篇咱们就把它翻过去吧！别把自己再憋屈出个啥毛病来。"

脾气温和少言寡语的杨文萍用手抹了把眼泪，她冲着丈夫高玉泽点了点头，高玉泽一把将杨文萍搂在了怀里……

窗外的天空，重新从云朵里钻出来的月亮，在星星们的簇拥下显得更加明亮……

自打从一个技术员被提拔为地毯厂的副厂长，高玉泽可就忙了，除了技术上的大活儿外，其余有关生产上的事情高玉泽都交给了妻子杨文萍，他知道杨文萍做事认真，交给她放心。为做好这个副厂长，高玉泽在心里曾这样告诫自己："在这里，我不光是一个技术上的师傅，我也是一个领导，我得对得起这份信任，不能叫大家伙伤心，也不能丢了老高家人的脸。"

1983 年刚上秋的时候，北票矿务局老干部活动中心要做两块大地毯，从设计到技术都是由高玉泽一个人来担纲的，两块地毯一块是红色的，一块是绿色的，中间的图案是由两条龙盘卧缠绕着的，为了织好这两块大地毯，高玉泽把精力集中在生产的每一个环节中。

这个时候，他们的第二个孩子高颖也要来了，杨文萍的身上又像第一个孩子要来时那样浮肿得很厉害，脚面子肿胀得老高，根本穿不了鞋，小腿上用手一按一个坑，但杨文萍还是咬牙挺着，始终也没有离开过自己的工作岗位半步，她的想法也很简单，不能让丈夫高玉泽分心……

高玉泽这个第一副厂长是一肩担了两样，在地毯厂里他要负责全面的技术，在外面他要负责地毯的销售，好在家里有杨文萍，他也不用牵挂太多了。

对于煤炭行业的集体企业，当时有一句口号叫"骑上马送一程"，至于要送多远谁也没有个准确的距离，矿里给你投点资，但是要干啥活儿，活又从哪里来？这就要取决于自己了。总而言之，煤矿的集体企业宗旨是以吸纳和安置待业青年为目的，扶上马送一程，往后咋走就不管了，得靠自己。记得周局长曾说过一句话："咋个找食吃，鸡找食吃是用爪子向后刨，猪找食吃是用鼻子向前拱，集体企业要想活就得学会鸡刨食和猪拱食的办法，自谋生路自己养活自己。"

北票矿务局地毯厂当时主要是给朝阳地毯厂做来料加工的活儿，是从他们的碗里分了一杯羹。由于没有足够的货源及流动资金，这样单纯仅靠来料加工的企业就处处受人制约。由于朝阳地毯厂经常要拖欠加工的费用，由此也就不能保证职工足月足额地按时开支。

这样，每每到了该给职工开工资的时候，也是高玉泽最为犯难的时候，为了保证能按时足额地让职工拿到工资钱，高玉泽就跟在人家屁股后面像讨小钱似的催要加工费，再不他就采取东挪西凑的办法，尽量来保证能按时给职工开支，这样的方法他咬牙坚持了三四年。

三十四、该是动心计的时候了

位于冠山的北票矿务局地毯厂，随着生产上的需要后来分为了两个车间，在二井这边是一个车间，在三井那边又是一个车间，一边各有 60 多人，两边加到一起就有 120 多人。地毯厂的厂长是杨凤树，他时不时地去监管照顾三井那边，二井这里基本上就由高玉泽负责。自打高玉泽被公司任命为第一副厂长后，老厂长杨凤树就多了一个心眼，他能看出来公司的意图，高玉泽在技术上是大拿，而且很受公司的赏识，他觉得自己的位置岌岌可危了。如果再在权力上制约不了高玉泽的话，那自己在这里就难有立足之地了，他这个厂长的位置迟早会被高玉泽取代。

这天，老厂长杨凤树就找高玉泽商量，他想在三井那边再安排个副厂长，除了这边的工作由高玉泽负责外，两边的技术与外销工作也由高玉泽来负责，自己仍然是厂长。表面上看杨凤树似乎放大了高玉泽的权力，但在实质上却是限制住了高玉泽的权力，只不过是给你高玉泽又多套上了个拉车的套，不管你高玉泽再怎么蹦跶，我还是熊瞎子打立正——一手遮天。

高玉泽当时没有猜透老厂长的心思，乍一听后还挺乐的。

杨凤树稍微停顿了一下后，才把自己最真实的意图合盘托了出来："我想在三井那边，也安排个副厂长来抓工作。"

高玉泽听了后不假思索地就说："行呀，那就提潘淑娟吧！叫她到那里去负责。"

"不中，我已经物色好了一个人，她叫杨艳辉，这个孩子挺好的。"杨凤树赶紧说。

从心里讲，老厂长杨凤树之所以想提拔杨艳辉，他是另有一层目的的。杨艳辉人长得不错，他想把她介绍给自己的表弟处对象，处上了对象就是家里的人，两个副厂长各把一摊，虽都是副厂长，其实也就是两个车间的主任，别看你高玉泽在技术上二齿勾挠痒痒是个硬手，可是在权力上还是要我说了算，我总是能压你高玉泽一头，提谁到那边去当副厂长还得是我说了算。谁炸炸毛也不好使，我是厂长。

"那行，咱就按照老领导的意图办，待会儿我跟她说。"高玉泽看出来了杨凤树的用心，只是在嘴上没有说罢了。他也为了证明自己的权力存在，就抢先说要去找杨艳辉谈话。

高玉泽找到了杨艳辉后就说："杨艳辉你在技术和管理方面都掌握得差不多了，表现得也不错，我想给你向上提一提。"说这番话的目的，高玉泽也是想在杨艳辉面前落个好。

杨艳辉很高兴："那可挺好，谢谢高大哥！"

"老厂长也有这个意思，叫我跟你谈一谈，你先有个思想准备。"高玉泽在这里也使了个心眼，除了在杨艳辉的面前卖个好外，他也在向外传递着这样一个信息：提拔谁，重用谁，老厂长杨凤树虽然说了算，但这里还得有我的意见。我不但是在技术上可以左右这个厂，在用人的问题上我也是说了算的。

能够看得出来，这个时候的杨艳辉很激动。

高玉泽接着说："艳辉，我和老厂长事先在一起合计了，想给你向上提一提，最后还得跟公司打个招呼，你还有啥想法？"高玉泽多次将自己的位置，抢先放在杨凤树的头前。

杨艳辉当然很高兴，她回到家就跟她爸爸说了，小杨的爸爸在冠山矿办公室当科长，他第二天就请高玉泽和杨凤树吃了顿饭。

那天，高玉泽和杨凤树俩人都没少喝，高玉泽虽然是和大家在一起喝酒，但他一直都在把控着自己并没有真醉，相反杨凤树倒是喝大了。

趁着大家伙儿的酒兴正浓，高玉泽抢先对挨着自己的杨艳辉父亲说："放心吧！我们两个一个正厂长一个副厂长，都认为杨艳辉这孩子不错，是块料，准备提拔她到三井分厂去当副厂长，赶明儿个我就去公司报批。"他又抢先把这个具体的消息给透露出去了，这个时候喝大了的杨凤树还浑然不觉呢！

高玉泽的心里很不舒服，我是公司任命的副厂长，干吗你老厂长杨凤树就把我当车间主任来看待呀！在这里我的权力虽仅在你的之下，但论技术我却在你之上，你也太小瞧我了，我得给你戴个眼罩看看，在这到底好不好使。

第二天，高玉泽就把提拔杨艳辉的请示报到了公司，公司没几天就批下来了，按照具体的分工，三井那边由杨艳辉负责，二井这边由高玉泽负责，除此之外两边的技术都由高玉泽统筹指挥，在具体的业务分工上，三井那边主要是给朝阳地毯厂加工，二井这边是给锦西地毯厂加工。

由于杨艳辉三井分厂那边的技术力量不行，仅干了不到一年的工夫就垮了，那边净出残次品。还有一点，杨艳辉这个孩子还有些个洗脸盆子扎猛子——不知道深浅，刚开始的时候还挺好的，可到后来就有点找不到北了，处处与高玉泽这边抗衡较劲，她在开会、评选先进上老是显摆自己，根本就不把高玉泽放在眼睛里。那边的分厂一垮，她觉得自己没有脸了，就只好调到铁法矿务局晓明矿去了，她的这一走与杨凤树表弟处对象的事，也就彻底没有戏了。

这样，三井那边也都交给高玉泽一个人来管了，这下子高玉泽的心里舒服了一些。

三十五、知难而进

又干了半年多的时间，商登初又来找高玉泽谈话。"高厂长，我看你这个副厂长干得不错，去掉个'副'字，你是完全可以胜任这个厂长的称号的。"

高玉泽没有立即表现出喜形于色，他连连摆手说："我可不行！我是一个从农村来的，我可没有这个能力和水平，干一点技术上的活儿还凑合，若是论起管理就不行了。"

商登初说："现在老厂长杨凤树的岁数大了，在管理的方式方法上也跟不上了，他又没有啥技术，纯粹是一个'白帽子'，你让一个'白帽子'的人来管理企业，让他净干些个'白帽子'的事，受损的自然是企业喽！虽然说他在企业的管理上暂时还能够凑合，也多少懂一点，但这不是长久之计。你虽然在管理上照比他逊色了一点，只要你慢慢地学就会超过他，比他强。"

高玉泽的头，还是摇得像个拨浪鼓似的。

这个时候，地毯厂在北票集体企业公司重组中成了由综合服务公司所属的刺绣厂、服装厂、地毯厂、风筒厂、制鞋厂还有商店六家企业之一，综合服务公司的总经理是王成。这一天，公司突然把老厂长杨凤树给调走了，并当场宣布由高玉泽来接任地毯厂的厂长。这一下子高玉泽可再也没有啥托词了，他是手插进磨眼子不干也得干了。

高玉泽虽然略微懂得一些企业的管理，但是还是没有足够的信心，在有些个事处理起来，还有些个蒙三乍四的捋不出头绪，压力自然很大。

于是，他就到公司去找商登初："商经理，你把这么大的一个摊子一下子交给了我，我真干不了，关键是我嫩支不开套。"

商登初笑着说："我说你就别再磨叽了，开弓没有回头箭。这个厂长你不干也得干，同时还必须要干好喽！对于你已经没有后路了。企业管理不会，学嘛！谁也不是天生就会的。"

高玉泽打小就是一个争强好胜的人，这回论说真的有了出头露脸的机会，但他却有了很大的压力，更有一种力不从心的感觉。也是的，这难度也忒大了，自打当上了厂长之后，这事那事的都来找你高玉泽，高玉泽恨不得24小时不睡觉，可还是忙得他团团转。也是的，能不忙吗？全厂百十多号人到时候你就得给大家伙开支，要想准时开支就得要有钱，没有钱或是钱不够，就得想尽办法去张罗。技术上自己还可以，毕竟是自己懂的，不好办的是厂里的女孩子多，女孩子事多不好管理，她们也让高玉泽伤透了脑筋。

不长的时间，副厂长郭玉梅也被公司调走了，只剩下尹绍丽和高玉泽在一起干了。自从当了厂长后，高玉泽开始对整个厂用上了心，他慢慢地开始有了自己的一套想法。

就当时的北票矿务局地毯厂而言，虽然人很多，但是在整个地毯厂的生产工艺上却是很简单，加工的设备也只是一些织台，所承接的也都是些个为朝阳地毯厂和锦西地毯厂的来料加工的活儿，根本就没有一样是自己的产品。当来料加工的半成品被重新送回到朝阳与锦西后，人家只是再做一些技术上的处理之后，就可以作为成品交由大连外贸出口赚取外汇了，而北票矿务局地毯厂这边呢，也就挣了个来料加工的加工费，辛辛苦苦的却挣不到大钱。挣不到大钱还不是因为没有自己的地毯产品，高玉泽觉得这样干下去不行。于是他在心里琢磨想抛开单一的待料加工，增加一个简单投资的后道处理工序，将平、片、洗连为一体，这样就可以由单纯的来料加工，变为有自己的地毯产品，再将质量和档次也跟上去，自己的产品那就不怕了，再也不是只能挣一些来料加工的小钱维持现状了。如果再能够打通关系直接经过大连外贸出口，大钱不光是可以挣到的，更重要的一点是北票矿务局地毯厂的腰杆子也就直溜了，也再不用看别人的脸色，再也不会受别人的制约了。

　　高玉泽带着自己的美好愿望，几次跟综合服务公司的领导建议，让公司再投点资金搞一个后道地毯处理工序，把平、片、洗连成为一体，这样就可以形成规模型的效益……

　　那个时候没有钱，要想再上个平斛机就需要两三万元，平斛机是地毯生产后道工序处理的关键设备，地毯厂要发展上档次光有技术而没有这种设备是不行的。他在报告中说明得很详细，投资需要多少钱，收入能达到多少钱，如果出成品后，可由过去的每平方米加工费 10 元钱一下子提高到 70 元钱，利润可再增长六七倍。

　　由于矿区的人不懂地毯生产环节，也不懂得地毯后道工序里的利润空间，这样资金的问题一直没有个着落。无奈之下，高玉泽又向局联合企业公司打报告，后来他又向局里打报告，反复地向上头说明自己想要上些什么样的项目和设备，甚至想把地毯厂搞到一个何种程度，达到一个何种规模的远景规划都和盘托出。为了增强矿区人对市场前瞻性的认识，高玉泽又陪同有关的领导分别到阜新、辽阳、朝阳、锦州等多家的地毯厂进行考察，他就想通过市场的调查论证，让他们感受到市场的巨大潜力。

　　但一方面由于综合服务公司领导频繁更迭，另一个方面由于有些人过于急功近利，偏重于铸钢等见效快、利润大、安排人多的企业，而对于地毯厂这类企业就舍不得投入了，这样对于高玉泽想上平、片、洗的报告，也就一直没有一个明确的结果。

对于迟迟没有明确的答复，高玉泽是很有想法的，他来气了就跟杨文萍商量打算自己干，在征得杨文萍同意的情况下，高玉泽就自己筹了些钱，先买了几个用作后道处理的电剪子。这样，地毯厂就由过去的单纯来料加工，开始对外订做地毯了。

过去，来料加工一块地毯能挣四五百元，这回不一样了，他自己干，同是一样的地毯就能挣到 1000 元左右。如果一个月能出十块地毯的话，就可以挣到一万多块钱……

1986 年，地毯厂一下子就实现产值 40 多万元；到了 1987 年这一年，地毯厂全年一共完成了 2000 多平尺的地毯产量，每个月的产值达到了 20 多万元，每个月的纯收入则是 15000 元—60000 元。这样地毯厂有了盈利之后，除了每个月能够保证职工的正常开支外，职工们也有了奖金。

由于地毯厂的成绩喜人，高玉泽成了 1985 年至 1986 年度局级的先进生产工作者；1987 年他又被评为北票矿务局的劳动模范。当地毯厂在北票火了后，高玉泽的名字也随之出现在了《北票矿工报》上。那一次，报纸上又表扬了他，美滋滋的高玉泽还把《北票矿工报》拿回了家，他叫妻子杨文萍念给母亲听。

母亲扈文芳听了后脸上乐开了花，她就在邻居们面前谝示起了儿子："俺玉泽，在厂子里干得不错，他都上报纸啦！"

高玉泽也挺显摆的，在回廊坊的时候还随手带了几张《北票矿工报》，他一边让李东林看，还一边在显呗："咋样，我行不？"

第十章

有一种痛苦叫迷茫

三十六、如虎添翼的事业

通过业务上的频繁接触，高玉泽和局联合企业公司的副总经理郑喜元渐渐熟悉起来，一来二去地郑喜元也开始接受高玉泽的想法了。这天在闲聊的过程中，郑喜元发现高玉泽说话总是吞吞吐吐的，于是他就直率地对高玉泽说："小高，你就跟我照直喽说说打算，你到底是咋想的？"

"我想与综合服务公司分开，独立地干地毯这块，和他们归拢在一起，我放不开手脚。"

"那好，就把你和他们分开，变成局总公司直属的单位之一，这咋样？"郑喜元很爽快地做了回答。

北票矿务局联合企业公司原有十一个科级的直属企业，从 1983 年开始地毯厂也纳入了局总公司的十二个科级独立单位之中，这回地毯厂也一下子由股级单位，变成了归属局联合企业公司统一管理的科级单位，他这个厂长也由过去的股级干部，一下子升格为科级的干部，这样一整过后高玉泽在心里挺高兴的，自己人生的第二个目标也一下子达到了，这要是让老家的人知道了，他们还不羡慕死自己；如果母亲知道自己都当上了科长了，她的脸上一准儿会乐开了花，保不准儿她又会去问别人："我儿子这个科长的官，该有多大？"

当高玉泽被任命为北票矿务局地毯厂的厂长后，在为家乡人、为母亲争光的思想支配之下，他把地毯作为自己的事业，不为别的就想以此来证明自己。

地毯厂在由股级单位变为局的科级单位同时，局联合企业公司也重新为地毯厂配备了领导班子，除了副厂长还是尹绍丽外，又给配备了一名专职的书记，他叫康乐喜，是个部队转业的干部，同时还有一个会计叫李永刚，听说他是从河南焦作大学毕业被分配来的大学生。

上了地毯的后道处理工序之后，高玉泽又在地毯的原料毛线上动起了脑筋，他抛开了以往朝阳的毛线供应渠道，直接选择从河北进毛线的原料。当时朝阳毛线原料的价格是每公斤 15 元钱，而河北毛线原料的价格却是每公斤 7．5 元钱，这样两地之间在其价格上就相差了一倍的钱，而且河北的毛线在质量上也好于朝阳，羊毛率能够达到百分之百。

当高玉泽选择从河北进毛线原料，织就后的地毯再经过自己做后道工序的处理，这样，在利润上就很可观了，一下子也让企业挣到了钱。过去，一块来料加工的地毯，只能挣个 500 多元的加工费用，如今不同了，经过自己做了后道工序的处理，就可以挣到 1000 多元钱，照比过去的利润几乎是翻了一倍。由于北票矿务局集体公司地毯厂的地毯价格比其他家的地毯价格低，在质量上又比其他家的好，一时间很热销。后来，朝阳外贸局就直接将北票矿务局集体公司地毯厂的地毯作为外销产品，同时也将北票矿务局集体公司地毯厂作为外贸出口的直供单位。

这样，高玉泽这个厂长总算是松了一口气，每个月不但可以保证职工的正常开支，还陆续地给职工增加了工资，增加了奖金，大家伙都挺乐呵的，打从心里往外爱自己的企业，爱这个河北侉子厂长。

1984 年年初，高玉泽在考察中发现，河北永宁地区产的地毯照比朝阳产地毯的价格便宜，其质量也照比朝阳的要好，如 3×6 的地毯在朝阳这边的价格是每块 200 多块钱，而在永宁地区却只卖 100 多块钱，两地之间存在着 100 多块钱的差价。于是高玉泽利用两地地毯在价格上所存在的差别倒腾了一把，他买了一车五十块用于双人床、单人床的地毯，运回来再加价卖，嘿！他又一次挣到了钱。

公司领导一看也挺乐的，就把剩下来还没有卖完的地毯，从仓库里拿去送礼了。这样捣腾地毯厂所挣的钱，最终都被搭了进去，到头来弄了个本平白忙活。

高玉泽一想起这事，就摇着头，打着长长的咳声……

三十七、善良人的心胸

地毯厂在高玉泽的思路下终于将平、片、洗连成了一体，企业也迅速升级由粗放式的来料加工变为自主经营，这样，企业的规模在逐步扩大，地毯厂很快在全局集体企业里成了香饽饽，陆续为北票矿务局安置了四五十号子人，由此高玉泽这个厂长的权力也大了，很多人也悄悄地给他送起了礼。

地毯厂子里有一个姓孙的女孩儿，这天趁着高玉泽不注意的时候，她悄悄地将 1000 元钱塞进了厂长的抽屉里后，头也不回地走了，这个女孩的目的很简单，她就想由临时工转正成为大集体固定工。说句实在话，当时由临时工转正为大集体的固定工也很难，先要由厂子向局联合企业公司打报告，而后再由局联合企业公司向北票矿务局打报告，最后由北票矿务局向朝阳市劳动局申报审批，尽管是层层的申报，但最关键的环节还是在厂长高玉泽这里，没有他的同意往下的环节就进行不下去，别看高玉泽这三个字不起眼，它可预示着一种权力。据说，在 20 世纪 80 年代的末期，由临时工转为集体固定工，在北票可能是最后的一批了，想要赶上这趟末班车的人很多，谁也不想错过这个最后的机会。就为了能给孩子转为集体固定工，家长把 1000 块钱给孩子让她给厂长送过来，而这 1000 元的钱在那个年代里数目也是不小的。

高玉泽知道他们家的生活条件不太好，而且小孙每个月的工资才几十块钱，就是在这样的一个情况之下，她还给自己拿过来 1000 元钱，这钱自己又怎么能下得眼留下来呢？留下了这钱就意味着小孙这个孩子近两年在地毯厂里不是白干了，就等于她是给我高玉泽个人白干的，剥削人的这档子事自己做不来，也于心不忍。

回到家后，高玉泽就对媳妇杨文萍说："这个礼是给咱送的，但这个礼可是大价钱了，这个礼咱不能留着。我寻思赶明儿个你把小孙叫到咱家里来，当面把这钱还给她，在厂子里把钱还给她不好。"

杨文萍听了后，点点头。

自己家距离厂子不远，就几步，第二天上班后杨文萍找了个理由，就把小孙领回了家，高玉泽正在家里等着她呢。

"小孙，你给我送礼的意思我明白，你不就是想转正成为集体固定工吗？这事我给你办，但这钱你得拿回去我不能要，你放心这个事我尽量去办，也百分之百地给你办。"

小孙一听这话就哭了，她说："厂长，是不是我的事办不了了？你就给我办了呗！"

高玉泽知道小孙是理解错了，就接着说："要是转不了，你即便是给我钱了也转不了。我不要你的钱，并不是不想给你办事，你把钱拿回去，该办的事我一定办。"

后来，小孙转正大集体工的事办妥了，过年的时候，她又拎着礼品到家来了，这回高玉泽把她的礼品收了，并笑呵呵地对她说："小孙，你送给我的酒，我是一定要喝的。"

还是在1984年年初的时候，局里就打算分配给高玉泽夫妻俩一套楼房，因为他们是局里引进来的技术人才。那个时候在北票矿区绝大多数的人都住在低矮的棚户区里，能住上楼房是很多人的一种奢望，住在楼房里更是一种在人前炫耀的资本。

对于住不住楼房，高玉泽倒是没有太往心里去，而杨文萍就跟高玉泽的想法不一样了，她对住楼房的愿望很强烈。城里人的标志是什么？除了具有城里的户口外，再一个就是楼房，对于女人来说能住上楼房不光是生活的方便，而且也便于收拾，住楼房多好冬天屋子里有暖气，夏天也不再指为烧火做饭把炕烧得很热而没法睡觉……

局里分房子一般是一年一次，对于这一年一次分配房子的结果，许多的人都在翘首企盼着。

1984 年年末，杨文萍听人说这次局里分配楼房指标下来了，而且是指定有高玉泽的，杨文萍回家就跟高玉泽说了，也许是由于兴奋杨文萍翻箱倒柜开始收拾东西了，好像明天就要从这平房搬到楼房似的。

地毯厂里有个青年叫宋广思，他爸爸因在去凌源出差的路上出车祸死了，局里领导在到家慰问时家属向局里提出了一个条件，老宋在世时就多次跟局里领导表示过，家里人多房子不够住，想要一个楼房给儿子留作婚房，矿山上的人找对象特难，如果能有个楼房就赢人了。为了安抚死者家属的情绪，局领导当即表态答应了他家的要求，交由局房产福利处妥善办理这件事。

局房产福利处处长找到了局综合服务公司领导，商量把刚刚分配给综合服务公司的一套楼房指标，先拿出来给老宋的家属。

综合服务公司的领导为难了，就对刚刚拿到楼房钥匙的高玉泽说："老宋生前就想要套楼房改善一下居住条件，这回他人都死了还没能如愿，为了安抚家属的情绪，再不给他家一套楼房就说不过去了。本来这套楼房是局里给你的，你是咱们北票地毯厂的技术大拿，又为企业做出了相当大的贡献，说是奖励也不为过。可眼下局里就剩下这么一套楼房了，而且老宋的儿子又在你们厂，房产福利处的领导来跟公司商量，为了安抚家属的情绪，这套楼房就先不给你了，先给老宋他们家吧！你就将就一下明年再给你，实在是没有办法了，这不是赶在这了。"

听了这番话，高玉泽连锛儿都没打，就将揣在兜里的楼房钥匙掏出来。高玉泽在公司领导的面前显得很大气，对于已经分配给自己的楼房突然又旁落他人，他一点都不在乎。他觉得自己在冠山这边有平房住，既然是有地方住了那平房与楼房就都是一样的，房子再好再高也没有啥大用，自己反正也不打算在北票这块长待，况且房子自己也带不走，有房子暂时能安身就可以了，无所谓。

回到家后，高玉泽也跟杨文萍说了自己真实的想法。杨文萍听了后没有再吱声，反正她在心里觉得很失落，不得劲。

高玉泽不但心眼好使，也特爱帮衬人，谁家里如果有个大事小情的，他都愿意去帮忙。在大杂院里，他也常跟左邻右舍们说自己在局总医院外四科有个好朋友，是个外科大夫，他叫郑力国，有事尽管说话。

大杂院里有个老李太太，很喜欢高颖，由此她也成了高玉泽家里的常客。这天早上，老李太太没有像以往那样来抱高颖玩，倒是老李头愁眉苦脸地推门走了进来。原来，老李太太的心脏病昨晚上犯了，赶巧身边又没有其他的人，老李头思来想去就来找高玉泽了。

听说李大嫂有病了，高玉泽二话没说就去厂里找了辆手推车，他同老李头一起用车推着老李太太从冠山到北票南山的矿务局总医院，而后又楼上楼下地背着老李太太看医生做检查。老李太太住院了，高玉泽一连好几天都守候在床前护理，把老两口感动得不知说啥是好……

总医院外四科的大夫郑力国很钦佩高玉泽的为人，但凡是高哥带着邻居来医院里找他，他都认认真真地满足高哥心愿，尽管有时候不属于自己外科诊断处置的范畴，郑力国也从不推诿，他忙前忙后地帮着联系其他的医生与科室，郑力国知道高哥已经在他的邻居们面前夸下海口了，自己一定要给足高哥面子。

郑力国也真够朋友，高玉泽觉得自己交了郑立国这个朋友，是值的！

三十八、锦西记忆

1991 年夏天，高玉泽带着潘淑娟、于春玲和陈桂荣从北票的金岭寺坐火车去锦州，然后他们再从锦州倒车去锦西地毯厂办事。

从北票金岭寺到锦州这一路要好长的时间，不常出门的三个女人见了面，上车后立马打开了话匣子，这一唠就是好几个点，"三个女人一台戏"这句话，在她们的身上得到了验证。

高玉泽双手拄着下巴，目光一直注视着车窗外，三个女人叽叽喳喳的话语声，也丝毫没有影响他的思绪。伴随车轮与钢轨发出的咣当咣当声响，那次关于锦西的记忆，重新浮现在了眼前……

1983 年的秋天，趁着厂子里生产不忙的空档，高玉泽和老厂长杨凤树一起从北票金岭寺坐火车去锦州，然后再从锦州倒车去锦西地毯厂。为啥厂子里的两位厂长要一起去锦西呢？因为高玉泽作为副厂长除了要负责技术这块外，供销这块也要由他来管，北票地毯厂与锦西地毯厂在一起合作了多年，这次杨凤树一是想领高玉泽前去认认门，好方便两个单位之间今后工作上的联系，二是他自己从此也可以躲躲清静，把这跑跑达达的事，都一股脑地甩给高玉泽。

俩人到锦西地毯厂办完事后，就在锦西火车站附近随便找了一家临街的小饭店迈步进去，高玉泽知道杨凤树好喝几口，就点了几个菜，又要了几瓶雪花啤酒，然后俩人就喝了起来，喝完酒后他们就走进火车站的候车大厅，打了两张车票等候上车回家。虽然这个时候，京沈线上来来往往的火车一趟接一趟的，但在锦西站停靠的列车却没有几趟，算算时间，还得等到下午的三点多钟才能有趟车。

可能是刚才几瓶啤酒下肚的缘故，高玉泽和老厂长杨凤树在候车室唠嗑的声音大了些，这就引起了一个推着大金鹿自行车人的注意，他来到两个人的跟前，把车子上的大袋子提溜下来，迅速拉开拉链，从大袋子里头抽出一条用的确良做的裤子，嘴像个呱嗒板似的，忙不迭休地向俩人推销兜售起裤子来。

"瞧瞧，这裤子好不！做工讲究，的确良的面料，价格还便宜，才 12 块钱一条，你们俩若是诚心买的话，10 块钱一条，要是全包了再打折，就 8 块钱一条。"

这小子除了油嘴滑舌的，还挺能煽乎。高玉泽心里这么想着，就抬眼望了一下面前这个煽乎者，煽乎者见有人搭茬了，就将裤子递到了面前。高玉泽伸出手触摸了一把推销者递过来的裤子，摸过之后觉得手感还不错。

杨凤树也伸手摸了摸裤子，点点头应允着。

高玉泽自打当上了副厂长后，渐渐地一改以往少言寡语不爱吱声的习惯，时不时地也敢在人前说话发表自己的观点了。

"老厂长，我看这裤子从做工到面料都挺好的，那咱能不能弄个百八十条的裤子，回去给职工发点福利，权当作是劳动作业服用呢？"

杨凤树寻思了片刻后就问推销者："你这个大袋子能装多少条裤子？"

推销者赶忙说："我这里能有 50 条，外头还有一个人，他那里还能有个 150 多条，加到一起 200 条的裤子，至多不少。"

"那俺们就把你们的裤子全都包了，再便宜点。"

经过一番讨价，最后 200 条裤子以每条 8 块钱的价格成交。

谈好了裤子的价格，高玉泽就说："这裤子不错，才 8 块钱，既实用还好听，权当作工作服使了。再说咱们眼下也有这个能力，况且钱也不多，很划算。"高玉泽又在一旁肯定了杨凤树的抉择。

杨凤树细品着高玉泽的话，觉得他说的话也有道理。

高玉泽见老厂长很高兴，于是便伸手摸了摸自己的兜想付钱结算。临出来的时候寻思当天就能打道回府，钱也就没有多带，还能有个五六百块。再问老厂长，他的兜里也只有个百八十元，想把这些条裤子一下子都买下来，

寻找幸福的方向

钱不够了。

"老厂长，这些条裤子一下子都买下来，咱俩的钱加在一起也不够啊！"

"咳，既然想买，咱兜里的钱不够不用怕，你忘了咱们在锦西这有钱啊！那么多的加工费还不够用的。这样，你到锦西地毯厂再去找刘厂长，打个条让他给咱批一下，从财务科支点钱不就可以了吗！"

高玉泽一想也是的。于是，就留下老厂长杨凤树在车站里清点数量，自己起身又去了一趟锦西地毯厂，他找到刘厂长支了二千块钱。因为锦西地毯厂离车站相距不远，一个来回，共花不了多大的时间。

高玉泽回来后就与老厂长杨凤树一起，和卖裤子的人结了账，最终以每条裤子8块钱的价格，从他们手中买下了200来条的确良裤子，一共花了一千六块钱，至于多出来的几条裤子他们说是白送了。

"这样不妥吧，这么多的裤子装在两个大袋子里，也没法拿呀！"在付款结账之前，高玉泽又要求对方负责给打好包装。

一听这话，那两人就说在这里没有办法打包装，他们得拿到外面去打包装。

高玉泽就说："那等你们把包装打好了送过来，我们再付钱。"

"中！"两个人同意了，于是就将两个大袋子用车推走了。

高玉泽他们也没有再起身跟着去监督打包的过程，就觉得反正是钱在自己的手里攥着，不怕他们半道跑了不回来，再说从面相上看怎么瞅这俩人，也都不是鬼头蛤蟆眼的。

但他们却忘了"知人知面不知心"这句话。

大约能有一袋烟的工夫，俩人一人一个就将打好的包裹送回来了。高玉泽看看包裹打得还不错，也就随手将一千六块钱付给了他们，俩人连钱都没有细数一下，拿着钱就急急忙忙地走了。

望着俩人毛毛愣愣远去的背影，高玉泽反倒觉得在他们身上怎么有一种做贼心虚的感觉，莫非不是这打好的包裹里有啥问题？

"不行，咱得看看，别让人给调理了。"

杨凤树不以为然："还看啥，这包裹都打好了，不会有啥问题的。"

高玉泽却坚持说："不行，我的心里不落地。"说着话的工夫，他就将其中一个包裹的尼龙丝线用指甲刀剪断，抽去尼龙丝线打开了包，从里头拿出一摞裤子，这一看不要紧，两个人顿时都傻了眼。这一摞裤子可不是先前所看到的样子，什么裤子？都是一些大裤衩子，被夹在了两条裤子的中间，再往里掏几乎每小捆的内容都是同样的。

杨凤树连忙将另一包也打开了，从里面往外翻，跟这包里的情况不差上下。

两个人这个气呀！赶紧将两个包里的裤子都倒了出来，经过细致清点，结果，拢共才能有 50 多条好的裤子，剩下的都是些七寸的大裤衩子，还有些裤子瘦得像根鸡肠子似的。

"妈的，咱们俩让人给调理了！"

杨凤树也傻了眼："可不吗，咱们叫那两个兔崽子给骗了。"

抹过身他赶紧就往大门外追，待出了大门，哪还有那俩人的影子呀！他们早就鞋底抹油——溜了。

好半天高玉泽才说话："杨厂长，咱们俩被骗了，这裤子咋个往回拿呢？这要是让职工们知道了给宣扬出去，如果公司知道了就不好了，这可不是什么好事呀！"

"谁说不是呢！咳，原本是想给大家伙办件好事，可这好事却办砸了。"

"这事对于咱俩，可惨透了。"

"小高，你说咋办？"

高玉泽想了想说："杨厂长，咱把这裤子都拿你家去，往大箱柜子里一锁，永远都不让它们出来，这样咱俩挨骗的事，就谁也不知道了。至于钱的事好说，找个机会找个借口处理了，也就不能漏了。"

杨凤树听了高玉泽的话，觉得说得有道理，也就点头应允了。坐车回到北票后，他们在站前雇了个小三轮，把两大包的裤子都拉回了他家。

后来，单位的福利待遇也就没有再发，裤子都被拆了当成抹布用，就仓库的保管员知道这事，好在她是内部的人，也不会往外随便跟人说起这事。

……

三十九、被曲解的好心

快临近中午的时候车到了锦州，车停稳后随着涌动的人流，几个人相继走出了出站口。

20 世纪 90 年代初期锦州火车站附近要饭的人很多，而在这些要饭的人群里头，多半是些瘸子和瞎子，再有的就是些衣衫褴褛的老者，他们每天结帮成伙在站前转悠，谁也说不清楚他们都是从哪里来的。

以往高玉泽每次到锦州来办事的时候，但凡是遇到有人伸手跟自己要钱，他都会毫不吝啬地给，有时遇到两三个人一起伸手要的，他就会每个人都给两元钱，也不是高玉泽挣得钱照比别人多，他就觉得这些人怪可怜的，能帮衬就帮衬帮衬，老娘曾经说过："人在做，天在看，积德行善，这是人起码的的本分。"

一看快到饭口了，高玉泽就张罗着找家饭店填饱肚子，等吃过饭后大家再坐车去锦西。环顾了一圈后，最终选定了一家临街的饭店，高玉泽招呼了一声，几个人就推门进了这家饭店。

前脚刚走进屋高玉泽就发现，先前在火车站自己给了他 10 块钱的那个挂着双拐的乞讨者，此时正与几个同伙在吃饭。也没有多想，他们就在紧挨着他们旁边的另一张桌子坐了下来。高玉泽点了四个菜，其中一个菜是干炸黄花鱼，他又要了几瓶啤酒。等了一会儿，热气腾腾的菜陆续上来了，最后上来的一盘菜是外焦里嫩的干炸黄花鱼。高玉泽瞥了一眼邻座几个乞讨者的盘子，见他们的盘子里都空了，没等大家伙动筷子，他赶紧拿起干炸黄花鱼到他们的桌子上，用筷子给他们拨去了一半。

没曾想原本是一片好心的高玉泽，却被那个瘸了腿的乞丐骂了一句："你瞧不起谁呀？我们也不是吃不起这破鱼，干吗给我们折落的，让我们舔你们的盘子底？"

乞丐一句骂骂咧咧的话，即刻让两个桌间的气氛，骤然紧张起来，这边的仨女人不干了，她们嗷嗷地就和他们饿饿起来。

好心不得好报，高玉泽也来气了。他劝过了自己的同伴后，劈头盖脸地给那伙人一通损，损得他们无地自容。

"真是不知好歹，拿好心当成了驴肝肺。在火车站我刚刚给了你10块钱，这不我是看你们的菜不够了，才把刚刚上来的炸黄花鱼给你们拨一半，咋还骂骂咧咧的呢？早知道你是这个德性，我那十块钱是不会给的。同情你们，这咋还同情出了罪过？下回再遇到你，还给你钱呀？没门儿！"

几个乞丐蔫巴了，他们起身都走了。

由于生气，这顿饭谁也没有吃好，啤酒都白要了。

也是由于生气的缘故，临走的时候，高玉泽还把自己的包落在了饭店里，他愣是浑然没有觉察到。

直到在候车室等车去锦西的时候，经潘淑娟的一句话提醒，高玉泽才猛然想起自己的包遗落在了饭店里。他赶紧打车回到了饭店，还好包没有丢，让饭店的老板给保管起来了，见到了完璧归赵的包，高玉泽悬着的一颗心才算落了地，因为这个包对于高玉泽来说实在是太重要了。在这个包里，除了几个人这次出差所用的一大笔公款外，还有整个北票地毯厂与锦西地毯厂的许多往来账目与收条。

高玉泽在心里头不住地埋怨着自己，咳！要不是自己的好心，哪会有这事？这么大的一个包，咋会落在桌子底下呢？等转过神又一想，这好心有好报也是有道理的，这个丢而复得的包就说明了这一点，到啥时候做个好人都没有错。

第十一章

为了一个新生命的到来

四十、不谋而合的想法

1987 年出生的高颖，眼瞅着都四岁了。母亲扈文芳多次催促儿子和儿媳两口子再要一个孩子。其实，高玉泽想再要一个孩子的想法，照比母亲还要强烈，自打有了高颖以后他很不甘心，就想要一个儿子，他不想让高家在他这断了香火。

高玉泽有了想法后，这一天就和杨文萍商量，其实杨文萍老早也有同样的想法，她也想再要一个儿子，这样就儿女双全了，一个闺女一个小子，该有多好。想到了要孩子，她又有些犹豫，更有些个害怕，毕竟眼下的风声是很紧的。

20 世纪 90 年代里的国家计划生育政策很是严格的，一对夫妻一个孩，一月还给 5 块钱，谁想违背计划生育的政策再多生一个，一句话那是没有门的。高玉泽两口子都知道，北票矿区对计划生育政策的执行力度，照比其他的地方超乎寻常地强。对于违反计划生育政策的职工处理得也很严格，两口子若都是矿区的职工，除了罚款外，再一个结果就是被双双开除公职。

想再要一个儿子，就得有个万全之策，得想好辙来加以应对，咋办呢？为此，高玉泽绞尽脑汁一番苦思冥想。

这一天晚上，他对杨文萍说："这样吧，你怀孕以后等到了快显怀的时候，我就找个借口，说让你到北京去学习，你就借引子回甄庄猫着，等把孩子生出来后，放在老家叫妈给咱们养着，这样就远离了北票人的视线，你回来后谁也不知道，人不知鬼不觉的，咋样？"

做通了杨文萍的工作后，下一步就得想办法把环偷偷地给摘了。想摘环得去医院，但想到医院里摘环可就不是一件容易的事了，当时如果没有计划生育部门的手续，谁敢冒那个险给你摘？

高玉泽这几年在社会上陆续结交了好多人，他的路子也很广，有人帮他找到了一个过去曾在矿务局医院妇产科工作过如今已退休的大夫，她在冠山矿的家里蔫不登地开了一个小诊所，暗地里偷着做些个人工流产和摘环的事。

1990年10月末的一天，高玉泽在托人办妥了后，就让地毯厂负责计划生育工作的陈桂荣领杨文萍去了小诊所，悄悄地把环给摘了。

陈桂荣开始还挺担心这事一旦露馅了，自己身为计划生育人员，是会挨批惹上麻烦的。高玉泽见到她有顾虑，就对陈桂荣说："你不用顾虑太多，这个事一旦是露陷了，我绝不会出卖你的，我的事我负责，只要你配合我就行。"

听了高厂长的一番话，陈桂荣也就再无话可说了。既然是天大的事他都一个人担着，其他的就跟自己无关了，人家毕竟是厂长，自己又在人家的手下干活，怎么又能不听人家的呢？吃的是哪碗饭还不知道吗？

两个月后，高玉泽和杨文萍就把孩子要了。

快到三个月的时候，杨文萍就有了妊娠的反应，在她呕吐反应症状还不是最厉害的时候，高玉泽就采用了一个金蝉脱壳的办法，说是让杨文萍去朝阳地毯厂学习一个多月，主要是学习地毯的后道处理的工艺技术，把杨文萍支出去躲起来，这样也就谁也不会发觉了。

一晃儿的时间，就快到了四个多月了。那天，陈桂荣悄悄对杨文萍说："杨姐，你咋还抻着呢，这都快四个多月了，快要显怀藏不住了，得赶快想个办法呀！"

杨文萍回到了家，她就跟高玉泽说："咋办呢？肚子里的这个孩子要显怀了。"

这个孩子说什么也要保住，两个人的想法一致。

为了保住这个扑奔自己来的孩子，两口子为了想出应对的办法，那一宿谁也没有合眼。后来，高玉泽又灵机一动，他再次想起了一个编瞎话的理由。

早晨上班后，高玉泽就对书记康乐喜说："朝阳地毯厂的后道处理工序，没有河北的好，他想要让杨文萍回河北老家再去学学，估计得四五个月的时间，学好了咱们的后道工序也就上去了。"

康乐喜是一个外行，高玉泽说啥是啥，高玉泽就是要利用他造一个舆论，好为杨文萍和孩子留足时间和空间，那个时候高玉泽一厂之长的权力大，他即便是编瞎话也不会有人产生半点怀疑的，何况这个为了企业发展的理由，谁听了都会相信的。

当天晚上，杨文萍拾掇拾掇就从北票的金岭寺坐快车去了北京，再由北京回到廊坊的甄庄老家。

火车都缓缓地开动了，高玉泽看到杨文萍在车窗旁，冲着自己在不停地抹着眼泪……

站台上的高玉泽，疾步跟随列车摆着手奔跑，列车渐渐远去了，独自一个人的他目视着远方，默默地为杨文萍和肚子里的孩子祈祷着……

四十一、北票来的电报

杨文萍这一走就没有了影，公司里有关的人就四处打听着杨文萍的下落，公司的领导也找过高玉泽。"你对象去哪了？"

高玉泽就搪塞地说："咳，咱们这边后道工艺处理的技术不行，去朝阳学了些日子也没有学到啥，一知千解的。为了企业的发展，只能让杨文萍再到北京去学学，她学好了后，再让她手把手地教大伙。"

这个时候，有人就看出苗头来，似乎也知道点什么了，慢慢地就传出了风言风语，可能是杨文萍怀孕了，她可能是躲出去了。

杨文萍怀孕的消息，也传到了公司负责计划生育人的耳朵里，于是管计划生育的头头高玉敏就问了陈桂荣。

　　陈桂荣回答说："不知道杨姐上哪去了，就知道杨姐是被高厂长安排出去学习了，具体上哪学习，那你得去问问高厂长。"

　　高玉敏就来问高玉泽："高厂长，你爱人上哪儿去啦？"

　　高玉泽回答说："我安排他去北京地毯厂学习去了。"

　　"学什么？"

　　高玉泽说："咱们地毯厂的后道处理这块不行，平片洗的技术不是太丰富，让她去学学进修一下，过去学的那点东西都忘掉了，再回回炉，我想把这块赶紧上来。"

　　高玉敏问："这都学五六个月了，还不行？"

　　"那你寻思得可太简单了，要想学就必须学得仔细喽，技术上的事不能马马虎虎，什么时候学会了什么时候回来，一年两年的也是它。"

　　高玉敏说："学习还用得了那么长的时间吗？"

　　高玉泽回答说："那当然。"

　　高玉敏又接着说："干吗非得安排上北京去学呢？"

　　高玉泽回答说："咱们的后道处理这块技术不是那么强，让她去朝阳学了一阵子，一看不行他们那也是半拉咔叽的，所以就只好再去北京了，让她去学的目的就是在技术上再精一些。"

　　"这一去的时间可太长了，有那么难学的吗？"

　　高玉泽不乐意了："你这是什么意思，我做厂长的还不如你？"

　　高玉敏赶紧解释："高厂长，我没有别的意思，只是觉得时间有些长，这都五六个月的时间了。"

　　高玉泽也缓和了一下口气："要想出去学习这块，那就得学透了，只学个皮毛不顶用，一知半解的，怎么能行！"

高玉敏接着又说："这么长的时间也该抽空回来一趟了，计划生育这块对育龄妇女一年要组织两次透环检查，她不回来不行呀！她两次都没有做透环，这都拉空了。"

"啊，是这样呀！"

"高厂长要不这样好不好？你让杨文萍抽空赶紧回来一趟，透完环后再回去呗！否则，这事我可交待不了，局里查下来就没法说了，万一出事了呢？你让她赶紧回来一趟吧！"

"行！我一会儿就给她打电话，叫她回来一趟。"

高玉敏已经怀疑杨文萍是故意出去躲起来，她要是怀孕再生了，这个问题可就严重了。见高玉泽满口答应，她的怀疑也跟着动摇了，既然杨文萍人能够回来做检查，那些个传言也就都是个空穴来风了，想到这，高玉敏抹身就走了。

虽说高玉泽嘴上答应得干脆，可他的心里头却是很明白，杨文萍她回不来呀！

闷热的七月天。高玉泽晚上回到家后，他一边煽着扇子，一边掂量着该如何拖延时间，寻思着招法……

又往后拖延了几天，这天，高玉泽亲自登门找到了高玉敏，见了面高玉泽就告诉她，杨文萍这几天就回来了。

一来二去地，高玉泽又用话拖延了一段时间。

一个月后，高玉敏又来到厂里找高玉泽了。"高厂长，你对象咋还没有回来呢？"

高玉泽说："我昨天还给老家打电话呢，反正快了。最近些日子，杨文萍痔疮的毛病又犯了，她在家里正打针消炎，起不来炕趴着呢，我估摸着还得个把月的时间就能好。"

哩哩啦啦地又拖延了近两个月的时间，到了11月上旬的时候，高玉敏又来了，这次她的态度很强硬。"高厂长，你让杨文萍赶快回来，这次必须回来，痔疮也不影响她坐车，回来让她上总医院去住院治疗不更好吗！"

"咳，这个杨文萍呀也真是的，一个屁股眼上的毛病咋老趴着呢，人就是娇气。行！我马上就给她打电话，让她立马回来，就是屁股上全都长包了也得回来。"

高玉敏临走的时候，还撂下了一个规定的时间："让她在十天之内，务必赶回来。"

四十二、将计就计

等高玉敏走了之后，高玉泽就把陈桂荣叫到自己的办公室，对她说："这样吧，你坐火车去趟我们老家甄庄，你看看杨文萍怎么个情况，估摸着这个时候她要生了，你去看看了，我好心里有个数。"

陈桂荣当天就坐火车去了甄庄。到了那里一看，杨文萍已经生了，是10月30日生的，已有十来天了，生的是一个女孩儿。初秋的时节，杨文萍穿着棉袄棉裤坐在炕上，眼下她还下不了地。

陈桂荣回来一五一十地把情况告诉给高玉泽，孩子很健康，母子平安，她怕受风还不能马上回来。

高玉泽听了说："既然是这样也好，谢谢你！就说她是得了痔疮，挺重的。"

这天，高玉敏又来了："你媳妇回来没有？"

"你那天打这走了后，我为了把握，就差咐我们这负责工会和计划生育工作的小陈，专程去了一趟我们的老家，见杨文萍还躺在炕上呢！这回她的痔疮由于上火犯得更厉害了，不但是动弹不了，也下不了地了。估计再有个十天八天的就能回来了。她现在人趴在炕上，我也没有一丁点的办法。"

高玉敏转过头也问了陈桂荣，陈桂荣与高玉泽俩人说的话几乎是一模一样，这也是俩人暗地里做好的扣，统一了口径。

自打听说孩子生下来了，高玉泽就不怕她高玉敏追问得太紧了。官还不踩病人呢，这有病都趴在炕上了，你也得等她起来炕能动弹了呀！

又拖了几天，算起来杨文萍生完孩子该有十多天了，这回也该行了。高玉泽就差咐陈桂荣又去了趟甄庄，收拾收拾把在家坐月子的杨文萍在十六天头上用一三〇汽车拉了回来，再不回来的话恐怕是真不行了，也没有啥理由再扛下去了。高玉泽嘱咐小陈，让杨文萍在道上多穿一些，回来跟她们打个照面，也就没有多大事了。

高玉泽让陈桂荣在甄庄雇的车，把杨文萍从甄庄拉了回来，在车上怕风受着凉，杨文萍除了穿着棉裤棉袄外，她身下还裹了床棉被。

走了一天的道，陈桂荣直接领着车摸黑回到了冠山的家。回到了家，高玉泽老早地就把炕烧得热乎乎的，一摸都烫手。

高玉泽告诉杨文萍："你就在炕上这么一躺，有谁来问的话，你就说是痔疮犯了，这回犯得挺严重。谁来咱家里看都是一样，绝对是由于痔疮不能动弹。"

杨文萍回来后，高玉泽第二天一上班，就给高玉敏打电话，告诉她杨文萍回来了。

高玉敏来家里看杨文萍，见杨文萍的时候她正盖着被子躺在炕上动弹不了。她就对杨文萍说："那你先在炕上养养身子，过几天咱们去总医院透透环。"

在廊坊的医院里生完孩子，杨文萍直接就把节育环给上上了。

又待了二十来天的工夫，高玉泽就又找高玉敏："俺们家杨文萍的痔疮也好了，你看看啥时去做透环检查？"

高玉敏点头答应着说："抽工夫就去。"

这回高玉敏倒是不太急了，高玉泽不干了，他故意隔三差五就打电话催促她："什么时候去透环？"

　　高玉敏见高玉泽着急总催，就取乐说："你猴急地干吗？着急等着用啊！"

　　"咳，你个傻老婆，也不知道茶汉子的心里都再想些啥？"高玉泽这个时候心里都想些啥，他能够告诉你吗？真是为了透环那么简单？做了透环，这件事也就过去了。

　　高玉泽撂下电话后乐了，心想，只要你高玉敏没有看出一点破绽来，也就消停了。

　　消停了一阵后，借着春节高玉泽和杨文芳又一起回到了老家甄庄，高玉泽也第一次见到了自己的女儿，女儿正躺在母亲扈文芳的怀里呢。

　　高玉泽猴急猴急的，他不等散散自己身上的凉气，就伸手从母亲的怀里接过了孩子。女儿忽闪着一双大眼睛盯着高玉泽："妈，这孩子怎么不认识我呢？"

　　"哎呦，她才多大点呀！是 10 月 30 日生的，这才三个多月，怎么会认得你呢？"母亲提醒着自己的儿子高玉泽。

　　忽然，怀里的女儿，冲着高玉泽笑了一下。

　　"妈，你咋说她不认得我？她都冲我笑了呀！"这一笑把高玉泽笑得心花怒放，他赶紧轻轻地吻了一下自己的女儿。

　　"呀，这可真怪了！是亲贴着心，骨头连着筋。"

　　高玉泽看着襁褓里的女儿，这个稀罕呀！咋稀罕都稀罕不够。

　　"就别干是稀罕了，有你稀罕的时间，有件大事可不能忘了，这孩子的百天咱们咋办？还有，也该给孩子取个像样的名字啦！"母亲在一旁不住嘴地叨咕着。

　　母亲的一番叨咕，倒是提醒了高玉泽。他连忙放下孩子，回过身望了一眼杨文萍："文萍，刚才妈说的话，你听着啦"？

杨文萍说："该咋办，那得你定，这是你们男人的事。"

"咱们老高家添人进口这么大的喜事，也不能悄么声的没个动静，那可得好生闹和闹和，孩子过百天的酒席宴办它几桌，再说我大小还是个厂长，也得请请亲戚朋友外加我的同学，大家伙在一起庆贺庆贺。"

"给孩子过百天，闹得动静可别太大啦！咱本来就是偷生的，这要是传到了北票那就坏了。"杨文萍在一旁提醒着高玉泽，她了解丈夫遇事不怕事大，不知道这事整大了的后果。

经杨文萍这么一提醒，高玉泽静下心想想也是，不怕一万可就怕个万一，这孩子百天咋办，他是该好好地琢磨琢磨。

"我孙女百天的事，你们琢磨吧！不过是不是该给她取个名字？"

"妈，名字我和文萍都想好了，大名就叫她高盼，取其期盼之意，是盼望她长大了会更有出息，这个盼望已久的孩子能来咱们家，真也是不容易的。"

母亲扈文芳抿着嘴又说："那这个盼字对于你们，是不是还有一层啥意思呢？"

"要不说你就是我妈呢，一碗水能看到俺们的心里，从高盼这里再接着盼，有朝一日能再盼来个弟弟。"杨文萍在说完这话之后，她的脸也跟着红了……

一个美好的愿望是值得期盼的。有了期盼，即便是再苦再累，所为此的付出也是乐不可支的。

四十三、风声再起

　　过了年上班后不长的时间，北票矿务局计划生育办公室连续接到一摞子从河北廊坊甄庄寄过来的举报信，而在 10 多封举报信里所涉及的几乎都是一个内容，被举报的人都是北票地毯厂厂长高玉泽，在举报信中列举了"高玉泽的媳妇是怎么回老家躲生的""老高家人是如何在甄庄给孩子过百天的"以至于"躲生的孩子叫什么名字、她的出生日期是哪一天"，一一地都很详细。

　　这个问题就严重了，局里在接到了从河北甄庄寄过来的举报信后，立即就将全部举报信转到了总公司的计划生育办，在局领导的批示之下，由局计划生育办和总公司计划生育办指定专人坐车赶赴河北去调查此事，总公司这边前去调查的人就是高玉敏，高玉敏这个气呀！她气得见到了高玉泽后眼睛都黑，就觉得自己一个大活人，一个自喻为火眼金睛的人，生愣地叫他个高玉泽给耍乎了，杨文萍一个在家坐月子的人，自己却没有看出来一点破绽。这怨谁呀？还不是怨自己！不过，这个高玉泽也是忒狡猾了，别看他整天笑嘻嘻的，实质上属于老奸巨猾那伙。

　　高玉敏在每次出差时都需要提前到公司财会借款，这次她也不例外，从局里回来后她就填写了张借款单，找领导签完字后，便到隔壁的财务科来借款。地毯厂陈桂荣的妹妹陈桂莲是公司财务科会计，高玉敏想借款按照规定需要会计审核，陈桂莲就问高玉敏："高主任你要出差呀！上哪儿去？"

　　高玉敏也没有多想，随口就说："去河北的廊坊。我和局计划生育办公室的人一起去，去查一下地毯厂的高厂长，有人举报他又生了一个老二，是个女孩儿，这第二胎是他对象偷偷摸摸地回到他们老家甄庄生的，我们过去查一查，看看有没有这档子事。"

　　说者无意，听者却有心。在娘家闲聊的时候，姐姐陈桂荣曾把高厂长生二胎的事，悄悄地告诉过自己的妹妹陈桂莲，姐妹俩暗地里都为高厂长捏了一把汗。晚上下班回到了家后，妹妹陈桂莲赶紧就把高玉敏要上廊坊去调查高厂长这个事，原原本本地对姐姐说了，陈桂荣一听吓了一跳，她赶忙问妹妹："高玉敏的人走了吗？"

"人已经走了，得想法告诉高厂长一声，让他赶紧想想辙。"

姐姐陈桂荣看看墙上的挂钟，都已经是晚上八点钟了，自己的家又离冠山高厂长的家太远，大老远的走夜道她不敢，没有办法只能等明天早上再说了。

早上上班的时候，陈桂荣连门都没有敲就直接进了屋，进了门她就说："厂长不好了。"

"怎么啦？"高玉泽吃了一惊。

"局里管计划生育的和咱公司的高玉敏，昨天晚上出发去你们老家甄庄了，是去调查你们生二胎的事，听说是有人举报的。"

"什么时候走的？坐的啥车？"

"是昨天下午走的，坐的是火车。"

听到了陈桂荣的话后，高玉泽一算这个点，她们人现在还在路上，还没有到北京呢。再从北京到廊坊的甄庄，起码也得明天。刻不容缓，高玉泽想通知老娘赶紧做个准备，以免孩子在家里被她们给撞上了。虽然是着急，但为了慎重起见，头脑还比较清醒的高玉泽，没有当即在单位里打这个电话，他骑车出来到了北票，在街上一个不起眼的电话亭，给自己的大舅哥杨文芳打了个电话。赶巧，在廊坊环卫局当局长的大舅哥杨文芳，上午的时候人没有在办公室，下午一上班高玉泽又给他打电话，这回电话算是接通了。

"大哥，你撂下电话赶紧去趟甄庄，这边的人去调查给高盼办百天的事，躲生的事也被人举报了，要坏菜。"

"几个人？她们是啥时候来的？"

"俩女的，说是昨天晚上坐由丹东到北京的快车，那趟车是今天上午九多点钟到北京，从北京再到廊坊怎么也得是下午的四五点钟，算计算计时间还赶趟儿。"

杨文芳撂下电话，赶紧就去车站坐班车奔码头，在码头再想办法到甄庄。

真是无巧不成书。就在由廊坊去往码头的这趟班车上，大舅哥杨文芳前排座位子上坐的俩人正好是她们，一听口音就能够听出来她们是东北那里来的。车上有 20 多个人，杨文芳坐在她们身后也没言语，当她们跟人打听去往甄庄怎么走的时候，杨文芳赶紧竖起了耳朵。

那个时候不光是通信的条件落后，交通更没有现在便捷，下午五六点钟的时候再要想从码头坐车去甄庄，已经没有班车了，班车是一天一趟，虽说码头离甄庄六里多地，日头偏西想要去甄庄的人，只能是各自想辙，再不码头还有家小旅社，在那里将就将就第二天再坐车去甄庄。

杨文芳和她们在码头一起下了车，他没走远，透着一家小卖部的玻璃，看着她们住进了那家小旅社后，这才连向从码头直接徒步赶到了甄庄。

推门进屋后，杨文芳就对扈文芳说："我看到从东北来人了，是俩女的，是专门来甄庄调查你们家生二胎的事，高玉泽过晌也给我来过电话了，东北来的人正好跟我是坐在同一辆车上，她们今晚上住在码头了，明天一准会过来，你们想想该怎么应付她们。"

说完这些话后，杨文芳就回了北行子的老家。

四十四、巧妙周旋

早晨，天刚蒙蒙亮，母亲扈文芳赶早收拾收拾就把高盼送到了北头的老闺女家，一丁点小孩的痕迹都没有留。

那个时候，老祖高继坤和老太太申宝玉都还健在。

在等待东北来人的时候，扈文芳就与婆婆申宝玉商量："等她们来了后，咱娘俩得想个招法吓唬吓唬她们，既不能让她们在家里待得时间长了，还不能叫她们在村里头再跟别人接触，别露馅儿了。"

"怎么吓唬她们？"

寻思了一会儿后，扈文芳说："那就说咱甄庄里这些日子闹疯狗，她们走的时候，还得由我们拿着棒子送她们，待会儿咱在村头上安排好人，及时给咱们家送个信儿，走的时候说闹疯狗，整得邪乎些，让她们听了就害怕。"

很快，扈文芳就把该办的事抢在她们没有来之前，安排得妥妥的了。

上午 9 点多钟的时候，村里人就来报信了。工夫不大，从东北来的人就到了。

推门进屋的高个子女人说："这是高厂长的家吧！"

扈文芳赶紧应对："是呀！你们是哪的？"

"啊，我们是北票的，出差正好路过这里，高厂长临我们来的时候，就嘱咐我们过来看看，看看家里头有没有啥事。我们从北京要到天津去，正好要打这里路过，就来你们家里看看了。"

寒暄了几句后，扈文芳用笤帚扫了扫炕沿，招呼着来人坐下。

"大姨，您老的身体挺好的？"

"挺好的，挺好的！"

又客套了几句后，扈文芳忽然话锋一转。"咳，瞧你们来得不巧啊！"

听到这话里有话，高玉敏赶紧问："怎么个不巧？"

扈文芳说："这几天俺们甄庄这里闹疯狗，南头老李家的狗疯了没逮着，整得大人孩子都很害怕。"

"怕啥？"

"怕疯狗，咬谁谁疯，瞪眼治不了。"

两个本来胆就小的女人，一听这话后可害怕了，能够看出来她们都显得极度紧张。

扈文芳又使了一计接着吓唬她们："俺们村子里的人都害怕，谁出门的时候都得拿个棒子防身，闺女你们走的时候，我们去护送你们。"

又聊了一会儿，留她们吃饭，她们也不吃，两个人起身张罗着要走了。"我们这就走了，往东北还捎啥口信不？"

"你们告诉玉泽，家里这边挺好的，不用他惦记着。"

扈文芳与婆婆申宝玉，俩人每人手里头都拎着个棒子，从家一直把她们送到北边的村口，在那里目送她们走远了，一直走到了张庄的边上，因为穿过了张庄后，再往前边走就是码头了，她们到了码头也就不会再抹身回来了……

这天的上午，总公司副总经理党四财把高玉泽叫到了办公室里，开门见山地问："小高，跟我你说实话，你对象是不是又生了孩子？"

"这是谁瞎说的？"高玉泽摇着头一口否认。

"什么没有，你瞧这一摞子的信，都是举报你的。"

"这都是胡诌，没有影的事，把信给我看看，是谁在诋毁我。"

"你就老实说有没有得啦！我们都派人去调查了！"

高玉泽知道他是在使诈，便以攻为守不干了，他也硬起来。"你们这是干吗呀！这不是无中生有吗？"说完了话后，高玉泽装出了很激动的样子。

一见诈不出来什么，党四财的口气也不是那么硬了："小高，你也别生气，关于这事我们也不是捕风捉影，你看这么一大堆的检举信，要是真的有，那可是违反了计划生育的政策，就得被'双开'。"

"没有影的事。"

党四财见到高玉泽一口咬定没有，也就再没有往下问。他站起了身，过来拍了拍高玉泽的肩膀，又安慰了几句。

高玉泽这回不干了，从党经理的办公室出来后，他就去找高玉敏了，见了高玉敏就急了。"高玉敏，我跟你有啥仇呀？值得你这样整我？没有影的事，从哪里来的第二胎？这个事非得说清楚不可，你造什么谣？"

高玉泽劈头盖脸的一席话，说得高玉敏哑口无言。

高玉泽越说越起劲儿："我身为一厂之长，我还主抓计划生育工作，我不明白计划生育的政策吗？我能顶烟上干这事吗？你们是不是闲着没有事干了，还跑到我的老家去了，你们查出来什么了吗？"

高玉泽就这样闹了他们一顿，自打闹了他们一顿后，这个事也就再没有人提起了。

事情虽然是过去了，但高玉泽为了这事老是犯迷糊，他就想知道，到底是谁举报的。这些信到底是从甄庄还是从北票寄出的？

后来，高玉敏也把这些信给高玉泽看了，从字里行间分析来看，每封信开头的收信人不是写北票矿务局冠山矿就是写北票矿务局集体企业总公司收，而这两个收信人的名头，甄庄的人是根本不会知道的呀！由此可见，这信中的举报人，应该还在北票。

这简直都把高玉泽整糊涂了，那这个人到底又是谁呢？他为什么会整我？难道是自己平日里不注意在哪里得罪过什么人吗？还是有人故意在咒自己？

总之，在高玉泽的心里，这一直是一个解不开的谜。

第十二章

北票啊北票

四十五、"双先"表彰会

当墙上的日历书刚好从 1992 年 12 月翻到了 1993 年的时候，地毯厂厂长高玉泽就接到了总公司的电话通知，1 月 10 日，总公司要召开 1992 年全局集体企业的"双先"表彰大会，总公司办公室还在通知中特别强调，总经理王树要求公司所属十二个科级单位不但要在会议上做 1992 年的工作总结，同时还要立军令状，新的一年打算怎么干，产值与利润的目标各是多少。

自打成了公司直属的十二个科级单位后，地毯厂在整个公司就有号了，大事小情是属于穆桂英的阵阵拉不下，当然作为一厂之长的高玉泽也很牛逼，无论是在哪他的腰板都挺得溜直。

下午四点多钟的时候，高玉泽就抄起电话给张玉明打了个电话，相约他下班后在北票南山的一家酒馆里喝点小酒。

在冠山矿住宅区的大杂院里，跟高玉泽住邻居的张玉明，是局选煤厂办公室的秘书，文笔挺好的，俩人之间相处得也挺好，除了常常在一起打打麻将外，也时不时地在一起喝茶聊天侃大山，总之他们之间的交往很深。这回高玉泽请张玉明喝小酒，也是有事想求他，想求他给自己写个在"双先"表彰大会上的发言稿。

张玉明也挺爽快的，满口答应了高玉泽。他仅用了一个晚上的工夫，就给高玉泽写了三篇发言稿，让高玉泽自己挑选。稿子写得都不错，有骨头有肉的，达到了自己心理的要求，领导听了也会满意。高玉泽选择了其中的一篇，他在家里背了三天，背得滚瓜烂熟的，他为什么会这么下力气呢？还不就是想在众多人的面前显摆一下吗，显示出自己很有文化的样子，他所要的就是一个派头。

1992 年 1 月 10 日，北票矿务局集体企业总公司 1992 年的"双先"表彰大会如期举行，各单位和总公司各个部门来参加会议的人员能有1000多人，总公司十二个直属科级单位的头头们一律都在前排就坐，直接面对的是大会的主席台，大会由总公司工会主席郑喜元主持，北票矿务局局长于秉年受邀参加了会议，他还在会上做了讲话。

在接下来的大会发言环节上，按事先安排的顺序，高玉泽是第六个发言的人，该到他上台发言的时候了，高玉泽就从座位上站起了身，那天他特意穿了件烤花呢的大衣，没戴帽子，头发梳得倍儿亮，嘿！要多牛逼有多牛逼。

来到了讲话的台前，高玉泽伸手把话筒往下按了一下，先前发言的人个头高，他把话筒的脖子都仰了起来了，高玉泽的个头矮，所以他才把话筒的脖子往下按了按。也就在往下按话筒的时候，高玉泽还用眼睛向下头瞄了一眼，就见底下黑乎乎的一片，这一看不打紧，可能是条件反射的缘故，原本自己已经背得滚瓜烂熟的发言内容，这个时候忽然想不起来了，他心里没有出声地"妈呀"一下，好在稿子还掐在自己的手上。高玉泽赶紧头也不抬地念了起来，他一边念着，还一边用手指头数着稿子的行，生怕这个时候念跑偏了。这么一整原本设计好的牛逼劲不但荡然无存，更忘了在开头所要说那句"各位领导大家好"的客套话了。咳！这一着急客套的话，也生愣给整没了。

高玉泽在上头念着念着，就觉得汗珠子从脸上下来了，顺着脖子流到了后脖颈。也就是在他照本宣科地念着稿子的过程中，仿佛听到有人在小声地跟自己说："哎，你抬抬头啊！"原来会场上有几个人拿着照相机，想抓拍一下高玉泽发言时的镜头。高玉泽倒是听到了提醒，但他不知道这时提醒的人是在提醒着自己，他也顾不得抬头了，更不敢抬头往下瞅，这个时候他的心里很发毛。

总公司的办公室主任就坐在距离大会主席台最近的地方，按照惯例每个发言者在发完言后，临了走的时候都要将发言稿随手交给办公室主任。

　　已蒙了圈的高玉泽，他发完言后抹身从发言席下来后径直走了，也没有再把自己的发言稿交给办公室主任，快要走到台边上的时候，听到了办公室主任在喊他："高厂长，你把你的发言稿留下来，给我。"

　　听到了办公室主任的话，高玉泽这才想起自己的发言稿还没有交给他，于是立马收住了脚步，他重新来到办公室主任的身边，伸手将自己的发言稿交给了他。

　　当回身再往台下走的时候，高玉泽原本是想抄个近，不想这抄近却抄坏了，他脚底下一不留意，脚被脚底下连接话筒的电线绊了一下，顺势就把话筒的线带出去老远，话筒线也把话筒带到了地上，话筒"啪嚓"摔在了地上，落在了高玉泽的脚边，也赶巧让高玉泽一脚踢得老远。

　　待办公室主任重新把话筒捡回来搁在讲话台上时，话筒已经没声了，尽管会场上的电工鼓捣了好一阵子，还是不好使。

　　谁也没有预料到会出现这种尴尬的局面，话筒生愣让高玉泽给一脚踢坏了，再想临时去找话筒也不赶趟儿了，这个时候的会议说啥也不能停，下一个发言的人，就是风机设备厂厂长李玉秋。由于没有话筒，如果嗓门再不大点，坐在会场后边的人，就干脆听不到啥了，在无奈的情况下，李玉秋可着大嗓门干喊，发完言后他的嗓子都喊哑了。

　　接下来的几个人都是一样，他们可着嗓门喊。喊归喊，发言的效果一点没有。好大的俱乐部里十分空旷，他们的发言，在主席台就坐的领导和在前边的十二个科级单位的头头们能够听到，再往后的人就干脆听不到了，只见发言人嘎巴嘴，就不知道到底说的是啥。

　　高玉泽从讲话台上下来后，闹了个大红脸，他不好意思再回到先前自己所坐的位置上，一猫腰快步地躲到了会场的后头，瞅着许多人都望着自己笑，他就更觉得不得劲儿了。

到了后头，高玉泽还听到有人在悄么声地嘀咕："瞧这个河北侉子，把个话筒都踢飞了，哪来他这么大的劲头？"

"哈，哈，哈……"

也就在高玉泽用脚把话筒踢飞了的时候，整个会场里的人都"哄"地笑了。局长于秉年看着高玉泽的窘相劲儿，也扑哧地乐了。

在一片笑声里，把个高玉泽臊得红了脸。

如若论起年龄来，在十二个科级的干部中，就数高玉泽年轻，其余的人几乎都是 50 多岁了。高玉泽虽然年轻，但没有社会的经验，他这个人还略显得有些个毛愣。

四十六、都是疏忽惹的祸

那几年，矿务局北票地毯厂整得不错，可以说是顺风顺水的，春风得意的高玉泽在北票人眼里，很是牛逼的。

后来，有两个人开始琢磨起了高玉泽，母亲说这俩人就是你玉泽命中注定的"小人"，你犯"小人"，也与"小人"相克。这两个被母亲言中了的"小人"，一个是书记康乐喜，他是从部队上转业回来的干部，在部队上一直都是玩政治的，若是论起心计来，他的心计劲儿很足。另一个人叫李永刚，是从河南焦作大学毕业的大学生，刚开始是被局里分配到公司财务科的，由于他与总经理王树不和就被贬下来了，落配到地毯厂来当会计。自打他们来了后，高玉泽的日子就不滋润了，为啥呀？咳，这两个人的学历照比高玉泽都高，他们对于只有初中文化的高玉泽，是十足有些瞧不起的，瞧不起就在工作上憋着劲，但还不敢面上得罪了高玉泽，他们知道自己在技术上不行，都是"白帽子"。

1995 年年初的时候，总经理王树想做两块大地毯，高玉泽给平了尺后，便组织人员加班加点地干，两块大地毯连续做了四个多月，当时一块地毯值一万多块钱。地毯织好了后，高玉泽亲自把其中的一块地毯给王树送到了家。王树看到地毯后很高兴，对于钱的事他却是只字未提，高玉泽的脑子一转悠也没有好意思再提钱的事，咋好意思跟他张口要钱呢？拉末了只让王树给打了一张欠款的条子。这样，这块给了王树的地毯，高玉泽也就没有进账走销售，就一直是在账外挂着。如果一进了账后就会出现亏损，一旦出现亏损整个地毯厂就没有奖金了。那个时候，除了工资以外，奖金的数额虽说是不多，但奖金在那会儿也是钱呀！那时候的钱实，不像现在的钱毛。本来好好的每个月都会有奖金，如果奖金一下子没有了，职工们的积极性立马就不高了。高玉泽也想到别跟王树再提及起这块地毯，就当是给他送礼了，多少人想巴结他，给他送礼都找不到机会。但转念又一想，这一万多块钱的大地毯就这么送人了，这个礼的价码也太高了吧？那个时候论起万元户来，都是凤毛麟角的，让人羡慕，这一万多块钱的东西给了人，人家领情的话还好说，要是不领情这一万多块钱扔在河里，连个响动都没有，多窝囊呀！一想到这些，高玉泽又犹豫了，最终他想暂时放一放，反正东西我自己又没有往家拿，等以后找个机会把账平了不就得了。话虽是这么说，可那毕竟是钱啊！而且是一万多块钱，他不免又些个心疼。

厂子财务的人员几次提醒过高玉泽，催促他将这块地毯进账核销了，高玉泽始终没有搭理这个茬，他想就先在账外这么挂着，等到了年末的时候，再看看该下到哪里核销平账，只要是不出现亏损就拉倒了，这块地毯的钱看来也只有靠分摊的办法，才能够平账核销掉。

这块地毯的事，就这么撂下来了，这也是高玉泽一生中最大的一次疏忽，而这次疏忽却为以后埋下了一个祸根，这次疏忽也更让他长了记性。

1994年9月，由总公司副总经理王启河带队，组织全公司财务的大检查，七八个人组成的检查组成员里有公司的办公室主任、财务科科长、生产计划科科长、销售科科长等。当检查组检查到地毯厂的时候，一查账就发现了问题，一块价值一万多块钱的大地毯，在地毯厂仓库的保管账面上分明有，但是在厂子的财务销售账上却没有体现出来，凭空一下子消失了，账与物不符。

来查账的人就问跟在他们身边的李永刚："这块在账面上挂着的地毯，弄哪去了？"

"这块地毯哪儿也没弄，在王总经理他们家呢。"乍一听像似李永刚顺嘴无意中说出来的话，实则是他故意就这么说的，他在说这话的时候可谓是一箭双雕，狠着呢。

高玉泽当时没有在场，如果他在跟前的话，也不能叫李永刚顺嘴胡乱地瞎说。

听李永刚这么一说，王启河也没有接着再往下问，寻思了一下后他说："这块地毯的事，就这么着吧！库里也不查了，咱们回去。"

这个时候的高玉泽，正跟公司的一个副经理在屋里说着话呢，一是说着话，二是等着检查组中午吃饭，他在冠山矿门前的一家饭店都安排好了。

王启河推门进来对那个副经理说："走，咱们打道回府，撤！"

"别介呀！我把饭店都安排好了，今儿个得喝点小酒。"高玉泽连忙说。

那个副经理平时就爱喝点酒，有事没事也来找高玉泽整点，这回他不想马上走了，刚想再问问王启河，就见王启河跟他耳语几句，接着俩人便一起推门走到了外头，高玉泽能够隐隐约约听到王启河说："不能再查了，我发现这里头有事。"

高玉泽望着他们推开门都走了，虽然是不知道这里头有啥事，但他能明显意识到这里肯定是有事，不由地在心里头画了个魂儿。

高玉泽哪里知道，就是自己身边的这个李永刚，愣是他把自己给玩了一回。

四十七、憋气又窝火

第二天早上刚上班，总公司经理王树就来电话了："高厂长，你马上到公司来一趟。"还没容高玉泽再言语，那边的电话就咔嚓一声撂了。高玉泽能够感觉出来，总经理王树跟他说话的口气不同于以往，指不定这里头是有啥事。

当高玉泽推开了总经理王树办公室的门后，就见王树的脸色阴沉沉的，还没等屁股在凳子上坐下来，王树劈头盖脸地就是一顿斥责："高厂长，你给我的那块地毯，是怎么安排的？"

"我暂时进仓库的保管账了，还没有进销售，暂时还挂着呢，想等年末的时候再进销售，一平账不就行了。"

王树又问："那么王启河，他们又都是咋知道的呢？"

高玉泽一脸的茫然："我不知道他们是咋知道的。"

"李永刚又是怎么知道这块地毯的事呢？"

高玉泽赶忙说："李永刚当然知道，他几次让我进销售，我没有同意，这不就一直在仓库保管账面上挂着。我想先这么挂着，到了年末以给朝阳外贸局送礼的借口再平账。"

王树用手啪啪地拍着桌子。"高玉泽，你还狡辩个啥？你们厂里的职工一口咬定，是你把地毯送到我家了。你没说，可你的职工说了，你对于职工都是怎么管的，为什么这样乱说？"

到了这高玉泽才弄明白，王树为什么今天会对自己发这么大的火，他赶忙道歉："您要这么说可就是我的错了，我没有管好会计的嘴，也没有管好职工的嘴，对不起怨我了。"

这个时候的高玉泽很是后悔，连向把这块地毯下到了朝阳地毯厂来料加工上不就好了，也就没有这事了。咳，是自己的一时疏忽，让小李子一句话给说漏了，惹了这么大的祸。

其实高玉泽不知道，这里头隐藏着的是阴谋。原来，李永刚从河南焦作大学毕业后，就被国家分配到了北票矿务局工作，矿务局又把他分配到了集体总公司的财务科。由于他遇事老跟王树顶牛，也就被王树从公司贬到了地毯厂来当会计，由此他在心里记恨着王树，一直想找个机会报复他。自打知道高玉泽把地毯给了王树以后，他就在密切关注着这块地毯的最终结果，这次公司来查账，他就把这件事给捅了出去，也暗地里给局里写了一封信。他要整王树就往死里整，这样却把高玉泽夹在中间，让高玉泽成了个垫背的了，按照高玉泽的话来说，李永刚也把自己给坑了。

王树阴沉着个脸，没有再吱声，他拿起桌子上的水杯，水杯里没有水，就把水杯放下了。

高玉泽赶紧拿起了水壶，他给王树的水杯里斟满了水，然后满脸堆笑地说："王经理，你也别多想，我原本是想写个条来，就以送礼为借口。为什么又没有写，我怕查出来了我顶不住，就一直这样先挂着，等到了年末的时候再找个借口平一下账。这不是还没到了年末，就赶上公司财务的大检查了，一查不就查露馅儿了。"

话说到了这，王树不乐意了。"高厂长，你这不对呀！你这不把我卖了吗？这一万多块钱的大地毯，你就给了我王树，这咋整，是贪污，还是受贿？小高你这事办得可不对呀！"

高玉泽过后思量了一下，这里确实也有自己的不对之处，但也实在是没有办法。当时"万元户"在北票都是凤毛麟角的，职工每个月的工资才30多块钱，就属自己的工资高，才108块，这一万多块钱的大地毯送人搁谁谁都挠头，钱的数额太大了，若是千八的自己干脆掏腰包也就算了，哪还有这么麻烦，他后悔没有把这个事办好，到了眼眸前，后悔了又有啥用呢？

王树冲着高玉泽摆了摆手，然后没好气地说："行了，你回去吧！你让康乐喜过来一下。"

康乐喜在王树办公室对面的房间里正等着呢，王树见到了他以后，以思想政治工作不利又训斥了一通，王树越说越来气，他又让办公室通知高玉泽和李永刚，立马也到他的办公室来。

"瞧瞧你们仨人，把这块地毯弄得满城风雨，整得整个北票都知道了，这让我在北票怎么做人，你们说怪谁？"

高玉泽抢先说："王总，您也别生气了，这么着吧！这块地毯我个人拿钱补上。"

王树瞅了一眼高玉泽："你个人拿钱，你有钱吗？"

"我身为一厂之长，没有想到会出了这事，给您惹了麻烦，我有责任，这钱当然就得由我个人来拿。"

王树的口气很硬："不用，不用你们解决了，你们都回去吧，回去听候处理吧！"

按照当时北票矿务局的干部管理政策，高玉泽是科级的干部，康喜乐是副科级的干部，而李永刚则是一般的干部，三个人就属高玉泽的职位高。就指为地毯这事，王树来气了，他把康乐喜和李永刚都调走了，也把高玉泽的科级干部一下子给撸了，变为了一般的干部。

那天，王树在公司的干部大会上宣布："从现在起，地毯厂与服装厂两个单位合并到一起成立服装公司，服装公司的经理是王晓兰，两个单位的人和财物统一管理。"言外之意，地毯厂的厂长高玉泽，一下子被剥夺了权力，还什么地毯厂呀！就是将地毯厂变为服装厂的一个下属车间了，让高玉泽具体负责这个车间的工作，再说得直白一些，高玉泽就是个车间的主任了。

下午的时候，王晓兰就来找高玉泽谈话了。见了面以后她就说："王总在大会上也宣布了，你们的地毯厂从即刻起归属我们服装厂管理。你还当你地毯厂这边的'一把手'，你的工作照旧，归我管只不过是归我代管，有啥事跟我打个招呼就行。"

本来自己与王晓兰都是平级的单位，这回她却升到了自己的头上，开始对自己指手画脚的了，高玉泽这个憋气呀！他也从心往外不能服她。

四十八、苦涩的幸福感

这一晃儿的时间，高玉泽和杨文萍来到北票都十年了。在十年的期间里，他们俩实现了由农村户口到城市户口的转变，同时自己还当上了一厂之长，事业上更是干得轰轰烈烈，1987年还被评选为北票矿务局的劳动模范……

在1990年的时候，母亲曾在老家给自己邮过几封信来，她也劝过高玉泽："回来吧，既然城里头的户口问题都解决了，你的目地也达到了，就别再背井离乡跑那么老远了，找个借口快回来，该把工作交给谁就交给谁，妈可就你一个儿子，你回来离妈近一点。"

说句实打实的话，母亲当时的催促也未曾让高玉泽动过心，一看到自己蒸蒸日上的事业，看到北票人对自己挺好的，他一下子下不了决心，这样又带带拉拉拖了几年。

也不知是怎么了，随着女儿高盼的降生，高玉泽对于幸福的感觉越来越淡化了，他一想到由于超生，女儿高盼一直不敢在北票露影，她的户口问题也一直解决不了，没有户口的女儿高盼也就成了一个"黑孩儿"，眼见孩子在一天天地长大，高盼的户口问题自然也就成了全家人的一块心病，她也不能老这样跟着母亲躲在甄庄呀！还有自打来了北票，自己对于母亲的照顾就少了，母亲一天天地年岁大了，腿脚也不如从前那么利索了，但她却为了帮助自己照看着孩子，又离得那么老远，自己实在是有些于心不忍，高玉泽忘不了爷爷曾多次跟自己提及过的那句老话："子欲孝而亲不待。"

母亲对于儿子的期盼，自己对于故土与亲人的思念，真叫高玉泽陷入了两难的境地，但要是一下子割舍这里，他也是很不情愿的。

这回好了，心里头憋气的高玉泽，一下子反倒下了决心，他决定不在这里干了，打道回府。

人一旦看明白了事后，至于其他的也就索然无味了。什么是自己所要追求的幸福感？高玉泽这回说得清楚，幸福感就是离自己的妈近，离自己的故乡甄庄近，甄庄那里有自己的亲人，那里是自己的根。

自从有了想走的打算后，高玉泽在很长的一段时间里就开始琢磨了，自己该怎样走？怎么走？至于其他的事情，他一下子变得漠不关心了。

王晓兰把高玉泽的思想情绪变化汇报给了王树，王树还以为高玉泽自从厂长被撸了以后有了思想情绪呢，一时半会儿接受不了，在工作上撂起了挑子，他知道不把个高玉泽安抚好，这个地毯厂就没有了辙。事后王树也觉得自己一时的决定，做得不妥，有些个过火，但又不能再更改了自己做出的决定，那就太没有领导的权威了，即便是所做的决定错了也得硬挺着，待过一阵子再给自己找个台阶下，高玉泽是一个爱面子的人，我找个机会给他一个面子不就得了吗。王树想想这些心里就有底了，他就让王晓兰多做做高玉泽的思想工作。

有一次，王晓兰主动相约高玉泽跟自己坐面包车到阜新去办事，在面包车上王晓兰对高玉泽说："高厂长，你别有啥想法，有些个事只不过是暂时的，你到我这里来，还是你的权力，你还说了算。"

王晓兰照比高玉泽能大个七八岁，她见高玉泽既不吱声，又不搭茬，眼睛一直在望着车窗外发呆，也就不再往下说啥了。这之后，她又找机会跟高玉泽谈了几次，高玉泽的精明劲儿就是沉默不语，他的这种无言沉默，反倒是让王树和王晓兰一时没有咒念了。

高玉泽心想，既然自己打算走了，你们再怎么说也没有用了，你有千条妙计我有一定之规，就是不想跟你们玩了。

见到几次跟高玉泽做工作，高玉泽都不搭理自己，王晓兰怕再絮絮叨叨的惹得高玉泽烦了，也就不再多说话了。她想也好，正是在火头上跟他说啥他也是听不进去，等过了这个劲儿后再说，兴许就能好点。

高玉泽的沉默还真奏了效，王树和王晓兰他们俩做梦也没有想到，此时的高玉泽已有了不干的想法，即便是10头的牛，恐怕也拉不回来他了。

想要抬脚走人，首先得把人事档案的关系转走，可又怎么往外转呢？而当时人无论是进还是出，手续的履行都要经过公司一把手批准才行。这个时候自己要走的事，是绝对不能让王树知道的，他若是知道了这事，干脆没有门。咋办？高玉泽在这上着实动了一番脑筋，公开的绿灯行不通，那就走曲线呗！于是高玉泽想到了总公司的干部科长丁云东，他可是个关键人物。

高玉泽平时很注意跟总公司的人疏通关系，想结交人就得有实力，在这方面高玉泽在北票又是很牛逼，他除了自己的工资高于其他人之外，又是地毯厂的厂长，论起花钱吃饭喝个小酒来，就照比其他的人强多了。谁都知道高玉泽不是个抠搜的人，他出手比较阔绰，许多的钱也都花在了饭桌上，当然这里头公款成分也是占挺多的。

高玉泽平时跟丁云东接触得也是十分密切，时常在一起打个麻将，再不就喝个小酒啥的，但这事他能给自己办吗？

一连几天晚上，高玉泽都请丁云东喝酒，其他的话啥也不说。酒逢知己千杯少，有两回俩人都喝多了。

在一起打麻将的时候，高玉泽也故意给丁云东点炮，整得他都不好意思了。

这天晚上，高玉泽到丁云东的家里串门，临走的时候又给丁云东撂下1000元钱。"没有别的，我今天来的目的，就是求你把我的档案关系给我提出来，我想走，不在北票干了。"

"哎呀！这个事的难度可忒大了，提档案没有领导的签字你拿不了，硬拿的话我还得犯错误。"1000元的钱，他没有要。

高玉泽的心里明白，这1000元钱的力度不够呀！1000元钱不够，赶明儿个我给他送2000元。

第二天晚上，高玉泽又来到丁云东的家，掏出来2000元钱后对他说："老弟，我知道这个时候要走，王总指定不会放我走的。这个事情有难度，这个难度给你了，你帮我把这个事情办了吧！我就这么点儿心意，办也好不办也好，但这钱你得收下，你若是不收我不高兴，咱俩的关系也白处了。"

丁云东说："高哥，你这是干什么？办事归办事，这可不中。"

高玉泽跟丁云东说："你把我的档案提出来，把手续给我办了，我蔫巴地带走不让王树知道，他签不签字都无所谓。"

丁云东还是坚持要把钱还给高玉泽。

高玉泽也不再跟他撕巴了，起身推开门就出来了。他在心头寻思，这2000元钱摆着，他要是收下了就肯定会给我办事的。见到他也没有拿钱出来追自己，就觉得这事有戏了。

一连等了好几天。这天，丁云东给高玉泽打来电话，叫他到自己的办公室来一下，放下了电话后的高玉泽立马就赶了过去。

见到高玉泽来了，丁云东就对他说："高哥，这一切手续都办好了，就剩下一个戳没盖了，你去办公室盖这个戳，找管公章的小王，偷偷地盖，别声张。"

高玉泽把人事档案弄好了后，连向又找到了北票县人民检察院院长秦世富，求他给自己办了粮食关系，再往下的事一样样办得都很顺利。

这个时候，从厂子工人的口中，王晓兰知道了高玉泽两口子要走的消息，但她还不知道高玉泽的档案关系早已掐在自己的手里，她以为公司领导知道高玉泽要走的消息后，一定是不会批准他的，领导不批准他就走不了。

239

高玉泽要做的事办得极为巧妙，他让王树一直蒙在了鼓里。后来，当王树知道了，也啥都不好使了，再追究起责任来也都晚了，把个王树整得措手不及。

临走的前夕，为了感谢干部科长丁云东帮了自己，高玉泽在南山的家里设宴请丁云东吃饭，在饭桌上丁云东对高玉泽说："高哥，你知道不？你走了后我也得走了，我把档案关系给你办了，王树知道了后肯定是不会饶恕我的，你走了我立马就得走，要去的地方也都找好了。"

听了他的一番话后，高玉泽的心里很不好受，他觉得是自己牵连了人家，更对不起人家，但他不会忘了丁云东对自己的帮助，对自己的好，有机会想着去报答……

四十九、挥泪告别北票

这是 1995 年深秋的季节，但随着一股接一股相继袭扰而来的凉气，人们感受到寒冷的冬天将至。

天刚蒙蒙亮，昨天晚上事先雇好的汽车和人就都来了，也不用谁再招呼，大杂院里的邻居们就麻溜地开始帮着高玉泽装起车来。

高玉泽和杨文萍俩人老早就起来了，也不知怎地了，杨文萍今儿个看高玉泽一脸的不悦，也是就要离开北票了，这里却把他的心伤了，此时他的心里就像一个被打碎的五味瓶，挺不是个滋味的。

回想自己来北票的时候，那是揣着一腔滚烫的热情，是直奔着幸福目标来的，自己和杨文萍都把这北票矿务局地毯厂当成了自己的家，更当成了一种幸福的事业来经营，这到头来算是竹篮打水一场空，自己和妻子杨文萍的一腔心血在这里都白费了，自己寻找幸福的方向末了被证明也是错的。让高玉泽的心里感到不舒服的是，过去北票矿务局集体企业太困难了，特别是那么多的下乡返城待业青年等待安置，是自己一手创办起来的地毯厂吸纳安置了那么多的人，给矿务局解决了一个老大难的问题，也使矿务局摆脱了一个困境，更解决了许多职工的后顾之忧，就冲这一点来说，我高玉泽在北票矿务局是一个有功之臣。当然，论起水平高玉泽知道自己的能力差，论起文化程度自己知道自己的文化低，但我的功劳和我对矿务局的贡献，是不应该被磨灭的，北票矿务局更不应该让我这样寒心。

高玉泽老是想自己的文化低，文化低了就不被别人重视，这文化要是低了真不行，他在心里头告诫自己，等高颖和高盼长大了，非得让她们俩好好学习不可，这文化太重要了，文化低了让人瞧不起的悲剧，不能够再在她们的身上重演喽！

也让高玉泽心里有一丝安慰的，在北票虽说是领导不得意自己，但毕竟自己在北票还结交了很多的好朋友，就在得知高玉泽要走的消息之后，很多的朋友都表示出了慷慨之举。冠山矿的杨总在得知小高回老家还想接着茬再办个地毯厂还缺点东西后就说："这事好办，你就不用管了，我来给你办……"

三宝矿的矿长谢麻子知道高玉泽要走了，就说："小高，你还有啥需要的？别客气就照直了说，我全力支持你……"

邰吉矿的刘明山矿长更是够意思，他知道高玉泽想焊几个铁架子织地毯用，就拿起笔给高玉泽批了一车的井下下来的铁管子……

高玉泽打早起来装车的动静，也惊动了左邻右舍的邻居，邻居们都起来了上前帮着装车。白发苍苍的刘大娘拉着杨文萍的手，还不停地抹着眼泪，她真不舍得老是在帮衬自己的这俩口子走。

东院的马姨，煮好了一小盆的鸡蛋，硬是往高玉泽两口子的手里塞，叮嘱他们备着在道上吃……

忙活了好一阵子，当太阳从东山嘴子上露出脸的时候，也该到了拔脚启程的时候了。

　　就要离开北票了，高玉泽的心里头酸酸的，他向送别的人们挥了挥手，赶紧打开车门钻进了驾驶室，他不想让人看到自己流泪了……

　　再见吧北票！再见吧大黑山！再见吧大凌河！

第十三章

从头再来的事业

五十、节外生枝

回到了廊坊后，高玉泽也没有再回甄庄，经过选择他最终在廊坊安次区铁道东边靠钢厂的附近，租了个小二楼的房子，整个房子上下楼挺宽敞的，妻子杨文萍也相中了这个地方。有了房子后高玉泽连向回甄庄把母亲和高盼接来住，一家人也从此结束了天各一方的日子。

就在高玉泽决定不在北票干了后，他蔫巴地自己一个人悄么声先回来了一趟，回来的目的就是先找好能够接收自己的地方，自己毕竟是一个正规企业的干部，全家人除了小女儿高盼以外又都是城市户口。实现了进城梦想的高玉泽，这回回到了廊坊觉得自己很风光，所以就更要再找一个风光的工作，他要让很多人都羡慕自己。

高玉泽找到了安次县人大常委会主任李庆枢，大爷听说高玉泽想回来也挺乐的，他当即就领着高玉泽找到了安次县二轻局的局长刘超元，县人大主任亲自登门来拜访，让刘局长好一顿忙活。

李庆枢向刘超元介绍说："玉泽，现在是辽宁朝阳北票矿务局地毯厂的厂长，地毯厂的规模也不小，人叶落归根故土难离，他老想回到廊坊这边来。"

刘超元听了李主任的介绍很高兴，就连向说："既然是这样，那我就给他一个厂子，让他来管理，我眼下正愁没有合适的人选呢！正好，李主任给我们雪中送炭。"

当即，刘局长就领着李庆枢、高玉泽、杨文芳还有陪同过来的李东林，大家伙一起坐车去看了厂子。这里原本是二轻局下属的一家橡胶厂大院，地方挺大的，过去的橡胶厂有300多人，由于没有活干企业的效益也不怎么好，职工们大多数都放假在家。为了改变企业的生存现状，打从1995年起二轻局就想在这个大院里头再干点什么，如果有条件的话干脆废了橡胶厂重新起炉灶，最终的目的就是救活企业稳定社会，让放假的职工能有活干。

当着人大主任李庆枢的面，刘局长当即表明了自己的态度，他对高玉泽说："你能来，这个橡胶厂的厂长就给你，我再给你60万元的启动资金。"

一切都似乎进展得很顺利，顺风顺水的。临走的时候，刘局长还再三地叮嘱高玉泽，让他赶快回来接手这边的工作，高玉泽也表示了自己的态度。

然而，等到高玉泽过了半年时间办完工作调转的手续，赶在撒冷前回到廊坊之后，没有想到的是情况有了变化，刘局长却从二轻局调走了，新来接手他的局长也把刘局长的想法搁置起来，满心欢喜的高玉泽一下子蒙了，这节外生枝的结果，真的让他一时不知所措。虽然调转介绍信上接收的单位是廊坊市二轻局，但二轻局却暂时无法安排高玉泽的工作。这样，高玉泽的关系就被悬在了二轻局，到后来干脆就没有人管了，高玉泽不光是失业了，而且他哪头也都靠不上边。

由于工作上一时半会儿没有着落，高玉泽也不愿意整天干待着，于是他就和杨文萍俩人一合计，在家利用自己家现有的小二楼条件，楼上头住人，在楼下的地方用从北票带回来的一台小锅炉，再加上四盘架子，办起了一个小型的地毯厂，临时招聘了十六个工人，开始织起地毯来。自打地毯厂干起来后，由于重操旧业轻车熟路，高玉泽也不用太分心，家里头有杨文萍一个人支撑就够了。于是，高玉泽就把家里的事一股脑地都推给了杨文萍，他自己又重新回到了朝阳。

高玉泽为什么选择要重新回朝阳呢？其实，他这个人精明得很，知道河北与朝阳两地仅就地毯与织地毯的原料毛线而言，两个地界之间存在很大的利润赚取空间。比如河北这边一块3×6规格的地毯售价是一百块钱，拿到了朝阳那边之后价格就不一样了，就可以卖到二百块钱；如果30×60规格的地毯这边价格在一千三百块钱，在朝阳就能卖到二千五百块钱或是二千六百块钱左右。再有的就是织地毯用的原料毛线价格差价也很大，河北这边毛线是七块五毛钱一斤，到了朝阳后就能卖到十五块钱一斤，在价格上近乎是翻了一倍。看来从河北这边捣腾地毯和毛线，再拿到朝阳那边去，算算可要比在家里织地毯还要划算得多。这些年，由于平时工作的接触，在朝阳外贸局里高玉泽认识了挺多人，并且在辽西的人脉圈子里有许多关系储备，这年头关系就是效益，人脉圈的宽泛与狭窄，直接决定了既得利益归属的大小。

这样，高玉泽就选择了重回朝阳，他在朝阳的市里租了间房子，踏踏实实地干起了专门经营地毯和毛线原料的生意来。由于地区差的缘故，又加上高玉泽卖得照比其他家的便宜，高玉泽以自己家地毯厂的名义跟朝阳外贸局签订地毯出口的订单，在每次拿到了订单后，他就返回河北去安排生产组织货源；与此同时，高玉泽从河北组织来的毛线在朝阳也很抢手，不光朝阳周边地区的几家地毯厂都来他这里购买毛线原料，后来他的毛线生意网不仅辐射到了整个辽西，再后来就连内蒙的敖汉旗、奈曼旗多家地毯厂，也认准了高玉泽这里。高玉泽的买卖一时间很火，生意在朝阳也十分兴隆……

在朝阳，高玉泽这一干就是四年的光景。那些日子，他在朝阳与河北两地间不停地往来穿梭，尽管来来往往挺忙活，但高玉泽还是觉得自己挺快乐的也挺充实的。就瞧他那张春风得意的脸吧，你就会感觉到他那时候的心情该有多爽，人也倍牛逼的。

五十一、在那座山的南边

从季节上来划分，这个时候已经到了夏末秋初的时刻，但朝阳的天气感觉还是很热。今年从开春到现在，朝阳地区也没有下过几场酣畅淋漓的透雨，庄稼都渴死了，估计年景也好不了哪去。

与农季现象不同的是，高玉泽的地毯生意却丝毫没有受到影响，他的毛线照样卖得好，生意越是红火的时候，高玉泽的想法也就越多，他不乐意整天看摊守业，他想不断地扩大自己毛线的销路。这几天，他时常在脑海里像过电影似的过滤着能跟自己，确切地说能跟毛线生意搭上边的人。还别说，他真想起了一个人，这个人就是内蒙古赤峰市平庄矿务局集体公司地毯厂的赵厂长，她是自己和妻子杨文萍在朝阳讲地毯编织课时，曾经手把手教过的一个徒弟。为了培训她们地毯厂的职工，高玉泽与杨文萍受邀还专程去了一趟平庄矿务局集体公司的地毯厂。

这天，高玉泽也没有事先打声招呼，就背着个小挎包从朝阳坐上了大客车，一路颠簸地去了平庄，车到平庄的时候就接近中午时分了，还好赵厂长正在办公室，她见到了高玉泽很吃惊。

"呀！你咋来了呢？"

高玉泽一笑。"我在北票不干了，这不我整点地毯回朝阳来卖，捎带手的也卖点毛线。我来看看你这能不能用点毛线，我的毛线质量不光可以，价钱还便宜，我拿了几个样子，你看看咋样？"

她看过毛线当即就表了态。"高师傅，您的毛线确实不错。那么地吧，我要点毛线，您回朝阳后就给我发个1000斤毛线，以后我就用您的毛线啦！"

出师顺利，高玉泽在河北进价八块钱一斤的毛线，在东北十四块五块钱一斤的价格还是很受欢迎的，价格几乎是接近翻了一倍。回到了朝阳后，高玉泽就在朝阳雇了辆一三〇货车，直接把货给平庄送过去了。

恰巧赶在了饭口，赵厂长执意要领着高玉泽到家里吃顿饭，她给高玉泽炒了四个菜，还陪着高玉泽喝了几瓶平庄产的啤酒。

吃过了中午饭后，高玉泽就问她："你们这块哪还有地毯厂？大小都可以。"

她寻思了一下后说："在平庄那座山的南边，还有一家个体的地毯厂，厂子也挺大，肯定用的毛线多，不过从平庄到那里往少喽说也得有二十多里地远。"说着，她用手指了指南边的那座山。

一听到还有一家地毯厂，高玉泽乐了，他随口就说："没事，我去看看。"

下午三点多钟，高玉泽就从平庄出来了。他原本是想在街上打个出租车直奔那座山的南边，办完了事后再回到平庄住，第二天坐着大客车返回朝阳。可事与愿违，那个时候平庄的交通状况不是自己想象的那样，整个街面上根本就没有出租车，听人说往那去也只有一班客车，还是在平庄早上发车午后返回的。

内蒙古地广人稀，即便是沿着大道走，也很难看到经过的车辆。不就是20多里地吗？想到了这，高玉泽算了一下时间，他觉得应该是没有啥问题。于是就索性沿着一条从平庄向南的铁道线走，他觉得这样走安全，殊不知这样走反倒路更远了。这条铁道线是赤峰通往北京的客运专线，也是平庄矿务局往外运煤的专线，铁道线的一个弯可就弯出了老远的距离。

吃完饭出来的时候，就已经是下午的三点来钟，待再走到铁道线上的时候，也就快要接近四点钟了。高玉泽上了铁道线后，就沿着铁道线朝南下去了。走了好长的时间，迎面才见到了一个人，高玉泽就上前跟人打听："想借个光问一下，这到南边的那座山还能有多远？"而听到的回答却是，"想去那座山，那还早的呢"！

又遇上了一个人，高玉泽问过了，还是跟刚才问过的那个人回答得几乎是一模一样。

这下，高玉泽就纳闷儿了。从平庄向南看山，怎么看这山离平庄也不远呀！可这一走起来，就觉得不是那么一回事了，在这里看山，离着山咋还是老远的呢？

后来，经过熟悉内蒙古人生活习惯人的点化，高玉泽终于弄明白了，内蒙古人习惯用手一指的方向，这里头的学问可就大了。当地人习惯骑马，在马背上挥鞭一猫腰的工夫，搁现在就有说头了，不是山远，而是马快。从平庄向南看山，山似乎像是不远的，其实这山距离平庄那可老远了。高玉泽当时也没有整明白，人家所说的二十多里地，是按公里计算的，公里再换算成里，那就是四十多里地了！二十多公里他生愣地给当成了二十里地，公里的概念距离却让他给省略了。

当地人还有一句话说得好："看山跑死马。"这马跟内蒙古人的话密不可分，看山都能把马跑死，那人呢，人还会有马跑得快吗？

高玉泽背着一个兜子，里面装得是毛线的样子，再有的就是一个装满水的玻璃杯子。掂量掂量兜子的分量沉倒是不沉，但可有一条路远无轻载呀！

再往前走了一段路后，铁道线来了个大转弯朝西去了，这也在说高玉泽不能再沿着铁道线走了，因为他要去的南山与铁道线就不是一个方向了。

下了铁道线高玉泽就一路打听，顺着一条不平坦的乡间土路朝山的方向走。走了一会儿，夕阳就从西边的天际慢慢滑落下去，紧跟着天空也开始变得越来越暗淡了。

夏末秋初的季节，到了下午七点多钟的时候，天就大黑了。这个时候，高玉泽顺着走的大道也一下子拐弯了，又与山不是在一个方向了，要想直奔山的方向走，眼前只有一条从棒子地里直穿过去的毛毛道。

高玉泽停下了脚，他回过身向身后看了看，这个时候根本没有一个人可以做伴儿的。再看看眼前的棒子地，棒子长得能有一人多高，捋着毛毛道在里头走几步，人影就被淹没了。

这个时候，高玉泽真有一种陷入于绝境的感觉。咳！他打了个咳声，到了这个时候想后悔已经晚了，自古华山一条路，无奈的他只能是硬着头皮朝前走了。

在重新判断一下山的方向后，高玉泽便顺着一条毛毛道，迈步走进了一望无际的青纱帐。

五十二、青纱帐里的歌声

夜色笼罩下的青纱帐密不透风，刚刚走了一会儿，高玉泽就明显感觉到有些闷热了，白天由太阳所散发地温度，此时在这里依旧减热度。他抹了把脸上的汗水，赶紧从兜里掏出了水杯，"咕咚咕咚"地喝了几口。

夜深人静的时候，东边天际里的那一轮月亮还没有爬出来，天幕上只有晶亮眨着眼睛的星星，在一齐望着青纱帐里疾步穿行的高玉泽了。

一只灰色的野兔，"嗖"地从眼前窜了过去，这只冷不丁突然横穿过去的野兔，把高玉泽吓了一跳："哎呀，我的妈呀！"

农历八月末的季节，也正是棒子拔节灌浆的时候，夜深人静走进青纱帐的人，即刻就能够听见棒子拔节时"嘎嘎"的声响。这边的棒子"嘎嘎"地响，那边的棒子也"嘎嘎"地响，越往里头走棒子"嘎嘎"拔节的声音就越响，四面八方"嘎嘎"的响声连成了一片，一个人置身在这连成了片的"嘎嘎"响声中，让形影孤单的高玉泽有些发毛，头发丝"唰"地都竖立起来，心也不由自主在怦怦地敲着小鼓。

也真是难为他了，从来就没有一个人单独走过夜道的高玉泽，也不怎地就老是感觉到自己的身后头，好像有什么东西在悄悄地跟随着自己，好像还带着一股风声哗啦哗啦地响。有了这种感觉之后，高玉泽的脚步就加快了，他一边走着还时不时地回过头瞄着身后，心里越是发毛，就越是害怕，由于只顾往身后瞅了却没有留意脚下，他突然被一根横倒下的棒子秆绊了一下，"咔嚓"地绊了个趔趄。爬起来后，高玉泽拍了拍身上的土，他顺嘴骂了一句："你是个鬼呀！"

又在胆战心惊中走了一段路后，捋着毛毛道眼前是一片坟头地，这一片坟地还挺大的，往前小道从坟头地里蜿蜒穿过，高玉泽一见到坟头地脑袋顿时就发炸，心里也使劲地哆嗦，这回他真的毛楞了，几乎是陷入了绝境之中。要想往前走，就必须要穿过这片坟头地，想抹身往回走，已经是不可能的了。怎么办？高玉泽显得有些犹豫。

他停住了脚步，定定神，想用这种方式来驱散一下恐惧感，但心里头的毛愣劲却怎么也赶不走。这个时候，如果母亲与妻子杨文萍能够在身旁的话就好了，他一准儿会像个孩子似的扑倒在她们怀里呜呜地哭泣。可是眼下不行啊，这前不着村后不着店的，也没有人能来安慰自己，更没有人能让自己摆脱眼前的窘境。

高玉泽见到了坟头地后，为什么会如此的惧怕呢？这里头自然还是有原因的。小时候，但凡是听到了有关鬼呀、神呀之类的故事，他就会害怕。那一回，听了母亲说小胯他爸半夜回来被鬼吹灯吓死的事后，高玉泽就信了，他怕鬼，更害怕坟头地里突然冒出来的鬼，许多人都说过：坟头地里的鬼最多，大鬼、小鬼啥都有，最好遇到坟头地绕着走，不然弄不好就会从坟头里突然跳出来鬼，要是被鬼给缠磨上了，那是必死无疑。

甄庄后街有户人家的小孩叫小胯，她是由母亲领着从苏家窑后改嫁到甄庄的，没事几个妇女在闲聊的时候，小胯他妈就把自己丈夫半夜回家被鬼吹灯吓死的事，一五一十地告诉大家伙了。有天晚上，母亲闲来没事就把小胯他爸的故事，讲给儿子高玉泽听了。

小胯他爸，是早些年间乡下人能时常见到的一个骑着架子车走街串巷卖香油的小贩子。他有个梆子，人和车走到哪儿，他的梆子声也会敲到哪儿，只要一听到了梆子声，谁都会知道是小胯他爸来卖香油了。

小胯他爸是怎么死的呢？那一回，小胯他爸卖完了香油从老地头回家，老地头距离苏家窑是十五里地，大半夜在回家的路上恰好路过了一片坟头地，就在他路过坟头地的时候，就看到在坟头地上有个忽闪忽闪的小灯，小胯他爸瞅了小灯一眼，也没有太理会。后来他发现，那个小灯一直在自己的前边走，距离也老是那么的远，忽忽悠悠地像是在领着路。小胯他爸回过头，看见了在自己的身后还有一个一模一样的小灯跟着自己。

小胯他爸越想越害怕，这个时候怎么会有一前一后两个小灯与自己相伴而行呢？不好，他不由自主地加快了骑车的速度，可无论怎么样就是摆脱不掉小灯的前后相伴。转眼间小胯他爸离开坟头地来到了一片高粱地，两个小灯就在高粱穗头走，后来小胯他爸也感觉到自己在高粱穗子头上骑着架子车了。当小胯他爸骑了一宿架子车，满头大汗地回到家后，就一头攮在炕上起不来了，后来他生楞被这鬼吹灯给吓死了……

眼前的这片坟头地说啥也躲不过去了，"自古华山一条路，"他忽然想起老娘曾说过的，要是一个人走夜道害怕的时候，就自己跟自己说话，那样也就会不害怕了。为了给自己壮胆，高玉泽想起了唱歌，唱个什么歌呢？实事求是地讲，自己天生就是五音不全，也不会唱什么歌，既然想起了唱歌，高玉泽便迅速地在脑际里搜索了一下。嘿！还别说他忽然想起了《大海航行靠舵手》这首歌，这首歌还是在上小学的时候跟着老师学会的，那个时候几乎每天的早自习课人人都要唱这首歌，这首歌也在他的记忆里最为深刻，歌词他也还能够想起来。于是，高玉泽就扯开了嗓子，在寂静空旷的夜晚里唱了起来——

大海航行靠舵手，

万物生长靠太阳。

雨露滋润禾苗壮，

干革命靠的是毛泽东思想

……

天生五音不全的高玉泽，本来就是鸭脖子粗嗓子的，这个时候再加上有恐惧感作怪，他就不关乎此时唱的歌在没在调上了，反正他唱的歌也不是刻意唱给谁听的，他的歌就是为了给自己壮个胆。高玉泽不敢往两边看，生怕自己遇到了鬼啥的，他猫着个腰蹭蹭地往前走，他一边走，一边反复地唱着："大海航行靠舵手，万物生长靠太阳。雨露滋润禾苗壮，干革命靠的是毛泽东思想……"

走过了这一片坟头地后，高玉泽缓缓神又捋着毛毛道接着往前走，他一边走，一边还在反复地唱着："大海航行靠舵手，万物生长靠太阳。雨露滋润禾苗壮，干革命靠的是毛泽东思想……"

后来他的嗓子变音了，根本不是在唱歌了，而是用嗓子在声嘶力竭地喊了："大海航行靠舵手，万物生长靠太阳……"

夜色已经很深了，在很深的夜色笼罩下，孤身走在青纱帐里的高玉泽，就这么可着劲地重复喊着："大海航行靠舵手，万物生长靠太阳……"

他很快就把嗓子喊哑了，伸手想拿出背篓里的水杯喝口水润润嗓子，这个时候杯子里早已没有了一滴水，实在渴得急眼了，高玉泽就伸手"咔嚓"掰了穗棒子，他剥开了皮，大口嚼着灌了浆的棒子，让棒子的浆汁润润嗓子……

估摸这个时候已经是半夜了，高玉泽终于走出了棒子地，也到了山的跟前。这下子高玉泽不唱了，心里也不突突了。他捋着一条小道就上了慢坡，到了坡顶再往下看的时候，隐隐约约的就可以看到山下的灯亮了，灯光里同时还掺杂有犬吠的声音。高玉泽知道过了这道山坡，再往前走一会儿就到了，从目测的距离看虽然还要再走一段棒子地，但一看到了光亮，自己的心里顿时也敞亮多了，他知道遇到人家就有盼头了。

穿过一小片棒子地，走进山脚下村子的时候，正好遇上几个刚从地毯厂下夜班的女工，在她们的指引下，高玉泽径直来到了地毯厂。刚走到大门口，嗖地就从黑影里蹿出来一条大狗，冲着高玉泽汪汪地使劲叫，狗叫声也把正在吃饭的主人给叫了出来，他们两口子都在地毯厂里住，刚下夜班正在

寻找幸福的方向

吃饭呢。

"谁呀？"

"是我。"

"你是干啥的？"

"我是来卖毛线的。"

"你是哪的？"

"我是河北的。"

一听是河北来的，主人赶忙把高玉泽让进了屋。

进了屋后，男主人问高玉泽："你是咋找到我们这里来的呢？"

"是平庄矿务局地毯厂赵厂长告诉我这个地方的，她说你们地毯厂可能需要毛线，所以我就从平庄来了。打听到你们这没有车了，我就从下午一直走到半夜来了，你们这里的道可真不近乎。"在说着话的工夫，高玉泽就随手从自己的挎兜里，拿出来毛线样本。

高玉泽的毛线样本，无论是质量还是色泽，都挺赢人的。看了看毛线后男主人说话了，"毛线我们倒是需要点"。

高玉泽说："价格上咱们好说，我给平庄的价格是十四元五毛钱一斤，他们是公家的，你们和他们就不同是个体的。这么地吧，咱就十四块钱一斤，行的话，我从朝阳直接给你们送货。"

合计一下选好了色，他跟高玉泽订了500斤毛线。他们怎么只要了500斤的毛线呢，高玉泽心里很明白，这里与平庄矿务局地毯厂就不同了，那边赵厂长是自己的徒弟，她知道自己。而这人只与自己才一面之交，即便是他们想要也不能一下子要多了，毕竟得有些戒备的心理嘛！

在柔和的灯光下，高玉泽见他们两口子刚才正吃着饭，见到了桌子上饭菜，饥肠辘辘的高玉泽就直截了当地说："哎呀，我也走了一下午，到这时候还没有吃饭呢！"

"哎呀，那你赶快上桌吧！都这么晚了，想再去买啥也都没有了，你要是不嫌乎就和我们俩一起凑合着吃点吧。让我媳妇下去再给你炒个菜，再弄碗汤。"男主人一边说一边将高玉泽让到了炕上。

女主人麻溜起身下炕，她到灶台给高玉泽炒了盘葱爆鸡蛋，又做了碗素烩汤，一起端到了高玉泽的跟前。吃完了饭后，高玉泽就在他们的东屋住下了。

第二天早上起来，女主人特地为给高玉泽擀了面条，又炒了两个菜，男主人还到村子里的小卖店买回来两瓶啤酒，吃了饭后高玉泽还打算顺着原路再走回平庄。

男主人说话了："这回你就再别走青纱帐了，走青纱帐道是近，可容易出事，你这回就顺着村口这条大道一直向北走，道是远了点但很安全。再说顺着大道走的车也多，弄不好还能顺道打个便车。不是我吓唬你，头几天听人说，有人在野狼谷还见到了狼。"

听说这地方有狼，高玉泽害怕了，他很为自己昨天晚上走毛毛道害怕，多悬乎啊！昨天晚上自己如果遇上了狼，那可就完了，想到这他的心又开始跳了。

出村口上道不一会儿，高玉泽就截了辆小货车，人家司机跟他要十五块钱，他都没有还价就上了车，司机开车一直把高玉泽送到了平庄火车站。

五十三、不挣一分钱的买卖

在内蒙古赤峰市糖厂的南边，有一个叫西房身的地方，在西房身有一家取名叫黑水的地毯厂，黑水地毯厂里有个二三十号人，这家地毯厂的厂长姓王，老头个不高但人挺好的，也很实诚。过去，他一直都是给公家干，后来经过一番运作，他把地毯厂买了下来。王厂长到朝阳听高玉泽讲过课，他就管高玉泽叫高师傅，一来二去的，俩人成了朋友。

高玉泽回到朝阳经营地毯、毛线的生意后，就专程去了一趟赤峰的黑水地毯厂看王厂长，那天在黑水地毯厂他听说了王厂长的不幸。就在王厂长的个体地毯厂刚刚干起来不久，他的家里却因儿子的突然患病发生了变故，企业也紧跟着一下子陷入到了低谷……

高玉泽在得知王厂长的情况后，不忍心看着他的企业垮掉，就想尽自己的能力来帮衬他一把，帮助他渡过眼前的难关。

高玉泽在王厂长的面前表态了："王厂长，本来我到赤峰来是想挣你钱的，现在我不但不挣你的钱了，还要尽我的力量来帮助你。我的毛线质量不光可以，价格也挺便宜的。我的线是从河北六块五一斤进的货，毛线是九块钱一斤进的货，刨除运费外我就再不加价了，一分钱也不挣你的，经线按七块五一斤，毛线按着十块钱一斤的价格给你，你看咋样？"

王厂长听了高玉泽的话后很感动，"哎呀，这多不好呀！"

高玉泽接着说："王厂长，我就是想帮衬你来摆脱目前企业的困境，我挣不挣钱不要紧，这样吧你先记着，等你的厂子好了，有钱了，你再给我；你的厂子起来了，咱们再算账也不迟，到那时你们再用我的线，我就要略微地加点利润了。"

从王厂长的眼眶里，一行热泪涌了出来，他哽咽地上前紧紧地握住了高玉泽的手……

在人与人的交往过程中，雪中送炭与锦上添花之区别，就在所处的背景不同，所获得的意义也不同。有些时候，雪中送炭与锦上添花相比，又是孰轻孰重？

高玉泽在回到朝阳重新开创一份属于自己事业的过程中，就这样不求利润，也不求回报地帮了黑水地毯厂王厂长两年多时间。后来，由于高玉泽回廊坊了，也就断了与王厂长的往来……

尽管没有一丁点关于王厂长的消息，但高玉泽在心里还老是牵挂着黑水地毯厂的王厂长，也不知道他孩子的病治好了没有，他的企业眼下咋样了……

五十四、大凌河畔历险记

坐北朝南的燕都宾馆紧挨着朝阳大街和新华路，由于这里的环境所致，这里也是朝阳市最为繁华的商业地带。

在燕都宾馆下面有个临街的门脸，里边是一家专门经营的卡裤子的商户（当时的卡裤子很流行）。高玉泽白天闲着没有事溜溜达达在此路过时，就抬脚走了进去，屋子里选购裤子的人不多，他伸手摸了一下裤子的面料，感觉裤子挺好的，于是就相中了一条价格二百一十块钱的裤子，试了试裤子的尺寸和裆腰正好，但他却没有立马掏出钱来买。为啥呢？要不说高玉泽的心眼多呢！就在高玉泽刚才在燕都宾馆前转悠的时候，他看见宾馆围墙上已经贴出来限期拆迁的公告，也就是说这里临街的商户门脸马上就要都被扒掉了，再过几天这里的临街商户们指定会狂甩商品抖落库存，那个时候若是想买同样的东西，在价格上可就便宜多了。

第三天黄昏的时候，高玉泽又来到了燕都宾馆前，当他再次走进这家卖裤子的屋子，一切也都在自己的预料之中。仅仅相隔了两天时间，原本还是 210 块钱一条的裤子，如今却只卖七十块钱了。

谁也没有察觉此时高玉泽脸上得意的神色，他伸手从裤兜里掏出来一摞钱，这两天地毯的销售也挺好，不用数正好是 7200 元钱。高玉泽抽出一张百元大票递给了服务员，服务员随后给他找回来 30 块。

高玉泽买了新裤子后，旧裤子就不穿了，他顺手把剩下的钱揣在屁股兜里，然后再把旧裤子往肩头上一搭，出门后闲逛着直奔东边的大凌河去了，到了晚上桥那边的河滩上，有不少吃烧烤的人。

从燕都宾馆到大凌河的距离约莫有四里来地，刚走到南塔那块，就见迎面来了七八个手里都拿着大砍刀的小伙，瞅那样是奔着自己来的，高玉泽心里头一惊觉得不好，于是赶紧溜边靠墙走，随时防备着突遇不测。

双方越走越近，就在近到只有七八米距离的时候，那几个小伙呼啦一下子成扇形迎头将他围上了。高玉泽见状心想，这他妈的怎么回事呢？我在朝阳这块也没有得罪过谁呀！

不容他再多想，一个走近跟前的小伙举起大片刀照着高玉泽当头就是一下子，带着风声的刀尖刮到了额头，血瞬间就流了下来，把他的一只眼睛都挡上了。只能睁着一只眼睛的高玉泽，心里说了句："不好"，转过身撒腿就跑，好在不远处顺路靠右侧方向有个公安局车管所大楼，高玉泽奔着大楼就蹿了过去。到了跟前看见大门还关着，但围墙不算高，高玉泽也顾不得敲门等人了，他嗖地越过了墙头，跳进了院子里，门卫老头见到高玉泽是直接跳墙过来的，就呵斥道："站住，你是干什么的？"

高玉泽上气不接下气地说："我干什么？我也不知道是咋回事，几个小伙拿大刀片砍我，我不跳墙进来就没有命了！"

这个时候，挥刀砍高玉泽的几个人见他跳墙躲进了公安局车管所的院子里，做贼胆虚的他们也没有敢追就都跑了。

门卫老头听了后，他赶紧打开大门到外边看了一眼，见没有一个人影，便知道那帮家伙早就跑了。

高玉泽伸手摸了摸额头上的血，脖子上还在嗖嗖地冒着凉风，"咳，真是好险呀！"

这件祸事的原因就出在刚才买的这条裤子上。当初高玉泽在燕都宾馆从兜里往外掏钱买裤子时，旁边有人就开始惦记上他的钱了。见到高玉泽慢悠悠往东大桥的方向去了，这个点一猜便知他准是要去大凌河边吃烧烤，经过通风报信，几个人就开始算计起了他，最终目的就是奔着他兜里的钱。

从燕都宾馆到东大桥，中间能有四千米的距离，由于高玉泽闲着没事瞎逛，这一走就有 10 多分钟的时间，他在前边走，殊不知后头却有一双眼睛一直在盯着他，10 多分钟的时间，这个河北侉子有钱的消息早就传过去了，几个劣迹青年合计好了，就想抢他……

高玉泽从门卫老头的嘴里得知外边没有人了，就用手捂着脑袋出来了，出了门，他直接打辆出租车去了医院。

也是从那以后，高玉泽晚上再也不敢一个人出来溜达逛街了……

五十五、鸭绿江坝上 7 号

1998 年 5 月 8 日的早晨，还在睡梦中的高玉泽就被一阵骤然响起的电话铃声吵醒，他在心里不由地画了个问号，"这么大早的就有电话，是谁来的呢？"高玉泽嘀咕着。

高玉泽一边揉搓着惺忪的睡眼，一边随手拿起了电话。电话那端的是内蒙古敖汉地毯厂的马凤海。

马凤海要比高玉泽小几岁，两个人是在一次外贸单位组织的地毯展销会上认识的，小马也有个地毯厂但规模不算大，俩人自打相识了以后，相互之间就有了来往，也成为了相互信任的朋友，你来我往的走动也很频繁，他知道高玉泽回廊坊后又干起了本行，还经常回到朝阳来卖地毯和毛线。

"高哥，你好！我是敖汉的马凤海。"

高玉泽赶紧与马凤海寒暄起来。

电话那端的马凤海对高玉泽说起了来电话的目的："高哥，有个事想跟你说。丹东那边一个做外贸生意的单位，想要些地毯出口朝鲜，因要的数量太多，我这边一时满足不了他们的要求。"

"那他们想要多少？"高玉泽随口追问了一句。

"他们要的多，得要四五百块呢！"

"那你有那么多吗？"

"我这没有啊！这不，才打电话问问你。"

"我这里也没有那么多的地毯呀！一下子要的太多了，谁家的库存会有那么多。"

"那咋办呢？"听筒那端的小马没了辙。

"小马，我这虽然没有那么多地毯，但我可以给你组织筹集到。这么多谁家也不会有那么多的现货。"高玉泽的一席话，给小马吃了颗定心丸。

"如果真有把握的话，那你就到丹东去一趟，找个姓马的，她是个女的，和她当面谈一谈具体的价格，也看看这件事到底靠不靠谱。"在电话里，马凤海给了高玉泽那个女的联系电话，说她在丹东的鸭绿江边办公，门牌的号码是丹东开发区坝上 7 号。

放下电话后，高玉泽就坐车回了趟河北廊坊。他马不停蹄地在廊坊周边跑了几家地毯厂，很快就将四块（6×9、10×10、8×10、5×8）不同规格、不同样式的地毯样品弄到了，然后将这四块地毯又用板子打成包装，再在外包装上喷涂上"中国制造"四个大字，然后从廊坊雇车将地毯的样品拉到八王坟客运汽车站，每个包装又花了三百元办理了托运手续。一切准备妥当后之，高玉泽就打电话和丹东的马经理联系好，告诉她自己带着地毯样品随车去丹东的具体时间。

在没有去丹东之前，高玉泽就考虑到了这样一个问题，毕竟那里自己人生地不熟的，不能这样贸然一个人只身前往，思来想去高玉泽眼前浮现出了一个人的身影。于是，在北京的八王坟长途汽车站，高玉泽专程给朝阳外贸局办公室的葛廷章主任打了个电话，想邀请他和自己一起去趟丹东。老葛是一个当过兵的人，他见广识多经历过事，也办过很多的大事，让他和自己一起过去没有别的，就是防备着遇到了啥事的时候，也好能够帮衬着自己拿个主意啥的。

葛廷章满口答应，两人一个从北京坐着大客车出发，一个从朝阳坐着火车出发，同时前往与朝鲜一衣带水的中国边境城市丹东。

高玉泽在丹东长途汽车客运站下了车后，就给那个姓马的打了一个电话，不大工夫姓马的就来客运站接他们了。这姓马的是个中年妇女，挺肥胖的，有些过于发福的样子，她不光是一脸的横肉丝子，还是个大嘴巴叉子，眼睛贼目鼠眼的，乍一打眼就会给人一种不安分的风骚感觉，她前胸的那两个大奶头鼓鼓囊囊的，亏得有件紧梆梆的衣服兜着，要不一哈腰就会轱辘一下掉出来。

高玉泽当着姓马的面，一一打开了地毯的包装，让她好生看看样品。那个姓马的女的看了样品过后，认为地毯挺好的，便领着高玉泽将地毯卸在了一个他们公司的大库里。

卸完了地毯后，姓马的女的又将高玉泽和葛廷章两人，领到了位于鸭绿江边坝上 7 号的丹东环江经贸公司所在处。这是一座很漂亮的二层小楼，隔着玻璃就可以看到鸭绿江对岸的朝鲜新义州。

在办公室里经过姓马的引见，高玉泽见到了这个经贸公司的总经理，一个个子不高，但挺有派头的小老头。高玉泽他们在屋子里再没看到其他的人，小老头连忙解释说："他们公司的其他人都去跑业务了，他们的业务很忙人手不够，平常只有他和马主任在家看摊。"

高玉泽这才知道，刚才去长途客运站接他们的，原来是办公室的马主任。

闲聊了一会儿，马主任就领着大家到江岸上的一家望江楼吃饭，那顿饭挺丰盛的，总经理和马主任都挺能喝，在他们接二连三的劝说之下，高玉泽与葛廷章白的啤的都没少喝。在酒精的作用之下，高玉泽的情绪完全被丹东人的热乎劲儿给融化了，过于兴奋的他到后来竟然反客为主，这顿饭说啥

寻找幸福的方向

262

也争抢着要埋单。

他们说好了，朝鲜的外商第二天要来看货。这样，高玉泽和葛廷章就在鸭绿江边找了家宾馆住下来。

晚上，兴致勃勃的高玉泽约上葛廷章一起走进了鸭绿江公园，他们迎着扑面吹来的习习江风，隔江欣赏着对岸朝鲜新义州的景色。

高玉泽忽然向葛大哥提出了一个问题来："您看出来了没有，那个马主任跟那个总经理的关系指定不一般。"

"我早就看出来了，女的骚，男的色，要不咋能够在一块搭伙开公司呢！"

"那个马主任今天吃饭的时候，还用大奶头故意蹭过我呢。"

"那是故意在撩扯你，跟这样的人做买卖，可要提防着点，小心别掉进她的窟窿里去，现在有许多的女人是用肉色在做生意。"

"大哥您放心，我是不好这口的，唯一的喜好也就是打个小牌，玩玩跑得快。"

"咱们还用不用再对这家公司的底细再做个侧面了解，以防备不测？"

"那等明天再说，走！咱们再喝点去。"高玉泽和葛廷章走出鸭绿江公园后，又走进了一家饭店……

第二天上午，姓马的女的领着俩人来看货，男的是个秃顶老头，中等的个，西装革履。女的据说是个翻译，俩人在大家面前叽里呱啦地说了一通让人听不懂的朝鲜话后，翻译接着又对马主任说："朝鲜商人说地毯真不错。"

当姓马的女的把外商的意思转达给高玉泽他们时，高玉泽听了后心里这个美呀！他觉得做成这笔买卖应该是不成问题的。

看完了货后，环江经贸公司又跟高玉泽的公司签订了一份供货合同，6×9规格的地毯，他们一下子要了40块，双方共同协商好的价格是每块地毯四千元，总价值是十六万元，交货期限为四个月。

当时 6×9 地毯的每块成本不到二千元钱，而在丹东却让高玉泽卖出了每块四千元的价格，几乎是赚了一倍还拐弯的钱。从来没有过如此丰沛的利润回报，也从来没有过如此大的出口订单，虽然当时任何人在高玉泽脸面上看不出他兴奋的表情来，但他在心里头却是偷偷的这个乐呀！心情倍爽。

人在兴奋过度的时候就会表现出忘乎所以，人在忘乎所以的时候智商就会出现减医现象。四十块地毯的订单，接下来可能就是四百块的订单，这笔买卖如果合作成功，这下子在丹东就有了一个窗口，除了企业的地毯产品外，今后在这里自己就可以成为河北廊坊几家地毯厂的总代理，再发展到自己在这里站稳了脚跟后，就可以直接跟朝鲜的外商做边境出口贸易，从这里还可以跟南朝鲜和俄罗斯做出口贸易。

为了表示自己的诚意，高玉泽主动约大家在望江楼里吃了顿饭，那天中午的酒他又没少喝，在酒精的麻醉作用下，高玉泽忽略了一个生意场上最为关键的细节，那么多的地毯他却没有向对方提出过预付款要求，这样也就与对方没有形成任何防范的制约，无形间只是这么一个兴奋过度所酿成的过错，却将风险的几率加大了许多。至于葛廷章关于侧面了解一下这个环江经贸公司底细的建议，高玉泽早已经忘到九霄云外了。

在丹东吃完了中午饭后，高玉泽与葛廷章一起坐上了从丹东到北京的火车，车到朝阳葛廷章在朝阳下了车，而高玉泽却直接坐着火车回了廊坊，他猴急回廊坊的目的是不言而喻的，要抓紧时间组织货源。

11 月初，按照合同上的约定，高玉泽在北京八王坟长途汽车客运站给丹东发了二十六块地毯，跟随着车一起去了丹东。那为什么只发了二十六块地毯呢？实打实地说，这是高玉泽故意要这么做的，他也多留了个心眼。

不常出门在外的人是没有这种感觉的，当深秋季节河北大平原上还是满树绿叶的时候，东北的树叶已开始枯黄飘落，在瑟瑟的冷风吹拂下，给人一种满目萧条凄凉的感觉。

那天，鸭绿江边的风冷飕飕的，太阳的脸躲藏在云层里，始终没有露出面。

马主任和那个女翻译，一起陪同朝鲜的客商验了货。验货的时候马主任问高玉泽："高厂长，咋就二十六块地毯呢，那十四块怎么办？"

"随后就到，正在包装。"高玉泽赶紧应付了一句。

马主任听了后再没说什么，根据他们的要求，二十六块地毯卸在了铁道旁的一个破仓库里。

马主任看卸完了车后，就对高玉泽说："这么地吧高厂长，今天都挺累的了，明天你到公司，给你结算钱。"

听了这话，高玉泽挺乐的，也没有再多想。"明天就明天，反正也不差这一天"。

晚上，高玉泽在丹东的一家酒店，又请他们几个吃了顿饭，这回他可没有多喝。

第二天，高玉泽兴匆匆地赶到鸭绿江边的坝上7号去结算时才发现，此时这里已是人去楼空，再也找不到任何人了。高玉泽的脑袋里"嗡"地一下，他赶紧又到了昨天卸地毯的仓库，这里的地毯也早已经全都没有了踪影，冷汗一下子从额头上冒出来，他知道自己上当了，从一开始坝上7号这个地方，就是一个被人精心设计好了的局，而自己自始至终陷落在了这个骗局里。什么朝鲜的外商？什么朝鲜的翻译？什么总经理？什么马主任？这些人原本都是一伙的，是一伙彻头彻尾的骗子，简单地算计一下连本带利就是十多万元的损失呀！好在自己没有将那十四块地毯一起发来，要不损失得就会更惨了！

气愤之余的高玉泽头脑冷静下来后，忽然想起来自己头一次来丹东送地毯样品的时候，那天晚上，在火车站站前广场上遇到的一个散步的耄耋老者。老者听高玉泽是河北的外地口音，知道他是来丹东与丹东的一伙人做生意的，就四下瞅了瞅后提醒高玉泽说："小伙子，你在这里做生意可得加小心喽！以免上当受骗。"

高玉泽当时对于老者的这句善意提醒，并没有走心品味一下这句话的含义。高玉泽伫立在鸭绿江边，他眼望着汹涌的江水自嘲道："高玉泽，你就是一个十足的傻子呀！这么小儿科的骗术你都没有看出来，怨谁？不过是怨你过于急功近利了。"

在丹东苦苦寻找骗子们蛛丝马迹的时候，高玉泽忽然间想起了刘玉昆。刘玉昆是朝阳县人，当兵干得不错，后来是朝阳军分区副司令员，他媳妇就是丹东人，转业的时候跟着媳妇去了丹东。

在走投无路的情况下，高玉泽就给刘玉昆打了个电话："刘司令，我是北票矿务局地毯厂的高玉泽，我现在在丹东被骗了，咋办呢？"

"你还敢来丹东做生意？丹东的骗子太多了，损失个十万八万的你就别再找了，这都是个小数，谁也整不了。我弟弟也来丹东做生意让人给骗了，现在还天天跑公安局呢，至今也没有个头绪，都拿这帮骗子没办法。"

听了刘司令的一番话，高玉泽的心凉透了，他开始憎恨起了丹东，都说丹东是一座美丽的城市、英雄的城市，现如今这美丽与英雄的名字，在他的心里早已被颠覆了，这里已是一个让他流泪的地方，他再也不想走进这座城市了。

改革开放以来，丹东这座辽宁省的边境城市，不知从哪里突然间冒出来许多骗子，他们打着与中国隔江相望的朝鲜的名义，以其边境贸易为幌子招摇撞骗，骗了全国各地的许多人，当地人对他们卑劣行径深恶痛绝，骗子们的丑恶嘴脸更是败坏了丹东的名声。在中国，在辽宁，只要是一提及起丹东来，许多人就会直言不讳地对你说："丹东的骗子多，不用划拉就一车……"

回到了廊坊，高玉泽满嘴都是泡，妻子杨文萍见到丈夫上火了，就劝慰他说："别上火了，咱全当做事吃亏长见识了。"

在急火攻心情况下都没有掉过一滴眼泪的高玉泽，这回却在妻子面前像一个受了委屈的孩子一样嚎啕大哭。这倒不是因为自己生意场上的挫折失败，而是因为刚才杨文萍的那一席话，让高玉泽对妻子杨文萍陡升了一种歉疚之感。啥叫患难见真情？这些年，在与妻子杨文萍一起走过的日子里，每每自己在生意场上遇到挫折的时候，她总是好言相劝，从不火上浇油，从廊坊到东北，跟着自己吃了那么多的苦，受了那么多的罪，却自始至终没有过一句怨言，也更没有发过一回牢骚。相比之下，自己却在人前从不给妻子留一点情面，每次在说话的时候也总是抢着说上句，压制她。

杨文萍走到床前，用手巾轻轻擦着丈夫高玉泽脸上的泪水，高玉泽一把将妻子揽进了怀中……

第十四章

行走在北京的脚步

五十六、团结印刷厂的业务员

打从 2000 年起，不再做地毯与毛线生意的高玉泽，又选择了人生事业中第二个涉足的领域，他成为了一名为廊坊团结印刷厂跑活的业务员。

在廊坊的土营子有家印刷厂叫团结印刷厂，印刷厂有五六十号人，那个时候印刷的机子还都是铅字翻页印刷。高玉泽在朋友的引荐下受聘做了这家印刷厂的业务员，他的工作性质就是为这家印刷厂跑活揽业务，而对于劳动付出的回报，是与业绩紧紧挂钩的绩效工资，就是凭本事挣钱多劳多得，这也没啥可说的。

那个时候，作为北京南大门户的廊坊，由于交通便捷的地理位置及土地释放能量的空间很大，在几家大印刷企业相继落户廊坊的大环境影响之下，廊坊的印刷经济在京津冀地区便很快异军突起，加之冀商有被誉为在中国颇具犹太人聪慧意识的头脑，廊坊人也紧紧抓住了这改革开放的难得机遇，迅速将印刷、包装、激光照排的"蛋糕"做大，进而使廊坊迅即发展成为首都北京的印刷包装专业基地，也成为中国北方印刷制品与印刷材料的集散地……

早上 6 点多钟，从廊坊有一趟去往北京的通勤列车，这趟车不是专门那种为进京人开行的通勤专列，而是一趟由青岛到北京的特快列车，这趟车每天早上在廊坊站临时停靠的目的，就是解决廊坊人进京的通勤所需。每天这趟列车从廊坊启动后，整个列车上就坐满了人，仅南八乡每天要坐火车去北京跑活的就有几十号人。在这些跑活的人流中，既有男人，也有女人，还有许多鬓发斑白的老者，大家都是为了一个目的去往北京的，因为北京城市大，要印刷的活也多。每当车轮在钢轨上发出一阵阵"咣当咣当"有节奏的声响时，再看此时列车上的人，几乎个顶个都是头枕在靠椅的背上，伴随车轮的声响在做着不同的梦，这趟车过了廊坊再一站就是丰台，过了丰台不大工夫就是北京。当墨绿色的列车到了北京站后，在洪亮的《东方红》乐曲中，从车上下来的廊坊人，很快又都脚步匆匆地消失在北京街头茫茫的人流之中……

第一天开始去北京跑活，高玉泽是与大妹夫刘凤鸣一起去的。妹夫刘凤鸣原本自己在廊坊专做不锈钢生意，后来由于身体不好在家里养病，在高玉泽的一再撺弄下，他答应了大舅哥没事的时候就陪同他去北京跑活，借机会也好散散心，这样他们相互之间也好彼此有个照应。

俩人在一起跑活儿，这一跑就大概有一年多。当时的通讯技术还不发达，俩人只有刘凤鸣赶时髦有一个汉显的 BB 机，高玉泽啥也没有，在印名片时他除了印上单位是廊坊市团结印刷厂外，就是自己业务主办的头衔，其余的联络方式都是写妹夫刘凤鸣的 BB 机号。

廊坊市团结印刷厂聘了很多业务员来跑活儿，其中有一个叫黄明的，属他最厉害，其他的人每天都是起大早到廊坊火车站去赶火车，就他整天开着一台桑塔纳的小轿车跑业务，人家有轿车做交通工具，当然活也跑得多，每个月他的业绩报酬也是最多的，挺让人眼馋。

大三伏天的去北京跑活儿，天气本来就是挺热的，再加上北京的楼高人多车又多，热度都叠加到一起，让人难耐。第一天去跑活儿高玉泽别出心裁地提议："凤鸣，咱们这头一天啥也不干，就到北京玩来了，这北京虽说离廊坊这么近，但我还没有好好地在北京玩过呢！咱在北京把心情玩开了，跑活儿的时候也就顺溜了，你看咋样？"

妹夫刘凤鸣当然是听舅哥高玉泽的了。于是，俩人下了火车后，先从北京站坐地铁到了天安门，他们参观了毛主席纪念堂，然后又直接去了故宫，跟后又到了颐和园……

这一天，俩人几乎是马不停蹄地转悠，回到了廊坊吃过饭后，高玉泽倒头就呼呼地大睡。

妻子杨文萍心疼丈夫，她随手拿起了一把扇子，坐在高玉泽的身边，轻轻地给他扇着风……

一轮皎洁的月亮，挂在深邃的天空，柔美的月光，泼洒在窗台上……

五十七、出师不利的遭遇

第二天，从北京站里出来后，俩人就在北京漫无边际地瞎转悠，他们见了楼就往里进，见了公司也往里进，见了厂子只要能进去也不拉过。快接近中午的时候，俩人溜达到了北京海淀区的一个二十多层高的写字楼前。

望着这么高的楼宇，他们俩心想在这个楼里办公的单位指定是少不了。"走！咱们到里头看看去。"高玉泽说。俩人便跟随进进出出的人流，悄声地溜进了大楼里。

俩人没有坐电梯，而是顺着电梯旁边的楼道台阶挨着楼层往上走，见到了楼层写有业务洽谈室字样后，便敲门也不管里边有没有应答声，他们俩推开门就进去，进去之后就是发名片，介绍自己是廊坊团结印刷厂的业务主办，看看有没有可以相互合作的业务……

俩人挨个楼层地窜，一个接一个屋子地进，话不厌其烦地说，而这个时候他们却丝毫没有察觉到，自己在写字楼里的行踪，正在被人悄悄地监视着，他们走到哪里几双眼睛就盯到了哪里。高玉泽和刘凤鸣俩人不知道，在这栋写字楼里有个总控室，在各个楼层与楼梯的过道上，都设有电视监控的摄像头，摄像头下的一举一动都会被人看在眼里，并且看得清清楚楚的。打俩人从一楼的大厅进来，大楼里的保安就直接盯上了他们俩，他们这挨着楼层窜的可疑举动，也被保安误认为是写字楼里遭贼了，"小偷"突然光顾这里，保安们紧张得如临大敌。

在五楼，几个大楼的保安呼啦堵住了俩人去路。"站住，你们俩挨个楼层地乱窜，想干什么？"保安问。

乍开始，高玉泽冷不丁地还被保安吓了一跳。他缓了缓神说："啊，我们是搞印刷的，挨个楼层走，就是为了联系业务。"

"你们俩知道不，这里头是不让随便进的？"

"这可不知道。"俩个人一脸的茫然。

"我们整个大楼里，是不允许外人随便乱窜的，想进来办事的话，得先在门卫登个记。"

一听这话，俩人再没有言语。

"你们没有登记，是咋进来的？"

"对不起，我们是随大流进来的。"高玉泽赶忙满脸堆笑地说。

"那好，你们跟我们走吧！"没容俩人再分辩，他们就被大楼的保安带到了地下室的一间空房子里，俩人前脚刚刚进门，后脚门就被保安从外头啪地给锁上了，他们被关在了屋子里。

高玉泽急了，"你们想干什么？"

"嚷啥呀？你们俩先在里头待着吧！"说完了话，保安都走了，也就再没有人理会他俩了。

高玉泽和妹夫俩人在一起壮胆，乍开始他们还满不在乎的，但是被关的时间长了，俩人就开始烦躁起来了。妹夫不由地骂骂咧咧："妈拉个巴的，他们凭啥呀，把我们给关了起来？这不是在非法拘禁限制我们的人身自由吗？"

高玉泽也来了倔脾气，他抬起了脚，把大铁门踹得咣咣当当的直响。

大约半个小时之后，哥俩终于听到门外响起了哗啦的开锁声，门被打开了，从门外走进来一个人，来的人像是一个头头，他进了屋后，扫视了俩人一眼后说："你们走吧，我告诉你们，下次可别进来乱窜了。"

一听说允许自己走了，俩人还挺高兴的。老不让走，在这里头关着，那可咋办？于是，俩人赶紧抽身颠颠地走了，出了写字楼的大转门后，高玉泽和刘凤鸣俩人不约而同地回身望了一眼，心里在骂着他们……

也许觉得今个来北京出师不利，两人一合计就不再接着往下跑活了，他们决定立马打道回府。

回到了廊坊后，为了给自己压压惊，哥俩便猫在站前的一家小饭店里，"嗞嗞"地喝起了小酒。当三杯酒下肚之后，他们也很快就把自己在北京的不愉快经历忘得一干二净……

五十八、一千个红证书

这天，在北京南的丰台地区，高玉泽和刘凤鸣见到路旁边有一个三层的小楼，在小楼的墙上挂了个牌子，标明是一家经贸公司。于是，俩人蹬蹬地就踩着楼外的铁楼梯上去了，推开经理办公室的门，见到在一张老板台的后面，坐着一个挺有派头的老太太。见到俩人进来，她就问："你们干啥？"

高玉泽赶忙说："是这么一回事，我们有个印刷厂，想看看你们这里有没有啥活儿？"

老太太接着又问："你们都能做些个啥呀？"

高玉泽回答说："一般的印刷活儿，我们都能够做。"

"噢，既然你们什么都能做的话，那你们看看，这个证书能做吗？"

高玉泽接过了证书，看了一眼便说："咳，这也太简单了，能做呀！"

老太太半信半疑地说："那好，既然能做，那你们就先给我打个样子吧。"

回到了廊坊后，高玉泽就让团结印刷厂设计室给打出了一个样子。第二天他们就又去了老太太那里，高玉泽把打好的样子往她面前这么一放，就立刻博得了老太太的欢喜，她从心里满意便说："行，就照着这个样子，你们先给我做一千个证书吧！得多少钱一个呀？"

高玉泽赶忙回答说："那得六元五一个。"

打出样子后，高玉泽也把价格的底数算得清清楚楚。他随口说出的这个六元五角的价格其实不实，它的真正成本每个才两块五。

报的价是不是有点贵了？妹夫还以为大舅哥不会报价，全是凭空想象的，这回咋样，杵在那了吧！

然而，令刘凤鸣始料不及的是，老太太接受了高玉泽所报的这个价格。

高玉泽在报这个价的时候，心里头早已有了谱。常年在商海里游荡，他知道在这报价上可是有老大的学问了。在报价上宁可报高了，也别报少了，宁可把价格报高把人报跑喽，也不能把价格报少喽报亏了，报高的价往下来，是有回旋的余地，而报低的价，若是再想往上撩，那可就不太容易了。今天，高玉泽之所以会毫不打锛地说出了这个价格，他是根据自己在北票地毯厂当厂长时，每年年终开表奖会购买证书的价格估算的。细算一下，一个证书上的垫板也就是块八毛的，加上设计，再加上塑料的封皮与绒布，还有证书的内瓤，几项合计在一起的成本才是两块多，高玉泽已在心里盘算好了，这个六块五的报价，利润的空间很不错，几乎每个证书自己就可以挣到四块钱，那一千个就是四千块钱，嘿，不少了。

在回来的车上，经大舅哥这么一说，刘凤鸣也乐了，俩人喜不自禁地说笑起来。过了一会，刘凤鸣又突然有了一个新的主意，他说："这证书里的垫板，咱们要是再用纸壳的垫板，那成本的价格上不是更便宜吗？利润的空间自然也就会更大。"

高玉泽一听妹夫的话，有些犹豫了。"用草纸做垫板，能行？"

"咋不行呢！咱本地的草纸板与辽阳的锯末板，都相差不了多少。再说了，同样都是搁在塑料里头的东西，谁也看不出来的。"

当时在廊坊，用于制作证书的垫板有两种可供选择材料，一种是东北辽阳用锯末子压制成的垫板，这种板平溜，板实，但价格却要比用草纸做成的垫板贵，它在与草板同样规格尺寸的情况下，价格上要高于草板的两倍；另一种垫板是当地产的草板，这种草板不平溜，容易两头的边往上翘，手的触摸感也不好，但有一样就是价格好，一个板才五角钱。细算一下，如果采用了当地草纸的垫板，一个板的成本仅为一块五；要是用了辽阳的垫板，那成本就会涨到二块五。一想到了这，高玉泽的心也跟着活了，如果一个再多能挣个一元钱的话，这一千个那可就是一千元钱，谁还怕钱多了咬手呢？嘿，反正都被包在里边的东西，谁还能去理会它。

这天，一千个证书做好了后，高玉泽和刘凤鸣俩人就给老太太送了过去。老太太见到了货后，便哈腰从证书的成品中拿出来一个，当她用灯光一照立刻就发现了问题，这活儿做的除了不平溜外，塑封的两个边略微的有点翘棱。

看过货后，她又用第一个做的样品相比较，两个比较的结果不用谁再说啥了，一眼就能够看出差距来，这回不光是不平溜发翘，而且两个证书在薄厚上也是不一样的。除此之外，用草纸板做的证书搁在手里头还发颤。

老太太顿时就不高兴了，她的脸也拉了下来。"这个证书我可不能要，这质量也忒差了，原本都是想发往外地去的，这咋行？"

高玉泽赶紧辩解："也没有啥毛病呀。"

老太太看到高玉泽还在狡辩，就更生气了，她说道："您还别不服，我让您心服口服。"说着话的工夫，她啪地当着高玉泽和刘凤鸣的面将证书撕开，随后也把那个证书样品撕开了，再把两个证书的垫板都取出来放在了桌子上，这一看让高玉泽和刘凤鸣就再也没有啥话可说了，不比不知道，这一比较两者之间的差距也就大了。

老太太瞅着俩人问："咋样，看明白了吗？这批货我不能要，你们得回去重做。"

看到了这，高玉泽瞠目结舌面红耳赤，"这……"

这个时候的刘凤鸣，赶紧给大舅哥找了个下台阶的借口。"妈拉个巴的，这一准儿是车间里的那些个王八羔子们在糊弄我们。"

沉默了一会后，高玉泽说话了："大姐，我们也是给人打工的，您看这活儿也都给您干了，那我们也不能瞪眼干赔是不是？这可是四五千块钱呀！"

老太太双手一摊。"叫你们说，那咋办？"

高玉泽故意装出了面带难色的样子："这咋整呢？咳！这么地，大姐您看着办吧！反正您也不能让俺们哥俩瞪眼干赔了不是？"

老太太合计了好半天说道："既然你这么说了，我也体谅你，我只能给你们一半的钱，这也是我的心软。"

高玉泽显得无可奈何："咳，也只好是这样了，那就谢谢大姐啦！"

老太太从兜子里拿出了一摞钱，她点了三千五百元的现金，交给了高玉泽。

从楼上下来后，高玉泽半天没有吱声，只是刘凤鸣还在一边走一边叨咕："这活儿虽说是没有赔上钱，但也没有挣到啥大钱。"

高玉泽接过话头："还说呢，这不都是怨咱们俩太贪心了，怪谁呀？还不是怪咱自己跟人家要了小心眼，这偷梁换柱要小心眼的事，今后咱可不能这么干了，糊弄谁呀，到头来吃大亏的不还是咱们自己？"

这批活只挣了一千元钱，但教训却是蛮深刻的，它让俩人记住了一个诚实为本的做人道理。

五十九、急功近利的尴尬

当第二次再去老太太那里的时候，还没等俩人开口说话，老太太却抢先说话了："你们也太不讲究啦，活儿的质量也忒差了。"

高玉泽赶忙接过了她的话头："大姐，您别生气，那批活儿我们干得的确差，我跟领导反映了，都把做活儿的那俩人给开除了。谁都知道质量是企业的根本，这回如果再有活儿的话，您就瞧好吧！"

"啥？再也没有第二回了，也就是这一回啦！"老太太不开面，无论怎么说也无济于事，没有办法高玉泽他们俩只能悻悻地出来了。

俩人一连几天在北京瞎转悠，转悠来转悠去也没有再找到活儿。他们觉得北京近边的活儿，几乎都被廊坊每天来跑活儿的人给搂走了，许多人老早就干这个，哪里有没有活儿对于他们而言，在心里头早有数了。看来想跑活儿，就得往北京的外围上走，那里头远，许多的人也不乐意去。

这天，他们俩转悠到了香山的脚下，在一座石桥边停住了脚步，再往前走过了桥就是香山了。在离桥不远的地方，妹夫刘凤鸣用手一指对高玉泽说："瞧那，有家厂子。"于是，俩人抬脚就过去了。

这是一家加工制作真空羊肉熟食制品的企业，当企业销售科科长得知高玉泽他俩是河北廊坊搞印刷的，就连忙拿出了一个不干胶的商品标签来，向他俩询问能不能做这个，价格是多少。

这种商品的标签，看着只有纽扣大小，是用来往真空包装袋上粘贴的，这种标签也必须是不干胶的。

高玉泽立即应允能做。其实，高玉泽对于这种不干胶业务知识是匮乏的，也从来没有接触过这个业务。他寻思不就是个不太大的像个胶皮似的东西吗？这种不大点的东西印刷价格往大里说也就在六分钱或者是七分钱左右，为了能揽下来这个大活儿，高玉泽在得知他们打算一下子要印五百万个标签时，他就随口报出了一个六分钱的印刷价格。当他的话一出口，就见那个肥头大耳的销售科长，一下子把眼睛瞪得溜圆，"啥玩意，六分钱，你可说准喽！"

高玉泽没有察觉到他脸上瞬间的表情变化。"咳，就六分钱，没有错的。"

"那好，说准喽，咱们签个合同，我一次要印 500 万个。"

当高玉泽把合同拿回家后，厂长一看连声说坏了，他使劲地埋怨高玉泽也忒冒失了，你给人家一个六分钱的价格，这是五百万个啊，这回可算是赔大发了。

为啥厂长会埋怨高玉泽呢？还不是埋怨他太白帽子了，对于业务不熟悉。别看这个只有纽扣大小不干胶的商品标贴，在制作的工艺上却是很复杂的，不光是需要用五色的套色印刷，而且还要有激光防伪的工艺，这些复杂的工艺技术叠加在了一起，在成本上可就贵了，六分钱的价格那不是在开玩笑呢！

高玉泽问："那得多少钱一个？"

"起码也得八分钱呀！五百万个，一个少了二分钱，你算算得赔上多少钱？"

高玉泽听到了这里，顿时感到脑袋里嗡地一下，他立刻就蚂蚱的眼睛——长长了，"咳，这可咋办才好？我都跟人家把合同签了。"

妹夫刘凤鸣一听也没咒念了，"大哥，这咋办？"

咋办？毕竟高玉泽在外边闯荡了多年，这个时候他见多识广的历练劲儿显现出来了。高玉泽寻思了一会后说："这个亏咱不能吃。这样吧！从现在起你把你的 BB 机关了，让他们找不着咱俩，咱们俩干脆先玩它个人间蒸发。"

妹夫又问："咱就这么悄声地躲起来，那我这个 BB 机就不要了？这可是花了一千四百多元买的。"

"别介呀！BB 机还得要，只是先躲个十天八天的，备不住人家早就看出来咱俩是一对傻冒，是故意逗着咱俩玩的呢！不过通过这事儿，往后可得多长点心眼了，不懂业务就是个白帽子，也就是个傻冒！"

于是，俩人该跑活儿还接着跑活儿，BB 机白天干脆就关了，只有晚上回来再打开，看看究竟还有谁给他们发过信息，要是客户找自己，就赶忙给人回电话，遇到了急需办的业务就去顶着，因为这个 BB 机是俩人共同对外的联系方式，谁也离不开它，它是一个业务上的重要沟通渠道。后来兴起手机了，俩人赶忙各自买了手机，这个 BB 机也就老豆角子——干弦（闲）着了，好在这个曾与两人朝夕相处的 BB 机没有被扔掉，至今还由高玉泽一直保留着，他就为了能给自己留下一个念想。

后来，高玉泽不止一次地把关于 BB 机的故事，讲给外甥刘维龙听，每次外甥刘维龙听了后，都捂着嘴地笑……

第十五章

汗水浸润中的寻找

六十、在西四环的桥下

尽管在北京城里头跑活儿很辛苦，但两人还是顶风冒雨一直在坚持着，几个月下来也跑了不少的活儿，但都是些个零零碎碎的小活儿，每次也只能够挣个千八百的钱，照比起人家黄明来可就差距忒大了，要不他怎么老是在这哥俩的面前，故意地摆出一副牛哄哄的样子呢？后来，哥俩一下子醒悟了，两人老是摽在一起跑活儿，所跑的面积自然是太小了，要是拆分开了面积不就可以增加一倍吗？

这天，从北京站前两人就分开跑活儿了，你向东，我向西，约定好转悠到了下午太阳偏西的时候，再在北京站前聚齐回家。

两人拆分开跑活儿后，就再没有那种悠闲自得地唠着嗑，像是逛街看景的感觉了。他们谁也不坐公交车，每个人背着个小挎包，徒步在北京的大街小巷中穿梭，两人自打一拆分开来后，效果也即刻显现出来了。

这天，妹夫刘凤鸣在北京的一家干休所门前，偶遇到了一个叫"小八路"的军队离休干部，他曾参加过抗美援朝的战争，老人根据自己的战争经历写了一本回忆录，正准备找家印刷厂的时候，刘凤鸣恰巧就出现在了他的面前，由此这本书也让妹夫挣到了钱。

这天，高玉泽也顺利地跑了一个活儿。与妹夫拆分开后，他背着个挎包徒步赶着走，见到单位就进去，见到有办公的楼就上，进了屋后就跟人家搭讪套近乎，然后就是忙不迭地发着名片，不知不觉中向西走出了老远，来到了西四环高架桥下的时候，天实在是太热了，他也走累了，于是他便躲进桥下的阴凉里，买了一瓶矿泉水"嗞喽嗞喽"地喝起来。也就在喝水的时候，冷不丁地一抬头，高玉泽见到路旁不远的地方是一家五层楼的医院，楼顶上大牌子上明晃晃地写着广电总局医院。喝完了水后，他就抬脚迈步走进了这家医院，医院从一楼到四楼有电梯，到五楼就没有电梯了，按照经验凡是在医院没有电梯的地方，就意味着不是患者们可以随便进入的公共场所了，这种地方大都是医院的办公区域。高玉泽坐着电梯到了四楼后，一看在电梯的对面有一个门，通过这个门再往上走就能进入到医院的办公区域。于是，他就顺着楼梯上去了，在五层楼正对着楼梯门的房间墙上挂了个牌子，牌子上面清清楚楚地写着"办公室"三个字。

高玉泽伸手敲门，听到了里头有了应答声后，他推开门迈步就进去了，进去后见到里头一张桌子前正坐着一个小伙，他在闷头看着电脑。抬头见到门外来了一个人后，小伙就问："您找谁呀？"

"我是河北廊坊团结印刷厂的。"

"噢，你是印刷厂的业务员，是来谈业务的？"

高玉泽为了吸引小伙的注意力，用手抹了一把脸上的汗水，故意所问非所答地说："咳，这家伙，天也忒热了，跟个下火似的，都快把人烤煮吧了，一动弹一身汗。桥底下的阴凉地简直就像个大蒸笼，还是你们这里通风凉快些，小伙借个光能在你这里歇会儿不？"

"那好，你就歇会吧！"

"咳，我这嗓子快要冒烟了，再冲你讨口水喝咋样？"

小伙站起身，从饮水机的柜子里拿出来一个透明的塑料水杯，再从饮水机上接了一杯拔凉的水递给了高玉泽。这样，小伙的注意力也被高玉泽巧妙地从电脑上给移开了。

高玉泽从小伙的手里接过了水，美滋滋地喝起来。也就在高玉泽喝水的工夫，小伙突然冒出了一句话："唉，你不是印刷厂的吗，那你们做塑料袋不？"

高玉泽抬起头，赶忙接过他的话头回答说："塑料袋做呀！啥样的塑料袋？"

小伙将一个塑料袋递给了高玉泽。"就这样的塑料袋，能做不？"

接过了塑料袋，一搭眼就知道这是医院专用的塑料袋，那个时候高玉泽在计算塑料袋成本报价上还是很在行的。他刚回到廊坊，开始时是在廊坊大老李的塑料袋厂待过几天，也跑了一段承揽塑料袋印刷的活儿，所以对于塑料袋的报价计算是轻车熟路的，大老李也手把手地教过自己一个模式的计算方法——长 × 宽 × 厚度＝多少克，再用一克的钱 × 数量就是总价格了。那个时候凡是塑料袋子的活儿，都是按克走的。

高玉泽用手摸了摸塑料袋心里就有数了，这样的塑料袋成本价也就是 3 分钱，高玉泽连忙又向小伙探了一下过去做这个塑料袋时的底，知道过去这家跟他们每个袋的报价是 8 分钱，报得是挺高的一个袋子就挣了五分钱。听小伙一说，高玉泽心里立马有了底，他冲小伙喊出了六分钱的价格，他要让小伙感觉到自己的价格便宜。

一听到高玉泽报出的价格，小伙随后脱口就说了声："咳！那你们的价格咋就这么便宜，跟他们的相差了 2 分钱呢？"

"我就是个成本价，稍比成本价再高一点，略微有点利就行，做买卖的也不能一口就吃成个胖子，见好就收。再说，我是自己家的厂子，照他们比起来企业成本的费用低。"

"啊，那你们的塑料袋可便宜，质量上咋样，跟他们的一样不？"

"在质量上，肯定是一样的，保准不比他们的差，兴许还要比他们的还好呢！"

"既然在质量上不差，那就给你做吧！给我们做五万个，如果质量确实和你所说的一样，我们可以跟你保持长期的合作关系。"

这个活儿五万个就是一千五百元钱，高玉泽从中就净挣了一千三百元钱。

活儿做好了后，小伙对于这批活儿的质量非常满意，他连声地说："不错，你们的质量就是比原来的强。"

高玉泽借机会推销着自己："我们保的就是质量，至于利润在其次。"

这样一来二去的，高玉泽就成了北京广电医院业务上的长期合作者，他们的小活儿总有，有了活儿后自然就会想到高玉泽，一年高玉泽在这里带带拉拉地也能够挣个一万多块钱，钱虽是不多，但关系却是很重要的。

为了笼络人心，高玉泽每次在去北京广电总医院送货时，也是不会空手的，他不是给捎带点廊坊产的小磨香油，就是捎带些甄庄土特产品啥的。医院的办公室和财会科女同志多，高玉泽每次捎带的这些东西，都让她们挺高兴的，时间长了彼此之间相处的挺好，不光是医院的门诊处方，后来就连医院的办公用品活儿，也都让高玉泽来做，他们每次的回款也是很顺溜的，一路的绿灯……

每每这个时候，高玉泽不光是心里头舒服，心情当然也是倍儿爽的。

六十一、帮忙帮来的收获

这天快要到了吃中午饭的时候，高玉泽独自一个人正好走到了位于长安大街的北京市文化局门前。

北京市文化局的大楼，从外表看就很是气派。对于跑活儿的高玉泽而言，此时他很想走进这幢大楼，但大楼保安对于进出大楼的人员看管得特别严，不经过允许的人是无法顺利进到大楼里边的。就在高玉泽在大楼门前转悠的时候，从大楼门前停车的位上出来了一辆小轿车，刚开动了几步前轮就压在撬动起的马葫芦盖上了，咣当一声响后小车的前轮就被马葫芦盖卡住动弹不了了，这个时候大晌午头的天热四周没有人，从车上下来了一个一米七个头胖乎乎的小伙，他用手挠着头一下子没有了辙。

高玉泽一看机会来了，赶紧上前主动地帮忙，俩人晃悠晃悠就把立起来的马葫芦盖给晃悠倒了，然后再把它重新复位，怕它不稳定高玉泽又用脚踹了几下。小伙重新上车发动了车，顺利地就把车开了出来。

小伙又从车上下来，连声对高玉泽的帮助表示感谢。他忽然问高玉泽："你是到局里来办事的吗？这个时候都快要下班了。"

高玉泽打了个咳声："咳，我这不家里头有个小印刷厂吗，想进去揽点活儿，你们的门卫管得严进不去，这不正在犯难呢！"

"啊，你是想整点活儿？这么地吧，我给你一张名片，有工夫你联系我吧，我帮你。"

高玉泽伸手接过名片后得知，小伙是文化局的办公室主任，这个时候是准备拉着局长去赶赴一个饭局。

过了几天，高玉泽专程又去了趟北京市文化局。这回再来到文化局一楼的门卫跟前，他在心里就不再打怵了，而且是大摇大摆地往里走。

门卫伸手拉住了他，"唉，你找谁？"

高玉泽的语气也很硬："我找办公室孙主任。"

门卫一听是要去找办公室孙主任的，就操起了大楼内部的电话直接请示了办公室孙主任，孙主任想起了曾经帮过自己忙的河北廊坊老高，就告诉门卫让他人直接上来。

推门进到了办公室主任的房间，办公室孙主任起身给高玉泽倒了杯水。

闲聊过后，办公室孙主任给了高玉泽的是批小活儿，二百册小三折的文化宣传单，活虽不多只能挣个几百十块钱，但这些都不重要，重要的是感觉，让高玉泽有了第一次，也就会有第二次或是第三次的感觉，这是一个循循渐进培育关系的过程，人与人之间的关系不就是在这种循循渐进交往中密切的吗？有时高玉泽很享受这种循循不断递进的过程。

时间隔了不久，高玉泽又给北京市文化局做了一批一万个档案袋，这回让高玉泽挣到了钱，而且是 60％的利润。搭上了关系后，高玉泽与北京市文化局的相互合作关系维持了一年半的时间。后来，孙主任被调到了在北京八王坟的一家邦德公司，高玉泽连相又去邦德公司十六楼去找孙主任，孙主任已是这家公司的副总了。作为邦德公司的副总，孙主任陆陆续续地也给了高玉泽几批活儿，由于每次的印刷数量都不多，几千册的印数从设计到印刷老是反反复复的，细算计一下到头来也挣不了几个钱，一看没有多大的利润空间，后来高玉泽就不再去邦德公司了，这样，他与孙主任的关系也就中断了。

六十二、一波三折的挂历

夏天的北京北海很美，在北海后身居住着一位以擅长画虎而著名的女画家，她叫陈娟，人也长得不错，她是 1967 年生人，老家在辽宁阜新市海州区。据朋友介绍说，这位女画家的作品都被挂到了人民大会堂，她在首都书画界的圈子里颇有些名气。

这天，高玉泽在朋友的引领下，走进了这位女画家的画室。在来的路上，朋友也向高玉泽透露了自己与这位女画家的关系底细，他是女画家陈娟的经纪人，经纪人在北京是很时兴的，经纪人涵盖了许多的领域，除了画家之外像歌星、影星、作家、诗人等等都有自己的经纪人，说白了经纪人也是靠这些家们与腕们生存的人。

高玉泽第一次走进女画家陈娟的画室，他就像红楼梦中的刘姥姥进大观园一样，眼睛立马就不够使了。嘿！这满屋子画的都是老虎，有上山的虎，下山的虎……

落座以后，女画家陈娟给高玉泽斟了杯普洱茶，茶倍儿香，接着她柔声细语地说："我听小项说，你的印刷厂弄得不错呀！"

"还可以吧！凑合。"高玉泽赶忙回答。

"我想将我的作品做成挂历，现在的挂历很火，你就帮帮我吧！"

"成！"高玉泽一口答应了下来。

接下来她向高玉泽提供了 12 幅自己作品的照片，都是与老虎有关的。

"我把我画的虎照都给你了，你就帮我好好设计一下，至于挂历的价格与印数，等你的设计稿出来了，咱们再说。"

高玉泽回到了廊坊后，赶紧找人设计，拿着设计稿他又跑了几次北京，经过与女画家陈娟反复斟酌协商后，终于把挂历的设计方案敲定下来。就在高玉泽满怀欣喜地向女画家陈娟报价时，恰好又突然出现了一个人，正是这个人的故意搅局，让高玉泽的这次挂历生意一波三折，差一丁点让自己所有的努力付之东流。

这个人在北京也是一个职业画家，他是唐山的人。据说他最擅长的是画毛主席像，从外表上看也像是挺有钱的样子，一副不俗的画家做派，闲聊的过程中高玉泽能够看得出来，老画家与女画家陈娟两人之间的关系不错，也不知道是处于什么目的，他楞说："高玉泽给陈娟所报的挂历价格高了，其实没有那么多的钱，分明是高玉泽有意在赚陈娟的钱。"听了他使坏的话，女画家陈娟显得有些犹豫了。

高玉泽急了，"你说我的报价高了，那你说说这本挂历该多少钱？我告诉你，我不要钱都敢做，你敢吗？你说我的价格报高了，高在哪了？你是不是有啥目的？"

高玉泽几句反唇相讥的话，噎得那个老画家立马就瘪茄子了。

高玉泽这下来劲了，他又对女画家陈娟说："陈老师，你告诉我，你准备做多少本挂历？要是一千本的话，我给白做不要钱了。"

那个老画家听了高玉泽的话赶紧说："那不行，你报得价格确实有点贵了。"

高玉泽反唇相讥："那什么是贱呢？你说我的价格不合理，那你说个数，看看合理不合理？你拿出你的价格来，咱们比较一下，当面鼓对面锣，看看究竟谁的价格合理？"

在陈娟的劝说下，双方一时都不再言语了，气氛也顿时陷入了沉默的状态。

毕竟是女人，陈娟为了缓和一下双方的情绪，她赶紧拿起了茶壶，给高玉泽和老画家的茶杯里续了一下茶水，伴随着茶杯中绿的茶叶缓缓沉落，双方僵持着的气氛，也一点点地变得缓和了许多。

相持了一会儿后，还是高玉泽先说话了："我说这本挂历是二十五块钱，你说是二十三块钱，又咋个贵，咋个贱呢？那总得给我说出个具体的数来不是？"

老画家支支吾吾地说不出来，最后在高玉泽咄咄的逼迫下，他在嗓子眼里重复着一句话："反正我觉得你的报价高了。"

"我为了做这个事，那咱们就凑合一下，原本我报的是二十五块钱，你报的是二十三块钱，那我说二十二块钱行不行？我已经设计三次了，这连来带去的从廊坊到北京也不下十多次了，我为了什么？一句话不就为了要把这个事做成？说句实在的话，我为得是我印刷厂的名誉，不为别的，更不是单纯为了挣钱，要挣钱也不干这个活儿，想挣钱的活儿有的是，谈到了钱的问题我就不舒服。你们说你们认识北京市文化局的局长，告诉你北京市文化局的局长我也熟。"

一提到了北京市的文化局长，老画家就不再吱声了，高玉泽故意是用文化局长压他，还真把他压住了。

这个时候，一直都没有说话的女画家陈娟，她开口说话了："高师傅，这么地吧，您就先给我做五百本挂历。"

高玉泽面带难色："您这个五百本可有点少，开一回机都不够印数的。"

女画家陈娟连忙说："那就印一千本吧！"

"一千本这倒是还可以，可这价格就有说头了，我报的价格是按三千本至五千本算的，要是只印一千本的话可就不是这个价格了。你若是要我做了，那我得重新计算一下价格，看看能不能勾得上，只要我不赔钱就行。原来咱们说的是二十五块钱一本，现在价格就得往上撩了。这么地吧，二十七块钱一本，你拿着我的报价再去问问别人，这个价是谁也做不下来的。"

在来报价之前，从小项那里得知除了高玉泽以外，女画家陈娟又另外找了三家单位给她设计，她要货比三家。高玉泽心里想，一定要把这个活儿拿下来，他就得以最低的价格，这样他就报了二十七块钱一本。

女画家陈娟思量了一下："高师傅，那您就先给我做一千本吧！"

"那咱们的价格就说好了，是二十七块钱一本喽！"

女画家陈娟点头应允。

高玉泽跟着又问了一句："那咱们钱的问题，该咋办？"

"印挂历的钱，归画伟人像的老画家出。"女画家说的很肯定。

高玉泽犯难了，"那个老画家可挺倔的，我可领教过他了。不过咱得先把话说在头前，印刷机子在印刷过程中由于要不断地进行调色，调色前后的效果可就不一样，在颜色上有时不能百分之百达到您的标准，这话可得提前跟您说好喽！我接触他后真的有点害怕他，没有毛病他都能挑出毛病来。"

"没关系，不就一本二十七块钱嘛，他不给您的话，我给您。"

当把一千本挂历做出来后，老画家也没有挑出来啥毛病，他当着女画家陈娟的面，把钱给了高玉泽。

女画家陈娟对高玉泽干的活儿挺满意，为兑现承诺接下来她又领着高玉泽去见了宣武区的文化局局长，在文化局长的办公室里，她把自己圈子里这位神秘的局长朋友介绍给了高玉泽……

六十三、南八乡逃票一族

刚开始去北京跑活儿的时候，高玉泽总是傻乎乎地和妹夫刘凤鸣坐着火车在北京站下车，然后再在站前改换乘公交车或地铁，时间一长眼尖的高玉泽就发现了门道，这么多南八乡的人咋都选择在丰台站下车呢？

丰台站是北京站的前一站，他们在丰台下车后再改换乘公交车进北京，而他们在这里下车换车的目的绝不仅仅是为了业务需要，共同的目的只有一个就是为了逃票，说白了就是白蹭这趟列车。那个时候打张从廊坊到北京站的火车票是十二块钱，一个来回就是二十四块钱，再加上中午还需要填饱肚子，算计起来这一天下来也得三四十的费用。到北京跑到了活儿还可以，若是跑不到活儿就得白搭几十块钱，那个时候大家伙兜里没有钱，也舍不得花钱，于是有人就有了这种逃票占点国家便宜的念头，后来一个跟着一个地效仿，慢慢地逃票的人就越来越多，再到后来每天选择在丰台站下车的人，几乎都是逃票蹭车坐的廊坊南八乡人。

有人向高玉泽传授了逃票的方法，但高玉泽的心里还是不落底，他害怕让人给逮着喽。

人家好言劝他，"没有事的，你看看每天这站台上的人，个顶个都是不打票的。"

高玉泽留心了。他看见每天从这趟青岛到北京车上下来的廊坊人，几乎都没有走车站出站口的，下车后他们都直奔火车站旁的货场，经过货场的大门出去。也有的人干脆来个肚脐养活孩子——超近，直接蹬着货场煤堆从墙头上"嗖"地翻了过去。

架不住人几次撺弄，高玉泽的胆子也越来越大。这天，他和妹夫刘凤鸣也在丰台下了车，夹在逃票的南八乡人群中，轻轻松松地混出了丰台站，又从丰台改换乘成了公交车。有了这次经历，高玉泽和妹夫刘凤鸣从此也加入到了廊坊南八乡逃票一族的行列。

这天可坏了，刚下火车远远就见有十二三个警察都在货场大门的两侧站着呢，一看到忽然有这么多的警察，从车上下来的五六十号子男男女女就都毛了，呼啦一下向着四面八方逃散，往哪里跑的都有，那种狼狈不堪的样子就甭提了。

高玉泽一看情况不妙，急声催促妹夫赶快跑，然后他"蹭"地就朝货场里的一个煤堆蹿了过去，刚刚从车皮里卸下来的煤堆松软不结实，他的双腿一下子陷得很深，瞬间鞋稞子里就灌进了许多的煤面子。高玉泽这个时候也顾不得这些了，"咳，爱怎么着就怎么着，反正自己说啥也不能让警察给逮着喽。"他心想。

妹夫刘凤鸣也跟着自己一顿狂跑，他穿着新的人造革皮鞋在奔跑过程中踩空了，鞋帮子硌在石头上，让石头给硌了个大口子。

俩人玩了命地跑，这个时候谁也顾不上谁了，先跑了再说，脱险过后再想法子联系会合……

俩人自打在丰台站被警察追了那一回后，就不敢再在丰台下车了，从那以后他们还是选择从北京站下车。

过了一段日子，高玉泽的心里又痒痒了，既然从丰台下车不牢靠，中间还隔着一站耽误工夫，他心血来潮不信邪想试试从北京站能不能出去。这天，从廊坊去北京的时候，妹夫刘凤鸣刚想掏钱打票，却让高玉泽伸手给拦住了。

妹夫有些犹豫，高玉泽却显得很是自信。他拍了一下刘凤鸣的肩头说了句："没事，看我的。"

俩人在北京站下车后，就顺着铁路线走，他们想找个临近铁路线的大门出去，可是好几个沿线的小铁门都是紧紧地关着，没有办法他们只能再接着往前走。

又顺着铁路线走了一会儿，就看见前边的一个小铁门旁边站着俩穿着蓝色警服的警察，他们面朝北正看着顺着铁路线走过来的几个人。

这回看来可有些不妙了，高玉泽在心里嘀咕了一句。妹夫刘凤鸣一见到了这阵势心里就发毛，立马显得有些手足无措，他赶紧用手拉了一下大舅哥的衣襟，"哥，这咋整？"

高玉泽低声告诉妹夫："待会儿咱俩别往同一个方向跑，你向东，我向西，你在那里跳墙头过去，从那里下去就是桥，再顺着桥帮子下到底，咱们分开走，我对付俩警察，别管我，出去后咱们再联系。"

"嗯，"妹夫低声应允着。

高玉泽又悄悄地嘱咐刘凤鸣："待会我快点走，你慢慢地磨蹭，瞅准机会你就从墙头上跳过去。"

高玉泽又往前走了一轱辘，他来到了俩警察的面前。不用问下车的人不走出站口，一准儿就是没有票的。其中的一个警察上前一步把胳膊一横，"站住！"他厉声拦住了假装没有事的高玉泽。

身后不远处的妹夫刘凤鸣，一看大舅哥被警察给逮着了，赶紧伸手借劲蹭地蹿上了墙头，又麻溜地从墙头上翻身跳了下去。

一个警察瞅着妹夫从墙头跳下去的地方问："唉，那个人是谁？和你是一起的不？"

高玉泽装起了迷糊。"我不知道，我也不认识他。"

"你怎么从这里走？你的车票呢？"

"咳，车票我下车就顺手扔了，这不寻思抄个近道，省事就过来了。"

"什么，你的车票扔了？"

"留那玩儿意干啥？我也不报销，寻思没有用呢！"

这个时候，后边又上来了一男一女，这俩人见警察把高玉泽给逮着了，于是转身就往回跑，一个警察赶紧起身去撵他们，一个警察想去支援就把高玉泽带到了一间小屋子里，然后对高玉泽说："那你先在这里呆着别动，等我回来再说。"

他顺手关上了门，也走了。

高玉泽一看警察都去追赶那两个人了，这个时候自己再不撒丫子走人的话，就恐怕是再也没有机会了，现在唯一能做的是，脚底下抹油——开溜。

这个时候俩警察已经追出了老远，于是高玉泽赶紧从小屋子里溜了出来，他四下看了一下，见小屋子的后边就是一个桥，于是他赶紧钻过铁丝网，顺着桥帮子滑下来，到了桥底下拍了拍屁股上的土，就没有事了。

拐弯抹角地走了一会儿后，高玉泽找了个路边的电话亭，往妹夫的 BB 机里发了个信息，不一会儿妹夫就把电话打了过来。

"哥，你在哪呢？"

"凤鸣，你在哪？"

"哥，我在桥北呢！"

"我在桥南边，这么着，你就在那里别走等着我，我这就过去找你。"

俩人会合后，对视着笑了一下后，高玉泽开口说："凤鸣，这逃票的事咱以后不干了，要不是后头过来的那对男女顶着，我今天指定就跑不了了。"

"哥，我也挺害怕的，到这时心里还在怦怦地敲着小鼓呢！"

高玉泽很庆幸自己的金蝉脱壳，要不跑等警察回来后可就惨了，最少也得罚他个百八的，那天他的兜里头才有五十块钱，这五十块钱还是杨文萍临出门的时候塞给他的……

第十六章

在与孟凡江交往的日子里

六十四、初识孟凡江

还是在重新回到朝阳卖地毯和毛线的时候，业务上与自己有密切往来的人很多，其中就有内蒙古敖汉旗的马凤海。马凤海在敖汉也有一个地毯厂，他经常要到高玉泽这里来买毛线，因为高玉泽这里的毛线照比其他家的价格便宜了很多，一来二去的俩人相互之间走动得很是近乎，彼此也相处得挺不错的，再到后来他们俩成了一对无话不说的好朋友，若是按着东北人的话来讲，那是"俩好轧一好，关系杠杠的"。

2000 年的秋天，为了拓展自己的印刷业务，高玉泽又想到了马凤海，于是他就从北京坐着车到了朝阳，再从朝阳坐车去敖汉旗。从朝阳到敖汉的路程不远，走边杖子再翻过大青山，很快就进入到了内蒙古敖汉旗管辖的地界，这次大妹夫刘凤鸣因有事没有跟他一起来。

在敖汉一家涮羊肉的小酒馆里，俩人闲聊了起来。高玉泽说到自己的地毯厂现在还在干着，不过业务上没有过去那么好了，几乎是惨淡经营，现在他主要是以印刷厂为主了。他跟小马说了一个大话，讲自己有一个印刷厂活不够吃，这样在业务上就需要由自己来拓展，他现在是一边经营印刷这块，再捎带手兼做地毯与毛线的生意。

马凤海很佩服高玉泽的经营手段，冀商人的头脑聪明劲儿也让马凤海开了眼界。既然是说到了印刷这块，马凤海就知道高哥这次来敖汉的目的，是想让自己在印刷业务上帮他的忙，作为一个豪爽的内蒙古人，这个忙又哪有不帮之理呢？忽然他想起了一个人，就赶忙对高玉泽说："赶明天，我给你介绍一个人，一个跟我老铁的好哥们儿，他叫孟凡江，是我们这块敖汉旗地税局的大局长，这个人兴许会在印刷业务上帮上你，你要知道地税局这块在咱这头，可算得上是熊瞎子打立正——一手遮天。"

　　"既然是你的好哥们儿，咱明天就去见见他。"高玉泽很感激小马的仗义，他端起了酒杯跟马凤海碰了一下杯，然后两个人一通狂饮。

　　第二天，在马凤海的引荐下，高玉泽与敖汉旗地税局局长孟凡江见了面。握手寒暄过后，初次见面的俩人便有了种很投缘的感觉。

　　小马当着高玉泽的面对孟凡江说："孟局，我给你领来了一个好哥们儿，他叫高玉泽，是河北廊坊搞印刷的，你们这有没有啥办公用品需要印刷的？如果有的话，就给我的好朋友吧！"

　　"唉！有朋友自远方来，咱得先喝酒哇！"于是，孟局长做东，仨人晚上又喝起了酒。孟凡江是一个实在的人，他的酒量也喝出了内蒙古人豪爽的风格。

　　当然高玉泽也不逊色，在推杯换盏中只要是你扬脖子干，他也会立马跟着干，三个人的酒从日落一直喝到了月到中天的时候，到后来高玉泽和马凤海俩人都喝多了。

　　再瞅人家孟凡江却没咋地依旧谈笑风声，都到了这个份上高玉泽与马凤海俩人彻底服了孟局长的酒量。那天晚上，他与小马就在附近找了家旅店住了下来，以往喝了酒的高玉泽借酒劲倒头就睡，可这一宿他愣是没有睡好觉，论起来为啥？还不是因为马凤海的呼噜声太大了。

　　第二天，在局长孟凡江的办公室里，孟凡江又重新问了一遍高玉泽："你们的印刷厂有多大规模，都能够印些个啥？"

　　"办公用品之类的。"

　　"再具体一些呢？"

　　"比如信纸、信封、工作手册、档案袋、文件夹之类的都行。"

　　"那好，你就先给我们印两千本办公用的稿纸吧！"

　　孟局长爽快，一锤定音在敖汉就给了高玉泽第一单的活儿，这笔活儿的总价款三千多元钱，高玉泽一笔就能够挣一千多元钱。

高玉泽也不傻，他知道除了昨天晚上这顿酒喝到位的缘故外，再有的就是看在了小马的面子，更重要的是孟局长还要再细看看自己的人品如何，是做商人，还是做朋友？一时间他是拿捏不好分寸。

高玉泽把活儿做好了后，从廊坊用车拉到了天津，再在天津随大客车发到了敖汉，那时从天津有趟直达敖汉的车。

高玉泽与敖汉旗地税局局长孟凡江就这样相识了，在与孟局长建立起合作关系的同时，他也把自己的业务触角伸展到了敖汉。在小马与孟局长的帮助下，高玉泽又相继承接到了敖汉旗杏仁露品厂、食品厂等企业的包装箱业务，两年多的时间里，高玉泽无论是在质量上还是在价格上，都在当地留下了较为不错的口碑……

由于业务上的频繁接触，高玉泽与孟凡江两个人之间的情感，也在时间的打磨与过滤之中不断加深。

2001年的夏天，高玉泽带着一袋从家里捎带来的花生米，专程坐着车从朝阳又去了一次敖汉。到了那里后，听人说孟凡江局长调到赤峰去了，当了赤峰市的地税局局长。听到了这个消息，高玉泽也没有再耽搁，他直接就从敖汉坐着车，扑奔孟凡江去了赤峰……

六十五、朋友的温度

高玉泽为啥要赶那么远的路，特为给孟凡江捎带一袋子花生米呢？说起了这话，还是跟那次在敖汉跟马凤海与孟局长在一起喝酒的时候有关。那次，有心的高玉泽就留意到了这样一个细节，孟凡江挺爱吃花生米的，这次临来敖汉之前高玉泽特意回了趟甄庄，从妹妹家里给孟局长准备了一袋子花生米，他还亲自拿着簸箕逐个地挑拣了一番，凡是达不到标准的花生米，都被高玉泽一一地给刷了下来。

到了赤峰市地税局办公大楼的门口，人家门卫不认识高玉泽就不让他进去。"你找谁？"

高玉泽的底气很足，"我是来找孟凡江的，就你们的孟局长。"

一听说是来找孟局长的，门卫也没有再阻拦，只是让做个登记，然后高玉泽就径直上了四楼，一敲门就进屋，孟凡江突然看到高玉泽后都愣了。

"老高，你咋来了？"

"我咋来了，想你呗。我去敖汉听说你高升了，这不就专程到赤峰来看看你。"

"我也刚过来几个月，既然你来了就不能走，我得请你吃顿饭。"

"咳，你撵都撵不走了，我今个还得在赤峰住一宿，顺便联系点业务啥的。"

"这么地吧，你既然来了，我也不能让你空着手走，你就给我们地税局做一批档案盒和办公用的夹子，这批档案盒是局里专门为全市企业建档用的，现在上边要求搞标准化，你来得正是时候，要不我还想给你打电话呢！"

那天晚上，老朋友久别重逢，酒自然是他们最开心的东西。看到了高玉泽打大老远来还专程给自己捎带来了一袋子的花生米，一股暖流即刻暖在了孟凡江的心头。

"老高，你咋知道我爱吃花生米？"

"咳，不是有那么一句话吗，这就叫心有灵犀。"

"你咋弄了这么多的花生米？"

"都是自己家收的。"

初夏的夜晚，皓月当空，一阵悠扬的马头琴声，使红山脚下的赤峰多了一种兴奋的内容。银色的酒杯，洁白的哈达，飘香的马奶酒，还有那动听的蒙古族长调，一起伴着英金河在流淌……

第二天，高玉泽从赤峰满载而归，而这一次孟凡江跟高玉泽确定了数量后，却没有再与高玉泽说起具体的价格。高玉泽心里像个明镜似的，这充分说明朋友对于自己的信任，他知道自己该如何回报这份朋友的信任，诚实为本诚信是金，只有以心换心才能赢取足够的信任。

回到了廊坊后，高玉泽马不停蹄地又去了一趟北京的沙河口。因为廊坊的印刷企业没有一家是做档案盒的，唯有浙江的温州才专做档案盒这类产品。为了满足北京市场上的需要，聪明的温州人特地在北京沙河口设立了专门批发经销这类产品门店，一提到沙河口，北京人都知道这里是专业的批发零售市场，温州人的产品从这里再发往全国各地。

高玉泽在北京的沙河口，很快就为孟局长组织好了货源，四千个精美的档案盒，四千个塑料的办公夹子，一共装了二十二个大纸壳箱子，这些货物在北京的六里桥长途汽车站，装在了大巴车的底层货仓，自己跟车一起去往赤峰。

那天傍晚，就在大巴车刚刚到了赤峰后，偏巧赶上赤峰的天气骤变，突然间"哗哗"地下起了大雨，客运站还没有雨搭，车上的货得往下卸。在万般无奈的情况下，高玉泽在路边花高价雇了几个等活儿的装卸工，顶着大雨往下卸货，然后再将卸下来的货装在一辆一三〇轻型卡车运到地税局。经过这一折腾后再看，不光是他整个人都被急雨淋了个透，更让高玉泽心疼的是二十二箱的货物，也全都被雨水一股脑地浇湿，一箱一箱的都软了，亏得包装箱里装的货物都是以塑料为主的，要不那可就惨了，这都是用钱买来的呀！

站在风雨里，望着眼前被急雨淋湿的一大堆货物，茫然中的高玉泽想哭的心都有，他不知道自己该如何向孟凡江做个交代，更不知道这批货物的命运该如何。

那天晚上，孟局长赶巧儿没有在赤峰，就一个把门的在那，而且地税局里的人也都下班了，在万般无奈的情况下高玉泽就跟那个门卫商量，想冒着大雨临时将这二十二箱的货物，都卸在地税局一楼的办事大厅里。

跟门卫的师傅商量，门卫的师傅开始时不干，高玉泽立马就急了，"这货是孟局长让送的，到赤峰卸车时正好赶上了大雨，有啥事你找他说去，我明天早起八点钟过来，具体咋处理我和他研究，今个儿这货先就放在这里了。"

将泡了水的货往大厅里一搁，大厅的地面上就是一滩水。高玉泽伸手从货堆上掏出来一个夹子和一个档案盒子，擦去了表层上的水后，见到塑料的表层不怕水，于是心里就有了底，在跟门卫做了简单的交代过后，高玉泽磨身就走了，他就近找了家旅馆住了下来。

第二天刚刚过了八点，高玉泽就来到了地税局，带着从劳务市场找的 5 个人刚进一楼的办事大厅，就见到孟凡江正好组织人员在清理晾晒昨天被雨水淋湿的档案盒和办公用的夹子呢。

见到高玉泽来了，孟凡江就跟保管员安排了一下后，领着高玉泽回到了自己的办公室，进了屋后他就埋怨起来："老高，这批货咋都一下子弄成这个样子？"

"咳，车到了你们赤峰，正好赶上了大雨，人家车要进库不等呀！只能是顶着雨卸货，这才弄成了这个样子。好在包装箱里头的东西不怕水淋，要不就坏菜了。"

见到高玉泽的话都说到了这个份上，孟凡江也就不再说啥了。

"这不我刚从劳务市场找了 5 个人，想把东西收拾一下。"

"刚才我查看了一下，被雨水淋湿浸泡的就几箱，估计是上面的，好在你的包装箱厚实，里面塑料的档案盒没有受损。"

一股暖流即刻流遍了高玉泽的全身，他的眼眶里噙满泪花，语塞的不知该说啥是好。

孟凡江又给高玉泽倒了一杯水，然后笑呵呵地说："这也不能全怪你，幸好里头的东西没有受损，晾晒一下也不影响使用。"

结完了账后，高玉泽见到孟凡江挺忙的，也就没有在他的办公里再耽搁，出来后打车到客运站打了张票，连忙就回去了……

还有一次，临近 2001 年年底的时候，孟凡江又跟高玉泽在电话里订做了五千个包装箱，这次双方事先谈好了价格。由于这回的包装箱是在廊坊加工制作的，在给孟局长送货的时候，高玉泽也就没有再去北京的六里桥，而是直接选择了从廊坊走，那个时候由廊坊到赤峰刚好开通了每天一班的大客车，于是高玉泽就将这些个包装箱子平整地放在了大客车的车顶上。

可万万没有想到的事情接连发生了。由于缺乏常识性的经验，急于送货的高玉泽忽略了河北廊坊跟内蒙古赤峰在气温上的差别，这批在车间里刚刚挂完胶的纸制包装箱没等晾干，就随着大客车运往塞外，车越走，胶遇冷变化的速度就越快，再在车顶上经过刺骨的寒风一吹，五千个包装箱子有三分之一绽开裂口了，卸车的时候高玉泽傻眼了，这绷开了胶的包装箱，可咋办呢？

入库的时候，库管说啥也不收货，"您这都绷开了，这批箱子不合格呀！"

"师傅您别跟我吵吵，您和孟局长去汇报，他要是不乐意的话，咱再说。"

话虽是这么说，可在高玉泽的心里头也没有了底，毕竟这批货造成眼前这样尴尬结果的责任，完全是在于自己，跟人家库管不搭边。

库管一边嘟囔着，一边又临时去忙活别的去了，她要等待会儿有空，再向局长做汇报，看看局长怎么办？

高玉泽见此，不等库管跟局长汇报，自己抢先到了孟凡江的办公室。

高玉泽推开门就说："孟局长，事儿麻烦啦！"

孟凡江吃了一惊赶紧问："怎么啦？"

高玉泽一五一十地说："孟局，我没想到哇，往你们这里走会越走越冷，包装箱在车里被冷风一吹一冻，原本挺好的箱子，有一小部分四个边上的胶裂开了，你看咋办呢？"

孟凡江听了后皱了皱眉头。

高玉泽连忙说："孟局，这么地好不好，您让库管挑拣一下，投出来，哪次我再来送货时把坏箱子拉回去修补一下，再给你发过来，行不？"

"没事，我有个哥们也是干纸箱的，待会我打电话让他帮帮忙处理一下就不用你了。"孟凡江回答得很干脆。

"我看你们的库管，挺不乐意的。"

"这事你就别管了。"

"行，那我晚上请你吃饭？"

"还请吃什么饭？你该走就走你的吧！不走我请你。"

高玉泽还能够再说什么呢，他转身到车站打道回府。

掏句心窝子话讲，高玉泽觉得自己交了孟凡江这个朋友是很值的。在他的身上，始终能够感受到一种滚热的温度，这种温度用钱是买不到的，它是无价的，甚至比金子还要贵重得多。

六十六、午夜惊魂

这一天，高玉泽又来到了赤峰，这一次他是给孟局长送一批印刷品。

晚上，在饭店里吃饭的时候，俩人话赶话地又聊起了敖汉的马凤海，由马凤海聊起了地毯。高玉泽顺嘴告诉孟凡江自己除了印刷之外，还捎带手地经营着地毯生意，是从河北多家地毯厂收购地毯，然后再到辽宁朝阳去销售，从中挣个利润的差价。

孟凡江一边喝着啤酒，一边听着高玉泽讲着地毯。也许从老高关于地毯销售的一席话中得到了启发，孟凡江沉思了一会儿后便对高玉泽说："唉，老高，等有机会你给我的朋友弄点地毯吧！听说他们私企正在筹划要开一个会议。"

高玉泽一听孟凡江的朋友也想要地毯，就随口应允下来，"这没有问题，不过你得先把尺寸给我。"

"中，到时候就把尺寸告诉你。"

那天高玉泽从家里特地挑选了两块 6×9 的地毯，再次从廊坊坐着大巴车去了赤峰。

到了赤峰后，高玉泽把地毯的样品给孟局长看了，孟局长仔细看了后，觉得从样式和质量上来说还不错，当他知道这两块地毯是高玉泽送给自己的后，说啥也不要，"老高，我跟你说要地毯，不是我想要，是我的一个朋友想用地毯送人，你意会错了。"

"那是后话，这两块地毯你得收下，这是我的一点心意。"

孟凡江赶紧说："也好，这两块地毯我收下了，该多钱多钱。"

"孟局，瞧你这话说的，这不是白菜地里耍镰刀——整个愣地把棵（嗑）都锊（唠）散了吗？我给你的地毯，还跟你要钱？"

于是，俩人争执起来，一个说给钱，一个坚决不要钱。争执了好一会儿后，还是高玉泽拗不过孟凡江，他最终做出了让步，"既然你不白要我的，那好你就给我个成本价，这样总可以了吧！"

"行！"

孟凡江也接受高玉泽的想法。看到高玉泽给他的地毯确实不错，孟凡江赞不绝口："老高，你做的地毯，可照比敖汉的小马要好得多，特别是立体感好。"

"小马的地毯，在后道的处理上是手工的，而我在编织上是手工的，但在后道的处理上就是机器的了，机器处理的净面比较好，质量保证没有问题，我的地毯可以保证你在不使用卷上以后，里面绝不会生了虫子。"

"那为什么？"

　　"地毯在做后道净面机器处理前，必须先要用清水洗，在洗之前还要往清水里滴点硫酸，但对于人的身体没有伤害，主要是起到杀虫灭菌的作用，虫子嗅到了味就不敢再往地毯里钻了，也没有了它生存的地方。"

　　高玉泽的一席话，让孟凡江记忆很深。

　　转眼快来到年根，孟凡江的一个私企朋友要往呼和浩特送礼时，忽然想起孟局长曾向自己推荐过的河北廊坊地毯，于是他就托孟局长帮忙组织一下货源，孟凡江想到了高玉泽说起过的地毯，于是就赶紧给高玉泽打电话，让老高在春节前给弄点地毯，朋友要送人用。

　　"他想弄多少块？"

　　"二十块！一块多少钱？"

　　"好一点的是 2500 元一块，差一点的就是 2200 元钱一块。"

　　"那你就弄我家那样的，尺寸也一模一样的。"

　　孟凡江当即就让高玉泽回去后给他准备出二十块地毯，听他的准信后再送货。

　　接到电话后，高玉泽就开始给孟凡江准备地毯。自己家里现成的地毯只有十块了，还差个十块地毯，于是高玉泽就去家东边杨树的崔黄口地毯厂组织货源了……

　　过了几天时间，就要到 2001 年的春节了，也就是腊月二十这一天，孟局长打来了电话。王总他朋友想要那二十块 6×9 地毯，而且要得还很急，他在电话里告诉高玉泽，让他明天从家直接将这二十块地毯送到呼和浩特去，等高玉泽到那里后，再打电话和他的朋友联系具体该咋办，他人现在就在呼和浩特呢。

　　接到了孟局长的电话后，腊月廿一这天高玉泽赶早用车将二十块地毯拉到了北京六里桥的长途汽车站，因为在那里每天都有发往呼和浩特的长途大巴车。由于临近春节了，北京六里桥长途汽车站里的人很多，高玉泽挤到售票窗口买了一张去往呼和浩特的大巴车票，再花了 1000 元钱从车站办理了货运手续，又花钱雇人把二十块地毯顺利地装上了大巴车的底层货仓。

大巴车是上午八点钟从北京出发的，走平西高速公路一路很顺利，下午三点来钟就抵达了呼和浩特市。

到了呼和浩特以后，高玉泽立马给孟凡江的朋友打了电话，"我现在已经到了呼和浩特，货给您送到哪儿？"

不一会儿，孟凡江的朋友就领着七个人赶了过来。他看了一眼地毯，就让随他来的七个人各自拿走了一块地毯，然后对高玉泽说："这么着，你把剩下的这些地毯都弄到客运站旁边的那家旅社去，再在旅社里头租个房间，然后把地毯都整到房间里头。谁再来拿地毯，你听我的电话，咱们用电话联系，你听我的电话交地毯。"

于是，高玉泽把剩下的 13 块地毯都整到了旅社四楼，他租的是一个大房间，每一块地毯咋个分配处置，就按照孟凡江朋友的电话办。

高玉泽一连在呼和浩特待了三天，每天都有人来找他拿地毯，到了腊月廿三上午的时候，地毯就都被拿走了。

上午快吃午饭的时候，孟凡江的朋友就将 52000 元的现金从银行提出来付给了高玉泽。把钱给了高玉泽后，孟局长的朋友原本想让高玉泽在呼和浩特逗留两天，毕竟是孟局长的朋友又是头一遭来到内蒙古自治区的首府，留下来玩一玩再走。

此时的高玉泽，还哪有这个心思在呼和浩特逗留呢？都已经廿三过小年了，家里的工人还在等着这些钱发工资呢！于是，他跟孟凡江的朋友表示要立马赶回廊坊去。见到高玉泽坚持要走，孟凡江的朋友特意提醒了高玉泽一句："这钱拿着，没事吧？"

"咳，就这点现金，没事的。"说着话的工夫，高玉泽就随手将五万多的现金，装在了自己的挎包里。

赶到了呼和浩特的长途汽车站，这个时候从呼和浩特发往北京的大巴车已经没有了，只有最后一班是由呼和浩特下午五点钟发往天津的车，高玉泽寻思了一下就买票上了车。他想，去天津的车正好走京津塘高速打从廊坊的边上过，快要到高速公路收费口时，自己从高速公路的收费口旁边下车后，再打车回廊坊不也行吗！

大巴车是下午五点钟从呼和浩特出发，一路上还算顺当，在凌晨两点多钟的时候车就到了北京的木樨园。木樨园那里做买卖的人挺多，都是来自全国各地的，大客车在木樨园耽搁了一会儿后，三点钟的时候又重新启动出发奔向了天津……

也就是在凌晨四点多钟，东方天际里刚刚露出了鱼肚白，大巴车快要到了高速公路的收费口，高玉泽让大巴车司机在距离收费口不到八百米的地方停下了车。

高玉泽刚从大巴车上下来后，就打了个冷战，抬眼往四下里一瞧，瞧见黑咕隆咚的，不免心里头就有些发毛，他赶忙缩了缩脖子，嘴里还在说着："嘿，这天也忒较劲儿了好冷啊！"他在自言自语叨咕着的同时，也不由自主地加快了脚步，与此同时还用手摸了摸挎包，暗想这兜里装的可是五万多元的现金呀！万一要是被人打杠子了，那可就完了。

下车的地方距离廊坊高速收费口还有半里多地，隐约地能够瞧见收费口的光亮，再有的就是飕飕的风声了，而且飕飕的风儿使劲往脖颈子里灌……

高玉泽顺着高速公路的护栏摸黑大步流星地往收费口走，那辆大巴车此时刚好在高速公路上也没走得太远，还可以看到车的尾灯在夜色里泛着红红的光亮……

正走着的时候，猛然间就听到在右边护栏旁的沟里头响起了一阵稀里哗啦的声音，紧接着便从坑里头嗖嗖地蹿出了四五个黑影，再紧接着就是一声低沉的恐吓："站住！"

在漆黑的夜色里，本来胆子就很小的高玉泽，瞬间就被眼前这突如其来的场景，吓得头发茬子瞬间都竖立起来，身上不由自主地打了个冷战。高玉泽也没有彻底吓倒，他用眼睛的余光瞄了一下身后头，见有几个人影正在猫腰向着自己靠近，并且渐渐形成了一个扇子面的包围圈。

高玉泽立刻意识到自己这是遇到劫道的了。劫道的人，在河北也叫打杠子的，这些人利用天黑蒙面抢劫财物。关于打杠子的事，早前自己也听人说起过，但这回却是让自己真真实实的给遇上了。高玉泽从小就精明鬼道，这个时候啥也别说了，他此刻的第一反应就是"妈呀不好，快跑！"

说跑他就撒开了丫子，往前"嗖"地蹿了出去"啪啪啪"地蹽得那个快呀！这个时候高玉泽的百米速度估计恐怕刘翔都赶不上了，他奔着收费口就嗷嗷地蹽了过去……

好在当时装钱的挎包是在高玉泽肩上斜挎着的，他的手里也再没有什么东西了。高玉泽"嗖"地一下子就蹿出了劫匪们的围堵，蹭蹭地疾步如飞，他几乎是在以百米冲刺的速度狂奔，能够听得到的是耳朵两旁嗖嗖的风声，还有两个脚后跟在屁股蛋后头踢打挎包连起来的啪啪声响，再有的就是他喝咻带喘的急促呼吸声了……

高玉泽是谁呀？你们即便是累断了腿也休想撵上他的，好歹人家在学校里的短跑比赛时，也是拿到过一百米第二名的好成绩的人。

几个劫匪开始时还在身后追了几步，但只是一眨眼的工夫，就被这小子落下了一大截，而且这小子像吃了啥药似的，嗖嗖地比个兔子跑得还要快，嗖嗖地他是越跑越快，就凭他们几个人的速度根本就撵不上，这样他们也就不再追了。另外，还有最关键的因素，几个劫匪做贼心虚，他们也不敢明晃晃地往下追。

或许是高玉泽玩了命似的跑得太快，再有的也是由于被惊吓过度，此刻他的心怦怦使劲地跳，简直就快要跳出嗓子眼了……

高玉泽一口气跑到了收费口，这个时候的收费口处，正好有一辆亮着顶灯待客的出租车。他奔着出租车就过去了，打开车门就上了出租车，出租车的司机正眯缝眼睛在车里头听着车载的音乐广播。

高玉泽上了出租车后，就问了一声："师傅，到廊坊多少钱？"

见有客人，出租车司机赶忙地坐起身，他回答说："先生，您上哪？"

高玉泽气喘吁吁地回答："到市里，多钱？"

"八十元。"

"行，走！"高玉泽再没有和司机还价。此刻他在心里就一个想法，赶快要离开这里，至于其他的已经顾不得了，要多少钱给多少钱。其实，还还价到市里也就是 40 块钱，以往从这里打车的时候，高玉泽非常的挑剔，每每遇到宰客的司机，他跟本就懒得搭理，这回跟以往不同了，当时司机就是要他二百元的钱，高玉泽也不会打锛儿的。惊魂未定的他，最怕那些个劫匪从后边撵过来，当务之急就是赶快离开这里，赶快脱身是当务之急。

出租车向着廊坊飞奔，空旷的大街上没有一个人影。在出租车上，高玉泽跟司机一句话也没有说，他斜着眼睛一直盯着反光镜，时刻观察着出租车后面的动静……

出租车司机觉得副驾驶位子上的这个人举止怪怪的，也就再没有和高玉泽搭讪说啥话了，只是老用眼睛的余光不停扫视着身旁边的这个乘客，多心的他也对高玉泽加了万分小心……

平时里高玉泽的话就多，这个时候他不与司机说话，主要是心里存有芥蒂，他也留了个心眼，生怕这时候的出租车司机跟那帮劫匪是里应外合一伙的，害人之心不可有，但防人之心却是不可无。

实事求是地说，那个时候手机的普及率还不高，谁的腰间能佩戴了一个 BB 机就已是很新潮了。要是搁现在人人都有手机，彼此相互间联系起来很方便。如果当时是这样的话那就麻烦了，也保不准儿这个出租车司机还真

寻找幸福的方向

跟那些个劫匪是一伙的，自己即便是坐上出租车，还是逃不出他们的魔掌，如果是那样的话自己可就惨了，那估计是必死无疑。

回到了廊坊后，高玉泽这颗心才算安稳下来。回味刚才的惊魂一幕，他脸上的汗珠子比豆粒还要大，一想到劫匪们的恐吓声，他的后背上还在呼呼地冒着凉风，实在是让人不寒而栗，想想都后怕！就是这五万多元的钱，差一丁点要了自己的性命。若是落在劫杠子人的手里，即便是不死也会被扒一层皮。幸好自己躲过了这一劫，不是他有啥菩萨保佑，而是全仗着自己蹿得比劫匪们快，要是搁现在，凭借着当时自己的一股急劲，他也都能跟刘翔拼一拼。

六十七、北京站前

在 2002 年春节前，孟凡江又给高玉泽打来电话，他说局里要做一批纸壳包装箱的活儿，让高玉泽抽空过来再具体商量一下。

高玉泽接到电话后，就赶紧坐着大巴车从北京去了赤峰，去的时候也没有跟孟局长约定好具体时间，他一个人冒懵就过去了。说来也真不凑巧，正赶上人家孟局长去呼和浩特开会，一时半会儿还回不来。于是高玉泽就跟孟凡江在电话里商定，自己不忙着回廊坊，在赤峰等他开会回来。孟凡江听了挺高兴，他让高玉泽先在赤峰等他，待见了面后还要有话说。临了孟凡江还特意嘱咐高玉泽，让他闲着没事的时候出去转一转，好好感受一下这座城市的风土人情，说上次来赤峰的时候高玉泽就走的匆忙。

和孟凡江在电话里说过话后，高玉泽就在赤峰找了家旅馆住下来。闲着也是闲着，高玉泽这回可把赤峰溜达了遍，听说赤峰的红山文化挺有名，为此，他特为去了一趟红山文化纪念馆。

高玉泽在赤峰一连等了三天，第四天下午孟凡江才回到赤峰。

孟局长回来的当天晚上就请高玉泽吃饭，以表示自己的歉意。那天晚上，在一起吃饭的还有地税局的几个副局长，办公室主任也来了。饭桌前的气氛很热烈，孟局长这个人不光是讲究，而且酒量很大，一个典型的蒙古人性格，这酒喝得爽，也喝得痛快，几个人推杯换盏一直闹腾到了午夜。席间，高玉泽几次要去吧台掏钱算账，每次都被孟局长伸手拦住了，他愣是不叫高玉泽来埋这个单。争执了几个来回最后还是孟凡江结账，为此，一向是讲究人的高玉泽，老是感觉到很过意不去，他就觉得自己太没有面子了，如果按北京人的话来说就叫栽面。

高玉泽是个啥人呀？按着朋友们的话来说就两个字——讲究！以往在跟朋友们一起吃饭的时候，高玉泽生怕被别人小瞧了，更不愿意让人说自己吝啬小气。每每在一起吃饭的时候，好面子的高玉泽总争着抢着结账，兜里头有多少钱就花多少钱，没钱花了再说。

第二天上午，跟孟凡江局长谈完了事儿后，高玉泽就说："孟局长，咱们的事都说完了，这么地吧，今天晚上我来请客，还是昨天晚上的地方。"

孟凡江局长一听连连摇着头说："不用，不用。你到这了，咋能叫你请客呢？"

"孟局长你听我说，打从咱们认识到现在，我还没有正儿八经的请你吃顿饭呢，这让我的心里老不落忍。这么地吧！咱可说好了今天晚上的这顿饭我做东，你把昨晚上在一起吃饭的人都叫来，一个也不能够落下。"高玉泽在说这番话的时侯，是很认真的。

晚上，除了孟凡江局长外，加上两个副局长和办公室的正副主任，再有的就是高玉泽了，共计是六个人。

饭桌上喝酒的气氛很好，大家伙借着酒兴谁都没少喝，特别是高玉泽白酒足喝了有半斤，接着他又喝了几瓶赤峰的老大牌啤酒，两种酒一掺着喝后，走起路来脚底下就有点发飘站不稳了，但高玉泽的心还跟个明镜似的，他还没有达到醉的程度，头脑也还很清醒。这个时候，他发现孟局长用眼睛瞅了一下办公室主任，办公室李主任刚要起身，高玉泽噌地站起了身说："李主任，你干嘛？今天的这顿饭谁也别抢着去算账，我早就跟孟局长说好了，这顿饭由我来请，算账买单谁都不用争。"最后，还是高玉泽执意把账给结了。

这趟来赤峰，临来的时候高玉泽身上只带了 5000 元钱的盘缠，一连几天在赤峰吃饭住宿包括其他的花销过后，兜里头就剩下了 1200 元钱，吃晚饭算过账后，剩下来的钱也只有一百多块了。

花 40 块钱买了一张从赤峰到北京的火车票，临上火车时又在站前吃了顿饭，这个时候自己把兜里外翻了个遍，连分毛的钱加在一起，拢共也就剩下来 5 块钱了。高玉泽皱了皱眉，从北京再到廊坊的火车票是 9 块钱，这 5 块钱连买一张从北京到廊坊的火车票都不够了，该咋办呢？

高玉泽也没好意思跟孟局长张口，于是就上火车回了北京。他心想，车到山前必有路，待回到了北京后再说，我一个大活人生楞还能让尿憋死吗？

在火车上饿了，高玉泽花三块钱买了个面包吃，干拉不行啊！剩下的两块钱连买瓶矿泉水都不够，无奈之下的他，只好到车厢里的洗脸池，瞅着没有人注意拧开水龙头喝了几口水润润嗓子……

从未有过的落魄窘境，真的让高玉泽给遇上了。看看身上仅有的二块钱，高玉泽立马意识到这不坏菜了吗？但转念又一想，实在不行的话，管谁要个三五块钱的不就够了！三五块的钱应该没有啥问题，和谁张张嘴，谁都会帮忙的。他把这事儿想得过于简单了，其实这事儿根本就没有他想象的那样简单。

在现今社会，由于诚信的缺失，人与人相互之间在信任度上，是存在着一种无形的藩篱。大爱无形，大爱无疆，这大爱的真谛，有时真的让人难以捉摸！

火车是下午6点多钟到达北京站的。走出车站的高玉泽来到了售票大厅，他想再从北京打一张到廊坊的火车票，因为7点多钟正好有一趟从北京到天津路过廊坊的车。啥叫一分钱能憋倒英雄汉，这种被钱憋倒的感觉，让高玉泽有了深刻的理解。

在北京站售票大厅里，购买去往全国各地火车票的人很多，陷入到窘境中的高玉泽犹豫再三，最终他平生第一次以一个乞讨者的身份，低三下四地张开嘴跟陌生人要起了小钱。

他首先来到一个年纪约有50多岁的女人面前说："大姐，我跟你说个事儿，我去赤峰办事把钱花多了，现在打票回廊坊的钱不够了，你有钱能帮衬一下吗？我就差个七块钱，确实兜里没有钱了。"那个女人白了高玉泽一眼，将头扭过去再没有吱声。

高玉泽接着又跟一个带着眼镜看上去很斯文的男人说："老弟，我吧坐车去赤峰办事，在那里把钱花得多一点，再想从北京打张车票回廊坊的钱不够了，我也不多跟你要，就七块八块的，只要能回到廊坊就行。"这个人听了后微微一笑，也再没有搭理高玉泽。

先后碰了一鼻子的灰，高玉泽还没有灰心，他接着又和这个说，再和那个说，尽管前前后后又说了不下七八个人，但无论凭他怎么说，就没有人愿意搭理他，大庭广众之下的高玉泽，此时此刻想哭的心都有，那种遭人白眼难堪的劲儿就更没法说了。

也是的，此时的高玉泽身上穿着西服，肩上背的是皮挎包，从衣着打扮上来看，也不至于落魄到了穷困潦倒伸手管人要钱的地步。

或许有人在心里说，可别看他可怜巴巴的一副假象，分明是故意装出来的。

也许有人还以为高玉泽，就是一个专吃这碗饭的职业乞讨者。

有一个人更哏，他对高玉泽说："你在这要没有用，去找警察叔叔呀！"

一句话倒是提醒了高玉泽，他一想也对，不是有困难找警察吗！高玉泽抹身就到了正在售票窗口维持秩序的警察面前，他又把自己的困难跟警察说了，警察听了后上一眼下一眼地打量了高玉泽好一会儿，你猜他怎么说："这个事我也帮不了你，你去找找值班站长吧！"

听了警察的一番话后，高玉泽真是哭笑不得。心想就为这七八块钱，我去找北京站的值班站长，那北京站的值班站长指不定还会叫我，再去找北京铁路局的局长呢，就这么屁大的小事，至于弄得这么复杂吗？

在北京站售票大厅转悠要了四五十分钟，临了一块钱也没有要到，这个时候的高玉泽真犯难了，再过一会儿这趟车就要开了，瞅着眼前的架势，他在这里根本就要不到钱。忽然灵机一动，高玉泽急中生智想到一招，自己的兜里不是还有几块钱吗，干脆买张站台票上车，上了车然后再说。

高玉泽买了张站台票后走通勤口顺利进到了北京站，他上了由北京开往天津的列车，上车的时候高玉泽还特别挑选上了这趟车的 15 号和 16 号车厢，因为跑过通勤的他知道，这两节车厢是专门给跑通勤的人的预留车厢，车厢上的人都是廊坊的人，指不定在车上会遇到熟人，只要是廊坊的熟人就好了，遇到车上查验车票时就不怕了，即便是相互间不认识，只要自己一提是廊坊南八乡的，也估计会借到钱的。毕竟廊坊的地方不大，人不亲土还亲，彼此之间会有一股子热乎劲儿，这个时候乡里乡亲的优势就会体现出来了。

上了车后，高玉泽就在心里琢磨，无票乘车要是被逮着可就麻烦了，那肯定是不会叫走的，这类事自己跑通勤的时候见多了。没来验票的时候就得把钱预备好，打眼看了一下，别说在两个车厢里还真没有自己熟悉的人，唯一的办法就是借了，高玉泽心想，这回跟人家再开口借十块钱，我该怎样和人家说？该怎样让人家能同情自己把钱借到？如果这十块钱要是借不到的话，来验票的时候又该如何跟人家去解释？想跟人家借钱，那就得跟人家照实里说，如能借到钱的话，再把他的电话号码记下来，有了联系方式也就能够找到人，改天再把钱如数还给人家。

在车厢与车厢的连接处，有一个挎着背包正在低头看书的小伙，高玉泽就上前与他搭讪："小伙子，到哪儿下车？"

"廊坊。"小伙子抬头看了一眼高玉泽，回答完又低下头专心致志地接着看书。

高玉泽一听他到廊坊，心里就有了底。"小伙子，我跟你说个事，我跟你借十块钱，我刚才是打站台票进站上车的，待会验票的人来了，指定要让我补票。我也是到廊坊的，我这么大个人要我补票，我兜里头还真没有钱，无票乘车那他们指定不会让我走，这事我跑通勤的时候见得多了。小伙子你先给我拿十块钱，他们来验票我就补票，不来验票我把十块钱再还给你。"

小伙子真好说话，他立刻给了高玉泽十块钱。从小伙子的手里借到了十块钱后，高玉泽连忙又跟小伙子要了联系电话，小伙子奇怪地问："我不都给你十块钱了吗？你还要电话号码干嘛？"

"我得把钱还给你呀！"

听了高玉泽的话，小伙子扑哧地笑了，"哎呀妈呀，多大点个事儿，钱我不要了"。

"那可不行，我借了你的钱，那是肯定要还的。"高于泽说得很认真。

后来经过细致打听高玉泽得知，小伙子根本不是廊坊本地的人，他是一个从吉林来到廊坊搞基建施工的东北人。

小伙子对他的书独有情钟，又低头看起了他的书，他也真没有把这 10 块钱当回事。在没有借到钱的时候，高玉泽的一颗心一直在嗓子眼处提溜着，有了十块钱在手后，他的心也踏实多了。

车厢连接处"咣当咣当"地声音很大，见小伙子看书入了迷，站在对面的高玉泽也没再好意思打扰他。40 分钟的时间一会儿就过去了，列车到了廊坊也没有见到来验票的人。

下了火车后，高玉泽跟着下车的人往出站口走，他掏出来十块钱想把钱还给小伙子，小伙子却说："你就拿着吧，出站时你没有车票要是被人发现了，不是还得补票吗！"

高玉泽转念一想也是，就没有再争执。到了出站口，下车出站的人很多，高玉泽拿着一张站台票晃了晃，也就顺顺当当的出了站。出了站后，他赶忙撵上了小伙，将十块钱还给了他，连声向小伙子表示了感谢。

回到了家后，当与母亲说起自己在北京站买票伸手管别人要小钱的经历时，母亲说："就你利利整整穿着西服，背着个皮挎包，还想要到钱呀！一看你这一身的打扮就不像，要钱要饭的人那得是埋埋汰汰的。"

"当时我想得很简单，就缺了那么几块钱，跟谁张张嘴，谁都会同情我的，再说自己要的钱数也不多。"

从家到社会，从廊坊到东北，高玉泽一直都是比较顺顺当当的，他的手里几乎就没有缺过钱花。而这次在北京站的售票大厅里，跟人家低三下四伸手要小钱的经历，真的让他刻骨铭心。这一次，高玉泽也真正体会到了什么是难过的滋味儿，什么叫做一分钱能难倒英雄汉了。

第十七章

刻骨铭心的 2003 年

六十八、那天晚上

在距离 2002 年春节还有十来天的时候，高玉泽打算再到北票一趟，这次他去北票的目的就一个，给北票市第二人民医院送一批印刷的活儿，这批活儿虽说净是些个零零碎碎的处方、信封、稿纸和办公用品之类的东西，但这些个活儿都是院长郑力国老弟看在与高哥以往的交情上，特意交待办公室主任于学刚给他的，活儿虽然是零碎了些，但合计起来的价值却是在一万七千多元左右，正好装满了一大汽车。

也正好赶在这个时候，妻子杨文萍在家里待着也没有啥事，她听说丈夫高玉泽要去北票送活儿，这心也跟着长草了，转眼一别北票这么多年，地不亲但人亲，毕竟自己在那里工作过，从心说她对北票也是很有感情的，基于这么一想，她也想跟着车顺道去北票看看，看看那里的人，看看与自己曾经在一起工作过的姐妹们，再看看与自己相处很久的左邻右舍。

高玉泽爽快地满足了妻子的要求，带着她一路颠簸回到了北票，车卸完货后没有立马启程走，特意在北票停留了一天，这一天的时间，高玉泽陪着杨文萍从北票南山到冠山，他们马不停蹄地去了许多的地方，也见了许多她牵挂已久的人，可把俩人累得够呛……

从北票回到廊坊的当天晚上，杨文萍从小二楼的卫生间里冲洗淋浴过后，突然对高玉泽说："哎，玉泽你摸摸，我怎么觉得左边的乳房里，有个疙瘩呢？"

正斜躺在床上迷迷瞪瞪的高玉泽，一听到了这话心头一惊，嗖地就从床上坐起了来，困意霎时就没有了。他凑到了杨文萍的身边，伸手仔细地摸了摸杨文萍的乳房。呀，可不是咋地！这一抹用手就能感觉到她的乳房里，确实是有个疙瘩。高玉泽连忙就问杨文萍："疼不？"

杨文萍回答说："倒是不觉得疼，就总是有些个丝丝拉拉的，这两天在北票的时候，老是感觉不太舒服，身子犯沉挺疲惫的，要不再观察几天。"

高玉泽忽然想起过去常听人说起的那句老话，凡是感觉到身上的疙瘩丝丝拉拉地不疼，那一准儿就是不好。想到了这，高玉泽再看看墙上的挂钟，眼瞅着都已是晚上 10 点多了，这个时候去医院也没有多大的用处。于是，他就对妻子杨文萍说："这么地吧，赶明儿个咱去北大街我同学张玉琴单位的医院，让她给你好好地瞧瞧，看看到底是咋回事？"

第二天一大早，高玉泽就领着妻子杨文萍顶着门去了张玉琴所在的廊坊广阳区北大街医院，张玉琴正好是这家医院妇科的主任。

见到了张玉琴后高玉泽就说："老同学，我们家杨文萍感觉左乳房有个疙瘩，你快给好好看看。"

张玉琴让杨文萍掀开衣襟，伸手摸了摸她的乳房，然后拿起笔唰唰地开了张 CT 单和化验单，就支杨文萍赶紧去交款做检查。

趁着杨文萍去交款没有在跟前的工夫，张玉琴连忙对高玉泽说："老同学我告诉你，我刚才摸了一下，感觉你们家嫂子的乳房疙瘩有问题，你得有个思想准备，估摸着可不是啥好病。"

高玉泽听了后心头就激灵一下，"是吗，怎么啦？"

"我用手摸她乳房里的疙瘩手感圆滑，这疙瘩要是圆滑的话可就不是啥好病，别耽搁了，我建议你待会儿做完了 CT 和化验后，马上带着她去市医院，拿着 CT 片子你直接到乳腺外科找张一刀给看看。对喽！记着你在门诊收费口直接就挂他的专家号。"

高玉泽一听害怕了，赶紧推门去找杨文萍，也不交款拍 CT 片子了，出了门直接打车去了廊坊市中心医院。在廊坊市中心医院的乳腺外科诊室，张大夫检查过后支走了杨文萍，他皱着眉头对高玉泽说："她的疙瘩可能是个瘤子，得抓紧时间手术，慢了扩散了，人就算完了。"

高玉泽一听吓得立刻就麻爪了，大脑里几乎是一片空白。既然大夫都说是个瘤子，那指定就不是个好事了，说着他的眼圈就红了，要不是还有许多看病的人在场，他一准儿就嚎上了。

看到高玉泽的表情张大夫提醒道："别介呀！你可得冷静些，你要是都这样了，那病人的情绪不就彻底崩溃了吗？再说，这最后的诊断结果不是还没有出来嘛，还没有确定到底是恶性的，还是良性的，即便是恶性的瘤子，如果没有达到扩散的程度，经过了手术的切除，再经过化疗和放疗，还是很有生存几率的。"

由于医院的最终诊断结果当天出不来，两口子就坐车回家了。晚上，高玉泽就找到了大舅哥杨文芳，把张大夫让做手术的事说了。

大舅哥一听说："咳，不就是做个手术吗？那还上地区医院干啥，咱找个名医不就得了吗！在中心医院分院里我有人，还不用花多少钱。"

当时，大舅哥也没有把这事当个事，就觉得做个手术把肿瘤去掉就完了，根本没有像大夫说得那样邪乎。其实，大舅哥也是好意，他知道他们两口子手里没有太多的积蓄，想给高玉泽省俩钱。其实，殊不知这么一来倒是错了。过后想想如果当初要是直接就去北京或是天津大医院的话，说不准人还可以保住性命。

"哥，这行吗？"

杨文芳安慰妹夫："行！就这么着吧！人我找。"

后来，经过一系列地检查，最终诊断结果出来了，杨文萍所患的病是乳腺癌。从市医院里拿到了诊断的结果后，高玉泽还有些不死心，他又一次去找自己的同学张玉琴，这个时候高玉泽最相信自己的同学，他在老同学这里还抱着个热火盆，还抱有一线希望，从心希望这个结果不是真的，会不会是人给弄错了？

张玉琴看过了廊坊市中心医院的诊断结果后，沉默了一会儿后对高玉泽说："别再抱幻想了，这个结果是真的。张一刀是廊坊这里最有名的，我知道他，他是不会弄错的。赶快进行手术切除吧！只要是癌细胞没有扩散控制住了，你家里的就有救了。也只有通过手术，才能知道肿瘤的变化达到了一个什么样的程度。"

高玉泽从张玉琴的话里话外，分明能够听得出她的弦外之音，他最后的一线希望也在老同学这里荡然无存了。

这回，高玉泽这个五尺来高的汉子，在老同学这里可挺不住了，虽说他没有嗷嗷地哭出声来，但是泪珠子却是噼啦啪啦地直劲往下掉。

高玉泽这一哭不打紧，也把张玉琴哭得心里挺难受的。作为医生的她，毕竟经历的多，她顺手递过来一包面巾纸，然后瞅着高玉泽说："你要是个爷们儿的话就别哭，这事还得需要你来扛。你若是都瘫了，再往下头的事咋办？你回家再哭哭啼啼的，不要让她看出破绽来，这个事要想法瞒着她，要稳定好她的情绪。"

老同学张玉琴的一席话，倒是一下子提醒了焦急无措中的高玉泽，也让他一下子冷静了许多，他赶紧起身去找妻子杨文萍……

六十九、全力救妻

大舅哥杨文芳在分院找的人很硬，入院后单独给杨文萍自己安排了一个房间，屋里有空调环境也不错，咋说都比廊坊市中心医院的条件还好，这样家属照顾起来也方便多了。

高玉泽与二小姨子杨文玲和三小姨子杨文芝还有大舅哥杨文芳，几个人轮流照顾杨文萍。

很快就给杨文萍做了手术，手术打开后立刻就拿去做了病理切片，大约20多分钟结果就出来了，证明乳房上的乳腺癌肿瘤属于中等程度，癌细胞刚刚开始扩散。于是，医生们继续为杨文萍做了乳房的切除手术……

杨文萍手术醒来后，有气无力地问高玉泽："怎么把我的左乳房给切除了？"

高玉泽赶紧说："大夫说你的病不太好，粘点恶性肿瘤的边。为了防止扩散转移，就只好做了乳房的切除，手术是为了保你的命，不手术命可就难保了。"

妹夫刘凤鸣接过话头逗起嫂子："嫂子，乳房没了不打紧，等你好了出院了，让我哥再买一个假的安上不就得了，省得他老惦记。"

刘凤鸣的一番话，说得杨文萍扑哧地笑了……

两个月后，手术恢复得挺好，杨文萍的脸上也开始有了气色。

等过了半年后，她的病情就又复发了，还没等开始化疗，就发现杨文萍身上陆续出现了许多的小疙瘩，小疙瘩连成了片。一个小医院的手术失败，由于没有把属于中期程度扩散的癌细胞给刮净，这样就留下了要命的祸患。

见到妻子杨文萍的病情又复发了，高玉泽的心里很难受，毕竟自己还是个爷们儿，当着杨文萍的面，高玉泽学会了伪装自己，从表面上看他啥也看不出来，但只要是杨文萍睡着了，夜深人静房间里只有自己一个人仰望天棚的时候，他的心里很难受，再控制不住自己的感情，高玉泽就会盖着被偷偷地哭。有一回，高玉泽不知啥时候哭着哭着睡着了，后来他在睡梦中的哭声，生楞地把杨文萍给哭醒了。

妻子杨文萍坐起身，用手推醒了紧挨身边的丈夫高玉泽。

高玉泽揉了揉眼睛，憨憨地笑着说："咳！这不刚才自己做了一个梦，梦到自己一下子从悬崖上忽地掉了下去，是吓哭的。"

杨文萍扑哧地笑了："妈呀，那你是在长胆呀！咋才长胆呢？"

"我自小胆就小，才开始长胆也不晚。"

远处传来三遍鸡叫，经高玉泽刚才这么一折腾，两人的睡意皆无。于是他们就都索性披上衣服坐起身，杨文萍将头依靠在高玉泽的肩上，两人望着窗外唠起了嗑，一直唠到了天放亮……

吃过了早饭收拾停当后，高玉泽陪着杨文萍又去了医院。这次他们再没有去那家做过手术的医院，而是直接去了石油管道局的职工医院。

医生做了检查后问高玉泽："化疗，你们家属选择用什么药？"

高玉泽回答："那还用说，要用最好的药。"

"最好的药，是美国进口的紫杉醇，这种美国进口药一支是1100元钱，一个疗程输液外加保肝的药，费用就需要17000元钱。"

为了救妻子杨文萍，高玉泽在大夫的面前连个锛儿都没有打，妻子化疗用药的事就定下来了。

这种美国进口的紫杉醇输液后效果是很明显的，身上的疙瘩连向就都没有了，不过它的副作用也很大，血管由于被药物损伤就不能第二次再用了。一次输液两个小时，一个疗程17000元钱就没有了，一个疗程是二十一天。化疗后过两个月，还要再进行放疗，放疗一次就得700元钱，一个月还需要2万多，这些费用加在一起大约需要二十多万元。

资金不行了，高玉泽就去贷款，当时他就一个想法，只要能够救杨文萍的命不怕花钱，毕竟钱总是人挣的，有了人才会有钱。

听说高玉泽要去贷款，一个从小的玩伴提醒他："玉泽，你贷多少钱也都白搭，没有听说过能把癌症治好的，周总理怎么样不也没有治好吗？你这么去贷款末了还是人财两空，拉了一屁股的债。"

高玉泽回答得很干脆："即便是白搭，这钱我也花。"

在东安庄高玉泽有个表弟叫秦泽民，他是东安庄农村信用社的主任，他一边当主任也捎带手地开办了个专营农资、农药和化肥的销售点。乍一开始的时候，钱一码是高玉泽跟他个人三两万元借的，后来再去借的时候表弟就说了，"我这个商店的资金周转不开了，这么着吧我用我这个商店给你担保作抵押，你弟妹在东安庄信用社是会计，贷款的利率是六厘，哥，你看这样行不？"

"行！"

弟妹叫姜素玉，是东安庄信用社的会计，于是她在东安庄农村信用社用表弟的商店作抵押，给高玉泽贷了十万元，利息是六厘，对此高玉泽从心里往外地感激他们的仗义出手相助。

表弟秦泽民这个人自己随便惯了，总是拉拉呼呼的，他不理会商店里的农药和化肥，夏天天热吃过午饭后他总习惯在店里的躺椅上睡觉。那天，高玉泽在表弟家就亲眼看见他答对走了一个来买农药的客户后，转过身来连手都不洗，就随手从瓜架子上摘了根吊瓜，也不洗一下就咔嚓咔嚓地吃了。由于长期置身在弥漫农药与化肥味道的环境里，自然而然他的病也就做成了。让人怎么也没有料到高玉泽 10 万元的贷款还没等还上呢，表弟就突然因急性尿毒症死了。

这天，弟妹姜素玉一脸愁容地找到了高玉泽，"表哥，这贷款的钱咋办呢？你表弟如今人都死了，你可别坑了我，不管怎么着你可得把钱还了呀！"

高玉泽答应了弟妹，在万般无奈的情况下他去北票找到了郑力国，郑力国也挺仗义的帮他解决了燃眉之急……

人这一辈子难免会遇到难处，一旦遇到难处求人的时候，人与人的表现可就不同了，有的人仗义敢于出手相帮可谓是雪中送炭，而有的人则会以各种借口悄声推诿。对于雪中送炭的朋友，他这一辈子都会铭记在心的，在心里铭记着人家对自己的好。

经过 21 天的化疗和后续放疗，杨文萍的病情趋于稳定，这样又待了一年多。

七十、妻子的牵挂

虽然日子恢复了常态，但一个客观的现实却是无法回避，对于高玉泽的压力就是一句话——罗锅上山"钱紧"。第一次手术花了二十多万元，其中十万元是从表弟那里贷的款。这还没完，出院后的杨文萍还得吃诸如脑白金一类的营养滋补品，还得打高蛋白，这些都是需要钱的。为了挣钱好给杨文萍治病补养身子，高玉泽放弃了已经轻车熟路的北京跑活儿业务，他又二抹脚地回到了朝阳，继续做起了地毯与毛线的生意，高玉泽觉得也只有这样才能来钱快……

2003年早春的时候，杨文萍的身上又起了连片的疙瘩，由于没有控制好，她的病情又一次复发。

杨文萍焦急地问："这怎么办呢？"

高玉泽回答："别怕，咱再接着化疗。"

杨文萍伤心地哭了。

高玉泽赶忙安慰她："你这个病控制好了，是没事的。你看我甄庄的那个婶，她得了乳腺癌后经过治疗，这三四年的光景不都挺好的吗？一点事都没有。手术了，也不保准儿一次就能祛根治好了，还得靠化疗和放疗。"

家里有个病人，高玉泽虽说人在朝阳，可是心里头一直放不下杨文萍，他在拼命挣钱的同时，隔几天就专程从朝阳回趟家，母亲一个人要拉扯俩孩子，这样他就把家托付给三小姨子杨文芝来照顾。为了更便于养病也不牵扯婆婆的精力，杨文萍和妹妹杨文芝一起回了娘家……

这几天生意挺好的，又卖了好几块地毯，手里有了钱的高玉泽就从朝阳坐车回到廊坊，正好妻子化疗的费用也快不够了。杨文萍听说丈夫要回来了心里也挺高兴。由于高玉泽在心里头老是惦记着杨文萍，头天晚上就迷迷瞪瞪地忘记给手机充电了，人坐车回廊坊走到半道的时候，三星牌手机就一下子没有电了，这样他也再无法跟外界保持联系了，几乎是处于一个失联的状态。

在经历第二次化疗和放疗后，杨文萍的身子极度的虚弱，她整天躺在炕上打不起精神。快到中午的时候，杨文萍想问问高玉泽走到哪里了？可一打电话却被告知他的手机已关机，怎么也联系不上了。

莫非是他的手机欠费啦？想到这，杨文萍在炕上再也躺不住了，她怕丈夫的手机因为没有费用停机耽误事，就从炕上坐了起来顺手披上棉袄准备下地，她想硬挺着虚弱的身子，到街上的电话亭去给高玉泽的手机里充值点话费，谁劝她也听不进去。要知道这个时候杨文萍正在放疗，她是不应该出去再见风的，无论妹妹杨文芝如何劝说她就是执意坚持，无奈三妹妹杨文芝只好陪着二姐一起去，也就在她们刚刚充完了话费回到屋里的时候，高玉泽就急急忙忙地赶了回来。

三小姨子杨文芝冲着二姐夫直劲地埋怨："你说我姐，对你可真上心，知道你的手机恐怕是欠费了，都急得要哭了，怎么劝都不行，这不是刚刚交完了费用才回来。咳！也是的，谁的男人谁牵挂，差一丁点都不行……"

杨文萍接过话头白了妹妹一眼，"死丫头，光杵着嘴说别人，你不也是一样的吗？"

姐妹俩一起，咯咯地笑了。

一晃儿都这么长的时间了，高玉泽才看到从杨文萍脸上露出来的笑容，远远地望着亲密的姐妹俩，侧耳听着她们咯咯地笑声，高玉泽在心里说："只要有人在，就好！"

七十一、在"非典"的日子里

2003 年的春天，所有的中国人都真真切切地感受到了什么叫做"倒春寒"的滋味。也就在这一年春天"倒春寒"的日子里，中国历史上也经历了一次史无前例"非典"疫情的传播蔓延。

这天，杨文萍的病情又突然间加重了，大家赶忙用车把她从娘家北行子拉回来，在回来的道上高玉泽说话了："这回要是再做手术的话，咱哪也不去了，就去石油管道局医院，那里各方面的条件都好。"

石油管道局医院是廊坊最好的一家医院。当时，正好是全国"非典型肺炎"形势最严重的时候，尤其北京和河北是"非典"闹腾最欢的地方，京津冀各家的医院如临大敌。当高玉泽用车拉着杨文萍到了石油管道局医院的时候，医院的门卫把着门不让往里进，于是高玉泽急眼了，你不让进我就硬往里闯，闯进去后就直接上楼，经过检查大夫说："她不能再手术了，唯一的办法还是继续进行化疗。"

真是放屁扭腰赶在点子上了。也不知道咋就那么寸劲儿，就在高玉泽带着杨文萍闯进医院后，一个脚跟脚进来的"非典"患者也被医院呼吸门诊确诊了。这下子可坏菜了，石油管道局医院上上下下即刻紧张起来，凡是进去的人一律不准许再出来了，这样正在医院里陪同杨文萍做检查准备化疗的高玉泽，一起与妻子也被隔离在医院住院部 10 楼的病房里，整个病房里就只有他们两个人，每天的吃饭、打开水，都要靠医院派专人往里送。在去石油管道局医院的时候，高玉泽的身上只带了 1 万元钱，这下子钱不够了，于是高玉泽就给大舅哥杨文芳打电话："哥，你赶紧往我的卡里续点钱，文萍又住院了，现在钱不够了，我们两人现在一起被隔离在石油管道局医院了出不去了。"

寻找幸福的方向

由于"非典"的隔离，他们一下子失去了自由，二十多天能跟外界与亲人唯一联系的方式就是手机……

里边的人焦急，外边的人更着急，一堵医院铁栅栏的阻隔，恍如是人间的两个世界，里边的人想出去，外边的人更想进来……

每天在同一个时间，高玉泽与杨文萍要做的一件事就是隔着窗户玻璃，急切地搜寻楼下马路对过翘首向上张望着的亲人脸，而每每这个时候两个人就会泪流满面……

每天准时，大妹妹高淑敏总会领着女儿高盼出现在医院对过的马路上，她们不停地向 10 楼玻璃窗里的亲人摆着手……

杨文萍已经预感到什么，但她在嘴上却没有说，只是一个人硬撑着，她不愿意再用自己的情绪影响高玉泽，给他的心里添堵。

这天俩人在病房里唠嗑，杨文萍忽然对高玉泽说："高盼这孩子是我最牵挂的，她打小从一生下来就东躲西藏的，我对于她也没有尽到一个当母亲的责任。老高你记着，假如我有一天不在了，可不兴亏待了我的老闺女呀！这孩子性格内向，不咋爱和人说话，这都是老不在咱们身边整的。她的婚姻你多操点心，帮她选个好婆家，有了好婆家她在那里就不会受屈……"

杨文萍还想往下说，这个时候高玉泽说话了："我怎么听着你这话像是在跟我安排后事呢？"

"没有，我就是放心不下高盼。高颖闯楞，她不用人操心。"

"你就放心治病，高颖和高盼她俩都错不了，也都不会受屈的。"

刚进七月门的时候，天气就呼啦一下子热了起来，而且热的烦人，干热干热的。结束了"非典"被隔离的日子后，高玉泽就办理了出院手续，为了养病他又把杨文萍送回娘家北行子。

哪知道，两人刚出院不久，医院这边就毛了，他们又脚跟脚地撵到了北行子，原因他们是从"非典"隔离医院里出来的患者，既然是"非典"疫区的患者，那这个问题可就严重了，于是医院撒开了人马到处寻找，廊坊电视台里也在以滚动字幕形式播出寻人启事，整个廊坊犹如惊弓之鸟一般，生怕他们将"非典"的疫情给扩散了。也不知道这帮人是从哪里得到了准确信息，他们就从廊坊追踪到了北行子。

听说廊坊在全市寻找的人在北行子，北行子大队干部们也毛了，大队妇女主任上门对高玉泽说："你们刚从医院里出来，现在怀疑你们是疫情病毒的携带者，这样为了全村人的安全，你们俩不能在我们村子里住，得赶快走人。"

"干吗？杨文萍是你们村子的人，回娘家来咋就不行？"

"不行！她已经出嫁了，已经不是我们村的人了，是你们甄庄的就应该回甄庄。"

"行行，既然这样，那就去我们甄庄，没有你们村里人这样无情无意的。"高玉泽抢白了她一句，臊得妇联主任脸通红。

说完话，高玉泽出门叫了辆天津大发面包车，他把杨文萍从北行子拉回了甄庄，回到甄庄就没有人再敢撵他们了。

在甄庄住了一段时间，"非典"疫情就过去了，由于杨文萍老是念叨想家，高玉泽又把她送回了北行子。说来也巧，高玉泽他们刚进村的时候，就又碰上了妇女主任，这回妇女主任啥话也没有说，要是她再说些个啥，那高玉泽可就不干了……

七十二、坍塌的期望值

在北行子住了一段时间，两人又回到了廊坊，这是因为杨文萍的病还需要再接着去石油管道局医院进行放疗。

高玉泽每天都要骑着小车陪同妻子去医院做放疗，癌症患者的放疗过程一般人是难以想象的，整个放疗过程其实就是在用灯的热光源进行炙烤，炙烤的时间一长，皮肤上就会被烤得起了伽伽，同时还伴有着一股皮肤被烧焦的难闻味道，可以想象一个经受着放疗的人，在被炙烤时所要承受的是一种多么难以忍受的痛苦。为了战胜病魔，杨文萍每次在做放疗时，她从头至尾都是一声不吭地咬牙干挺着，每次她的上牙都会把下嘴唇咬出血……

每次杨文萍在做放疗的时候，高玉泽的眼泪都会悄悄地在心里流淌，痛心疾首的他也曾在梦里哭着问："苍天哪，你为什么这样的不公平？你行行好，让杨文萍快点好吧！我不能没有她……"

自打杨文萍的病情又复发了后，高玉泽急得火上房，记得大夫也曾经告诉过他："如果病人的病一旦复发，可就坏了，十有八九是要恶化的。"

见到妻子的病又复发了，这回高玉泽再也不相信廊坊了，他用车拉着她，相继去了北京、天津的多家大医院，大夫们回答的结果几乎都是一样："建议回去继续接受化疗和放疗。"

上北京和天津去看病，在环卫局当局长的大舅哥，每次都撂下手里的事儿一直跟着，妹妹的病情越来越严重了，作为哥哥的心里也不好受，这个时候能够帮衬上的也只能是人和他的车了。那些日子大舅哥的局长车，就成了高玉泽的私家车，高玉泽想去哪儿，车立马就去哪儿，一点没有说的，一口气高玉泽用车拉着杨文萍去了北京肿瘤医院、天津肿瘤医院等多家大医院，到头来又回到了原点，但高玉泽仍然不死心，当时他的脑袋里只有一根筋，谁的话他都不信。当时大夫们的话已经说的再明白不过了，这种病由于癌细胞的扩散，已经回天乏术治不好了，可高玉泽偏不信，他只相信会有奇迹的出现。

有人说石家庄有个老中医专治癌症，一治就好，一个疗程是一个月，在那治疗的方法是吃中药。这让高玉泽一下子又看到了希望，他和大舅哥杨文芳一商量，开着车就直接去了石家庄。

当时，由于高玉泽四处借债，他已经到了山穷水尽的地步，高玉泽就厚着脸对大舅哥说："哥，我已经借不到钱了，这回咱去石家庄你再拿点钱吧！我手里的钱恐怕不够用。"

大舅哥也没有打镩儿，又从家里拿了一万块钱，哥俩还有三小姨子杨文芝，三人坐车拉着杨文萍直奔石家庄。

华北七月的天气燥热。在石家庄的这家专治癌症的医院，老中医看了看后撂下了一句话："先住下吧！"

这是一家民营的医院，在这里住的都是些癌症晚期的患者，到了这的患者都没有治好的，也都相继地死在了这里，什么治疗癌症有特效，说白了只能给晚期的癌症患者减少点痛苦罢了。乍来这里时，高玉泽他们根本不知道这里的底细，还以为老中医真像人们所传的那样邪乎，对于癌症治疗的手法独特呢。

在这里只住了才七天，大舅哥带去的一万块钱就没有了影。在这里除了检查就是输液，啥啥都是挺贵的。钱花了，人的病情却一点也没有见好转，相反在治到 10 天头上的时候，就感觉杨文萍她不爱说话了，问她："喝不喝水？"她半天也不搭理你，凑近跟前发现她正在昏迷当中，待了一会儿，她才"啊"地应了一声。再问她啥话，她有气无力地干嘎巴嘴说不出来话。

高玉泽跟小姨子杨文芝说："你看你二姐病不见强，反倒老是有种昏迷的感觉。这么着咱俩用轮椅推她下三楼到外边看看，试一试她的大脑反应。"

三小姨子杨文芝点头应允。

于是，高玉泽就把杨文萍抱起来，再用轮椅推着到外边去看看，让她知道自己现在是在哪，别稀里糊涂的，不知道家的方向。

到了外边，高玉泽指着医院围墙外铁道线上隆隆驶过的火车告诉她："咱这是在石家庄，咱来这里是在给你治病呢。"这一试就看出来，杨文芳的反应还是不行，她一直是处于昏迷不醒的状态。

后来发现，杨文萍昏迷的次数越来越频，她整个人干脆瘫了，也不睁眼，直劲地抽搐。

高玉泽对小姨子杨文芝说："你在这里看着你姐，我赶紧给大哥打电话，让他带车过来，人可别死在这，顺便让他再带点钱过来。"

那边的杨文芳问："搁小车行不行？"

"恐怕不行，得用大面包车。"

大舅哥接到电话后，第二天起大早走了 400 多里地的路程，仅用三个多小时就赶到了石家庄。

这个时候医院的大夫不让走，他们还在信誓旦旦的担保呢，说她，"人没有事，别走了，如果这样走在道上有危险咋办？"

高玉泽哭了，"你们还保个什么？这人眼瞅都快不行了，大哥咱不听大夫的了，走吧！这两天我就觉得文萍她人不行了，出不来气，老是有种昏迷的感觉。"

在从石家庄回廊坊的路上，躺在担架上的杨文萍一路都在痛苦的呻吟着。望着被病痛折磨的妻子，高玉泽一边嗷嗷地哭，一边用手不停地给杨文萍揉搓着身子，他就想用这种方式能来为她减轻一点疼痛。

车轮在马路上飞速旋转着，杨文萍在车里痛苦地呻吟着，高玉泽在妻子的身上用手不停地揉搓着……

七十三、一场虚惊

从石家庄回来，到半夜的时候高玉泽就来病了，他几乎是因出不来气被憋醒的，满头大汗的他在从床上坐起身来时，就感觉自己的嗓子里不得劲，好像里头长了个大疙瘩。

这个时候的杨文萍刚好也很清醒，高玉泽就跟她说："我也不好，我可能会死在你的头前，总感觉嗓子眼里头有个大疙瘩，在里面堵得出不来气。"

杨文萍的嘴唇颤抖了几下，她似乎是想说啥，最终也没有说出来。

高玉泽再也抑制不住自己的感情，他把妻子的手抓过来放在脸上，呜呜地哭了起来……

杨文萍也哭了，哭着哭着她又一次陷入了昏迷……

早上，高玉泽跟大姐杨文霞说："大姐，不好，我也不行了。"

"你怎么啦？"

"我感觉嗓子眼里有个疙瘩，堵得出不来气，待会我去医院透个视，看看这是咋地了！"

在医院的放射线科诊室，高玉泽拿着医生开的单子排队等待下喉镜检查，在他的头前还有一个老头，轮到了老头了他往那一站，大夫隔着玻璃就对身旁作记录的小大夫随口说了一嘴："哎呀！又是一个食道癌。"

一听到大夫说这话，高玉泽连相心里就麻爪不行了。他知道待会儿给自己检查时，大夫也会这么说。想到这，高玉泽预感到自己也快不行了，眼泪虽说没有立即流出来，也几乎是在眼圈里含着，心里头像个打碎的五味瓶啥滋味都有，反正是不好受的。

轮到自己了，虽说没有亲耳听到大夫告诉的结果，但他已经猜测到了，

寻找幸福的方向

大夫该说些什么。有时大夫让病人看到的结果，多半都是不挑明实情的。从医院里出来，高玉泽连走路的力气都没有了，整个人几乎瘫了，他在雨搭的台阶上找了个地方，坐下来后就掏出手机给表弟董明打了个电话，还没有开口说话先呜呜地哭了："董明，你表哥我不好了。"

电话那边的董明蒙了连忙问："表哥，你咋地啦？"

"咳，我是食道癌。"

"啊！净瞎说，你在哪儿？"

"我在市中心医院呢。"

"你等着我，我这就过去。"

不一会儿，董明就急三火四的赶了过来。高玉泽见董明来了，就把手里的片子递给董明，"你拿着片子去问问大夫，看我还有救吗？"

高玉泽不敢直接去面对大夫，更不敢亲耳听到那三个可怕的字——食道癌。

董明看了一眼表哥后，接过片子连忙又上楼去找大夫了。

"大夫，你看看这个片子有问题吗？"

大夫接过片子仔细地看了看后说："没事呀！什么毛病也没有。"

"真的，什么问题也没有？"

"是啊！是什么问题也没有。"

董明听了还有些个疑惑："我表哥说他的嗓子里，好像有个疙瘩，堵的慌。"

"没有啥问题，他只不过是嗓子发炎了。"

听到了这话，董明拿着片子赶紧下楼回到高玉泽身边。

"表哥，刚才人家大夫跟我说了，说你啥事都没有。"

"你别跟我说这话，我知道你是在宽我的心。"

"真的！真啥事都没有。"

"是呀！"高玉泽又反复瞅着董明的脸，怎么瞅他也不像是在跟自己说假话。

"表哥，我真的没有骗你，真的啥事都没有。我估摸你这是急火攻心，弄的。"

听了这话，高玉泽乐了，他一下子把董明抱起来，在空中抡了一圈。

急火攻心，祸不单行。这些日子对于高玉泽而言，啥事都往一起赶，怎能不让他上火？这火赶火，就从嗓子上表现出来了。

老高家这几年走了背字，一直不消停。三年前，父亲就查出来是直肠癌，他老是便血，怎么治也不见好，人都瘦得脱了相，一直是由母亲护理的。这不老爷子27天前刚刚过世，脚跟脚地媳妇杨文萍又眼瞅着快不行了，火赶火，对高玉泽的打击很大，他的精神几乎快要到了崩溃的边缘……

好在刚才表弟董明的一番话，宽慰了高玉泽的心，在回家的路上，他的脚步再也没有来时那么沉了，一下子轻松多了。

一场虚惊，都是急火攻心闹的。

七十四、黄昏失血的残阳

刚刚迈入七月，冀中大平原燥热的程度就让人感到难耐了，头顶上没有一丝的风，脚下的沥青路晒得冒出了油，就连以往吵得让人心神不安的知了，也没有了劲儿……

杨文萍的病情越来越重，几乎是一天不如一天。从石家庄回来第三天的早上，高玉泽见她又从昏迷中睁开了眼睛，赶忙把熬好的中药端她的跟前，然后劝她："文萍，把这药喝了吧，喝了咱就好了。"

从石家庄回来的时候，在医院又拿了7000元钱的中药，每天起大早给杨文萍熬药，就成了高玉泽一天中要做的第一件事情。

说实话，这个时候的杨文萍已经喝不下去药了，但她还是让大小姑子高淑敏扶她起来，强忍着疼痛一口一口地把药喝了下去，喝到一半的时候，实在是喝不下去了，她整个人虚得一丁点的力气都没有……

到了下午 5 点多钟的时候，杨文萍直劲嚷着上不来气憋得慌，再看看她的脸，憋得通红通红的，额头和脖颈子上都是湿拉拉的汗水，由于憋得实在难受，她的手直劲在前胸坎子上乱抓乎。

高玉泽见杨文萍憋得太难受了，赶忙起身到街上去买平咳止喘的药。

这个时候的夕阳，早已经没有了以往时的鲜亮，它在一层又一层云朵的遮掩之下，成了失血的残阳……

高玉泽走后过了一会儿，杨文萍感觉略微好了点，她就对身旁的大小姑子高淑敏说："淑敏啊，我现在一切都管不了了，我把这个家交给你了，也把这两个孩子托付给你了，我……要……走……了……"

只见她的嘴唇还在抖动着，似乎还想要再说些个什么，可怎么也听不到她的声音了……

高玉泽也不知道是咋地了，就在服务员从柜台里把药递给自己的时候，手却一下子没有接住，装止咳糖浆的玻璃药瓶一下子掉在了地上打碎了……

等重新买了瓶药急三火四赶回家的时候，他前脚刚迈进院套的大门，就听到了大妹妹正和高颖、高盼一起在哇哇地哭呢……

高玉泽的心立刻"咯噔"一下，他一个箭步冲进了里屋……

46 岁的杨文萍走了，她带着对亲人、对这家的牵挂，带着对这个世界依依不舍的眷恋，走了……

高玉泽手扶着门框，呆若木鸡地杵在了那里。这回他虽说没有哭出声来，但眼泪却像断了线的珠子，啪啦啪啦地直劲儿往下掉……

第十八章
地平线上的沈阳

七十五、颓废不应该是个理由

杨文萍撒手人寰了，她被埋在南大河老高家的祖坟，也许是舍不得杨文萍，高玉泽几乎每天都要到南大河去看她，坐在坟头前和杨文萍说话，一个人在里头，一个人在外头，他们仿佛有好多好多的话要说，可怎么说也说不完。他们的话头太长了，从甄庄说到了北行子的冀民屯，从北行子的冀民屯又说到了甄庄；再从甄庄说到北票，又从北票说到了甄庄。也是的，这二十二年光景里积攒的话，一时半会儿上哪儿能够说得完呢？高玉泽这个后悔呀！在这二十二年8030天的光阴里，你杨文萍跟随着我就为了有一个城里人户口的梦想，吃了那么多的苦，受了那么多的累，到头来等到咱们的梦想成真的时候，你却独自个撇下我和孩子走了，去了一个遥远的地方。细细想来你身上的病，都是在北票的时候做成的，生第一个孩子，你那奶棒的，孩子没有留住，奶也憋回去了，生老三的时候，刚生没有几天你就扔下高盼回到了北票，该孩子吃奶的时候不让吃奶硬憋着，这能不做病吗？说到了这，高玉泽用手捶着胸，他后悔死了。

"文萍，这都是我害的你呀！我对不起你！"

哭声伴着风声，在南大河的河滩上回荡……

每天在南大河倾听高玉泽与杨文萍哭诉的，不光有南大河里流淌的水，还有他头顶的树枝上的一群鸟儿，它们飞了来，来了又走，走子又来，它们都是这里最忠实的听众，它们都知道每天这里有一个男人，在他妻子的坟头前哭，每次都是哭得大鼻涕大泪的，看样子很伤心……

杨文萍没了后，在很长的一段时间里除了常去南大河外，高玉泽整天干待在家里不出屋，待在家里的时候他总是躺在床上，连眼皮都不眨呆呆地望着天棚发愣，因为杨文萍的影子时常出现眼前……

高玉泽不肯出门见人还有另外一个原因，自己的手里没有钱，不光是没有钱，他还有一屁股的债……

　　这天，二姨家的表弟董明和董军哥俩来看高玉泽，他们俩来的目的就是想帮表哥度过难关。

　　一脸愁容的高玉泽从床上勉强坐起了身，看着表哥萎靡不振的表情，董明说话了："表哥，你别老是这样打不起精神来，天塌不了的，不是还有我们哥俩吗？我们不会袖手旁观的，我们哥俩一起过来，就是想帮你度过眼前的难关。"

　　高玉泽打了个长长的咳声，话还没出口他反倒是呜呜地哭了。

　　"男儿有泪不轻弹，只是没到伤心处。"高玉泽哭了，他第一次不顾及脸面在表弟跟前放声痛哭。杨文萍走了，一个温馨的家没了，他像一只被大风卷起的小船，从天上一下子掉到了茫茫的大海之中，他根本看不到哪里是岸，也一下子找不到了方向，等待他的就是被汹涌的浊浪撕成碎片……

　　望着泣不成声的高玉泽，董明说，"表哥，你打起精神来好不好？颓废不应该是你的理由，你要是一个男人的话，就站直喽别趴下。"

　　董军递过来一条手巾然后也说："表哥你和我们一起干吧！你接着跑你的活儿，我这边该咋提成还咋提成。"

　　董明接着又说："你跑活儿也算帮了我们，至于报酬这块我们再适当地多给你提提。"

　　1996年高玉泽在回到廊坊的时候，董明与董军哥俩就有了自己的一个印刷企业，这几年他们哥俩也把这个企业经营的不错，后来北京一个朋友又投资入股，他们在廊坊建起了一个很大规模的印刷企业，取名叫恒泰印刷有限责任公司，成为了廊坊地区印刷行业的模范企业。

　　"一个篱笆三个桩，一个好汉三个帮。"在董家哥俩儿的劝说下，高玉泽用手擦干了眼泪，他轻轻推开房门迈步走到院子里。

被雨水冲洗过后的天格外湛蓝，远方的天幕上有道七色的彩虹桥，在太阳的笑容下显得分外迷人……

七十六、北煤宾馆的缘分

昨天夜里高玉泽迷迷糊糊地做了一个梦，而且是一个清清楚楚的梦，他梦见了自己和杨文萍在到辽宁工作时曾经住过的北票矿务局北煤宾馆，他眼前浮现了很多熟悉的面孔，还有宾馆院子里那几棵枝叶繁茂的老槐树，还有喜欢慵懒地躺在树荫下的大花猫……

高玉泽冥冥之中感觉到这个梦似乎对他来说，好像在预示着什么。

从丧妻阴影里走出来的高玉泽，为了生活又重新回到北票开展业务，因为他觉得自己毕竟在北票工作过多年，人熟为宝。也许是老天有意在助一臂之力让他尽快恢复元气，这个时候北票市第二人民医院院长郑力国老弟看在过去交往的面上，把医院里的许多印刷业务都交给了高玉泽，同时还一再叮嘱自己身边的有关人员，一定要照顾好他的高哥。这样高玉泽去北票的时间就比其他地方多，没有事的时候他出溜出溜就去了。

掐算起来，这一晃儿又有挺长一段时间自己没去北票了，想想这可能是自己又想北票的朋友们了。于是，高玉泽这天坐着车就去了北票。

每年初春季节，正是北票下府河滩地上白天鹅最多的时候，成千上万只大天鹅从南方飞来在下府的河滩地上落脚，经过一段时间的休整补充体力后，再接着向北飞到遥远的西伯利亚……

睹物思人。高玉泽这会儿也特别想去下府再看看大天鹅，因为在北票工作的时候，他和杨文萍每年都一起去看天鹅，而在每次看天鹅时高玉泽就会发现杨文萍都兴奋的像个孩子，每每在河边她的头发被春风撩起飘逸的场景，是最让高玉泽无法忘却的……

从天津坐大巴车到朝阳后再打车到北票已是半夜时分了，高玉泽就在客运站前一家自己常去的小旅馆里睡下了。等一觉醒来都快要到中午了，他赶紧给二院办公室主任于学刚打了个电话，想约他在一起吃个饭，于主任说他在陪客便约好下午见面。于学刚是北票市第二人民医院的行政办主任，高玉泽是通过院长郑力国认识他的，两人一接触后很快就成为了朋友，他也给过高玉泽很多的帮助。

高玉泽下午如约推开了办公室的门后，于学刚正在屋里等着他呢。见了面后于主任就兴奋地说："老高来得正好，呆会儿我领你到北煤宾馆，去见一个作家朋友。"

高玉泽犹豫了一下说："我跟人家作家也不搭个边呀！"

于主任说："这个作家姓向是郑院长的朋友，我也是通过郑院长认识他的，他来北票是为郑院长写一本书，现在就住在北煤宾馆，中午时候我陪的就是他，接触了几次觉得他人挺好的，作家接触的人多说不定以后还能够帮上你呢！"

经于主任这么一说，高玉泽想见这位作家的心情反倒是有些强烈了，同时他也很担心自己不知咋跟人家作家交往。

于主任放下自己手头的工作，就领着高玉泽到了北煤宾馆301房间，一见面高玉泽就没有了想象中的那种作家难于接触想法，面前这位作家大哥挺和蔼可亲的，甚至连一点架子都没有。

作家大哥此时正在给郑力国撰写一部长篇传记文学，书的名字都起好了叫《趟过大凌河的人》。他这次来北票目的就是来核实一下40多万字的书稿内容，待稍作修改就要付梓出版了。

仨人在一起越唠话越多，心也越走越近，晚上又是于主任做东，仨人在宾馆门外找了家小酒馆喝起酒来，那天晚上仨人都没有少喝，"酒逢知己千杯少，"高玉泽记得四两一盅的小酒壶，在包房的窗台上摆了一溜。

高玉泽很感谢于学刚主任的良苦用心，他也觉得自己这趟来北票来得值。

第二天一上班，于学刚主任就兴奋地给高玉泽打来电话说："向老师决定了他的《趟过大凌河的人》这本书，要交给你来印刷。"

"真的？"

于学刚说："看来你老高跟向老师是挺有缘分的，他对于你的任象很好，就把这么一本书都交给了你。"

"这趟来北票我最大的收获是认识了向老师，但是我更要感谢你，是你给了我这次机遇。"

人海茫茫，有多少人在这茫茫人海之中仅仅是擦肩而过，又有多少人在这茫茫人海之中却是对面而不相逢，谁能说得清楚维系心灵的缘分，到底该是怎样加以一个明确的定义？当然这里除了机遇之外，更多的玄机就属于天意了。

七十七、一本书见证的真诚

2008 年的夏天，向老师又带着一本《大爱无疆》的书稿，风尘仆仆地从沈阳来到了廊坊。

这本书是辽宁省血栓病中西医结合医疗中心医院为 20 周年院庆活动准备的书，这是一本集中反映医院职工对医院心声的书，原本这本书医院是准备在沈阳印刷的，而且就连设计公司和印刷厂都找好了，偏巧赶上向老师去医院采访，他凭借个人关系把这本书的设计印刷都给高玉泽揽了下来，凭心而论他就想帮帮高玉泽的忙。事实求是地讲当时这本书，是根本不用跨省大老远拿到河北廊坊来设计印刷的，究其原因不是有一个朋友的心结。

高玉泽很为向老师的诚意感动，他执意邀请向老师留下来帮助设计，因为毕竟向老师熟悉这家医院，有他在身旁监督设计自己的心里也就有了底。当时河北廊坊的气温照比以往都高，大三伏天廊坊当地人都热得受不了，就可想而知患有血压高病的向老师在高温状态下难以忍受的程度。

在第一稿设计过程中，有一个问题必须要征得医院的意见，于是高玉泽就与向老师一起坐车去沈阳的苏家屯，其实这个事打个电话就可以了，高玉泽陪同向老师去沈阳的真正目的是借机让他休息一下，他看到认真的向老师每天都坐在电脑旁，一坐就是十多个小时。

这本《大爱无疆》的书，医院工会部门在当初的本意是想集中反映职工对于医院建院 20 周年的心声，所以要求全院职工每人除写一篇纪念文章外，还要再提交一张照片用来配文发表，这样就在版式设计上出现了一个问题，有人提供的照片是黑白照片，而绝大多数人提供的照片却是彩色照片，懂得印刷常识的人都知道，这里就涉及到了一个是按照黑白版式还是彩色版式设计的问题，当然黑白版式与彩色版式在用纸与印刷的费用上，也是截然不同的。

高玉泽跟着向老师到医院见到了负责医院院庆筹备工作的邹院长，邹院长当即表明了自己的态度："我们医院不差钱，我们就是要追求最好的，而且要求在十一之前完成。"

向老师还想再征求一下院长池明宇的意见，偏巧正好赶上院长池明宇的身体不好在住院。为了不打扰池院长的休息，俩人连忙坐着动车从沈阳回到了廊坊，这样在设计思路上有了方向感的前提下，《大爱无疆》这本书就一律都按照彩色版式来设计了。

当《大爱无疆》的样书出来后，无论是在版式设计还是在装帧上，应该讲都是很完美的，这里当然凝聚的是向老师的心血。在完美的同时，也有一个问题是无法回避的，这就是用 200 克铜版纸印刷装订的《大爱无疆》，由于前后收入了 397 名职工的文章，使得这本书在厚度与重量增加的同时，其成本的造价也很高不算利润光成本就是每本 135 元。

"这能行吗？"高玉泽问向老师。

这个时候，向老师的心里头也没有了底。

尽管邹院长事先有过话要追求最好的设计效果，但是这个结果医院最终能够接受吗？

当高玉泽跟向老师二分脚又回到苏家屯血栓医院的时候，医院院庆活动的筹备工作也正在紧锣密鼓地进行着。大家看了样书后都很满意，细心的高玉泽留意到池院长在看《大爱无疆》时的兴奋表情，他觉得自己的担心似乎有些多余。

当池院长听了高玉泽关于《大爱无疆》的成本报价后，他脸上的表情俨然就像坐过山车一样，立刻一脸的惊愕。思量了一会儿他说："怎么这么贵呀？"

高玉泽一看池院长脸上的表情，心里头的热乎劲儿也一下子唰地跟着凉了。

沉默了一会后池院长说："这么地吧，我们再考虑一下，该如何印你就听个信。"

高玉泽说："池院长，在我报的价格里一点水分都没有，这是实实在在的成本价，您要是不信的话，可以拿着书找沈阳任意一家印刷厂重新核算一下价格。"

高玉泽还想说明一下这是彩色铜版纸的印刷，跟普通印刷效果是不一样的。他见池院长没有再想听下去的意思，也就只好作罢。

这个时候再看旁边的邹院长，邹院长也没有跟池院长表明自己当时态度的意思。

高玉泽回到了廊坊后，好长时间也没有再听到向老师的信，在焦虑之中他对这位作家大哥的信任感发生了动摇，他也开始对于自己的感觉产生了质疑。

他想向老师在权衡利益的天平上，是不会倾向于他这边的，向老师也不会轻易为了自己去跟血栓医院据理力争的，因为在这本书上向老师自己也没有什么可损失的东西。

这一天，高玉泽拿起手机给向老师打了个电话，他在电话里询问向老师此时在哪呢？

向老师告诉他说："自己正在家附近办事呢。"

高玉泽觉得向老师是在有意搪塞自己，他让向老师回家再用座机给自己打个电话，想借此来确认一下自己的猜测。

没有几分钟电话就打过来了，高玉泽一看电话正是向老师家座机的号码，这回他彻底否定了自己的猜疑，也更相信远在沈阳的向老师，不是在有意回避自己。

其实，还有些事高玉泽是不知道的。就为了他这个朋友的事，向老师还因着急上火住进了医院，出院后他也一直在跑血栓医院跟池院长进行协商，反复地用自己了解到的印刷知识，来说明普通印刷与彩色印刷的本质区别以及在其价格上的差异。后来在向老师的建议之下，院长又责成有关人员拿着《大爱无疆》的样书，分别到了沈阳的几家印刷厂询问报价，结果哪家的价格都要比河北廊坊报的价高。后来医院又尝试重新进行排版设计，到头来其设计的效果也都抵不过河北廊坊的。

经过比较之后，最终辽宁省血栓病中西医结合医疗中心还是选定由高玉泽来承印《大爱无疆》。高玉泽的诚实劲也感动了这家医院，后来由于信任，医院也与高玉泽签订了蝮龙抗栓丸包装盒的长期印制合同，由此高玉泽的业务触角也一下子伸展到了东北的沈阳。

七十八、沈阳幸福的方向

　　2008 年 6 月，女儿高盼参加了全国高等教育的考试取得了 437 分的成绩，她的这个成绩在廊坊八中所在班级里排列 20 名左右，而这个成绩想进入到一所好的院校是非常难的，进入不到一本高玉泽也是心有不甘的，因为女儿高盼一直是他的希望。老高家人等到了他这辈的时候，读书的人就不多了，因此他把修补自己在文化上欠缺的期望寄托在两个孩子身上。大女儿高颖在永清一中读高中的时候，也是自己在北票最忙的时候，所以她只考了个大专，这回轮到二女儿了他一定要让高盼进入到大学，一定要读个像模像样的大学，这样也好光宗耀祖，让老高家人的脸上有光。

　　这个时候高玉泽又想到了好朋友郑力国，于是他给朋友打了个电话，在电话里就把女儿高盼的事和自己的想法跟他说了，电话那端的朋友也很爽快，他答应帮想想办法。

　　下午的时候朋友的电话就来了，他跟高玉泽说："他有个朋友是沈阳师范大学国际商学院，从中获得信息，高盼的这个高考分数恰好是在该学院今年全国本科招生的最低录取分数线上，不过因这所学院属于国际经贸类的专业，由此还要在录取前增加一个外语的面试。如果你们认为这个学校可以的话，就请于 6 月 15 日来沈阳师范大学国际商学院参加由学校统一组织的考试。"

　　女儿高盼听了后乐得快要跳起来，父女俩一下子都打开了心结。

　　尽管高盼跟父母在一起的时间没有姐姐高颖多，但她在奶奶的庇护下学习成绩也一直很不错，特别是她的作文水平打从小学起一直在全班都是出类拔萃的。有一回在全市"春蕾"杯作文征文大赛中，高盼的作文"我的妈妈"还被收入到《春蕾征文大赛获奖作品选》一书。除了语文之外，女儿高盼的门门功课都不赖，只是这次高考由于发挥失常才使得她的成绩不够理想，也错失了上更好学校的机会。

沈阳师范大学国际商学院属于国家一本批次录取的重点大学，如果外语的面试过关，老高家也就有了一个更高学历的大学生，父女俩当即决定上沈阳去读大学。

6月15日，高玉泽和顾秀平陪同女儿高盼一起坐车到了沈阳，那天朋友也放弃其他的事情专程从朝阳到沈阳北站来接他们，然后再一起坐车去沈阳师范大学参加外语的面试。那天女儿高盼临场发挥的特别好，她一点不怯场对答如流，面试外语这关她顺利通过。回到廊坊后不几天就收到了沈阳师范大学国际商学院的大学录取通知书。

2008年7月28日这天，母亲扈文芳又是早早就起来了。孙女高盼要离开家去沈阳上大学了，这顿饭她一定要亲自做给孙女吃。当年儿子和媳妇离开家去东北的时候，送亲人远行的饭就是她亲手做的，这次当然也不能够例外，她觉得这顿饭只有自己亲手做心里才踏实。

高玉泽起来的也特别早，洗漱完后他就把昨天和顾秀平到商场买的新衣服换上了，因为今天他要送女儿高盼去上大学，他要亲手把女儿送到遥远地平线上的沈阳，在他的感觉中那里是每天能最早见到太阳的地方。女儿读书的大学在沈阳，自己的业务在沈阳，自己朋友圈里的朋友也在沈阳，沈阳对于高玉泽来说是一个让他倍感亲切的地方，那里就是一个自己这么多年苦苦追求的幸福方向……

太阳升起来了，为廊坊的大街小巷披上了一层绯红的霞光。望着霞光中父女俩渐渐远去的背影，手搭凉棚的母亲扈文芳笑了，笑意也顺着脸上的皱纹在流淌……

那天早上的太阳，特别的美，也特别的亮。

地平线又升起了一轮崭新的太阳，那里就是高玉泽一直在寻找的幸福方向吗。